Meinen Töchtern

1. Kapitel

UNSERE STÜHLE STEHEN zwei Meter voneinander entfernt. Mit Blick auf den riesigen Schreibtisch, als wären wir hier zur Paartherapie; ein Gefühl, das ich nur zu gut kenne. Beherrscht wird der Raum von zwei hohen, vorhanglosen alten Schiebefenstern, einem Doppelbildnis des zusehends düsterer werdenden Himmels über London.

»Könnten wir ein bisschen Licht machen?«, fragt mein Mann, und der junge Anwalt, Andrew Walker, blickt verwirrt von seinen Papieren auf.

»Ja, natürlich«, sagt er. »Verzeihen Sie.« Damit lehnt er sich zurück, bedient einen Schalter, und zwei hoch aufragende Stehlampen tauchen den Raum in warmes Licht. Die imposanten Fenster werden zu schwarzen Flächen.

So sehe ich mein Spiegelbild: beherrscht, passiv, die Knie zusammengepresst. Wer ist diese Frau?

Nicht die, die ich einmal war. Ihre Augen sind blau wie eh und je, nur trauriger. Ihr Gesicht ist eher rund. Blass und ausgezehrt im Vergleich zu früher. Sie ist immer noch blond und einigermaßen hübsch – aber verblüht. Mitgenommen. Eine Frau von dreiunddreißig Jahren, an der nichts Mädchenhaftes mehr ist.

Und ihr Outfit?

Jeans, die letztes Jahr modern waren. Stiefel, die letztes Jahr modern waren. Ein lila Kaschmirpulli, schön, aber abgetragen: übersät von diesen kleinen Knötchen, die durch häufiges Waschen entstehen. Ich zwinkere meinem Spiegel-Ich zu. Ich hätte mich schicker anziehen sollen. Andererseits – warum? Wir haben einen Termin beim Anwalt, weiter nichts. Und sind im Begriff, unser Leben umzukrempeln.

Der Verkehr draußen braust und stockt und braust weiter wie der vertraute Atem von jemandem, der neben einem schläft und unruhig träumt. Wird mir das fehlen, der Verkehr in London, das konstante weiße Rauschen? Es ist wie eine dieser Apps, die man sich als Einschlafhilfe aufs Telefon laden kann. Eine zum Beispiel ahmt das unablässige Wogen des Bluts nach, wie es sich im Bauch anhört, und dazu von fern den mütterlichen Herzschlag.

Das haben meine Zwillinge gehört, solange sie Nasenspitze an Nasenspitze in mir waren. Ich weiß noch, wie ich sie beim zweiten Ultraschall gesehen habe. Ein doppeltes Wappenzeichen, zwei genau gleiche, einander gegenüberschwebende Gestalten. Einhorn und Einhorn.

Erblasserin. Testamentsvollstrecker. Rechtmäßig. Erbschein …

Andrew Walker spricht zu uns, als säßen wir in einem Hörsaal und er sei der von seinen Studenten vage enttäuschte Professor. *Vermächtnis. Die Verstorbene. Erbe.* Hinterbliebene Kinder.

Angus, mein Mann, seufzt ungeduldig. Ich kenne diesen Laut. Das alles ödet ihn an, und ich verstehe ihn, aber der Anwalt tut mir auch leid. Er hat es nicht leicht, er muss einem aufgebrachten, streitlustigen Vater und einer trauernden Mutter eine komplizierte Hinterlassenschaft erläutern; da lauern Fallen. Vielleicht ist dieses langsame, bedächtige, präzise Sprechen seine Art, Abstand zu wahren und mit der vertrackten Materie fertigzuwerden. Vielleicht ist es auch einfach das juristische Pendant zur Mediziner-Fachsprache. *Duodenalblutungen und Serosaabrisse führten zu einer letalen Peritonitis.*

In scharfem Ton fährt Angus dazwischen.

»Das haben wir doch alles besprochen.«

Hat er getrunken? Er klingt wütend. Wütend ist er seit jenem Tag ständig. Und er trinkt viel seitdem. Heute allerdings wirkt er klar.

»Wir hätten das gern erledigt, bevor der Klimawandel greift, verstehen Sie?«

»Wie gesagt, Mr. Moorcroft, Peter Kenwood ist im Urlaub. Wenn Ihnen das lieber ist, warten wir, bis er wieder …«

Angus schüttelt den Kopf. »Nein. Bringen wir es hinter uns.«

»Dann muss ich sämtliche Dokumente und alle relevanten Fragen noch einmal durchgehen – um mich zu vergewissern. Außerdem findet Peter … also …«

Ich beobachte ihn. Er stockt, und dann fährt er noch vorsichtiger fort.

»Wie Sie sicher wissen, betrachtet Peter sich als alten Freund der Familie. Nicht nur als Rechtsbeistand. Er kennt die Umstände. Er hat Mrs. Carnan – Ihre Großmutter – gut gekannt. Deshalb hat er mir aufgetragen, noch einmal sehr genau nachzufragen, ob Ihnen beiden klar ist, worauf Sie sich einlassen.«

»Wir wissen, was wir tun.«

»Sie sind sich darüber im Klaren, dass die Insel so gut wie unbewohnbar ist.« Andrew Walker zuckt unbehaglich die Achseln – als sei dieser Verfall irgendwie seiner Kanzlei anzulasten und als wolle er potenziellen Klagen auf Schadenersatz vorbeugen. »Ich fürchte, das Leuchtturmwärterhaus war lange Zeit den Naturgewalten überlassen; da ist seit Jahren niemand mehr gewesen. Andererseits steht es unter Denkmalschutz, so dass Sie es nicht einfach abreißen und neu bauen können.«

»Yep. Schon klar. Bin als Kind oft dort gewesen. Hab in den Wasserlöchern zwischen den Felsen gespielt.«

»Und Sie sind wirklich über den Zustand des Hauses informiert, Mr. Moorcroft? Das ist ein gewaltiges Vorhaben. Wegen der Gezeiten sind Insel und Haus nur schwer zugänglich, die Wasserleitungen sind marode, ebenso die Heizung, die gesamte Elektrik – und vor allem: Das Erbe umfasst keine finanziellen Mittel, nichts, das …«

»Wir sind informiert bis zum Gehtnichtmehr.«

Schweigen. Walker sieht kurz mich an, dann wieder Angus.

»Ist es richtig, dass Sie Ihr Londoner Haus verkaufen?«

Angus erwidert den Blick. Das Kinn vorgereckt. Trotzig.

»Was bitte hat das damit zu tun?«

Der Anwalt schüttelt den Kopf. »Peter macht sich Sorgen. Weil ... äh ... in Anbetracht Ihres furchtbaren Verlusts. Er möchte ganz sicher sein.«

Angus schaut zu mir herüber. Ich zucke die Achseln. Er beugt sich vor.

»Okay. Egal. Ja. Wir verkaufen das Haus in Camden.«

»Und mit dem Verkaufserlös wollen Sie dann die Renovierungsarbeiten auf Ell...« Er liest den Namen und runzelt die Stirn. »Ich kann das gar nicht aussprechen. Ell...?«

»Eilean Torran. Schottisch-Gälisch. Das heißt Donnerinsel. Insel Torran.«

»Natürlich, ja. Insel Torran. Also, Sie hoffen mit dem Verkauf Ihres derzeitigen Hauses genügend Mittel zu realisieren, um das Leuchtturmwärterhaus auf Torran renovieren zu können?«

Ich habe das Gefühl, ich sollte etwas sagen. Unbedingt sollte ich etwas sagen. Angus muss alles allein machen. Zugleich empfinde ich mein Schweigen als tröstlich; es ist ein Kokon, in den ich mich einspinne. Wie sonst auch. Das ist mein Ding. Ich bin immer ruhig gewesen, zurückhaltend, und das frisst schon seit Jahren an Angus. *Was denkst du? Erzähl! Warum muss immer nur ich reden?* Wenn er so was sagt, zucke ich normalerweise die Achseln und wende mich ab, denn manchmal sagt Gar-nichts-Sagen alles.

Und nun sitze ich hier und schweige wiederum. Höre meinem Mann zu.

»Wir haben auf das Haus in Camden schon zwei Hypotheken aufgenommen. Ich habe meinen Job verloren, wir haben zu kämpfen. Aber: Ja, ich hoffe, wir bekommen ein paar Pfund zusammen.«

»Haben Sie einen Käufer?«

»Er kann's kaum erwarten, einen Scheck auszustellen.« Angus ist wütend, das ist offensichtlich, aber er reißt sich zusammen. »Hören Sie. Meine Großmutter hat in ihrem Testament meinen Bruder und mich als Erben der Insel genannt. Richtig?«

»Natürlich.«

»Mein Bruder erklärt großzügigerweise, dass er sie nicht will. Richtig? Meine Mutter lebt in einem Heim. Ja? Also gehört die Insel mir. Meiner Frau, meiner Tochter und mir. Ja?«

Tochter. Singular.

»In der Tat …«

»Dann ist das also klar. Wir wollen umziehen. Auf jeden Fall wollen wir umziehen. Ja, es ist heruntergekommen. Ja, es stürzt bald ein. Aber damit werden wir fertig. Schließlich haben wir …«, er lehnt sich zurück, »… schon viel Schlimmeres durchgestanden.«

Ich mustere meinen Mann. Auch wenn ich ihn jetzt zum ersten Mal träfe, würde ich ihn sehr attraktiv finden. Ein großer, gutaussehender Mittdreißiger mit Dreitagebart. Dunkle Augen, männlich, zupackend.

Als wir uns kennenlernten, hatte Angus auch einen Dreitagebart, und das hat mir gefallen; es betonte die Linien seiner Kieferpartie. Ich hatte noch nicht viele Männer getroffen, auf die in meinen Augen die Bezeichnung »gutaussehend« wirklich zutraf, und da saß er, in dieser riesigen Tapas-Bar im Covent Garden.

Saß da mit ein paar Freunden, alle so Mitte zwanzig, und lachte. Meine Freundinnen und ich saßen am Nachbartisch. Geringfügig jünger, aber genauso gut drauf. Der Rioja floss in Strömen.

Und dann passierte es. Einer von den Typen machte einen Spruch in unsere Richtung, es gab eine passende Erwiderung, und unsere Runden mischten sich: Wir rutschten weiter, rückten zusammen, lachten, witzelten, machten uns bekannt: Das ist Zoe, das ist Sascha, das sind Alex, Imogen, Meredith …

Und das ist Angus Moorcroft, und das ist Sarah Milverton.

Er ist Schotte, sechsundzwanzig Jahre alt. Sie, halb Engländerin, halb Amerikanerin, ist dreiundzwanzig. Und nun bleibt für den Rest eures Lebens zusammen.

Der Berufsverkehr draußen wird lauter; ich schrecke aus meiner Tagträumerei auf. Andrew Walker lässt sich von Angus noch ein paar Papiere unterzeichnen. Ach, das kenne ich: Wir haben im vergangenen Jahr so viele Papiere unterzeichnet. Auf eine Katastrophe folgt endlose Bürokratie.

Über den Schreibtisch gebeugt, sitzt Angus da und kritzelt seinen Namen hin. Der Stift wirkt winzig in seiner Hand. Ich richte den Blick auf die gelb gestrichene Wand und das Bild der Old London Bridge, das dort hängt. Vor allem möchte ich noch ein wenig in der Vergangenheit schwelgen und mich damit ablenken. Ich möchte an Angus und mich denken, an unseren ersten Abend.

Ich habe das alles so deutlich in Erinnerung. Von der Musik – mexikanische Salsa – bis zu den mittelmäßigen Tapas: *patatas bravas* mit knallroter Sauce, weißer Spargel in Vinaigrette. Ich weiß auch noch, wie die anderen sich der Reihe nach verabschiedeten – um die letzte Bahn zu kriegen, um endlich mal früher schlafen zu gehen –, so als spürten sie, dass er und ich uns gefunden hatten, dass das mehr war als ein gewöhnlicher Freitagabend-Flirt.

Wie schnell die Dinge sich ändern. Wie würde mein Leben heute aussehen, wenn wir an dem Abend an einem anderen Tisch gesessen hätten, in eine andere Kneipe gegangen wären? Aber wir waren in der Tapas-Bar, an genau dem Tisch, und gegen Mitternacht saß ich mit diesem großen Typen allein da: Angus Moorcroft. Er sagte, er sei Architekt. Er sagte, er sei Scotch und Single. Dann erzählte er noch einen Witz – den ich erst eine Minute später als Witz erkannte. Und als ich anfing zu lachen, merkte ich, wie er mich ansah: durchdringend, fragend.

Also habe ich ihn mir auch angeschaut – dunkle Augen,

ernster Blick, dickes, welliges, sehr dunkles Haar, weiße Zähne, rote Lippen, dunkle Bartstoppeln – und die Antwort gewusst. *Ja.*

Zwei Stunden später gaben wir uns weinselig den ersten Kuss, im Mondschein, in einer Ecke der Covent Garden Piazza. Ich sehe noch vor mir, wie die regenfeuchten Pflastersteine glitzerten, als wir einander umarmten, fühle die angenehm kühle Abendluft. Noch in derselben Nacht haben wir miteinander geschlafen.

Knapp ein Jahr später heirateten wir. Nach nicht ganz zwei Jahren Ehe bekamen wir die Mädchen: eineiige Zwillinge. Und nun gibt es nur noch einen Zwilling.

Schmerz steigt in mir hoch; ich presse eine Faust gegen die Lippen, um den Schauder zu unterdrücken. Wann hört das auf? Vielleicht nie? So stelle ich mir Kriegsverletzungen vor, Granatsplitter, die tief im Fleisch sitzen und sich über Jahre hinweg einen Weg an die Oberfläche bahnen.

Also muss ich vielleicht doch etwas sagen. Um den Schmerz zu bezwingen, mich zu beruhigen. Seit einer halben Stunde sitze ich brav und still da wie eine puritanische Hausfrau. Viel zu oft überlasse ich Angus das Reden, baue darauf, dass er liefert, was mir abgeht. Aber für heute habe ich genug geschwiegen.

»Wenn wir die Insel in Schuss gebracht haben, kann sie eine Million wert sein.«

Verblüfft schauen beide Männer mich an. Sie spricht!

»Allein die Aussicht«, fahre ich fort, »ist eine Million wert, der Blick über den Sound of Sleat. Rüber zu den Knoydart-Bergen.«

Ich achte darauf, dass ich es richtig ausspreche: Sleat wie slate. Denn ich habe mich schlaugemacht, recherchiert ohne Ende, habe Bilder gegoogelt und viele Geschichten gelesen.

Der Anwalt lächelt höflich.

»Und waren Sie mal dort, Mrs. Moorcroft?«

11

Ich werde rot, lasse mich aber nicht beirren.

»Nein. Aber ich habe Bilder gesehen und Bücher gelesen – das ist eines der Highlights in Schottland, und wir haben dort eine eigene Insel.«

»Gewiss, ja. Wobei …«

»In Ornsay auf der Hauptinsel – nicht mal einen Kilometer von Torran entfernt – ist im Januar ein Haus für …«, obwohl ich die Zahlen genau im Kopf habe, schaue ich noch mal kurz auf mein Handy, wo sie als Notiz gespeichert sind, »… siebenhundertfünfzigtausend verkauft worden. Vier Schlafzimmer, hübscher Garten, kleine Terrasse. Alles sehr ansprechend, aber durchaus keine Villa. Dafür hat man von da den tollen Blick auf den Sound – und das ist es, wofür die Leute Geld hinlegen. *Siebenhundertfünfzigtausend.*«

Angus sieht mich an und nickt energisch. Dann legt er nach.

»Genau. Wenn wir das Haus renovieren, richten wir fünf Schlafzimmer ein. Das Grundstück hat um die viertausend Quadratmeter – jedenfalls ist es groß. Das kann eine Million bringen. Bestimmt.«

»Nun, Mr. Moorcroft, im Moment ist es kaum fünfzigtausend wert, aber da lässt sich sicher mehr rausholen, das ist richtig.«

Das Lächeln des Anwalts wirkt unecht. Zu gern wüsste ich, warum er uns den Umzug nach Torran unbedingt ausreden will. Was weiß er? Auf welche Weise ist Peter Kenwood da tatsächlich involviert? Wollten sie vielleicht selbst ein Angebot für das Haus machen? Das kann sehr gut sein: Kenwood ist seit Jahren mit Torran vertraut. Er hat Angus' Großmutter gekannt. Ihm muss klar sein, welcher Wert da in Wahrheit schlummert.

War das ihr Plan? Er scheint verführerisch einfach. Warten, bis Angus' Großmutter stirbt. Die Enkel bearbeiten, vor allem das verwirrte trauernde Paar, das nach dem Tod seines Kindes noch unter Schock steht und von Geldsorgen gebeutelt ist. Hunderttausend bieten – das Doppelte des gegenwärtigen Wertes –, großzügig rüberkommen und sympathisch, dazu mitfühlend lächeln. *Das ist bestimmt schwer für Sie. Aber wir können helfen, wir nehmen Ihnen diese Bürde ab. Unterschreiben Sie hier …*

Und dann: ein Spaziergang. Eine Ladung polnischer Bauarbeiter nach Skye karren, zweihunderttausend investieren, ein Jahr warten, bis alles fertig ist.

Dieses zauberhafte Anwesen auf eigener Insel am berühmten Sound of Sleat steht für 1,25 Millionen Pfund zum Verkauf. Angebote unter …

Hatten sie das im Sinn? Mein Blick begegnet dem von Andrew Walker, und sofort regt sich mein Gewissen. Wahrscheinlich tue ich Kenwood und Partnern furchtbar unrecht. Aber ganz gleich, worum es ihnen tatsächlich geht, ich denke nicht daran, die Insel herzugeben: Sie ist mein Fluchtpunkt, meine Zuflucht vor Trauer und Erinnerung – vor Schulden und schrecklichen Zweifeln.

Ich habe schon zu viel davon geträumt. Um drei Uhr morgens am Küchentisch auf meinem Laptop-Bildschirm die traumhaften Fotos angeschaut. Während Kirstie in ihrem Zimmer schlief und Angus, mit Scotch abgefüllt, im Bett lag. Da habe ich die strahlende Schönheit gesehen. Eilean Torran. Am Sound of Sleat. Ein Kleinod innerhalb der Inneren Hebriden, ein hübsches Haus auf einer eigenen Insel.

»Also gut. Ich brauche dann nur noch ein paar Unterschriften«, sagt Andrew Walker.

»Und dann haben wir's?«

Bedeutungsvolles Schweigen.

»Ja.«

Eine Viertelstunde später verlassen Angus und ich das Büro mit den gelb gestrichenen Wänden, gehen den rot getünchten Flur entlang und treten hinaus in den feuchten Oktoberabend. Am Bedford Square in Bloomsbury.

Die Dokumente hat Angus im Rucksack. Sie sind vollständig, die Sache ist unter Dach und Fach. Ich sehe die Welt mit anderen Augen, meine Stimmung hellt sich deutlich auf.

Hohe rote Busse rollen die Gower Street entlang, hinter den Fenstern der jeweils zwei Stockwerke ausdruckslose Gesichter, die nach draußen starren.

Angus nimmt mich beim Arm. »Gut gemacht.«

»Was?«

»Dass du dich eingemischt hast. Gutes Timing. Ich war kurz davor, auf ihn loszugehen.«

»Das hab ich gesehen.« Wir schauen einander an. Wissend, traurig. »Aber wir haben's hingekriegt, stimmt's?«

Angus lächelt. »Das haben wir, absolut.« Er schlägt seinen Mantelkragen hoch. »Trotzdem muss ich dich jetzt noch mal fragen, Sarah, ein letztes Mal: Bist du dir hundertpro sicher?«

Als ich das Gesicht verziehe, redet er schnell weiter: »Ich weiß, ich weiß. Ja. Aber meinst du immer noch, dass es das Richtige ist? Willst du das alles«, er weist auf die endlose Reihe gelber London-Taxi-Schilder, die im Nieselregen funkeln, »wirklich zurücklassen? Willst du das aufgeben? Auf Skye ist es so ruhig!«

»Wenn ein Mann Londons überdrüssig ist«, sage ich in leichter Abwandlung von Samuel Johnson, »ist er des Regens überdrüssig.«

Angus lacht. Und beugt sich zu mir herüber. Seine braunen Augen fixieren mich, vielleicht suchen seine Lippen meine. Ich fahre ihm sanft über die eine stopplige Wange, küsse ihn auf die andere und schnuppere – er riecht nicht nach Whisky. Er riecht nach Angus. Nach Seife. Männlich. Sauber und kraftvoll. Der Mann, den ich geliebt habe. Liebe. Immer lieben werde.

Könnte sein, dass wir heute Abend miteinander schlafen. Das erste Mal nach viel zu vielen Wochen. Könnte sein, dass wir darüber hinwegkommen. Kann man *darüber* jemals hinwegkommen?

Hand in Hand gehen wir weiter. Angus' Griff ist fest. Er hat
mir viel die Hand gehalten in diesem Jahr: Nacht für Nacht,
wenn ich weinend im Bett lag und keine Ruhe fand; vom ersten bis zum letzten schrecklichen Augenblick der Beerdigung
von Lydia, vom *Ich bin die Auferstehung und das Leben* bis zum
Bleibe bei uns immerdar.

Amen.

»Bahn oder Bus?«

»Bahn«, sage ich. »Geht schneller. Ich will es unbedingt Kirstie erzählen.«

»Hoffentlich findet sie es auch gut.«

Ich sehe ihn an. Nein.

Verunsicherung kann ich jetzt nicht gebrauchen. Wenn ich
anfange zu grübeln, kommen alle Bedenken wieder hoch und
wir stecken für immer hier fest.

Hastig antworte ich: »Klar findet sie es gut, das geht doch gar
nicht anders! Wir werden einen eigenen Leuchtturm haben,
frische Luft ohne Ende, Rotwild, Delphine …«

»Ja, schon, aber vergiss nicht, dass du vor allem Sommerbil-
der gesehen hast. Sonne. So ist es ja nicht immer. Die Winter
sind dunkel.«

»Dann werden wir uns im Winter eben einigeln und die Stel-
lung halten. Das wird ein Abenteuer.«

Nur noch ein paar Schritte bis zum U-Bahnhof. Ein dunkler
Pendlerstrom ergießt sich die Treppe hinunter, ein Sturzbach,
der vom Londoner Untergrund geschluckt wird. Ich drehe
mich kurz um und schaue zurück, die diesige Oxford Street hinunter. Herbstnebel in Bloomsbury lassen die mittelalterliche
Sumpflandschaft, die Bloomsbury einmal war, auf geisterhafte
Weise wieder aufscheinen. Das habe ich irgendwo gelesen.

Ich habe viel gelesen.

»Komm.«

Diesmal bin ich es, die nach Angus' Hand greift. Die Finger
verschränkt, gehen wir nach unten, steigen ein und überstehen,

15

im Rushhour-Gedränge dicht aneinandergepresst, drei Stationen, bis wir uns schließlich an der Mornington Crescent in einen der klapprigen Fahrstühle schieben. Oben angekommen, stürmen wir los.

»He!« Angus lacht. »Sind wir bei Olympia?«

»Ich will es unserem Kind erzählen!«

Und wie ich das will. So sehr. Einmal will ich unserer am Leben gebliebenen Tochter eine freudige Nachricht überbringen. Ihr etwas Schönes erzählen, das Hoffnung macht. Heute sind es dreizehn Monate, dass Lydia gestorben ist – ich finde es schrecklich, dass ich das Datum immer noch ständig präsent habe –, und sie trauert seit über einem Jahr, wie ich es gar nicht ermessen kann. Sie hat ihre Zwillingsschwester verloren, ihre zweite Seele. Dreizehn Monate ist sie nun schon auf besonders schlimme Weise isoliert. Jetzt kann ich sie endlich da rausholen.

Luft, Berge, tiefe Buchten. Und der Blick übers Wasser hinüber zu den Knoydart-Bergen.

Ich haste zur Tür des großen weißen Hauses, das wir besser nie gekauft hätten; in dem zu wohnen wir uns nicht mehr leisten können.

Imogen kommt an die Tür. Es riecht nach Kinderessen, Wäsche und frisch gekochtem Kaffee. Es ist hell. Es wird mir fehlen. Vielleicht.

»Danke fürs Hüten, Immy.«

»Ach was, ist schon gut. Aber erzähl! Hat alles geklappt?«

»Ja, wir haben es. Wir ziehen um!«

Erfreut klatscht sie in die Hände – Imogen, meine kluge, brünette, elegante Freundin seit College-Zeiten; sie beugt sich vor und umarmt mich, doch ich schiebe sie lächelnd weg.

»Ich muss es ihr erzählen, sie weiß noch nichts davon.«

Imogen grinst. »Sie ist in ihrem Zimmer. Mit Greg.«

»Was?«

»Sie liest das Buch!«

Mit großen Schritten durchquere ich den Flur und laufe nach oben, bis zu der Tür, an der unbeholfen aus Glitzerpapier ausgeschnittene Buchstaben verkünden: *Hier wohnt Kirstie,* und: *Anklopfen.* Ich halte mich an die Anweisung und klopfe. Ein schwaches *Mhm* ist zu hören – das *Herein* meiner Tochter. Ich öffne die Tür, und da ist sie, meine Süße, meine Siebenjährige, da sitzt sie in ihrer Schuluniform – schwarze Hose, weißes Polohemd – im Schneidersitz auf dem Boden und steckt die sommersprossige Nase in ein Buch: ein Bild der Unschuld, aber auch der Einsamkeit. Ein Gemisch aus Trauer und Liebe wallt in mir auf. Ich möchte ihr das Leben so gern erleichtern, ihr helfen, wieder eins mit sich zu werden, so gut ich eben kann.

»Kirstie …«

Sie antwortet nicht. Liest einfach weiter. Das macht sie manchmal. Es ist ein Spiel. Ich sage *nichts.* In diesem letzten Jahr hat sie das häufiger gespielt.

»Kirstie. Mumin. Kirstikau.«

Nun blickt sie auf. Die Augen hat sie von mir, nur sind ihre intensiver blau. Hebridenblau. Ihr Haar ist weißblond.

»Mami!«

»Ich habe gute Nachrichten, Kirstie. Sehr gute!«

Ich setze mich zu ihr und ihren Spielsachen – den kleinen Pinguinen, Leopardy, dem knuddeligen Leoparden, und der einarmigen Puppe – und erzähle es ihr. Ohne einmal innezuhalten. Dass wir umziehen werden, an einen ganz besonderen Ort, wo wir neu anfangen können, wo es schön ist, wo die Luft frisch ist und prickelnd. Auf unsere eigene Insel.

Die ganze Zeit schaut sie mich unverwandt an. Kaum dass sie einmal zwinkert. Hört sich alles an, passiv, fast wie in Trance, spiegelt mir, wie es ist, wenn jemand immer schweigt. Schließlich nickt sie und deutet ein Lächeln an. Etwas unsicher vielleicht. Es ist still im Raum. Mir sind die Worte ausgegangen.

»Na?«, sage ich. »Was hältst du davon? Auf deine eigene Insel zu ziehen? Wär das nicht toll?«

Kirstie nickt langsam. Sie schaut auf ihr Buch hinunter, klappt es zu, und dann blickt sie wieder auf und sagt: »Warum nennst du mich immer Kirstie?«

Ich antworte nicht gleich. Es herrscht dröhnendes Schweigen. Dann bringe ich heraus: »Entschuldige, Süße, was hast du gesagt?«

»Warum nennst du mich immer Kirstie? Kirstie ist tot. Kirstie war es, die gestorben ist. Ich bin Lydia.«

2. Kapitel

ICH STARRE KIRSTIE AN. Versuche zu lächeln. Mein Entsetzen zu verbergen.

Kirstie reift, sie versteht immer mehr; da kommt jetzt vielleicht ein Schmerz hoch, der latent immer da war, eine Verwirrung, wie nur Zwillinge sie erfahren, die ihren Ko-Zwilling verlieren. Und daran bin ich gewöhnt: an das Anderssein meiner Töchter – meiner Tochter.

Seit dem Moment, da meine Mutter nach ihrer langen, winterlichen Autofahrt von Devon zu uns nach Holloway in unserer kleinen Wohnung die Zwillinge das erste Mal erblickte, die beiden winzigen, genau gleichen Babys in ihrem Bettchen, die eins am Daumen des anderen nuckelten – seit dem Moment, da ein hingerissenes, seliges Lächeln auf das Gesicht meiner Mutter trat, weiß ich, dass die Geburt von Zwillingen ein noch größeres Wunder darstellt als das Elternwerden ohnehin. Mit Zwillingen – und erst recht mit eineiigen – bringt man genetische Stars hervor. Menschen, die durch ihre bloße Existenz beeindrucken.

Beeindrucken und sich von den anderen abheben.

Mein Vater erfand sogar einen Spitznamen für sie: die eisigen Schwestern. Weil sie – mit eisblauen Augen und schneeblondem Haar – am kältesten Tag des Jahres zur Welt gekommen waren. Dieser Spitzname hatte etwas Abweisendes, ich habe ihn nie wirklich übernommen. Aber es war nicht zu leugnen, dass er in gewisser Weise passte. Er erfasste ihre Reinheit.

Allein das war schon etwas, das nur bei Zwillingen denkbar ist: ein Name für sie beide zusammen.

Deshalb kann diese glasklar abgegebene Erklärung – ich bin Lydia, *Kirstie* war diejenige, die gestorben ist – einfach ein weiteres Indiz dafür sein, wie sehr sie sich als Einheit empfunden haben. Aber selbst wenn – in mir steigt Panik hoch, ich kämpfe mit den Tränen. Weil diese Erklärung mich an Lydia erinnert. Und weil ich solche Angst um Kirstie habe.

Was für eine furchtbare Verwirrung treibt sie um, dass sie so etwas sagt? Ich bin Lydia. Kirstie war diejenige, die gestorben ist. *Warum nennst du mich immer Kirstie?*

»Zeit, schlafen zu gehen, Süße«, sage ich mit vorgetäuschter Ruhe.

Ihre blauen Augen schauen mich nachsichtig an – wie die ihrer Schwester. Oben hat sie einen Milchzahn verloren, unten wackelt einer. Das ist tatsächlich neu; als Lydia starb, hatten sie beide noch perfekte Zahnreihen, sie waren spät dran mit dem Zahnwechsel.

Kirstie hält das Buch hoch und sagt: »Es sind übrigens nur noch drei Seiten, dann ist das Kapitel zu Ende. Weißt du das?«

»Ach ja?«

»Ja, guck, hier ist es zu Ende, Mami.«

»Na gut, dann lesen wir noch diese drei Seiten. Lies sie mir doch vor!«

Sie nickt, vertieft sich in ihr Buch und liest: »Um nicht an Unterk… Unter…kü…‹«

Ich beuge mich zu ihr, zeige auf das Wort und will helfen. »Unterk…«

»Nein, Mama!« Sie lacht leise. »Nein, ich weiß schon. Ich kann das.«

»Okay.«

Kirstie schließt die Augen, wie immer, wenn sie scharf nachdenkt, dann schlägt sie sie wieder auf und liest: »Um nicht an Unterkühlung zu sterben, musste ich mich in Klopapier einwickeln.«

Sie hat es. Das Wort ist gar nicht so einfach. Aber ich wundere mich nicht. Gerade in letzter Zeit hat sie im Lesen große Fortschritte gemacht. Was bedeutet …?

Ich dränge den Gedanken beiseite.

Abgesehen von Kirsties Stimme ist es still. Angus, nehme ich an, sitzt bei Imogen unten in der Küche. Vielleicht machen sie zur Feier des Tages eine Flasche Wein auf. Warum auch nicht? Schlimme Tage und schlechte Nachrichten hatten wir dreizehn Monate lang mehr als genug.

»So habe ich dann den größten Teil meiner Sommerferien verbracht …‹«

Während Kirstie liest, lege ich den Arm um ihre schmalen Schultern und gebe ihr einen Kuss auf das weiche blonde Haar. Dabei spüre ich etwas Spitzes unter mir, etwas Kleines, das sich in meinen Oberschenkel bohrt. Um mich abzulenken von dem, was sie gesagt hat, schiebe ich – vorsichtig, damit ich Kirstie nicht beim Lesen störe – eine Hand unter mein Bein und ziehe das Etwas hervor.

Es ist ein Spielzeug, ein Miniatur-Plastikdrache, den wir im Zoo gekauft haben. Allerdings haben wir ihn Lydia gekauft. Sie mochte Drachen und Alligatoren so gern, Reptilien und gruslige Ungetüme aller Art. Kirstie hatte – hat – es mehr auf Löwen und Leoparden abgesehen, auf kuschligere, geschmeidigere, hübschere Säugetiere. Das war ein Punkt, in dem sie sich deutlich voneinander unterschieden.

»Als ich heute in die Schule kam, waren alle ganz komisch zu mir.‹«

Ich drehe den Plastikdrachen hin und her. Warum liegt er hier auf dem Fußboden? In den Monaten nachdem es passiert war, haben Angus und ich Lydias Sachen in Kisten gepackt. Wegwerfen konnten wir sie nicht, das wäre uns zu endgültig vorgekommen, zu roh. Also haben wir alles – Spielsachen, Kleider, alles, was eindeutig Lydia gehört hatte – auf dem Dachboden verstaut; psychologisch betrachtet in dem Raum über uns.

»Das Prob…lem mit dem Käsefinger ist, dass man ihn so lange behält, bis man ihn an jemand anderen weitergibt …‹«

Lydia hat diesen Drachen geliebt. Ich kann mich an den Nachmittag erinnern, an dem wir ihn gekauft haben, sehe noch vor mir, wie Lydia die Regent's Park Road entlanghüpft, mit dem Drachen wedelt und ruft, dass sie so gern einen Drachen als Haustier hätte. Wir haben alle gelacht. Die Erinnerung flutet mich mit Traurigkeit. Ich stecke den Drachen in die Hosentasche und versuche mich zu beruhigen, indem ich Kirstie zuhöre, bis sie das Kapitel zu Ende gelesen hat. Schließlich klappt sie das Buch widerstrebend zu und blickt zu mir auf. Unschuldig, erwartungsvoll.

»Gut, Süße. Jetzt ist aber wirklich Schlafenszeit.«

»Aber, Mami …«

»Nichts aber, Mami. Komm, Kirstie.«

Wir stocken beide. Es ist, seit sie gesagt hat, was sie gesagt hat, das erste Mal, dass ich sie beim Namen genannt habe. Verwirrt schaut Kirstie mich an, runzelt die Stirn. Wiederholt sie diese schrecklichen Sätze jetzt?

Kirstie war es, die gestorben ist. Ich bin Lydia. Warum nennst du mich immer Kirstie?

Meine Tochter schüttelt den Kopf, als sei mir ein grundlegender Irrtum unterlaufen. »Okay, wir gehen schlafen«, sagt sie.

Wir? *Wir?* Was meint sie mit »wir«? Angst schleicht sich von hinten an. Ich weigere mich, besorgt zu sein. Ich bin besorgt. Grundlos.

Wir?

»Okay. Gute Nacht, mein Schatz.«

Morgen ist das vorbei. Bestimmt. Kirstie muss einfach eine Nacht schlafen, und wenn sie morgen früh aufwacht, wird dieses merkwürdige Wirrwarr verflogen sein. Wie ihre Träume.

»Gut, Mami. Wir können den Schlafanzug allein anziehen, wirklich.«

Ich lächle und versuche, mir nichts anmerken zu lassen. Wenn ich auf das Verwirrspiel einsteige, mache ich es nur noch schlimmer.

»Na gut. Aber wir müssen schnell sein. Es ist schon sehr spät, und morgen ist Schule.«

Kirstie nickt und schaut mich mit ernster Miene an.

Schule.

Schule.

Auch ein Quell des Kummers.

Mir ist – nur zu schmerzlich – bewusst, dass sie ihre Schule nicht sonderlich mag. Nicht mehr. Als sie ihre Schwester noch in der Klasse hatte, ist sie gern hingegangen. Jeden Morgen habe ich sie in ihren einfarbigen Uniformen auf den Rücksitzen angeschnallt und auf dem Weg die Kentish Town Road hinauf bis zum Tor der St.-Luke's-Grundschule im Spiegel beobachtet: wie sie tuschelten und einander Zeichen machten, Leute beobachteten und sich nicht einkriegen konnten vor Lachen über geheime Witze, Zwillingswitze, die ich nie wirklich verstand.

Jedes Mal – jeden einzelnen Morgen – war ich erfüllt von Stolz und Liebe, und zugleich hat es mich immer wieder verblüfft, wie vollständig sie aufeinander bezogen waren. Als hätten sie eine eigene Sprache nur für sich.

Es war schwer, sich da nicht ausgeschlossen zu fühlen, nicht das Gefühl zu haben, dass man für jede Einzelne von ihnen weniger wichtig war als die Schwester, mit der sie alles teilten und rund um die Uhr zusammen waren. Trotzdem habe ich sie über alles geliebt. Angebetet habe ich sie.

Das ist nun alles vorbei: Jetzt muss Kirstie allein zur Schule fahren, und sie tut es schweigend. Sitzt auf der Rückbank und sagt kein Wort. Starrt abwesend nach draußen in eine traurige Welt. Natürlich hat sie in der Schule Freundinnen, aber die sind kein Ersatz für Lydia. Nichts und niemand wird je auch nur annähernd ein Ersatz für Lydia sein. Auch das ist ein Grund, London den Rücken zu kehren: eine neue Schule, neue Freunde, ein Spielplatz, auf dem nicht der Geist ihrer toten Zwillingsschwester umgeht und kichert und Grimassen schneidet.

»Hast du dir die Zähne geputzt?«

»Das hat Immyjen gemacht. Nach dem Tee.«

»Gut. Na dann, rein mit dir ins Bett. Soll ich dich zudecken?«

»Nein. Mhm. Ja …«

Sie sagt nicht mehr »wir«. Hat sich die seltsame Verwirrung gelegt? Sie klettert ins Bett, und als sie das Gesicht im Kissen vergräbt, wirkt sie winzig. Als wäre sie wieder ein Kleinkind.

Ihre Lider flattern, sie drückt Leopardy fest an sich. Ich beuge mich über sie und überprüfe das Nachtlicht.

Wie ich es seit sechs Jahren nahezu jeden Abend tue.

Von Anfang an haben die Zwillinge sich vor tiefer Dunkelheit schrecklich gefürchtet, so sehr, dass auch ihr Schreien dann ganz anders klang. Nach etwa einem Jahr ging uns endlich auf, warum: Es kam daher, dass sie einander in völliger Finsternis nicht sehen konnten. Deshalb haben Angus und ich immer einen Kult daraus gemacht, sicherzustellen, dass die beiden eine Lichtquelle in der Nähe haben. Wir hatten immer eine Lampe oder ein Nachtlicht parat. Selbst als die Zwillinge eigene Zimmer bekamen, wollten sie nachts etwas Licht haben, so als könnten sie einander auch durch Wände sehen, wenn es nur hell genug war.

Natürlich frage ich mich hin und wieder, ob diese Phobie sich eines Tages legen wird – da nun ein Zwilling für immer verschwunden ist und nie mehr zu sehen sein wird. Aber vorerst hält sie sich hartnäckig. Wie eine Krankheit, die nicht abklingen will.

Mit dem Nachtlicht ist alles in Ordnung.

Ich stelle es auf den Nachttisch und will gerade gehen, als Kirstie die Augen noch einmal aufschlägt und mich anstarrt. Vorwurfsvoll. Wütend? Wütend nicht. Aber unzufrieden.

»Was?«, frage ich. »Was ist los? Du musst schlafen, Süße.«

»Aber, Mami.«

»Was ist denn?«

»Beany!«

Der Hund. Sawney Bean. Unser großer Familien-Spaniel. Kirstie liebt ihn.

»Wenn wir nach Schottland gehn, kommt Beany dann mit?«

»Aber sicher, mein Schatz!«, sage ich. »Wir würden ihn doch nicht einfach hierlassen. Natürlich kommt er mit!«

Sie nickt. Das beruhigt sie. Nun macht sie die Augen wieder zu und drückt Leopardy an sich, und ich kann nicht anders, ich muss ihr noch einen Kuss geben. Das tue ich neuerdings ständig, viel öfter als früher. Eigentlich war immer Angus der Schmusigere, der, der sie herzte, umarmte und ihnen Küsschen gab; ich hingegen habe alles organisiert, ich war die Praktische, die Mutter, deren Liebe sich darin zeigte, dass sie ihnen zu essen gab und sie einkleidete. Jetzt aber küsse ich meine Tochter, wieder und wieder, als sei das ein besonderer Zauber, der weiteres Unheil von ihr fernhalten kann.

Die Sommersprossen auf ihrer blassen Haut sind wie ein Hauch Zimt auf Milch. Ich küsse sie und schnuppere: Sie riecht nach Zahnpasta und vielleicht ein wenig nach dem Zuckermais, den sie gegessen hat. Sie riecht nach Kirstie. Das heißt, dass sie auch nach Lydia riecht. Ihr Geruch war immer gleich. Was sie auch taten, ihr Geruch war immer gleich.

Ein dritter Kuss garantiert, dass sie in Sicherheit ist. Ich flüstere noch einmal: »Gute Nacht«, und schleiche mich aus dem Zimmer mit dem blinkenden Nachtlicht. Als ich die Tür schließe, wird mir bewusst, dass mich etwas irritiert. Etwas mit dem Hund.

Beany.

Was ist mit ihm? Irgendetwas versetzt mich in Unruhe, aber ich weiß nicht, was.

Ich bleibe noch einen Moment oben im Flur stehen und überlege angestrengt.

Es ist drei Jahre her, dass wir Beany gekauft haben, einen lebhaften Springer Spaniel. Damals konnten wir uns einen Welpen mit Stammbaum leisten.

Angus hatte die Idee: Zum ersten richtigen Garten sollte ein Hund her. Ein Hund, der in unsere Gegend passte – nicht weit vom Regent's Park. Wir haben ihn Sawney Bean genannt, nach dem schottischen Kannibalen, denn er fraß alles, mit Vorliebe Stühle. Angus fand Beany großartig, die Zwillinge fanden Beany großartig – und ich fand großartig, wie viel Spaß sie miteinander hatten. Mir hat – zugegeben, etwas oberflächlich – auch das Bild gefallen, das sie abgaben: zwei so hübsche blonde kleine Mädchen, die mit einem seligen, ausgelassenen braunen Spaniel in Queen Mary's Rose Garden herumtollten.

Manchmal sind sogar Touristen stehen geblieben, haben ein Weilchen zugeschaut und ein Foto gemacht. Ich war die geschmeichelte Mutter im Hintergrund. *Das ist die mit den süßen Zwillingen. Und dem schönen Hund. Du weißt schon.*

Ich lehne mich an die Wand und schließe die Augen, um mich besser konzentrieren zu können. Aus der Küche dringen leise Geräusche zu mir herauf, das Klappern von Besteck auf dem Tisch, vielleicht auch von einem Flaschenöffner, der in die Schublade zurückgelegt wird.

Was irritiert mich bei dem Gedanken an Beany? Irgendetwas mit Hunden allgemein – aber ich komme nicht drauf, es gelingt mir nicht, den Gedanken durch das Dornengestrüpp von Erinnerung und Trauer zurückzuverfolgen.

Die Haustür fällt ins Schloss. Dieses Geräusch bricht den Bann.

»Reiß dich am Riemen, Sarah Moorcroft!«, sage ich und mache die Augen auf.

Ich muss nach unten, muss mit Immy reden, ein Glas Wein trinken und dann schlafen gehen, und morgen wird Kirstie – *Kirstie* – ihren schwarzen Pulli anziehen und mit ihrem roten Ranzen in die Schule gehen. Den Pulli, auf dessen Etikett am Kragen *Kirstie Moorcroft* steht.

Imogen sitzt in der Küche am Tresen. Sie lächelt leicht angesäuselt; auf ihren makellosen weißen Zähnen liegt ein tanninhaltiger Rotweinschleier.

»Gus is grad weg, fürchte ich.«

»Ach ja?«

»Ja. Er hatte eine mittelschwere Panikattacke, weil er dachte, der Wein reicht nicht. Ihr habt nur noch …«, sie dreht sich nach dem Weinregal neben dem Kühlschrank um, »… sechs Flaschen. Deshalb ist er zu Sainsbury's gelaufen, Nachschub holen. Beany hat er mitgenommen.«

Ich lache höflich und ziehe mir einen Stuhl heran.

»Das sieht ihm ähnlich.«

Dann gieße ich mir aus der offenen Flasche auf dem Tresen ein Glas ein und schaue kurz auf das Etikett. Billiger chilenischer Merlot. Früher war es edler Barossa Shiraz. Mir ist's egal.

Imogen beobachtet mich. Sie sagt: »Er trinkt immer noch … na ja, reichlich, oder?«

»Nett ausgedrückt: ›reichlich‹. Er hat seinen Job verloren, weil er im Suff seinen Chef k.o. geschlagen hat.«

Sie nickt. »Tut mir leid, ja. Ich denke immer in Euphemismen. Das bringt der Job mit sich.« Grinsend legt sie den Kopf schräg. »Aber der Chef war ein Arsch, richtig?«

»Ein echter Widerling. Trotzdem ist es nicht gerade clever, dem reichsten Architekten von London das Nasenbein zu brechen.«

»Mhm. Klar …« Ihr Grinsen wird süffisant. »Aber … na ja, so schlimm ist es nun auch wieder nicht. Wenigstens kann er zuschlagen – wie ein Mann. Denk doch bloß mal an diesen Iren, mit dem ich letztes Jahr zusammen war. Der hat Yogahosen getragen!«

Sie feixt, ich ringe mir ein Lächeln ab.

Imogen ist Journalistin wie ich, nur weitaus erfolgreicher. Sie ist stellvertretende Chefredakteurin einer Frauen-Klatschzeitschrift, deren Auflage auf wundersame Weise steigt – ich friste ein unsicheres Freien-Dasein. Das hätte dazu führen können, dass ich sie beneide, aber der Ausgleich für unsere Freundschaft bestand – besteht – darin, dass ich geheiratet und Kinder bekommen habe. Sie ist Single und kinderlos. Wir haben oft Vergleiche angestellt: *So könnte mein Leben auch aussehen.*

Ich lehne mich zurück, schwenke mein Weinglas, versuche, entspannt zu wirken. »Immerhin trinkt er nicht mehr ganz so viel wie noch vor ein paar Monaten.«

»Das ist gut.«

»Aber es ändert nichts mehr. Die Karriere in dem Büro hat sich erledigt.«

Imogen nickt mitfühlend – und trinkt. Ich nippe an meinem Glas, seufze nonchalant, schaue mich in unserer großen Camden-Küche um. Granitarbeitsplatten, blinkender Edelstahl, die schwarze Espressomaschine mit den goldenen Kapseln – das alles schreit: Hier wohnt ein gut situiertes Mittelklassepaar!

Und das ist gelogen.

Wir *waren* ein gut situiertes Mittelklassepaar, eine Zeitlang, nachdem Angus innerhalb von drei Jahren dreimal befördert worden war. Lange sah es rundum gut aus für uns: Angus war auf dem besten Weg, Teilhaber mit ansehnlichem Gehalt zu werden, und ich habe ihm gern die Rolle des Hauptverdieners überlassen, des Versorgers, denn so konnte ich als freie Journalistin arbeiten und Job und Mutterpflichten viel besser in Einklang bringen. Ich konnte die Kinder morgens zur Schule fahren, ihnen gesundes Frühstück machen und in der Küche stehen und Basilikum in Bio-Pesto verwandeln, während die Zwillinge auf einem unserer iPads spielten. Ein halbes Jahrzehnt lang waren wir – meistens – eine perfekte Camdener Familie.

Dann stürzte Lydia im Haus meiner Eltern vom Balkon und starb, und es war, als hätte jemand Angus aus großer Höhe fallen lassen. Er war in hunderttausend Teile zersprungen. Seine Trauer wurde zur Psychose. Zur brennenden Qual, die durch nichts gelindert werden konnte, auch nicht durch eine Flasche Whisky am Abend, sooft er es auch versuchte. Abend für Abend.

Im Büro sind sie ihm sehr entgegengekommen, haben ihm wochenlang freigegeben, aber das hat nicht genügt. Er war völlig außer Kontrolle. Der Fehler war, dass er zu früh wieder angefangen hat zu arbeiten; er ist mit Kollegen in Streit geraten und schließlich handgreiflich geworden. Eine Stunde bevor er gefeuert worden wäre, hat er gekündigt – zehn Stunden nachdem er dem Chef eine verpasst hatte. Und abgesehen von ein paar freien Design-Jobs, die mitfühlende Freunde ihm zugeschanzt haben, ist er seither arbeitslos.

»Ach verdammt, ist auch egal«, sage ich. »Wir ziehen jetzt um. Endlich.«

»Genau!«, sagt sie und lacht. »In eine Höhle auf den Shetlands, richtig?«

Sie frotzelt. Das stört mich nicht. Früher haben wir ständig gefrotzelt. Vor dem Unfall.

Seitdem ist der Ton zwischen uns viel gestelzter, aber wir geben uns Mühe. Andere Freundschaften sind nach Lydias Tod komplett auseinandergegangen; viele Leute wussten nicht, was sie sagen sollten, also haben sie gar nichts gesagt. Imogen dagegen gibt nicht auf, sie versucht, das Flämmchen unserer Freundschaft am Leben zu erhalten.

Ich fixiere sie und sage: »Torran Island, schon vergessen? Seit einem Monat hab ich dir jedes Mal, wenn du hier warst, Fotos gezeigt.«

»Ja, stimmt, Torran! Die viel gerühmte Heimat. Aber erzähl mir noch mal davon, das ist immer so schön!«

»Es wird toll – wenn wir nicht festfrieren. Sieht so aus, als gäbe es da Kaninchen und Otter und Seehunde …«

»Super. Ich liebe Seehunde.«

»Ach ja?«

»Ja! Vor allem die Jungen. Kannst du mir ein Fell besorgen?«

Ich muss lachen, wenn auch mit schlechtem Gewissen. Wir haben den gleichen Humor, nur ist ihrer noch eine Spur böser.

Sie fährt fort: »Also diese Insel, Torran – den Namen musst du mir noch ein paarmal sagen. Da bist du noch nie gewesen, oder?«

»Nö.«

»Sarah! Wie kannst du an einen Ort ziehen, den du noch nie gesehen hast?«

Schweigen.

Ich leere mein Glas und schenke mir nach. »Das hab ich dir doch schon erklärt. Ich will ihn gar nicht sehen.«

Erneutes Schweigen.

»Aha.«

»Immy! Ich will ihn wirklich nicht sehen – was wäre denn, wenn er mir nicht gefällt?« Ich schaue ihr in die großen grünen Augen. »Hm? Was dann? Dann hänge ich hier fest. Mit allem. Mit den Erinnerungen, den Geldsorgen, mit allem. Blank sind wir so oder so, wir müssten also in eine dumme kleine Wohnung ziehen – dahin zurück, wo wir angefangen haben –, und was dann? Ich müsste arbeiten gehen, und Angus würde einen Koller kriegen, und es wäre … na ja … Ich muss hier weg, wir müssen hier weg. Das ist jetzt unsere Chance. Unser Ausweg. Und auf den Fotos sieht das alles so schön aus. Wirklich, ehrlich, unglaublich schön. Es kommt mir vor wie ein Traum, aber was soll's? Ich will ja einen Traum. Genau das ist es, was ich jetzt will: einen Traum. Weil die Wirklichkeit schon so lange so *dermaßen beschissen* ist.«

Einen Augenblick ist es still in der Küche.

Dann hebt Imogen ihr Glas, stößt es leise gegen meins und sagt: »Es wird bestimmt schön, Süße. Es ist nur … ihr werdet mir fehlen.«

Wir schauen einander in die Augen, und dann ist Angus plötzlich in der Küche, Herbstregentropfen auf dem Mantel.

Er bringt Wein in doppelten orangefarbenen Plastiktüten und führt den feuchten Hund an der Leine. Bevor er ihn losmacht, setzt er die Tüten vorsichtig ab.

»So, Beany.«

Der Hund schüttelt sich, wedelt mit dem Schwanz und steuert geradewegs auf seinen Weidenkorb zu. Währenddessen packe ich die Flaschen aus und reihe sie auf dem Tresen auf.

»Okay, das wird für eine Stunde reichen«, sagt Imogen und starrt ungläubig auf die vielen Flaschen.

Angus greift sich eine und öffnet sie.

»Puh. Sainsbury's ist ein Schlachtfeld. Ich werde diese Camden-Fuzzis, die noch eben schnell ein bisschen Zitronensaft besorgen, nicht vermissen.«

Imogen erwidert: »Warte nur, bis du fünfhundert Kilometer fahren musst, um an Trüffelöl zu kommen.«

Angus lacht, und es klingt gut. Unverkrampft. So, wie er gelacht hat, bevor das alles passiert ist. Und jetzt kann ich mich endlich entspannen, auch wenn ich im Hinterkopf habe, dass ich ihn noch nach dem kleinen Spielzeug fragen will, nach dem Plastikdrachen. Wie ist der in Kirsties Zimmer gekommen? Er hat Lydia gehört. Er war verstaut und weggeräumt, da bin ich sicher.

Aber warum diesen kostbaren Abend mit einem Verhör kaputt machen? Die Frage kann bis morgen warten. Oder ewig.

Wir schenken uns nach, reden, richten uns ein spontanes Küchenpicknick her: Ciabattascheiben, Olivenöl, ein paar Stücke billige Salami. Und für eine gute Stunde haben wir es nett und vertraut wie in alten Zeiten. Angus erzählt, warum sein Bruder – der in Kalifornien lebt – so generös auf seinen Anteil am Erbe verzichtet hat.

»David verdient im Silicon Valley einen Haufen Kohle. Er braucht weder das Geld noch die Arbeit, die da dranhängt. Und er weiß, dass wir sehr wohl Geld brauchen.« Er kaut auf einem Stück Salami.

»Aber wieso«, fragt Imogen dazwischen, »hat die Insel überhaupt deiner Großmutter gehört? Ich meine …«, sie isst eine
Olive, »… sei mir nicht böse, aber ich dachte immer, dein Vater
wär so eine Art Leibeigener gewesen und du hättest mit deiner
Mutter in einem Klohäuschen gewohnt. Und jetzt taucht da
plötzlich eine Großmutter mit eigener Insel auf.«

Angus lacht. »Sie war meine Oma mütterlicherseits, von
Skye. Sie waren einfache Bauern, haben aber einen kleinen
Hof besessen, zu dem zufällig auch eine Insel gehört hat.«

»Verstehe …«

»Das ist nichts Besonderes. Zu den Hebriden gehören tausend kleine Inseln, und noch vor fünfzig Jahren war so ein see-
grasbewachsener Flecken von einem halben Hektar Land bei
Ornsay keine fünf Pfund wert. Deshalb haben sie die Insel nie
verkauft. Dann ist meine Mutter nach Glasgow runter gezogen und meine Großmutter hinterher, und Torran war für die
Ferien da. Für meinen Bruder und mich.«

Während Angus noch etwas Olivenöl holt, erzähle ich die
Geschichte für ihn zu Ende: »Seine Mutter hat seinen Vater in
Glasgow kennengelernt. Sie war Grundschullehrerin, er hat im
Hafen gearbeitet …«

»Er ist … ertrunken, oder?«

»Ja, ein Unfall. Wirklich tragisch.«

Angus, der gerade zurückkommt, sagt: »Mein Alter war ein
Säufer. Und er hat seine Frau geschlagen. Ich weiß nicht, ob
›tragisch‹ so treffend ist.«

Wir starren auf die weiteren drei Flaschen Wein, die auf dem
Tresen stehen. Schließlich sagt Imogen: »Aber trotzdem – wie
passen der Leuchtturm und das Haus da hinein? Wie sind die
auf die Insel gekommen, wenn deine Familie so arm war?«

Angus erklärt: »Sämtliche Leuchttürme in Schottland werden vom Northern Lighthouse Board betrieben. Im vergangenen Jahrhundert haben sie da, wo sie einen neuen Leuchtturm bauen mussten, den jeweiligen Eigentümern ein kleines

Nutzungsentgelt für den Grund und Boden gezahlt. So war es auch auf Torran. Später ist der Leuchtturm dann auf Automatik umgestellt worden. In den Sechzigern. Das Haus wurde geräumt. Und fiel an unsere Familie.«

»Glückstreffer«, sagt Imogen.

»Rückblickend gesehen, ja. Wir haben ein großes, solide gebautes Haus bekommen. Umsonst.«

Von oben ruft eine Stimme: »Mami?«

Kirstie steht an der Treppe. Es kommt oft vor, dass sie aufwacht und sich noch einmal meldet. Und jedes Mal versetzt es mir einen Stich. Weil sie so klingt wie Lydia.

Wann hört das endlich auf?

»*Maaami!*«

Angus und ich wechseln einen resignierten Blick – und überlegen beide kurz, wie es letztes Mal war. Wie frischgebackene Eltern, die darum feilschen, wer mit dem Fläschchengeben an der Reihe ist, nachts um drei.

»Ich gehe«, sage ich. »Ich bin dran.«

Was auch stimmt. Letztes Mal, als Kirstie nach einem ihrer Alpträume aufgewacht ist – und das ist erst wenige Tage her –, war Angus derjenige, der sich nach oben geschleppt hat, um sie zu trösten.

Ich stelle mein Glas ab und gehe zur Treppe. Beany kommt mit, eifrig, als ginge es zur Kaninchenjagd; sein wedelnder Schwanz peitscht gegen die Tischbeine.

Barfuß steht Kirstie oben im Flur. Mit ihren blauen Augen und Leopardy im Arm ist sie der Inbegriff der verstörten Unschuld.

»Er war wieder da, Mami, der Traum.«

»Ist schon gut, Mumin. Es war ja nur ein Traum.«

Ich nehme sie hoch – dafür ist sie jetzt fast schon zu schwer – und trage sie in ihr Zimmer. Sie kommt mir nicht allzu verängstigt vor, aber natürlich wünschte ich, das mit den wiederkehrenden Alpträumen würde endlich aufhören. Als ich sie ins Bett lege und zudecke, hat sie die Augen schon wieder zu. Doch sie erzählt noch etwas im Halbschlaf.

»Alles war weiß. Um mich herum. Ich war in einem Zimmer, und alles war weiß, und ganz viele Gesichter haben mich angestarrt.«

»Schsch.«

»Alles war weiß, und ich hatte Angst, und ich konnte mich nicht bewegen, und dann … dann …«

»Schsch …«

Ich streichle ihre reine, glatte, etwas erhitzte Stirn. Ihre Lider flattern, fast schläft sie. Da ertönt hinter mir ein leises Winseln, und das weckt sie noch einmal.

Der Hund ist da.

Kirstie schaut mich flehentlich an.

»Kann Beany bei mir bleiben? Kann er heute mal in meinem Zimmer schlafen?«

Normalerweise erlaube ich das nicht. Aber jetzt möchte ich mich einfach nur wieder zu Immy und Angus in die Küche setzen und ein Glas trinken.

»Okay, kann er. Heute mal. Ausnahmsweise.«

»Beany!« Kirstie richtet sich auf, streckt eine kleine Hand aus und zupft den Hund an den Ohren.

Ich setze eine strenge Miene auf.

»Und?«

»Danke, Mami!«

»Okay. Und jetzt musst du weiterschlafen. Morgen ist Schule.«

Sie hat nicht »wir« gesagt, und sie hat sich selbst nicht Lydia genannt, das ist schon viel. Sie legt sich wieder hin, und ich gehe zur Tür.

Im Weggehen werfe ich noch einen Blick auf den Hund.

Den Kopf schläfrig zur Seite geneigt, liegt er neben Kirsties Bett.

Und plötzlich ist die Irritation wieder da. Jetzt weiß ich, was mich gestört hat. Der Hund. Er benimmt sich anders.

34

Seit dem Tag, an dem er zu uns kam und unsere begeisterten Mädchen kennenlernte, waren die drei ein Herz und eine Seele – wobei es auch Unterschiede gab. Meine Zwillinge waren einander vielleicht gleich, aber Sawney hat nicht beide auf die gleiche Art geliebt.

Mit Kirstie, der Erstgeborenen, der Lebhaften, der Quirligen, derjenigen, die am Leben geblieben ist und jetzt und hier in diesem Zimmer liegt und schläft, war Beany immer ausgelassen und extrovertiert: Er springt an ihr hoch, wenn sie aus der Schule kommt; er jagt sie durch den Flur, bis sie juchzt und kreischt.

Lydia, die Ruhigere, die Seelenvollere, diejenige, der ich stundenlang vorlesen konnte, diejenige, die letztes Jahr in den Tod gestürzt ist, hat unser Spaniel immer sanft behandelt, so als spüre er in ihr eine größere Verletzlichkeit. Er hat sich an sie geschmiegt oder ihr lieb und freundlich die Pfoten auf den Schoß gelegt.

Außerdem hat Sawney Bean, wenn er es irgendwie hinbekam, sehr gern in Lydias Zimmer geschlafen. Meistens haben wir ihn rausgescheucht, hatte er es aber geschafft zu bleiben, lag er, den Kopf zur Seite geneigt, neben ihrem Bett.

Genau wie er jetzt neben Kirsties Bett liegt.

Ich starre auf meine Hände, sie zittern leicht. Die Angst kribbelt im ganzen Leib.

Beany benimmt sich Kirstie gegenüber nicht mehr wie bisher – unbändig und verspielt –, sondern so, wie er es früher Lydia gegenüber getan hat.

Sanft. Kuschlig. Lieb.

Ich grabe in meiner Erinnerung. Wann hat das angefangen? Unmittelbar nach Lydias Tod? Später?

Sosehr ich mich auch bemühe, ich weiß es nicht. Das ganze vergangene Jahr liegt in einem Nebel aus Trauer; es hat sich so vieles verändert, dass ich auf den Hund überhaupt nicht geachtet habe. Kann es sein, dass er trauert? Gibt es das bei Tieren? Oder steckt etwas anderes dahinter, etwas viel Schlimmeres?

Dem muss ich nachgehen, das kann ich nicht ignorieren. Ich überlasse Kirstie dem Schutz ihres Nachtlichtes und gehe fünf Schritte weiter zur nächsten Tür: ehemals Lydias Reich.

Wir haben ein Arbeitszimmer daraus gemacht – es war der erfolglose Versuch, Erinnerungen durch Arbeit auszulöschen. An den Wänden stehen Regale, überwiegend Bücher von mir. Darunter etliche – bestimmt ein halbes Bord voll – zum Thema Zwillinge.

Während der Schwangerschaft habe ich dazu gelesen, was ich nur finden konnte. Das ist meine Art, Dinge zu verarbeiten: Ich lese etwas dazu. Also habe ich Bücher verschlungen: über Frühgeburten bei Mehrlingsschwangerschaften, über das Problem der Individuation bei Zwillingen, darüber, dass ein Zwilling genetisch gesehen seinem Zwillingsgeschwister näher ist als seinen Eltern, ja sogar als später den eigenen Kindern.

Und ich habe etwas über Zwillinge und Hunde gelesen. Das weiß ich genau.

Hastig suche ich die Reihe von Büchern ab. Das da? Nein. Dieses? Ja.

Ich nehme es heraus – es ist ein Ratgeber für den Alltag mit Mehrlingen – und überfliege das Inhaltsverzeichnis.

Hunde: Seite 187.

Da. Das ist der Absatz, den ich in Erinnerung hatte.

Eineiige Zwillinge physisch auseinanderzuhalten kann schwierig sein, und zwar bis ins Teenie-Alter hinein. Das geht gelegentlich sogar den Eltern so. Für Hunde dagegen besteht dieses Problem nicht. Der Geruchssinn des Hundes ist so ausgeprägt, dass ein Tier – etwa ein Familienhund – Zwillinge schon nach wenigen Wochen allein anhand des Geruchs voneinander unterscheiden kann.

Ich lasse das Buch sinken und starre auf das rabenschwarze vorhanglose Fenster. Die Hinweise verdichten sich.

Kirstie hat sich verändert während des vergangenen Jahres. Sie ist stiller geworden, schüchterner, zurückhaltender. Wie Lydia war. Bislang habe ich diese Veränderung der Trauer zugeschrieben. Schließlich haben wir uns im Lauf dieses Jahres alle verändert.

Aber wenn uns nun ein schrecklicher Fehler unterlaufen ist? Der schrecklichste, den man sich nur denken kann? Wie kriegen wir das heraus? Was machen wir dann? Was macht das mit uns? Eins weiß ich: Meinem am Boden zerstörten Mann kann ich das nicht erzählen. Niemandem kann ich das erzählen. Diese Bombe zu zünden wäre sinnlos. Solange ich nicht sicher bin. Aber wie soll ich es beweisen?

Mein Mund ist trocken, als ich ängstlich in den Flur hinaustrete und auf die Tür nebenan starre. Auf die schiefen Papierbuchstaben.

Hier wohnt Kirstie.

3. Kapitel

IN EINER STUDIE HABE ICH EINMAL GELESEN, dass ein Umzug genauso traumatisch ist wie eine Scheidung oder der Tod eines Elternteils. Mir geht es völlig anders: Seit unserem Termin bei dem Anwalt vor zwei Wochen – seit Kirstie gesagt hat, was sie gesagt hat – bin ich heilfroh, dass wir umziehen, denn es bedeutet, dass ich ständig zu tun habe und zumindest zeitweilig abgelenkt bin.

Ich mag den Durst, ich mag das Ziehen in den Armen, wenn ich Kisten und Kasten hoch oben von den Schränken angele, ich mag das Gefühl von Staub im Mund, das sich beim Durchforsten und Ausräumen der endlosen Bücherregale unweigerlich einstellt.

Dennoch sind die Zweifel immer da. Mindestens einmal pro Tag gehen mir Einzelheiten aus den gemeinsamen Jahren der Zwillinge durch den Kopf, und ich denke daran, wie Lydia gestorben ist. Kann es tatsächlich sein, dass uns beim Identifizieren des Kindes, das wir verloren haben, ein Fehler unterlaufen ist?

Ich weiß es nicht. Und so bleiben die Zweifel. Seit zwei Wochen sage ich, wenn ich Kirstie an der Schule absetze, »Schatz« zu ihr, »Mumin«, »Süße«, alles Mögliche, nur nicht ihren Namen, weil ich Angst habe, dass sie mich wieder so anstarrt mit ihren blauen Augen und sagt: *Ich bin Lydia. Nicht Kirstie. Kirstie ist tot. Eine von uns ist tot. Wir sind tot. Ich bin am Leben. Ich bin Lydia. Wie konntest du dich so täuschen, Mama? Wie?*

Irgendwann höre ich dann auf zu grübeln und mache mich wieder an die Arbeit.

Heute gehe ich die schwierigste Aufgabe an. Angus ist früh am Morgen nach Schottland geflogen, um dort alles vorzubereiten, Kirstie – *Kirstie Jane Kerrera Moorcroft* – ist in der Schule, und ich nehme mir den Dachboden vor. Wo wir die Sachen von Lydia aufbewahren. Von *Lydia May Tanera Moorcroft.* Ich bringe die erstaunlich leichte Aluminiumklappleiter unter der Falltür in Position und halte erneut inne. Hilflos. In meinen Grübeleien gefangen.

Noch mal von vorn, Sarah Moorcroft, fang noch mal ganz von vorn an. Krieg es heraus.

Kirstie und Lydia.

Bei den Namen war es uns wichtig, die Individualität beider Mädchen zu betonen und zugleich die Besonderheit ihres Zwillingsstatus zu berücksichtigen – die Namen sollten unterschiedlich sein, aber zueinander in Beziehung stehen, so, wie es in allen Büchern und auf allen Websites empfohlen wird.

So hat Kirstie den Namen von ihrem Vater bekommen, weil es der Name seiner geliebten Großmutter war. Schottisch, lieblich, poetisch.

Damit es ausgewogen blieb, durfte ich Lydias Namen aussuchen. Ich habe mich fürs Klassische entschieden, genau genommen fürs Griechisch-Antike. Lydia. Ich wollte den Namen, weil ich ein Faible für Geschichte habe, weil er mir besonders gefällt und weil er so vollkommen anders ist als Kirstie.

Die zweiten Namen habe ebenfalls ich ausgesucht, es sind die meiner Großmütter, May und Jane. Angus wiederum hat ihnen die dritten Namen gegeben, nach zwei kleinen schottischen Inseln.

Eine Woche nach der Geburt – lange bevor wir ins teure Schicki-Camden gezogen sind – haben wir unsere kostbaren, winzigen, einander so gleichen Babys nach Hause gebracht in die einfache Wohnung. Und wir waren so zufrieden mit dem, was wir bei der Namensfindung geleistet hatten, dass wir vor der Haustür noch einen Augenblick im Auto sitzen blieben, einander begeistert umarmten und küssten – und die Namen ein ums andere Mal hersagten.

39

Kirstie Jane Kerrera Moorcroft.
Lydia May Tanera Moorcroft.

Wir zumindest fanden, dass diese Namen geschickt zwillingshaft miteinander verknüpft und zugleich sehr unterschiedlich waren; wir hatten schöne, poetische, hervorragend zusammenpassende Namen, ohne dass es auch nur ansatzweise nach Hanni und Nanni klang.

Und was ist dann passiert?

Ich muss den Dachboden ausräumen.

Also erklimme ich die Stehleiter und stoße die hölzerne Falltür an, bis sie schließlich unter lautem Quietschen auffliegt und gegen die Dachsparren kracht. Das Geräusch ist so heftig, dass ich erschrocken zurückfahre – so als sei dort oben etwas versteckt, als schlafe dort etwas, das ich aufgescheucht haben könnte.

Ich ziehe die Taschenlampe aus der Hosentasche, schalte sie ein und richte den Strahl nach oben.

Ein schwarzes Rechteck starrt auf mich herab. Ein Loch, das mich schlucken will. Ich zögere erneut. Und versuche, den Angstschauer im Nacken zu ignorieren. Aber er ist da. Abgesehen von Beany, der in der Küche in seinem Weidenkorb liegt und schläft, bin ich allein im Haus. Über mir – dort oben im Schwarzen – höre ich den Regen auf die Dachschindeln pladdern. Wie Finger, die nervös auf einer Tischplatte trommeln.

Tapp, tapp, tapp.

Tausend Ängste treiben mich um. Ich steige eine Leitersprosse höher und denke wieder an Kirstie und Lydia.

Tapp, tapp, tapp. Kirstie und Lydia.

Als wir dann mit den Zwillingen zu Hause waren, dämmerte uns, dass wir trotz der wunderbaren Namen, die wir ausgesucht hatten, vor einem Problem standen: Die beiden auseinanderzuhalten war äußerst schwierig.

Sie sahen einander so ähnlich. Unfassbar. Selbst für eineiige Zwillinge war ihre Ähnlichkeit enorm – sie war so groß, dass im Krankenhaus sogar Schwestern von anderen Stationen vorbeigekommen waren, nur um unsere besonderen beiden zu begaffen.

Es gibt eineiige Zwillinge, die einander bei weitem nicht so ähneln. Sie können unterschiedliche Hauttöne haben, kleine Male, ganz verschiedene Stimmen. Andere sind Spiegelbild-Zwillinge: Sie sehen genau gleich aus, allerdings so, als sei der eine das Spiegelbild des anderen. Links und rechts sind vertauscht: Der eine hat einen Haarwirbel im Uhrzeigersinn, der andere einen in die entgegengesetzte Richtung.

Kirstie und Lydia Moorcroft aber glichen einander wie ein Ei dem anderen: Sie hatten das gleiche weißblonde Haar, die gleichen hellblauen Augen, die gleiche Stupsnase, das gleiche verschmitzte Lächeln, den gleichen rosa Mund, wenn sie gähnten, die gleichen Fältchen, das gleiche Lachen, die gleichen Sommersprossen und Leberflecken. Sie waren spiegelgleich – nur ohne vertauschte Seiten.

Tapp, tapp, tapp …

Immer noch in Gedanken, steige ich vorsichtig, mit leise unheimlichem Gefühl die Leiter weiter hinauf und spähe – dem Strahl meiner Taschenlampe folgend – in den dunklen Dachboden. Das Licht trifft auf den braunen Metallrahmen des Maclaren-Zwillingsbuggys. Der hat uns damals ein Vermögen gekostet, aber das war uns egal. Wir wollten, dass die beiden nebeneinandersitzen und nach vorn ausschauen konnten. Denn sie waren von Geburt an ein Team. Brabbelten und erzählten in ihrer Zwillingssprache, ganz und gar aufeinander bezogen: wie sie es seit der Empfängnis gewesen waren.

Während der Schwangerschaft konnte ich von Ultraschall zu Ultraschall zuschauen, wie die beiden in mir näher zusammenrückten: von ersten Körperkontakten in der zwölften Woche zu ganzen Umarmungen in der vierzehnten. In der sechzehnten Woche meinte mein Gynäkologe, die beiden gäben einander hin und wieder einen Kuss.

Immer heftiger trommelt der Regen aufs Dach, jetzt klingt es eher wie ein böses Zischen. *Beeil dich. Wir warten. Beeil dich.* Ich muss nicht angetrieben werden. Ich selbst will das hinter mich bringen. Hastig lasse ich den Lichtstrahl durch den dunklen Raum gleiten, bis er auf ein ziemlich lädiertes Thomas-die-kleine-Lokomotive-Sofa fällt. Rot und gelb und mit Clownsgesicht strahlt Thomas, die kleine Lokomotive, mich an. Das Ding kann auf jeden Fall hierbleiben. Und das andere Sofa, das auch hier oben irgendwo stehen muss, genauso. Das blaue, das wir für Kirstie gekauft haben.

Tochter eins. Tochter zwei. *Gelb und Blau.*

Am Anfang haben wir die Babys auseinandergehalten, indem wir ihnen jeweils den gleichen Finger- oder Zehennagel gelb beziehungsweise blau angemalt haben. Lydia bekam Gelb, weil es zu ihrem Spitznamen passte: Lydi-del. *Ge-elb.* Kirstie bekam Blau. Kirsti-*kau*.

Dieses Nägel-Anmalen war ein Kompromiss. Eine Schwester im Krankenhaus hatte uns geraten, einem der Zwillinge an einer diskreten Stelle ein Tattoo machen zu lassen, auf einem Schulterblatt vielleicht oder oberhalb eines Knöchels, nur ein kleines, bleibendes Zeichen, damit wir sie nicht verwechselten. Das kam für uns nicht in Frage. Es erschien uns viel zu drastisch, ja barbarisch, eins unserer unschuldigen, reinen Neugeborenen tätowieren zu lassen. Niemals.

Aber irgendetwas mussten wir tun. Wir entschieden uns fürs wöchentliche Nägel-Anmalen – das wir ein Jahr lang durchhielten. Danach – bis zu der Zeit, als wir sie dem Wesen nach unterscheiden konnten und sie auf ihren Namen reagierten, wenn sie gerufen wurden – haben wir uns geholfen, indem wir sie unterschiedlich anzogen. Und einige dieser Kleidungsstücke sind hier auf dem staubigen Dachboden verstaut.

Wie beim Nägel-Anmalen haben wir es auch bei den Sachen so gehalten, dass Lydi-del Gelb bekam und Kirsti-kau Blau. Sie waren nie von Kopf bis Fuß gelb oder blau angezogen, aber wir

42

haben darauf geachtet, dass Kirstie immer einen blauen Pulli anhatte, blaue Socken oder eine blaue Pudelmütze und ihre Schwester nichts Blaues, während Lydia ein gelbes T-Shirt bekam oder vielleicht eine kräftig gelbe Schleife ins hellblonde Haar.

Beeil dich jetzt. Beeil dich.

Ich will mich ja beeilen, aber es kommt mir nicht richtig vor. Kann ich denn hier geschäftsmäßig vorgehen? Bei diesen Sachen? Überall stehen Kartons, die mit einem L für »Lydia« gekennzeichnet sind. Prall gefüllt. Ein einziger stummer Vorwurf. In diesen Kartons steckt Lydias Leben.

Am liebsten würde ich ihren Namen herausschreien: Lydia. Lydia. Komm zurück. Lydia May Tanera Moorcroft. Ich möchte ihren Namen rufen, wie ich es am Tag des Unfalls getan habe, als ich auf dem Balkon stand und sie – klein und zart und seltsam verrenkt – unten liegen sah, atmend noch, aber dem Tod schon sehr nahe.

Doch der Staub hier oben schnürt mir die Kehle zu. Oder es sind die Erinnerungen.

Die kleine Lydia, wie sie in meine Arme gelaufen kam, als wir auf dem Hampstead Heath versuchten, Drachen steigen zu lassen, und sie vor dem lauten Flattern erschrak; die kleine Lydia, wie sie auf meinem Schoß saß und mit ernster Miene nach einem Wachsstift griff, um zum ersten Mal ihren Namen zu schreiben; die kleine Lydia, winzig im großen Sessel ihres Vaters, wie sie sich scheu hinter einem aufgeschlagenen Atlas versteckte, der so groß war wie sie selbst. Lydia, die Stille, die Büchernärrin, die Seelenvolle, die leicht Zerstreute, noch Unfertige – Lydia, die nach mir kam. Die einmal, als sie mit ihrer Schwester auf einer Parkbank saß, sagte: *Komm, Mami, setz dich zwischen mich, dann kannst du uns vorlesen.*

Komm und setz dich zwischen *mich?* Auch da war schon eine Verwirrung zu spüren, ein Verschwimmen der Identitäten. Etwas Irritierendes. Und nun ist die süße Lydia nicht mehr da.

Oder? Ist sie doch da, unten im Haus, so, wie ihre Sachen hier oben gestapelt sind? Wäre das wirklich so – wie könnten wir das Ganze entwirren, ohne dass unsere Familie daran zerbricht? Das ist alles viel zu komplex. Ich rede mir selbst gut zu. Tu was, Sarah, mach weiter. Räum den Dachboden aus. Zieh das jetzt durch. Schieb die Trauer beiseite, gib die Sachen, die ihr nicht mehr braucht, weg, und dann geht nach Schottland, nach Skye, wo der Himmel weit und offen ist, wo Kirstie – Kirstie, Kirstie, Kirstie – draußen herumtoben kann. Wo ihr die Vergangenheit hinter euch lassen und euch wieder aufschwingen könnt wie die Eiderenten über die Cuillin Hills.

Einer der Kartons ist aufgerissen.

Entsetzt starre ich ihn an. Die große Kiste mit Spielsachen von Lydia – aufgeschlitzt. Brutal. Wer macht so was? Das muss Angus gewesen sein. Aber warum? Warum so achtlos, so grob? Warum hat er mir nichts davon erzählt? Wir haben doch genau besprochen, was mit Lydias Sachen werden soll. Und jetzt hat er ihr Spielzeug wieder hervorgeholt, ohne mir etwas davon zu sagen?

Der Regen wütet weiter, das laute Zischen ist direkt über mir.

Ich beuge mich vor, schaue in den geöffneten Karton, schlage eine Klappe zurück, um mehr sehen zu können – und höre plötzlich etwas, ein metallisches Klappern. Kommt da jemand die Stehleiter herauf?

Ja.

Das Geräusch ist eindeutig. Es ist jemand im Haus. Wie kann das sein, ich habe doch nichts gehört? Wer kommt da? Warum hat Beany, der in der Küche ist, nicht angeschlagen?

Absurde Angst packt mich. Ich richte mich auf.

»Hallo? Hallo? Wer ist da?«

»Alles gut, meine Schöne?«

»Angus!«

Da steht er und lächelt zu mir herauf. Es ist ein schräges Bild: Das Flurlicht strahlt ihn von unten an wie eine geisterhafte

Taschenlampe, er sieht aus wie der Bösewicht in einem billigen Horrorfilm.

»Angus, mein Gott, du hast mir vielleicht einen Schreck eingejagt!«

»Tut mir leid, Schatz.«

»Ich denke, du bist auf dem Weg nach Schottland?«

Er kommt ganz herauf. Bei seiner Größe – weit über eins achtzig – muss er, als er mir gegenübersteht, den hübschen Kopf einziehen, sonst würde er sich an den Dachbalken stoßen.

»Hab meinen Ausweis vergessen. Den braucht man heutzutage, sogar bei Inlandsflügen.« Er späht an mir vorbei zu dem aufgerissenen Karton. Im Lichtstrahl der Taschenlampe zwischen uns schwirren Staubpartikel. Ich habe den Impuls, ihm direkt ins Gesicht zu leuchten. Runzelt er die Stirn? Lächelt er? Sieht er wütend aus? Ich erkenne nichts. Er ist zu groß, das Licht reicht nicht aus. Die Stimmung ist jedenfalls angespannt.

»Was machst du da?«, fragt er.

Ich richte den Lichtstrahl auf den aufgefetzten Karton.

»Wonach sieht es denn aus?«

»Okay.«

So im Gegenlicht hat seine Gestalt etwas Unheimliches. Er kommt mir ärgerlich vor, wütend. Bedrohlich? Warum? Hastig rede ich weiter.

»Ich sortiere die Sachen. Du weißt, dass wir uns da was überlegen müssen. Wegen … wegen …« Ich schlucke und versuche erneut, seine Miene zu erkennen. »Wir müssen Lydias Kleider und Spielsachen durchgehen. Ich weiß, du möchtest das nicht, aber es muss eine Entscheidung her. Nehmen wir die Sachen mit, oder was machen wir damit?«

»Weggeben?«

»Ja … vielleicht.«

»Ja, ja. Ach. Ich weiß es nicht.«

Schweigen. Und der endlose Regen.

45

Wir stecken fest. In diesem Haus, diesem Trott, diesem Dachboden. Ich will, dass wir vorankommen, aber vor allem muss ich wissen, was mit dem Karton ist.

»Angus?«

»Ich muss los.« Er wendet sich zum Gehen, ist schon fast bei der Leiter. »Lass uns später darüber reden. Wir können skypen, wenn ich in Ornsay bin.«

»Angus!«

»Ich bin auf den nächsten Flug gebucht. Wenn ich nicht aufpasse, geht der mir auch noch flöten. Wahrscheinlich muss ich so schon über Nacht in Inverness bleiben.« Er wird immer leiser, ist schon fast am Fuß der Leiter. Sein Rückzug hat etwas Verstohlenes, Schuldbewusstes.

»Warte!«

Um ein Haar komme ich ins Straucheln, als ich ihm folge. Er ist schon an der Treppe.

»*Warte*, Angus!«

Er dreht sich um, schaut demonstrativ auf die Uhr.

»Ja?«

»Hast du …?« Ich möchte das nicht fragen, ich muss das fragen. »Hast du Lydias Spielzeugkiste aufgemacht, Gus?«

Er schweigt.

»Ja«, sagt er schließlich.

»Warum? Warum denn nur?«

»Weil Kirstie von *ihren* Spielzeugen genug hatte.«

Sein Versuch, entspannt zu klingen, schlägt fehl. Mich beschleicht das ungute Gefühl, dass er lügt. *Mein Mann lügt mich an.*

Es verschlägt mir die Sprache, aber ich muss etwas sagen.

»Und da bist du einfach auf den Boden gestiegen und hast ein Teil rausgeholt. Ein Spielzeug von Lydia. Einfach so?«

Er starrt mich ausdruckslos an. Zwischen uns liegen knapp drei Meter Flur, kahle Wände mit großen hellen Flecken, wo wir schon Möbel weggenommen haben. Mein zweitliebstes

Bücherregal und Angus' kostbare Kommode, ein Erbstück von seiner Großmutter.

»Ja? Und? Hm? Wo ist das Problem? Bin ich in feindliches Gebiet vorgedrungen?« Seine vermeintlich entspannte Miene ist verschwunden, er runzelt die Stirn. Dieser Ausdruck ist der düstere Vorbote ernsten Zorns. Ich muss an die Prügel denken, die er seinem Chef verpasst hat. Ich muss an seinen Vater denken, der seine Mutter geschlagen hat, und zwar nicht nur einmal. Nein. Er ist mein Mann. Er würde mir nie auch nur ein Haar krümmen. Aber er ist wütend, so viel steht fest.

»Kirstie hat sich gelangweilt. Lydia fehlt ihr, hat sie gesagt. Du warst nicht da, Sarah. Kaffeetrinken mit Imogen, oder? Also dachte ich, ich gebe ihr eins von Lydias Spielzeugen. Warum nicht? Das wird sie trösten, dachte ich. Ihr die Langeweile vertreiben. Das habe ich getan. Okay? War das okay?«

Sein Sarkasmus ist ätzend.

»Aber …«

»Was hättest du denn gemacht? Nein gesagt? Ihr erzählt, sie soll den Mund halten und mit ihren eigenen Sachen spielen? Hättest du gesagt, sie soll vergessen, dass sie überhaupt je eine Schwester hatte?«

Er wendet sich ab und geht die Treppe hinunter. Plötzlich habe ich ein schlechtes Gewissen. Seine Erklärung leuchtet mir ein. Ich hätte mich genauso entschieden wie er. Nehme ich an.

»Angus …«

»Ja?« Er bleibt stehen.

»Tut mir leid. Tut mir leid, dass ich dich so verhört habe. Ich war einfach erschrocken.«

»Psst.« Als er zu mir heraufschaut, ist sein Lächeln wieder da. Zumindest eine Andeutung davon. »Ist schon gut, Schatz. Wir sehen uns in Ornsay, okay? Du nimmst die Low Road, und ich nehm die High Road.«

»Und du bist vor mir in Schottland?«

»Ja, wie in dem Lied.«

Jetzt lacht er, verhalten, traurig fast, dann winkt er und wendet sich ab, geht seinen Reisepass holen und seine Taschen, damit er zum Flughafen fahren und nach Schottland fliegen kann. Ich höre ihn in der Küche kramen. Sein trauriges Lächeln geht mir nicht aus dem Sinn.

Die Tür fällt ins Schloss. Er ist weg. Und auf einmal vermisse ich ihn. Physisch.

Ich will ihn. Immer noch. Umso mehr. Vielleicht mehr denn je. Es ist schon so lange her.

Ich wünschte, ich könnte ihn zurücklocken und aus dem Hemd schälen; ich wünschte, wir hätten Sex wie schon seit Monaten nicht mehr. Genau genommen wünschte ich, es wäre umgekehrt: dass er zurückkäme und mir die Klamotten vom Leib risse, wie es am Anfang war, in unseren ersten Jahren, als wir uns, sobald er von der Arbeit kam, ohne ein Wort aufeinander stürzten. Im Flur fielen die ersten Kleidungsstücke, und dann liebten wir uns am erstbesten geeigneten Ort: auf dem Küchentisch, auf dem Fußboden im Bad, im regennassen Garten.

Danach ruhten wir uns aus, lachten über den Schweiß auf unserer Haut, über die Kleiderspur, die wir hinterlassen hatten wie die Brotkrumen im Märchen, von der Haustür zu dem Ort, an dem wir es getan hatten, und verfolgten diese Spur zurück, pickten die Unterhosen auf, dann die Jeans, dann mein T-Shirt, sein Hemd, ein Jackett, meinen Pulli. Und dann aßen wir kalte Pizza. Und lächelten. Unschuldig. Selig.

Wir waren glücklich damals. Ich kannte kein Paar, das glücklicher gewesen wäre. Und das Grausame ist, dass ich allein beim Gedanken daran neidisch werde; ich bin die eifersüchtige Nachbarin meines früheren Ichs. Diese blöden Moorcrofts und ihr perfektes Leben: zur Krönung noch die süßen Zwillinge und der herrliche Hund!

Nur dass das so gar nicht stimmt: Die Krönung war nicht nur Krönung. Nach der Geburt der Zwillinge waren wir nicht immer glücklich. Ein paar Monate danach waren wir sogar ausgesprochen *unglücklich*.

An wem das lag? Im Prinzip an mir, aber Angus unternahm auch nichts dagegen. Nach der Geburt war in sexueller Hinsicht alles anders: Physisch ging Angus ins Exil. Er mochte mich nicht anfassen, und tat er es doch, dann so, als sei mein Körper nicht mehr derselbe, sondern ein kompliziertes Ding, das mit geradezu wissenschaftlicher Achtsamkeit zu behandeln sei. Einmal habe ich in einem Spiegel gesehen, wie er mich musterte, wie er meine neue, mütterliche Erscheinung begutachtete, die Dehnungsstreifen und die tropfenden Brustwarzen. Und wie er kurz das Gesicht verzog.

Viel zu lange – fast ein Jahr lang – hatten wir keinen Sex. Als die Zwillinge anfingen durchzuschlafen und ich allmählich wieder ich selbst wurde, habe ich Anläufe gemacht, aber er hatte immer Ausreden. Wenig überzeugende. Zu müde, zu viel getrunken, zu viel Arbeit. Er war nie zu Hause.

Also habe ich mir woanders Sex geholt, bin meiner Einsamkeit für ein paar kurze Abende entflohen. Angus steckte bei Kimberley und Co. in einem neuen Projekt und ignorierte mich praktisch. Kam immer erst spät von der Arbeit. Ich fühlte mich von aller Welt verlassen, versackt im schwarzen Loch des Alltags mit Neugeborenen. Es langweilte mich, Milchflaschen in die Mikrowelle zu stellen. Ich hatte es satt, den ganzen Tag lang allein mit zwei schreienden Knirpsen zurechtkommen zu müssen. Eines Tages rief ein Ex-Freund an, um zur Geburt zu gratulieren. Eine Gelegenheit, die ich nur allzu gern ergriff, der kleine Reiz des Vergangenen. Ich lud ihn ein, auf ein Glas vorbeizukommen und sich die Zwillinge anzuschauen. Und mich zu besuchen.

Angus hat es nicht mitbekommen; nicht freiwillig jedenfalls: Ich habe die flüchtige Affäre beendet und meinem Mann davon erzählt – um mein Gewissen zu erleichtern und vielleicht auch, weil ich ihn bestrafen wollte. *Da siehst du, wie einsam ich war*. Und das Verrückte ist: Meine Beichte hat uns gerettet. Sie hat unser Sexleben neu entfacht.

Denn er hat mich nach der Beichte anders gesehen: Plötzlich war ich keine langweilige, total erschöpfte, maulfaule Neu-Mutter mehr, ich war wieder etwas wert, ein sexueller Besitzstand, ein Körper, der von einem Rivalen begehrt wurde. Angus eroberte mich zurück; er packte mich und fing mich wieder ein. Er vergab mir, indem er mich vögelte. Danach haben wir unsere Paartherapie gemacht, und es ging wieder aufwärts. Denn wir haben einander noch geliebt.

Aber ich werde nie genau wissen, wie groß der Schaden, den ich damals angerichtet habe, tatsächlich war. Vielleicht haben wir ihn all die Jahre nur verdeckt. Im Verdecken sind wir als Paar gut.

Ich kehre auf den Dachboden zurück, bleibe eine Weile einfach stehen und starre auf die vielen Kartons, in denen die Habe unserer toten Tochter verstaut ist. Immerhin gelange ich zu einer Entscheidung. Einlagern. Das werden wir mit den Sachen machen.

Es scheint feige, nichts Halbes und nichts Ganzes, aber ich kann mich nicht aufraffen, Lydias Spielzeug ins ferne Nordschottland mitzuschleppen – wozu? Um Kirstie in ihrer momentanen Verwirrung entgegenzukommen? Andererseits erschiene es mir grausam – unmöglich –, die Sachen einfach wegzugeben und zu vergessen.

Der Tag wird kommen, aber noch kann ich das nicht.

Also werden sie eingelagert.

Erleichtert angesichts dieser Entscheidung, mache ich mich mit neuer Energie an die Arbeit. Drei Stunden lang packe ich Sachen aus und um, öffne Kartons und klebe sie wieder zu, dann esse ich rasch eine Tasse Suppe und ein Stück Brot von gestern und greife zum Handy. Ich bin sehr zufrieden mit meiner Effizienz. Eins bleibt noch zu tun, ein Zweifel muss noch ausgeräumt werden, dann ist der Spuk vorbei.

»Miss Emerson?«

»Hallo?«

»Ja, hier ist Sarah. Sarah Moorcroft.«

»Ach, Sarah, ja natürlich, Entschuldigung. Nennen Sie mich doch bitte Nuala!«

»Okay, also …« Ich zögere. Miss Emerson ist Kirsties Lehrerin: Mitte zwanzig, gescheit, engagiert, gewissenhaft. Das ganze schreckliche vergangene Jahr hindurch war sie mir immer ein Trost. Zugleich war sie für die Kinder – und ist jetzt für Kirstie – »Miss Emerson«, deshalb fällt es mir schwer, sie mit dem Vornamen anzusprechen; es scheint mir immer noch unangebracht. Aber ich muss es wenigstens versuchen. »Nuala.«

»Ja.«

Ihr Ton ist energisch. Es ist fünf Uhr nachmittags. Kirstie ist jetzt im Hortbereich, aber ihre Lehrerin hat sicher noch zu tun.

»Hätten Sie vielleicht einen Augenblick Zeit? Es ist nur … ich würde Sie gern etwas fragen. Wegen Kirstie.«

»Na klar, ich hab Zeit, kein Problem. Worum geht es denn?«

»Sie wissen ja, dass wir bald umziehen.«

»Nach Skye? Ja. Und haben Sie schon eine Schule gefunden?«

»Ja, sie heißt Kylerdale. Sie schneidet in allen Berichten gut ab. Bilingual englisch-gälisch. Mit St. Luke's kann man sie sicher nicht vergleichen, aber …«

»Was wollten Sie mich denn fragen, Sarah?«

Das klingt nicht ungeduldig – nur nach viel Arbeit. Sie könnte jetzt schon anderes erledigen.

»Oh, ja, also …«

Ich schaue aus dem gekippten Wohnzimmerfenster. Es hat aufgehört zu regnen. Ein kalter, windiger Herbstabend bricht an, es wird schon dunkel. Die Bäume auf der anderen Straßenseite verlieren ihr Laub. Meine Hand schließt sich fester um das Telefon.

51

»Was ich fragen wollte …«, sage ich, und alles in mir spannt sich an, als hätte ich vor, in sehr kaltes Wasser einzutauchen. »Ist Ihnen in letzter Zeit an Kirstie etwas aufgefallen?«

Es dauert einen Augenblick.

»Etwas Ungewöhnliches?«

»Ja, na ja, äh, etwas Ungewöhnliches …«

Wie armselig. Aber was soll ich sagen? Hey, Miss Emerson, behauptet Kirstie neuerdings, sie sei ihre verstorbene Schwester?

»Nein, mir ist nichts aufgefallen.« Jetzt ist ihr Ton sanft. *Umgang mit trauernden Eltern.* »Natürlich vermisst Kirstie ihre Schwester, das ist nicht zu übersehen, aber in Anbetracht der schwierigen Situation macht Ihre Tochter sich sehr gut. So gut, wie man es nur erwarten kann.«

»Danke«, sage ich. »Nur eins noch.«

»Ja?«

Wieder wappne ich mich. Ich muss nach dem Lesen fragen. Das plötzlich so viel besser geht. Das beunruhigt mich.

»Wie sieht es mit Kirsties Lernfortschritten aus? Hat sich da in letzter Zeit etwas verändert? An ihren Stärken und Schwächen? Im Unterricht?«

Jetzt tritt ein längeres Schweigen ein.

»Also …«, murmelt Nuala.

»Ja?«

»Nichts Dramatisches. Aber eine Sache wäre da zu nennen, glaube ich.«

Die Baumkronen biegen sich im Wind, der sie kräftig zaust.

»Was?«

»Mir ist aufgefallen, dass Kirstie im Lesen Fortschritte gemacht hat. In kürzester Zeit. Das war ein regelrechter Sprung. Und gleichzeitig hat sie in Mathe, wo sie immer sehr gut war, zuletzt ein bisschen … nachgelassen.« Ich sehe vor mir, wie Nuala am anderen Ende der Leitung unbehaglich die Achseln zuckt, bevor sie hinzufügt: »Das kommt wohl eher überraschend, oder?«

Ich spreche aus, was wir vielleicht beide denken:»Ihre Schwester war im Lesen sehr gut und in Mathe weniger.«

Leise erwidert Nuala:»Ja, da ist was dran.«

»Gut. Okay. Und sonst noch etwas? In dieser Richtung?«

Nach einer weiteren quälenden Pause sagt Nuala:»Ja, vielleicht. Gerade in den vergangenen beiden Wochen ist mir aufgefallen, dass Kirstie viel mehr mit Rory und Adelie zusammen ist als früher.«

Laub flattert über den Fußweg. Ich wiederhole die Namen.

»Rory. Und Adelie.«

»Genau, und die beiden waren ...«, sie zögert kurz,»... sie waren eigentlich mit Lydia befreundet, das wissen Sie ja. Ihre eigenen Freunde hat Kirstie zuletzt eher links liegenlassen.«

»Zola? Theo?«

»Zola und Theo. Und das kam ziemlich plötzlich. Andererseits ist das nichts Ungewöhnliches, so was beobachte ich ständig, Ihre Tochter ist erst sieben, eine der Jüngsten im Jahrgang.«

»Okay.« Meine Kehle ist trocken.»Okay«, wiederhole ich.»Verstehe.«

»Machen Sie sich bitte keine Sorgen! Wenn Sie nicht nach Kirsties Lernfortschritten gefragt hätten, wäre ich gar nicht darauf gekommen, es zu erzählen.«

»Nein.«

»Aus professioneller Sicht glaube ich übrigens, Kirstie versucht auf diese Weise, den Verlust ihrer Schwester zu kompensieren; im Grunde versucht sie, ihre Schwester zu *sein*, sie zu ersetzen und dadurch den Kummer zu lindern. So hat sie sich zum Beispiel beim Lesen besonders angestrengt, um den Abstand zu überwinden. Ich bin keine Kinderpsychologin – aber soweit ich weiß, wäre das nicht ungewöhnlich.«

»Nein. Nein. Ja.«

»Jedes Kind trauert auf seine Weise. Vielleicht ist das einfach Teil des Heilungsprozesses. Und wann fahren Sie? Schon bald, oder?«

»Ja«, sage ich. »Am Wochenende.«

Das Telefon fühlt sich schwer an.

Ich schaue hinüber zu den schicken Häusern auf der anderen Straßenseite; die parkenden Wagen glitzern im Schein der Straßenlaternen. Inzwischen herrscht tiefe Dämmerung. Der Himmel ist klar. Ich sehe die Lichter der vielen Flugzeuge, die über London kreisen, rote Fünkchen, die von einem riesigen unsichtbaren Feuer aufsteigen.

4. Kapitel

ANGUS MOORCROFT PARKTE vorm Hotel *Selkie*. Er kletterte
aus dem billigen kleinen Leihwagen, den er sich abends zuvor am Flughafen von Inverness genommen hatte, und schaute
aufs Watt und spiegelglattes Wasser hinaus. Dort drüben lag
Torran. Nicht ein Wölkchen stand am Himmel; stattdessen
funkelte – für einen kalten Novembertag eine Seltenheit – die
nördliche Sonne. Trotz der klaren Luft waren das Cottage, das
über die seegrasbewachsenen Felsen lugte, und der dahinter
aufragende Leuchtturm nur vage zu erkennen.

Angus schirmte mit einer Hand die Augen ab und blinzel-
te gegen die Sonne zu seinem neuen Zuhause hinüber, doch
er wurde schnell abgelenkt. Ein zweiter Wagen rollte auf den
Parkplatz und kam bremsenquietschend zum Stehen. Ein alter
blauer Renault.

Aus dem Renault stieg sein Freund Josh Freedland, in derbem
Wollpullover und Jeans mit staubigen Spuren von Granit, oder
Schiefer oder Marmor. Angus winkte und schaute kurz an seinen eigenen Jeans hinunter. Die guten Anzüge und Seidenkra-
watten würden ihm fehlen.

Josh kam zu ihm herüber.

»Der Kolonialherr ist eingetroffen!«

Die Männer umarmten einander und klopften einer dem anderen auf den Rücken. Angus entschuldigte sich für sein Zu-
spätkommen, erklärte, warum er den ursprünglich vorgesehenen
Flug verpasst hatte – Josh sagte, er solle sich deswegen keine
Gedanken machen.

Diese Antwort entbehrte in Angus' Augen nicht einer gewissen Ironie. Es hatte eine Zeit gegeben, da war Josh immer
und jedes Mal zu spät gekommen. Da war Josh der unzuver-

lässigste Mann Großbritanniens gewesen. Die Zeiten änderten sich eben.

Wie auf ein Stichwort drehten sie sich beide um und schauten auf den Sound hinaus.

»Ich hatte ganz vergessen, *wie* schön es ist«, murmelte Angus.

»Wann warst du noch mal zuletzt hier?«

»Mit dir. Und den anderen. Damals, in den letzten Sommerferien.«

»Ehrlich?« Josh lächelte überrascht. »Junkie über Bord! Junkie über Bord!«

Das war seit jenen denkwürdigen Ferien eine stehende Rede. Sie waren als College-Absolventen auf der Insel von Angus' Großmutter gewesen. Hatten ein Superwochenende dort verbracht: zu viel getrunken, zu viel gelacht, gelärmt, sich danebenbenommen, die Einheimischen genervt – und riesigen Spaß gehabt. Als sie durch die milde, violette Sommernacht – die in Schottland nie wirklich dunkel wird – vom *Selkie* zurückgerudert waren, hatten sie um ein Haar das Boot versenkt. Robben waren steil aus dem Wasser aufgetaucht und hatten ihnen zugeschaut. »Junkie über Bord« war entstanden, als Josh gegen elf Uhr abends – zugedröhnt mit Ecstasy – eine von den Robben hatte umarmen wollen und dabei ins kalte Wasser gefallen war.

Das hätte tödlich enden können, aber sie waren einundzwanzig gewesen und, wie es aussah, unsterblich. Josh war, mit all seinen Kleidern am Leib, einfach ans Ufer geschwommen – und dann hatten sie sich noch einmal gründlich betrunken. In dem eigenwilligen, schönen Leuchtturmwärterhaus.

»Wie lange ist das her? Fünfzehn Jahre? Mein Gott!« Josh schob die Hände in die Hosentaschen und redete unbekümmert drauflos. Der kalte Wind zerzauste ihm das fuchsrote Haar. »Aber lustig war's. Was haben wir in Coruisk für Unmengen Cidre getrunken! Siehst du eigentlich noch ein paar von den Leuten damals?«

»Kaum.« *Aus naheliegenden Gründen*, hätte Angus hinzufügen können, doch das brauchte er nicht. Josh wusste Bescheid.

Während des zurückliegenden Jahres – nach Lydias Tod – hatte Angus sich vor allem an ihn gehalten, hatte in langen Telefonaten Trost gesucht und, als Josh in London war, einen ganzen Abend lang auf ihn eingeredet. Josh hatte seine Schuldigkeit getan und ihm zugehört, während er über Lydia sprach. Bis aus dem Sprechen Lallen wurde, bis die Worte eine Körperflüssigkeit waren, die er hinaussabberte, bis Whisky und Schlaf alles auslöschten.

Josh war der Einzige, der ihn um seine tote Tochter hatte weinen sehen, einen entsetzlichen, düsteren Abend lang, an dem das Nachtgewächs Qual wilde Blüten getrieben hatte. An jenem Abend war, vielleicht auf die beste Art, ein Tabu gebrochen worden. Ein Mann hatte vor einem anderen Mann Rotz und Wasser geheult.

Und jetzt?

Josh fummelte an seinem Handy herum. Angus spähte wieder nach Torran hinüber. Bis dorthin war es ein weiter Weg übers Watt, viel weiter, als er in Erinnerung gehabt hatte. Er würde nach vorn zum Strand laufen, den ganzen Bogen um die Gezeiteninsel Salmadair machen und den Damm überqueren müssen, der zur kleinen Insel Torran führte. Das würde mindestens dreißig, vierzig Minuten dauern.

Und diese Entfernung war nicht unerheblich. Das alte Ruderboot, das es einmal auf der Insel gegeben hatte, war längst verrottet. Was bedeutete, dass sie kein Boot hatten. Bis sie ein Neues kauften, würden Sarah, Kirstie und er den Fußweg über das kalte, glitschige, heimtückische Watt nehmen müssen. Und das ging nur bei Niedrigwasser.

»Weißt du jemanden, der ein Boot hat? Zu verkaufen?«

Josh hob den Blick vom Handy.

»Alter, du hast dir *kein Boot* besorgt?«

»Nein.«

»Hör auf, Gus. Ehrlich? Wie willst du denn ohne Boot auf Torran zurechtkommen?«

»Geht nicht. Werden wir aber müssen, so lange, bis ich eins gekauft habe. Und das Geld ist knapp.«

»Ich kann dich eben in meinem rüberbringen.«

»Nein, ich will übers Watt laufen. Mal ausprobieren.«

Sein Freund legte den Kopf schräg und grinste ihn zweifelnd an.

»Du weißt schon noch, dass das Watt gefährlich ist, oder?«

»Äh, ja.«

»Im Ernst, Gus, abends – nach Anbruch der Dämmerung – willst du nicht wirklich übers Watt gehen. Auch wenn du eine Taschenlampe hast – du kannst in den Felsen stolpern und dir den Knöchel brechen, du kannst im Watt stecken bleiben, und dann bist du geliefert.«

»Josh …«

»Auf Skye hört dich keiner, wenn du schreist: Die Hälfte der Häuser an der Küste steht leer. Ferienhäuser. Im Winter ist die Flut tödlich, da ertrinkst du.«

»Josh! Das weiß ich alles! Das ist meine Insel dort drüben. Ich hab als Junge mehr oder weniger da gelebt.«

»Aber du warst fast immer im Sommer hier, oder? Im Winter hat ein Tag fünf Stunden. Oder noch weniger. Alter. Überleg dir das. Torran im Winter kann sogar *mit* Boot schwierig sein. Es kann dir passieren, dass du tagelang von allem abgeschnitten bist.«

»Schon klar, ja. Ich weiß, dass die Winter hart sind. Ich weiß, dass es nicht einfach sein wird. Aber ich pfeif drauf.«

Josh lachte. »Okay. Verstehe. Glaub ich.«

Angus ließ nicht locker. »Du hast am Telefon die Zeiten gesagt, oder? Wann Hochwasser ist und wann Niedrigwasser. Jetzt, heute Nachmittag?«

Josh schaute auf das ablaufende Wasser, und dann sah er An-

58

gus wieder an. »Ich hab dir einen Link geschickt, zur offiziellen Tidentabelle von Mallaig. Da steht es genau.«

»Hatte keine Gelegenheit mehr, in die Mails zu schauen, bin seit dem Frühstück unterwegs.«

Josh nickte. Er blickte aufs Watt und das Seegras hinaus, das in der schwachen Sonne vor sich hin trocknete, und überlegte. »Okay. Also, Niedrigwasser ist heute um sechzehn Uhr. Du hast davor und danach jeweils eine Stunde. Höchstens. Wir müssen also noch eine halbe Stunde totschlagen – bis etwa drei.«

Ein kurzes Schweigen entstand. Angus wusste, was jetzt kam.

Behutsam fragte sein Freund: »Wie geht's Kirstie?«

Natürlich. Die Frage musste gestellt werden. Wie geht's Kirstie? Wie *geht's* Kirstie?

Was sollte er sagen?

Gern hätte er erzählt, wie es wirklich war. Ungefähr ein halbes Jahr zuvor hatte Kirstie angefangen, sich sehr seltsam zu benehmen. Irgendetwas Merkwürdiges, Irritierendes war mit seiner überlebenden Tochter vor sich gegangen, mit ihrer Persönlichkeit. Es war so schlimm geworden, dass er kurz davor gewesen war, mit ihr zum Arzt zu gehen, und dann hatte er im letzten Moment ein Heilmittel gefunden. Oder etwas in der Art.

Aber das konnte er niemandem erzählen, nicht einmal Josh. Gerade Josh nicht, denn der würde es Molly erzählen, seiner Frau, und Molly und Sarah verstanden sich gut. Sarah durfte auf gar keinen Fall davon erfahren, niemals. Was das anging, traute er ihr nicht. Er traute ihr schon seit vielen Monaten nicht mehr. In so vielen Dingen.

Also musste er lügen. Selbst Josh gegenüber.

»Kirstie geht's gut. Den Umständen entsprechend.«

»Schön. Und Sarah? Kommt sie inzwischen besser klar?«

Die nächste unvermeidliche Frage.

»Ja, sie kommt zurecht. Wir kommen alle zurecht. Wir freuen uns auf den Umzug.« Angus gab sich Mühe, gelassen zu klingen. »Kirstie möchte eine Meerjungfrau sehen. Oder eine Robbe. Eine Robbe tut's wahrscheinlich.«

Josh lachte.

»Na ja. Wir müssen Zeit totschlagen, ja? Wollen wir einen Kaffee trinken?«

»Mhm. Du wirst dich wundern«, sagte Josh, als er die quietschende Tür zum Pub aufstieß.

Er hatte recht. Überrascht schaute Angus sich im *Selkie* um.

Das gemütliche, vergilbte alte Heringsfischer-Pub war vollkommen verwandelt. Statt der gewohnten Popmusik kam moderner Folk aus den Lautsprechern – Bodhràns und Fideln. Der schmuddelige Teppichboden war teuren grauen Schieferplatten gewichen.

Am Ende des Tresens verhieß eine mit Kreide beschriftete Tafel »Babyhummer«, daneben reihten sich Kästen mit Theater-Flyern und Broschüren über Seeadler-Beobachtungstouren aneinander, und an den Zapfhähnen stand ein sehr junges, pummeliges Mädchen, das gelangweilt an seinem Nasenring herumspielte und die Aussicht, von Josh eine Kaffeebestellung entgegennehmen zu müssen, eher lästig zu finden schien.

Die Metamorphose war beeindruckend – wenn auch nicht außergewöhnlich. Das *Selkie* war nun einfach ein weiteres Boutique-Hotel mit gehobener Küche für reiche Touristen, die das Highlands- und Inselerlebnis suchten, und nicht mehr die angegammelte, einschlägig riechende Dorfkneipe von vor zwanzig Jahren.

Dennoch waren um diese Zeit – am Nachmittag eines normalen Werktages Mitte November – die einzigen Gäste Einheimische.

»Ja, beide mit Milch. Danke, Jenny.«

Angus schaute hinüber in die Ecke. Um den langen Holztisch saßen fünf Männer beim Bier. Sie waren unterschiedlich alt, hatten aber nahezu identische Pullover an. Schweigend erwiderten sie seinen Blick.

Dann steckten sie wieder die Köpfe zusammen und setzten ihre Unterhaltung fort. In einer sehr fremd klingenden Sprache.

»Gälisch?«

»Jo. Hört man neuerdings viel auf Sleat. Ein Stück die Straße runter gibt es ein neues gälisches College. Und in den Schulen wird es natürlich gelehrt.« Josh grinste verstohlen. »Aber ich wette, bevor wir reingekommen sind, haben die Englisch geredet. Sie machen sich einen Spaß daraus, die neu Zugezogenen ein bisschen zu ärgern.«

Er hob die Hand und winkte einem der Männer zu, einem stämmigen, gutaussehenden Mittvierziger mit Stoppelbart.

»Hallo, Gordon, alles klar?«

Gordon bedachte Josh mit einem knappen Lächeln. »Tach, Joshua. Ciamar a tha thu fhein?«

»Ja, ja. Und in Peking fällt ein Fahrrad um«, gab Josh zurück.

»Du weißt *genau,* dass ich das nie lernen werde.«

»Sicher, aber irgendwann versuchst du's vielleicht wenigstens mal.«

»Okay, versprochen. Ich melde mich dann bei dir.«

Der Kaffee war fertig, das gelangweilte Mädchen hatte ihn auf den Tresen gestellt. Angus starrte auf die winzigen Tassen in Joshs rauhen, roten Steinmetzhänden.

Er sehnte sich nach einem Scotch. In Schottland musste man doch Scotch bestellen, das gehörte sich so. Andererseits war es ihm peinlich, am Nachmittag schon zu trinken – solange der nüchterne Josh bei ihm war.

Josh Freedland war nicht immer nüchtern gewesen. Ganz im Gegenteil. Während Angus es ein paarmal mit einem Joint versucht, sich dabei nicht wohl gefühlt und irgendwann beschlossen hatte, es beim Alkohol zu belassen, hatte Josh mehr als irgendwer sonst aus ihrer Uni-Clique auch mit harten Drogen experimentiert. Anfangs hatten die Freunde auf seinen konsequenten Hedonismus noch mit trockenen Bemerkungen reagiert.

Das hatte sich geändert.

Als sie Mitte zwanzig waren, hatte Angus voller Entsetzen mit angesehen, wie sein bester Freund immer tiefer in die Spirale der Heroinabhängigkeit geriet, in bedröhnte Verzweiflung und Düsternis. Er hatte versucht zu helfen – ohne Erfolg. Alle hatten sie versucht zu helfen. Und dann, als er dreißig wurde und es so aussah, als sei sein Leben dem totalen Versagen geweiht – wenn nicht Schlimmerem –, war Josh zur Besinnung gekommen und hatte sich selbst gerettet.

Dem Nüchternsein hatte er sich dann genauso verschrieben wie vorher den Drogen: mit Haut und Haar. Er hatte seine sechzig Treffen in sechzig Tagen absolviert. Er hatte das Zwölf-Punkte-Programm durchlaufen und sich einer höheren Macht anvertraut. Dann hatte er bei einem der NA-Treffen in Notting Hill eine nette, wohlhabende junge Frau kennengelernt – Molly Margettson, die kokainabhängig war und auf dem Weg, clean zu bleiben, wie Josh.

Die beiden hatten sich sofort ineinander verliebt und bald in einer bewegenden kleinen Zeremonie geheiratet. Dann hatten sie London den Rücken gekehrt. Das Geld aus dem Verkauf von Mollys Wohnung in Holland Park hatten sie in ein hübsches Haus hier auf Sleat gesteckt, ganz vorn am Wasser, kaum einen Kilometer vom *Selkie* entfernt – an dem Ort, den sie alle so geliebt hatten, in der Nähe der Insel von Angus' Großmutter.

Am schönen Sound of Sleat, dem schönsten Fleckchen auf dieser Erde.

Inzwischen war Josh Steinmetz, und Molly war Haus- und Geschäftsfrau zugleich: Sie verkaufte Früchte und Marmeladen, verschiedene Honigsorten und Chutneys und verdiente nicht schlecht daran. Außerdem malte sie hin und wieder.

Schwermütig starrte Angus ins Leere. Nachdem er ihn jahrelang bedauert hatte, musste er sich jetzt eingestehen, dass er seinen Freund beneidete. Natürlich freute er sich für Josh und Molly, dass es ihnen so gutging, aber er selbst hätte auch gern so gelebt: Luft, Stein, Himmel, Glas, Salz, Felsen und Meer. Und Hebriden-Heidehonig. Er wollte auch solche Reinheit haben – die vielfältigen Ablenkungen der Stadt zurücklassen und zu Klarheit und Einfachheit finden. Wollte frische Luft, gutes Brot, rauhen Wind im Gesicht.

Sie suchten sich einen Tisch etwas abseits von Gordon und seinen Gälisch sprechenden Freunden. Josh nippte an seinem Kaffee und lächelte verschwörerisch.

»Das ist Gordon Fraser, der macht alles. Der bringt von Kylerhea bis Ardvasar alles in Ordnung: Toaster, Boote, einsame Ehefrauen. Wenn du ein Boot brauchst, kann er dir bestimmt helfen.«

»Ja, ich glaube, ich erinnere mich an ihn.« Angus zuckte die Achseln. Erinnerte er sich wirklich? Wie viel wusste er noch aus jener längst vergangenen Zeit? In Wahrheit saß ihm immer noch der Schreck darüber in den Knochen, wie sehr er sich verschätzt hatte, was die Entfernung zwischen Torran und Skye betraf. Was hatte sich in seiner Erinnerung sonst noch verschoben? Was hatte er alles vergessen?

Vor allem aber: Wenn er sich auf sein Langzeitgedächtnis nicht verlassen konnte, wie konnte er dann sicher sein, dass er Situationen richtig beurteilte? Traute er sich zu, mit Sarah friedlich auf dieser Insel zu leben? Das konnte schwierig werden, besonders wenn sie die Kisten aufmachte und das Dunkle ausleuchtete. Und was, wenn sie ihn anlog? Wieder?

Er wollte lieber an anderes denken.

»Wie sieht's eigentlich aus auf Torran? Wie weit ist der Verfall fortgeschritten?«

»Das Haus, meinst du?« Josh zuckte die Achseln. »Na ja, du solltest dich schon auf was gefasst machen. Wie gesagt, ich hab getan, was ich konnte, immer mal nach dem Rechten zu sehen. Gordon übrigens auch – er mochte deine Großmutter so gern –, und auch die Fischer hier aus der Gegend schauen mal vorbei. Aber es ist schon ziemlich runtergekommen, das muss man sagen.«

»Und … die Leuchtturmbetreiber?«

Josh schüttelte den Kopf. »Nee. Die kommen alle vierzehn Tage mal vorbei, gehen kurz rein, putzen eine Linse, wechseln eine Batterie und fertig. Dann hocken sie sich schnell ins *Selkie* und trinken ein Bier.«

»Okay.«

»Wir haben uns bemüht, alle, aber du weißt, wie es ist. Man hat ständig zu tun. Molly ist nicht gern allein mit dem Boot unterwegs. Und deine Großmutter war vor vier Jahren das letzte Mal hier. Seitdem ist es praktisch unbewohnt.«

»Eine lange Zeit.«

»Das kann man wohl sagen. Vier endlose Hebriden-Winter. Feuchtigkeit und Gammel und Wind – die fordern ihren Tribut.« Er seufzte, doch dann hellte seine Miene sich auf. »Aber im Sommer hattet ihr eine Zeitlang Hausbesetzer.«

»Ach ja?«

»Ja. Die waren eigentlich in Ordnung. Zwei Typen, zwei Mädchen – ziemlich hübsch. Halbe Kinder noch, Studenten. Einmal sind sie sogar abends ganz dreist hier ins *Selkie* spaziert. Gordon und die anderen haben ihnen Geschichten erzählt – dass es auf Torran spukt und so –, da haben sie Schiss gekriegt. Am nächsten Morgen sind sie abgehauen. Aber sie haben keinen großen Schaden angerichtet. Nur das Feuerholz von deiner Großmutter haben sie praktisch aufgebraucht. Die blöden Londoner.«

Angus grinste. Er dachte an die Zeit, als er selbst mit seiner Londoner Clique hier in diesem Pub gesessen und den Einheimischen zugehört hatte. Im Gegenzug für einen Whisky hatten sie Geschichten erzählt, die seit jeher dazu dienten, lan-

ge Winterabende zu verkürzcn. Seine Großmutter hatte dieselben Geschichten erzählt. Von der Witwe von Portree. Von
der Furcht, die im Finstern umging. Und von der armen Elfe
Gruagach mit ihrem schneeweißen Haar, die beim Anblick ihres Spiegelbildes Klagen anstimmte …

»Warum warst du so lange nicht hier?«

»Was?«

»Du warst fünfzehn Jahre nicht mehr hier oben. Warum?«,
insistierte Josh.

Angus runzelte die Stirn und seufzte. Gute Frage: eine, die
er sich selbst auch schon gestellt hatte. Und nicht leicht zu
beantworten.

»Weiß nicht. Nicht wirklich. Vielleicht ist Torran für mich
so nach und nach zum Symbol geworden. Der Ort, an den ich
eines Tages zurückkehren wollte. Das verlorene Paradies oder
so. Im Übrigen ist es gefühlte hunderttausend Kilometer weit
weg. Ich hatte immer vor, mal hochzukommen, vor allem, seit
ihr hierhergezogen seid, aber …« Ein kurzes, düsteres Schweigen trat ein. »Da hatten wir die Zwillinge schon. Und alles war
anders. Mit zwei schreienden Babys auf eine kalte schottische
Insel? Mit Krabbelkindern? Das machst du nicht, das traust du
dir nicht zu. Wenn ihr mal Kinder habt, Molly und du, wirst
du das verstehen.«

»*Wenn* wir Kinder haben.« Josh schüttelte den Kopf. Starrte
auf die milchige Kaffeepfütze in seiner Tasse. »Wenn.«

Einen Moment lang herrschte traurige Stille. Der eine Mann
trauerte um sein verlorenes Kind, der andere um die Kinder, die
er nicht hatte.

Angus trank den letzten Schluck lauwarmen Kaffee, drehte
sich auf der unbequemen Holzbank um und schaute aus dem
angeschmuddelten Fenster mit seiner windsicheren, dicken
Bullaugenscheibe.

Dieses Glas verzerrte das Bild von Torran, entstellte es. Was
er sah, war eine liederlich wirkende Landschaft, schmierig, un-

passend. Er dachte an Sarahs Gesicht in dem unbeständigen Licht auf dem Dachboden. Als sie in die Kisten geschaut hatte.

Das musste aufhören.

Josh sprach als Erster. »Das Wasser ist jetzt abgelaufen, das heißt, du hast zwei Stunden. Höchstens. Soll ich wirklich nicht mitkommen oder dich eben im Schlauchboot rüberfahren?«

»Nö. Ich möchte rüber waten.«

Sie traten hinaus in die Kälte. Der Wind war schärfer geworden. Dreck spritzte hoch, als Josh in seinem Renault davonfuhr. Josh winkte zum Abschied – *ich komme morgen vorbei.*

Dann öffnete Angus den Kofferraum und holte seinen Rucksack heraus. Den hatte er am Morgen in seinem billigen Hotel in Inverness sorgfältig gepackt; alles, was er für eine Nacht auf der Insel brauchte, hatte er dabei. Am nächsten Tag würde er ein paar Sachen besorgen können. Für diesen Abend hatte er nichts weiter vor, als einfach nur auf die Insel zu gelangen.

Übers Watt.

Plötzlich war er sich seines Tuns überdeutlich bewusst, so als fühle er sich von spöttischen Blicken verfolgt, wie er die Trageriemen des Rucksacks zurechtzurrte und das Gewicht verteilte. Unsicher schaute er sich um, darauf gefasst, hinter den Fenstern Gesichter zu sehen, Kinder, die auf ihn zeigten und lachten. Die kahlen Bäume und stummen Häuser starrten zurück. Er war der einzige Mensch weit und breit. Und er musste sich auf den Weg machen.

Es ging direkt vom Parkplatz des *Selkie* ein paar moosbedeckte, verwitterte Stufen hinunter. Angus folgte dem Weg, der sich am Fuß der Treppe an einer Reihe von Booten vorbeiwand. Sie lagen kieloben am Saum des steinigen Strandes, wo sie vor den bevorstehenden Winterstürmen sicher waren. Weiter hinten verlor der Weg sich in einem Labyrinth aus niedrigen grauen Felsen und intensiv riechendem Schlick. Er würde eine halbe Stunde brauchen. Mindestens.

Und sein Telefon klingelte.

Erstaunt, dass er hier draußen Netz hatte – und gegen alle Wahrscheinlichkeit hoffend, dass er auch auf Torran Netz haben würde –, stellte er den Rucksack auf den Steinen ab und zog sein Handy aus der Hosentasche.

Im Display stand *Sarah.*

Er nahm den Anruf an. Den vierten von seiner Frau allein an diesem Tag.

»Hallo?«

»Bist du schon da?«

»Auf dem Weg. Ich wollte gerade rübergehen. Jetzt bin ich in Ornsay. Vorhin hab ich Josh getroffen.«

»Aha. Und wie ist es?«

»Ich weiß es nicht, Schatz.« Er war leicht genervt. »Ich sag doch, ich bin noch nicht da. Lass mich erst mal rübergehen, und sowie ich kann, rufe ich dich zurück, ja?«

»Okay, ja. Entschuldige.« Ihr Lachen war unecht, das erkannte er auch auf tausend Kilometer Entfernung am Handy.

»Ist alles in Ordnung, Sarah?«

Eindeutig eine Pause. Ein Zögern.

»Na ja, ich bin ein bisschen nervös, wenn du verstehst. Das ist alles …«

Wieder eine Pause. Er runzelte die Stirn. Was bahnte sich da an? Er musste seine Frau ablenken, sie auf die Zukunft einnorden. Er überlegte genau, was er als Nächstes sagte.

»Die Insel sieht toll aus, Sarah. Genauso schön, wie ich sie in Erinnerung hatte. Schöner. Es war kein Fehler. Der Umzug hierher ist genau das Richtige.«

»O Gott, entschuldige. Ich bin einfach erledigt. Die ganze Packerei …«

Sarahs Angst war immer noch da, lag auf der Lauer, das spürte er. Also musste er fragen, auch wenn er es lieber nicht wissen wollte. Er musste. »Wie geht's Kirstie?«

»Ganz gut. Sie …«

»Was?«

»Ach, nichts.«

»Wie bitte?«

»Nichts, es ist nichts.«

»Das stimmt doch nicht, Sarah. Irgendwas ist doch!« Er rang mit der vertrauten Frustration. Das war auch so eine Taktik, die seine schweigsame Frau in Gesprächen gern anwendete: eine kleine, beunruhigende Andeutung fallen lassen und dann sagen: *Es ist nichts.* Womit sie ihn nötigte, das, was sie nicht sagte, unter Gewissensbissen aus ihr herauszuquetschen – selbst dann, wenn er es gar nicht wissen wollte. Wie jetzt.

In letzter Zeit machte diese Taktik ihn wahnsinnig. Er wurde richtig, ernsthaft – physisch – wütend.

»Was ist los, Sarah? Sag schon!«

»Na ja, sie …«

Eine weitere provozierende Pause. Angus widerstand der Versuchung zu schreien: *Was ist los, verdammt?*

Endlich brachte Sarah es heraus. »Gestern Abend. Sie hatte wieder einen Alptraum.«

Was für eine Erleichterung. Ein Alptraum? Weiter nichts?

»Okay. Also wieder ein böser Traum.«

»Ja.«

»Derselbe?«

»Ja.« Wieder Schweigen. »Der mit dem Zimmer; sie ist in diesem weißen Zimmer eingesperrt und sieht Gesichter, die von oben auf sie herunterstarren. Der Traum läuft jedes Mal gleich ab. Immer wieder träumt sie den. Warum?«

»Das weiß ich nicht, Sarah, aber ich weiß, dass es aufhören wird. Und zwar bald. Weißt du noch, was sie im Anna Freud Centre gesagt haben? Das ist einer der Gründe, aus denen wir umziehen. Neue Wohnung, neue Träume. Neuer Anfang. Keine Erinnerungen.«

»Ja, du hast recht. Natürlich. Wollen wir morgen weiterreden?«

»Ja. Hab dich lieb.«

»Hab dich auch lieb.«

Erstaunt über seine eigenen Worte, legte Angus auf. Er schob das Handy zurück in die Hosentasche, schulterte den schweren Rucksack – und kam sich vor wie ein Bergsteiger kurz vorm Gipfel. Im Rucksack klapperte die Weinflasche gegen etwas Hartes. Vielleicht sein Schweizer Messer.

Immer bemüht, den sichersten Weg zu finden, arbeitete er sich vorwärts, an Felsen entlang und über sandige Flächen. Der Geruch von faulendem Seegras lag schwer in der Luft. Über ihm kreisten Möwen, die laute Schreie ausstießen. Als machten sie ihm Vorhaltungen wegen etwas, das er gar nicht getan hatte.

Das Wasser war weit zurückgegangen, so weit, dass die grauen Metallketten, an denen die Plastikbojen befestigt waren, schlaff auf dem feuchten Boden lagen. Von der gewundenen, baumbewachsenen Küste der Insel Skye zu seiner Rechten schauten weiß getünchte Cottages gleichmütig zu ihm herüber. Salmadair zur Linken war wie eine Kuppel aus Felsen und Gras, eingeschlossen von düsteren Tannen; dort konnte er nur das Dach des großen, unbewohnten Hauses erkennen, das dem Milliardär gehörte, dem Schweden.

Josh hatte ihm von diesem Karlssen erzählt: dass er immer nur im Sommer ein paar Wochen da sei, zum Jagen und zum Segeln und wegen der grandiosen Aussicht über den Sound, über Loch Hourn und Loch Nevis und zwischen beiden die gebirgige Halbinsel Knoydart mit ihren schneebedeckten Höhenzügen.

Leicht nach vorn gebeugt unter dem Gewicht des Rucksacks, wanderte Angus weiter. Hin und wieder hob er den Kopf und warf einen Blick hinüber zu den finsteren Bergen, den Gipfeln von Knoydart, der letzten echten Wildnis Europas. Und ihm wurde bewusst, dass er die Namen der abweisenden Bergkuppen alle noch im Kopf hatte, so oft hatte seine Großmutter sie ihm aufgezählt: Sgurr an Fhuarain, Sgurr Mor, Fraoch Bheinn.

Ein Gedicht. Er war kein Lyrik-Fan, aber dieser ganze Ort war ein Gedicht.

Sgurr an Fhuarain, Sgurr Mor, Fraoch Bheinn.

Er setzte seinen Weg fort.

Die Stille war schneidend. Ein Reich der Stille. Keine Fischerboote draußen, keine Wanderer unterwegs, kein Motorengeräusch weit und breit.

Angus ging und ging und schwitzte und rutschte aus und wäre fast gefallen. Der Wind hatte sich gelegt; es war ein ungewöhnlich ruhiger Nachmittag, die Sicht so klar, dass er in der Ferne die letzte Fähre von Armadale nach Mallaig übersetzen sah.

Viele der Häuser, die halb versteckt zwischen Tannen und Ebereschen standen, waren verschlossen und winterfest gemacht. Auch deshalb herrschte diese fast trostlose Stille. In gewisser Weise ähnelte diese gehegte und gepflegte, überwältigend schöne Halbinsel am südlichen Zipfel von Skye immer mehr den reichen Ecken Londons: Sie war menschenleer, weil so hoch begehrt; die wohlhabenden Eigentümer kamen nur für ein paar Tage im Jahr. Sie war eine Kapitalanlage. Eine Möglichkeit, Geld zu bunkern. Paradoxerweise ging es inzwischen in anderen, weniger attraktiven Gegenden auf den Hebriden lebendiger zu, weil dort die Häuser billiger waren.

Auf dieser Ecke lag der Fluch der Schönheit.

Es *war* aber auch schön. Und es wurde dunkel.

Er brauchte fünfzig Minuten für seinen Gang übers Watt – weil seine Stiefel bei jedem Schritt im grauen Schlick versanken und weil er sich an einer Stelle mit der Richtung vertan hatte: Er war geradewegs auf Salmadair zugegangen, hatte, ohne es zu ahnen, das Milliardärshaus mit seinem riesigen, rundum verglasten Wohnzimmer angesteuert, das dann auch in der einsetzenden Dämmerung vor ihm aufgetaucht war, abgeschirmt durch rostigen Stacheldraht.

Er war dem nach links abzweigenden Weg gefolgt, statt den steinigen Strand von Salmadair zu umrunden.

Josh fiel ihm ein, wie er ihn vor dem Watt im Dunkeln gewarnt hatte. Du kannst sterben da draußen. Es kommt immer wieder vor, dass Leute sterben.

Aber wie viele waren das tatsächlich? Einer im Jahr? Einer in zehn Jahren? Was er hier tat, war immer noch sicherer, als in London eine Straße zu überqueren. Hier gab es kein Verbrechen, die Luft war klar und gut. Hier war es viel sicherer für Kinder. Sicherer für Kirstie.

Auf der Suche nach dem alten Trampelpfad schlug er sich durch Stechginstergebüsch und kam schließlich auf einer Gruppe besonders glitschiger, von Seepocken überwucherter Felsen ins Rutschen. Dabei schabte er sich die Finger an ein paar Stellen blutig. Er fühlte sich zerschunden, er war erschöpft.

Von Norden kam Wind auf, der nach Möwendreck und Blasentang roch – und vielleicht ganz schwach nach frisch geschlagenen Kiefern, die aus dem weit im Norden auf dem Festland gelegenen Scoraig und aus Assynt hergebracht wurden.

Weit war es nicht mehr. Im schwindenden Nachmittagslicht war der nur bei Ebbe sichtbare Damm aus Felsbrocken, Kies und angespülten Krabbenschalen gerade noch auszumachen. Ein dünnes grünes Rohr schlängelte sich über den Damm nach Torran, verschwand hier für ein paar Meter im Sand, tauchte dort wieder auf. Das war die Wasserleitung – er erkannte sie ebenso wieder wie diesen Abschnitt des Wegs. Er wusste noch, wie er als Junge und als junger Mann hier entlanggegangen war. Nun kehrte er zurück.

Und entdeckte, ein Stück zurückgesetzt, im letzten Schein der kalten Spätnachmittagssonne den Leuchtturm und das Cottage. Keine zwei Minuten mehr, und er würde sein neues Zuhause betreten. Das Haus, in dem seine Familie leben würde – so gut sie es eben konnte.

Automatisch warf er einen Blick auf sein Handy. Kein Netz. Natürlich. Was hatte er erwartet? Die Insel war völlig auf sich gestellt: einsam und so abgeschieden, wie es in Großbritannien überhaupt nur möglich war.

71

Als er die letzte Steigung zum Leuchtturm und dem Haus erklommen hatte, drehte Angus sich noch einmal um und schaute hinaus aufs Watt.

Genau. So abgeschieden, wie es überhaupt nur ging. Das war gut. Er war froh, dass er seine Frau zu dem Umzug hatte überreden können; dass es ihm gelungen war, sie glauben zu machen, es sei ihre Entscheidung gewesen. Seit Monaten schon hatte er sich gewünscht, sie könnten weit, weit weg sein von allem. Nun hatten sie das erreicht. Auf Torran würden sie endlich sicher sein. Niemand würde Fragen stellen. Es gab keine Nachbarn, die sich einmischten. Weder Freunde noch Verwandte. Keine Polizei.

5. Kapitel

KIRSTIE.

Sobald ich den Blick hebe, sehe ich Kirsties ausdrucksloses Gesicht im Rückspiegel.

»Wir sind bald da, Süße.«

Das erzähle ich, seit wir aus Glasgow rausgefahren sind, und tatsächlich habe ich, als wir es erst mal bis Glasgow geschafft hatten, geglaubt, wir *wären* »bald da«. Auf Google Maps hatte es so nahe ausgesehen, wir waren doch schon halb durch Schottland durch. Es kann gar nicht mehr lange dauern, dachte ich, die paar Zentimeter noch.

Stattdessen zieht die Straße sich hin wie eine endlose, dröge Geschichte, monoton erzählt von einem Langweiler. Derzeit durchqueren wir die Einöde von Rannoch Moor.

Ich muss mir klarmachen, warum wir überhaupt hier sind.

Vor zwei Tagen hat Angus angeboten, dass wir – für Geld, das wir nicht haben – nach Inverness fliegen könnten, wo er uns dann abholen würde. Den gesamten Transport sollten wir den Leuten überlassen, die wir dafür bezahlen.

Aber das wäre mir irgendwie falsch vorgekommen, wie Mogelei – im Grunde wollte ich die Entfernung spüren, wollte die Strecke mit Kirstie und Beany selbst fahren; und früher oder später hätte das Auto ohnehin überführt werden müssen. Also habe ich darauf bestanden, dass ich mit Kirstie die Fahrt vom südlichen Zipfel bis in den äußersten Norden Großbritanniens mache und dass wir Angus auf dem Parkplatz des *Selkie* in Ornsay treffen, von wo aus man den berühmten Blick nach Torran hat.

Inzwischen bedaure ich das.

Es ist alles so riesig hier und so trostlos. Rannoch Moor ist wie eine Schüssel voll Grau und Grün, eine düstere, von Bergen umstellte Hochebene, wahrscheinlich glazialen Ursprungs. Überall Tümpel und schmutzig braune Wasserläufe, die das Torfmoor durchziehen und die Grasflächen teilen; stellenweise sieht es aus, als sei der braune Boden auseinandergerissen und wieder zusammengenäht worden.

Ich schaue Kirstie im Rückspiegel an und dann mich selbst.

Es muss sein; ich möchte es wirklich nicht, aber ich muss das Ganze noch einmal durchgehen. Ich *muss* herausfinden, was mit Kirstie passiert und ob es unmittelbar mit dem Unfall zusammenhängt. Mit diesem schrecklichen Bruch in unser aller Leben.

Also.

Ein Sommerabend in Instow.

Knapp zehn Jahre zuvor waren mein Vater und meine Mutter in den kleinen Küstenort im Norden von Devon gezogen, um dort ein beschauliches Ruheständlerleben zu führen. Am Ende der nicht eben glorreichen Karriere meines Vaters hatten sie gerade noch genug Geld, um sich ein ziemlich großes Haus mit Blick auf den trägen Fluss zu kaufen, an der Stelle, wo er sich zur Mündung verbreitert.

Ein Haus mit erstem und zweitem Obergeschoss und Balkons, so dass man die Aussicht in vollen Zügen genießen kann. Es gibt einen hübschen Garten und auf der Rückseite einen abschüssigen Rasen, der bei Kaninchen sehr beliebt ist. Von den Fenstern im ersten Stock hat man einen schönen Blick auf die grünen Landspitzen und einen kleinen Ausschnitt Wasser dazwischen. Sitzt man auf der Toilette, sieht man gelegentlich Boote mit rotem Segel in Richtung Bristol Channel vorbeigleiten.

Ich fand von Anfang an, dass meine Eltern eine gute Wahl getroffen hatten. Ein schönes Haus in einem netten kleinen Ort. Instow. In den Pubs trifft man Segler – Yachtbesitzer, aber nicht von der protzigen Sorte. Das Klima ist freundlich für englische Verhältnisse, milde dank der Südwestwinde. Am Hafen kann man mit Speck und Angelschnur auf Krabbenfang gehen.

Instow wurde unweigerlich und umstandslos zu unserem Standard-Ferienquartier. Ein schöner, preiswerter, bequemer Unterschlupf für Angus und mich – und später ein Ort, an den wir die Mädchen getrost mitnehmen konnten, weil wir wussten, dass die vernarrten Großeltern sich gern um sie kümmerten.

Und vernarrt waren meine Eltern. Weil die Zwillinge so außergewöhnlich süß waren – wenn sie nicht gerade quengelten –, aber auch, weil mein Taugenichts von einem Bruder ohne Ende durch die Welt tingelte und gar nicht daran dachte, sesshaft zu werden. Die Zwillinge waren der Hit. Die einzigen Enkel, die es aller Voraussicht nach je geben würde.

Also konnte mein Vater es immer kaum erwarten, dass wir kamen und die Ferien bei ihnen verbrachten, und meine amerikanische Mutter, Amy – schüchterner, stiller, reservierter, mehr so wie ich –, freute sich genauso darauf.

Deshalb habe ich, als mein Vater während eines Telefonats leichthin fragte: *Was macht ihr im Sommer?*, nur zu bereitwillig gesagt: *Ja, wir kommen gern wieder nach Instow*. Zum siebten oder achten Mal. Wir waren schon so oft da gewesen, dass wir aufgehört hatten zu zählen. Die kostenlose Kinderbetreuung war nun einmal eine große Versuchung. Allein, dass wir Eltern nach Herzenslust schlafen konnten, während die Zwillinge mit den Großeltern unterwegs waren!

Es war der erste Abend der letzten Ferien.

Ich war am Vormittag mit den Kindern nach Devon gefahren, Angus hatte noch in London zu tun, sollte aber später am Abend nachkommen. Meine Eltern waren auf einen Drink ausgegangen. Ich saß in der Küche.

Die geräumige Küche ist im Haus meiner Eltern der Ort, an dem sich alles abspielt, denn von dort ist der Blick am schönsten, und es gibt einen wunderbaren großen Tisch. Alles war ruhig. Ich las in einem Buch und trank Tee. Es war lange hell, ein herrlicher Abend: Rosig und blau wölbte sich der Himmel über den Landspitzen und der Bucht. Die Zwillinge, schon sonnengerötet von dem Nachmittag am Strand, spielten – so glaubte ich – im Garten. In *Sicherheit.*

Und dann hörte ich eine meiner Töchter schreien.

Diesen Schrei werde ich nicht mehr los.

Nie.

Jetzt, im Rannoch Moor, umklammere ich das Steuer und gebe Gas. Als könnte ich den Schrecken von damals überholen und im Rückspiegel verschwinden sehen.

Was geschah als Nächstes? Findet sich da etwas, irgendein Hinweis, der hilft, das schreckliche Puzzle zusammenzusetzen?

Für den Bruchteil einer Sekunde blieb ich einfach sitzen, unfähig, den Schrei zu deuten. Soweit ich wusste, spielten die Mädchen draußen auf dem Rasen und freuten sich über das warme Sommerwetter, der Schrei aber war von *oben* gekommen. In blinder Panik stürmte ich schließlich die Treppe hinauf, rannte durch den oberen Flur und suchte sie. Hier nicht und da nicht und da auch nicht, und ich wusste es, irgendwie wusste ich es und lief in das unbenutzte Schlafzimmer – noch ein Zimmer mit Balkon. Sechs Meter hoch.

Diese Scheißbalkons. Wenn es in Instow etwas gab, das mich nervte, waren es die Balkons. Vor jedem Fenster war einer. Angus nervten sie auch.

Wir haben den Zwillingen immer eingeschärft, dass sie sich davon fernhalten sollten; die Eisenbrüstungen waren zu niedrig, selbst für Kinder. Aber sie waren natürlich verlockend. Denn von dort hatte man diesen tollen Blick auf den Fluss. Meine Mutter zum Beispiel saß gern auf ihrem Balkon, las schwedische Thriller und trank Supermarkt-Chardonnay.

Deshalb musste ich, als ich nach oben rannte, an die Balkons denken und hatte eine schreckliche Vorahnung, und als ich das

Zimmer betrat, sah ich eine meiner Töchter, im weißen Kleid, im Gegenlicht auf dem Balkon stehen und schreien.

Das Verrückte ist, dass sie in diesem Augenblick so schön aussah. Das Licht der untergehenden Sonne fing sich in ihrem Haar: wie eine Krone, wie ein flamingorosa Heiligenschein – sie sah aus wie ein Jesuskind in einem viktorianischen Bilderbuch, und dabei schrie sie, dass einem das Blut in den Adern gefror.

»Mami Mami Mami Lydi-del, sie ist runtergefallen, Mami hilf ihr, *Mami!*«

Einen Augenblick lang konnte ich mich nicht rühren. Ich starrte sie nur an.

Dann beugte ich mich, halb von Sinnen vor Angst, über die Brüstung und schaute nach.

Und da lag sie, meine Tochter – unten auf der Terrasse, Blut lief ihr aus dem Mund, wie eine Sprechblase, rot und glänzend. Arme und Beine hatte sie angewinkelt. Es war das Urbild eines Menschen, der gefallen ist. Ein Symbol.

Sobald ich sie sah, wusste ich, dass sie verloren war, aber ich raste trotzdem nach unten, umfasste ihre noch warmen Schultern, wiegte sie, suchte nach der Andeutung von einem Puls. Und in dem Moment kehrten meine Eltern aus dem Pub zurück, kamen den Weg herauf, geradewegs auf das Schreckensbild zu. Sie blieben stehen und schauten ängstlich – und dann schrie meine Mutter auf, und mein Vater lief ins Haus, den Rettungsdienst anrufen, und wir stritten darüber, ob wir Lydia bewegen dürften oder nicht, und meine Mutter fing wieder an zu schreien.

Dann fuhren wir alle, in Tränen aufgelöst, ins Krankenhaus, wo wir mit absurd jungen Ärzten sprachen, jungen Männern und Frauen im weißen Kittel und mit vor Müdigkeit flackerndem Blick. Unaufhörlich murmelten sie ihre Gebete.

Akutes subdurales Hämatom, schwere sternförmige Risswunde, Hinweise auf Netzhautblutung …

Einmal kam Lydia zu sich. Es war entsetzlich. Angus war

inzwischen auch gekommen, so dass wir alle da waren – Angus und ich, mein Vater, die vielen Ärzte und Schwestern –, und meine Tochter rührte sich und schlug wie in Zeitlupe die Augen auf, sie hatte Schläuche im Mund und sie sah uns traurig an, bedauernd, als nehme sie Abschied. Dann sackte sie wieder weg. Und kam nie zurück.

Ich hasse diese Erinnerungen. Ich weiß noch, wie eine Ärztin, nachdem Lydia für tot erklärt worden war, im Gespräch mit uns unverhohlen gähnte. Wahrscheinlich hatte sie schon ewig Dienst. Ein anderer Arzt meinte, wir hätten »Pech«.

Und so grauenvoll das auch klingt, im Prinzip hatte er recht – wie ich viele Wochen später feststellte, als ich mental wieder in der Lage war, Wörter in eine Suchmaschine zu tippen. Die meisten Kinder überleben einen Sturz aus einer Höhe von bis zu neun Meter, in einigen Fällen auch zwölf Meter. Lydia hatte Pech. Wir hatten Pech. Ihr Sturz war besonders übel. Und diese Erkenntnis hat es nur noch schlimmer gemacht; seither konnte ich meine Schuldgefühle umso weniger ertragen. Lydia war gestorben, weil wir Pech hatten – und weil ich nicht richtig auf sie aufgepasst hatte.

Jetzt würde ich gern die Augen schließen und die Welt aussperren. Aber das geht nicht, denn ich sitze am Steuer. Also fahre ich weiter. Und stelle in Frage. Die Welt. Meine Erinnerung. Die Realität.

Welches Mädchen ist gestürzt? Kann es sein, dass ich mich getäuscht habe?

Eigentlich und genau genommen habe ich gedacht, Lydia ist diejenige, die tot auf der Terrasse liegt, weil der Zwilling, der am Leben war, *es mir gesagt hat.*

Mami Mami komm schnell, Lydi-del ist runtergefallen.

Natürlich habe ich es so genommen, wie sie es sagte. Denn in dem Moment gab es kein unmittelbares Unterscheidungsmerkmal. Sie waren an dem Tag beide ganz in Weiß, sehr süß – und genau gleich. Weiße Kleider. Kein Blau, kein Gelb.

Das war nicht meine Idee gewesen. Sie selbst wollten es so. Ein paar Monate vor jenem Urlaub hatten sie darum gebeten – verlangt –, sich gleich anziehen und die Haare gleich tragen zu können, damit sie gleich aussahen. *Mami, setz dich zwischen mich, dann kannst du uns was vorlesen.* Es war, als wollten sie ganz ineinander aufgehen. Als meinten sie, lange genug Individuen gewesen zu sein. Manchmal erzählten sie uns in jenen letzten Monaten sogar, sie hätten dasselbe geträumt. Ich wusste nie, ob ich ihnen glauben sollte. Und ich weiß es bis heute nicht. Ist das möglich? Dass Zwillinge denselben Traum haben? Ja?

Ohne den Fuß vom Gas zu nehmen, rase ich um die nächste Kurve; ich treibe mich selbst an, als sei an der Küste die Antwort zu finden. Aber wenn es überhaupt eine Antwort gibt, dann trage ich sie in mir.

Angus und ich hatten dem spontanen Verlangen der Mädchen – sich gleich anzuziehen – nachgegeben, weil wir annahmen, es ginge vorüber wie das Zahnen oder die Trotzphase; außerdem war es inzwischen nicht mehr schwer, sie anhand ihres Wesens zu unterscheiden. Anhand ihrer Art zu streiten.

Aber als ich eine meiner Töchter im weißen Kleid und vollkommen außer sich da stehen sah, gab es kein Wesen. In jenem Augenblick nicht. Da stand ein Zwilling und schrie. Weiter nichts. *Lydi-del ist runtergefallen,* schrie sie. Daher weiß ich, wer sie ist. *Kirstie.*

Können wir uns getäuscht haben?

Ich weiß es nicht. Ich habe mich verirrt, wie in einem Spiegelkabinett. Und wieder quält mich der schreckliche Satz.

Mami Mami komm schnell, Lydi-del ist runtergefallen.

Da ist mein Leben in Scherben gegangen. Da habe ich meine Tochter verloren. Da versank alles in Schwarz.

Wie jetzt. Die Trauer hat mich fest im Griff, die Erinnerung ist übermächtig. Ich bin den Tränen nahe, meine Hände am Steuer zittern.

Das reicht. Ich muss anhalten, ich muss aussteigen, ich brauche Luft. Wo bin ich? Wo sind wir? Kurz vor Fort William? O Gott. O Gott. *Halt an!*

Mit einem Ruck reiße ich das Steuer herum, nehme die Zufahrt zu einer Tankstelle und lege auf dem Vorplatz eine Vollbremsung hin; Splitt spritzt hoch, nur knapp vor der ersten Zapfsäule komme ich zum Stehen.

Der Wagen dampft, es ist plötzlich sehr still.

»Mami?«

Ich schaue in den Rückspiegel. Unverwandt starrt Kirstie mich an, während ich mir mit dem Handballen die Tränen aus dem Gesicht wische. Ich sehe ihr Spiegelbild – das, was sie selbst schon unzählige Male im Spiegel gesehen haben muss. Und ich sehe zugleich ihre tote Schwester.

Jetzt *lächelt* Kirstie mich an.

Warum? Warum lächelt sie? Sie ist stumm, ihr Blick so starr, dass sie noch nicht einmal zwinkert – und dann lächelt sie? Als wollte sie mich provozieren.

Angst packt mich. Eine absurde, lächerliche und trotzdem sehr handfeste Angst.

Ich muss raus aus dem Wagen. Sofort.

»Mama geht sich nur schnell einen Kaffee holen, ja? Ich … ich brauch jetzt einen Kaffee. Möchtest du auch was?«

Sie antwortet nicht. Mit beiden zu Fäusten geballten Händen presst sie Leopardy an sich. Ihr Lächeln ist kalt, leer – aber irgendwie auch wissend. Genauso hat Lydia manchmal gelächelt; Lydia, die Stille, die Seelenvolle, die Exzentrischere von beiden. Meine Lieblingstochter.

Auf der Flucht vor meinem eigenen Kind ebenso wie vor meinen Zweifeln stürme ich in den BP-Shop.

»Kein Benzin. Nur den Kaffee.«

Er ist viel zu heiß. Ich trete wieder nach draußen in die Kälte, die schon nach See riecht, und versuche, mich zu lockern. Ruhig, Sarah, komm runter.

Den heißen Americano-Becher in der Hand, fädele ich mich wieder in den Fahrersitz. Atme tief. Therapeutisch. Verlangsame meinen Herzschlag. Und dann schaue ich in den Spiegel. Kirstie ist immer noch still. Sie lächelt nicht mehr, und sie hat sich abgewandt. Krault Beany hinter dem Ohr und schaut hinaus auf die dicht an dicht stehenden Vorstadthäuser zu beiden Seiten des Tankstellenzubringers. Vor der grandiosen Kulisse der Highlands wirken sie albern und englisch und fehl am Platz mit ihren netten Fensterchen und winzigen Veranden.

Weiter, weiter, weiter.

Ich drehe den Schlüssel im Zündschloss und verlasse die Tankstelle. Wir folgen der Landstraße in Richtung Fort Augustus, am Loch Lochy entlang, am Loch Garry vorbei, weiter zum Loch Cluanie. Es dauert ewig, und dabei sind wir schon so weit! Ich denke an die Zeit vor dem Unfall, an das Glück, das einfach so zerschlagen worden ist. Wir haben auf dünnem Eis gelebt.

»Sind wir *jetzt* bald da?«

Kirstie holt mich aus den Grübeleien. Ich werfe einen Blick in den Rückspiegel.

Sie starrt hinüber zu den Berggipfeln, die in Nebel- und Regenschwaden gehüllt sind. Ich lächle beherzt und sage ja und chauffiere meine Tochter und Beany und unsere Hoffnungen über die einspurige Straße, die sich durch endlose Wildnis windet.

Aber wir sind tatsächlich bald da. Und jetzt fühlt sich die Entfernung, die ich zwischen mein altes Leben – mein altes Ich, meine tote Tochter, ihre am Strand von Instow verstreute Asche – und mich bringe, richtig und gut und unerlässlich an. Am ehesten möchte ich noch weiter weg. Dieser Zwei-Tage-Trip von Camden nach Schottland, mit Zwischenstopp in den Scottish Borders, hat mir erst richtig klargemacht, wie grundlegend wir unser Leben ändern. Die Entfernung ist so groß, da gibt es kein Zurück.

Ich komme mir vor wie eine Auswanderin im neunzehnten Jahrhundert; als seien wir Pioniere auf dem Weg nach Oregon. Und so umfasse ich das Steuer fester und lenke uns aus der Vergangenheit hinaus; versuche, nicht zu rätseln, wer da auf der Rückbank sitzt, welches der Wappen-Einhörner, welcher Geist ihrer selbst. Es ist Kirstie. Es muss Kirstie sein. Es ist Kirstie.

»Da ist es, Kirstie, siehst du?«

Wir nähern uns Skye. Der klapprige Familien-Ford-Focus rumpelt im Regen durch den touristischen Hafenort Kyle of Lochalsh – dann führt uns die Straße automatisch auf eine sich hoch aufschwingende Brücke. Von einem Augenblick zum nächsten hört es auf zu regnen.

Beim Blick in die Tiefe, auf das aufgewühlte graue Wasser des Loch Alsh unter uns, dreht sich mir der Magen um, doch bald geht es wieder abwärts, auf einen Kreisel zu.

Wir sind auf Skye. Und auf eine weitere Ansammlung kleiner, vorstädtischer Häuser folgt erneut Leere.

Es ist eine karge, aber wunderschöne Landschaft. Zu meiner Linken spiegeln sich Inseln und Berge in tief dunkelblauem Wasser. Bucklige Moore wölben sich zur ebenso zerklüfteten Küste hinab. Ein einzelnes Boot gleitet vorüber. Eine Straße verliert sich in einer Tannen-Schonung; sie scheint nirgendwohin zu führen als in dieses Schattenreich und letztlich Finsternis.

Rauh und respekteinflößend – und sehr imposant. Auf den weiter entfernten Berghängen liegen gleißende Rauten herbstlichen Sonnenlichts wie Feuer, die auf eine Verabredung hin entzündet worden sind. Still und sehr schnell jagen sie vorbei. Und als ich vor einem Weide-Rost bremsen muss, sehe ich, wie diese Lichtflecken entstehen: Tautropfen im Gras funkeln in der Sonne wie winzige, vibrierende Edelsteine.

Nur noch ein paar Kilometer bis Ornsay. Die Straße windet und krümmt sich, und allmählich erkenne ich die sanftgrünen Hügel und stahlgrauen Seen, die ich auf Bildern gesehen habe – unzähligen Bildern auf Google.

»Da ist Papa!«

Aufgeregt streckt Kirstie den Arm aus und zeigt.

Beany knurrt.

Ich bremse erneut auf Kriechtempo ab und folge dem Arm meiner Kleinen mit dem Blick. Ja, sie hat recht. Da stehen zwei Männer an der Mole vor einem großen, weißen viktorianischen Giebelhaus, dessen Fensterfront zum Meeresarm Sound of Sleat hinausgeht. Angus und – Josh Freedland. Josh mit seinem roten Haar ist unverwechselbar.

Das ist es. Muss es sein. Das *Selkie*, und davor der Parkplatz. Und die rund um den kleinen Hafen verstreuten, gepflegten Gärten, ausgebauten Gehöfte und neuen Häuser mit großen Glasfronten müssen der Ort Ornsay sein.

Das heißt aber auch, vor allem – ich hebe den Blick wie eine Anbetende in der Kirche –, dass die kleine Insel mit dem Leuchtturm dort drüben im Sound, das Inselchen, das inmitten der Weite von Meer und Bergen winzig wirkt, unser Ziel ist.

Mein neues Zuhause mit dem Namen wie Glockenklang.

Torran.

Fünf Minuten Schlängeln durch enge Sträßchen, dann erreiche ich den Parkplatz und das *Selkie* und höre das Klirren und Klappern der vertäuten, auf der Stelle tänzelnden Boote mit ihren Taljereepen, Spinnakern und Bugsprieten; ich habe keine Ahnung, was diese Wörter bedeuten, aber ich werde es lernen. Ich werde mir eine neue Sprache aneignen, eine maritime, seetaugliche, passend für jemanden, der auf einer Insel lebt. Abgesehen von allen Ängsten – dieser Gedanke gefällt mir. Wenn es nach mir geht, soll alles neu sein.

»Hallo, mein Schatz«, sagt Angus, als Kirstie – zögerlich, die Augen zusammengekniffen gegen den Wind, Leopardy wie immer fest an sich gedrückt – aus dem Wagen klettert.

83

Der Hund zappelt und bellt und drängt gleich nach Kirstie raus aus dem Wagen, auf den Asphalt. »Hallo, Beany!«, fügt Angus hinzu und strahlt. Sein geliebter Hund.

Bei aller Trauer bin ich zufrieden. Am Ende habe ich Hund und Tochter wohlbehalten hergebracht.

»Sag Onkel Josh guten Tag, Süße«, raunt Angus meiner Siebenjährigen zu, die mit offenem Mund dasteht und sich umschaut. Mich lächelt er dankbar an, als unsere Tochter sich zu Josh hin dreht und ein höfliches, wenn auch schüchternes »Hi« herausbringt.

»War die Fahrt okay?«, fragt Josh, der mich eben verstohlen gemustert hat.

»Nur zwei Tage«, sage ich. »Ich hätte es vielleicht auch an einem geschafft.«

»Na ja.«

»Nächstes Mal könnten wir ja nach Wladiwostok ziehen, was meinst du, Angus?«

Er lacht höflich. Schon jetzt finde ich, dass er hier in Schottland irgendwie schottischer aussieht. Seine Wangen sind gerötet, die Bartstoppeln scheinen dunkler, er ist eindeutig etwas schmuddeliger: rauher, wettergegerbt, maskulin. Er trägt keine weinrote Architekten-Seidenkrawatte, sondern hat Kratzer an den Händen und Farbkleckse im Haar. Seit drei Tagen ist er jetzt hier und »macht das Haus klar«, damit es für Kirstie und mich bewohnbar wird.

»Josh bringt uns in seinem Boot rüber.«

»Ihr müsst«, sagt Josh, nimmt mich in die Arme und küsst mich auf beide Wangen, »ihr *müsst* euch ein Boot besorgen. Ohne Boot ist Torran ein Alptraum, die Tide macht euch verrückt.«

Ich zwinge mich zu lächeln. »Danke, Josh, das ist genau das, was wir an unserem ersten Tag hier hören wollen.«

Er grinst verlegen wie ein Schuljunge. Und mir fällt wieder ein, dass ich ihn mag. Er ist mir der liebste unter Angus' Freunden; es hilft, dass er nicht trinkt – er ist absolut nüchtern. Und das bringt Angus dazu, seinerseits weniger zu trinken.

Wie ein Bergsteigertrupp, der sich abseilt, klettern wir die Stufen an der Kaimauer hinunter, um zu Joshs Boot zu gelangen. Beany geht, von Angus geführt, an zweiter Stelle und springt schließlich, überraschend wendig, ins Boot. Als Nächste kommt Kirstie. Sie ist begeistert – auf die seltsam ruhige Art, auf die Lydia begeistert sein konnte. Wie erstarrt sitzt sie im Boot und schaut nach vorn, aber ihre Augen glänzen. Selig.

»Alle Mann an Bord! Lichtet den Anker und dreht nach Lee, Torran ahoi!«, ruft Josh für Kirstie, und sie kichert. Er stakt das Boot ins tiefere Wasser, Angus holt die Leine ein, was sehr schnell geht, und unsere kleine, aber bedeutende Überfahrt beginnt. Zunächst umrunden wir die etwas größere Gezeiteninsel Salmadair, die zwischen Ornsay und Torran liegt.

»Hier wohnt der Verpackungsmilliardär.«

Kurz schaue ich nach Salmadair hinüber, doch vor allem beobachte ich Kirstie, ihr glückliches kleines Gesicht, ihre blauen Augen, die sich nicht sattsehen können am Wasser, an den Inseln und dem hohen Hebriden-Himmel.

Ich habe ihr verzweifeltes Rufen im Ohr.

Mami Mami komm schnell, Lydi-del ist runtergefallen.

Und wieder wird mir schmerzlich bewusst, dass dieser Ruf tatsächlich alles ist, worauf wir uns stützen, wenn wir annehmen, dass Lydia diejenige war, die gestorben ist. Warum habe ich ihr geglaubt?

Weil es keinen Grund gab, aus dem sie hätte lügen sollen. In diesem Ausnahmemoment. Aber vielleicht war sie durcheinander, auf bizarre Weise verwirrt? Mir wird auch klar, warum sie verwirrt gewesen sein kann – die beiden haben diesen ganzen vertrackten Sommer lang ständig ihre Namen getauscht, ja ihre ganze Identität. Sie waren gleich gekleidet. Sie hatten den gleichen Haarschnitt. Den ganzen Sommer

85

lang hatten sie Spaß an diesem Spiel: Welche bin ich, Mami? Welche bin ich, Papi?

Vielleicht haben sie es an dem Abend auch gespielt? Und dann die Katastrophe. Und das fatale Verschwimmen der Identitäten ist erstarrt wie eine Luftblase im Eis.

Oder Kirstie spielt das Spiel allein weiter. Zu meinem Entsetzen. Vielleicht lächelt sie deshalb. Vielleicht spielt sie das Spiel, um mir weh zu tun, um mich zu bestrafen.

Bestrafen wofür?

»Okay«, sagt Angus. »Das also ist Torran.«

6. Kapitel

DIE NÄCHSTEN FÜNF TAGE HABE ICH extrem viel zu tun, da
bleibt keine Zeit, innezuhalten und zu grübeln. Denn das Haus
ist schlicht ein Alptraum. Gott weiß, wie es ausgesehen hat,
bevor Angus es für unsere Ankunft »klargemacht« hat.

Die Grundfesten sind weitgehend intakt: zwei weiße Cot-
tages mit Giebel, in den 1880er Jahren vom Vater Robert Louis
Stevensons erbaut und in den 1950ern zu einem Haus für eine
Familie zusammengefügt. Aber ein erster Rundgang durch alle
Räume zeigt, dass *seit* den 1950ern hier niemand mehr nen-
nenswert Hand angelegt hat.

Die Küche ist unbeschreiblich: der Kühlschrank völlig ver-
keimt, mit irgendwas Schwarzem an den Innenwänden. Der
wird komplett rausfliegen. Der Herd funktioniert, ist aber un-
sagbar dreckig: Am Nachmittag von Tag eins habe ich Stunden
damit zugebracht, ihn zu reinigen; mir taten schon die Knie
weh, aber als – so elend früh – die Dämmerung einsetzte, war
ich gerade mal halb fertig. Und das tiefe Steingutspülbecken,
das riecht, als sei es für die Schlachtung von Seevögeln genutzt
worden, habe ich noch nicht einmal angerührt.

Alles andere in der Küche geht gerade so. Aus dem Hahn
über dem Spülbecken spritzt eine grünlich gefärbte Flüssigkeit:
Angus hatte vergessen, mir zu erzählen, dass unser fließendes
Wasser über eine dünne Plastikleitung vom Festland kommt –
und dass diese Leitung bei Niedrigwasser ungeschützt auf dem
Damm liegt. Sie hat undichte Stellen, an denen auch Meerwasser eindringt; bei Niedrigwasser kann ich, wenn ich aus
dem Küchenfenster schaue, die Lecks sogar sehen – da steigen
fröhliche kleine Fontänen auf und sagen dem Himmel guten
Tag.

Wegen dieser Spuren von Salzwasser müssen wir alles abkochen. Und trotzdem schmeckt alles nach Fisch. Es bleibt uns also nichts anderes übrig, als die Wasserleitung reparieren zu lassen. Wir können nicht ewig Wasserflaschen aus dem Supermarkt in Broadford heranschleppen, dazu haben wir weder die Kraft noch das Geld. Wasser zu filtern und mit Hilfe von Tabletten zu reinigen kann auch keine langfristige Lösung sein; das ist zu umständlich und zeitaufwendig. Aber wie kriegen wir die Wasserwerke dazu, hier rauszukommen und uns zu helfen? Ganzen drei Leuten, die sich aus freien Stücken dafür entschieden haben, auf einer geradezu lächerlich abgelegenen Insel zu leben?

Sollten die Leute von den Wasserwerken eines Tages doch kommen, helfen sie uns vielleicht – aus Mitleid – auch, die Ratten loszuwerden.

Die sind hier überall. Ich höre sie in der Nacht – sie wecken mich, wenn sie in den Wänden wühlen, spielen und umherpurzeln, tanzen und quieken. Dass Ratten da sind, bedeutet, dass wir sämtliche Lebensmittel in Drahtkörben aufbewahren, die an einer metallenen Wäscheleine hängen.

Ich würde die Sachen gern in die Küchenschränke räumen, aber die sind immer noch feucht und angemodert. Der große war leer, als ich ihn zum ersten Mal aufmachte; nichts als Schimmel und Schmutz – und das filigrane weiße Skelett einer Spitzmaus mitten auf einem der Borde.

Es hätte ein Museumsstück sein können, etwas aus der Sammlung eines Antiquitätenjägers: fremdartig und kostbar, makaber und wunderschön zugleich. Ich habe Angus geholt und gebeten, es ins Meer zu werfen.

Jetzt haben wir Tag fünf, und ich sitze, verdreckt und müde, allein im Schummerlicht einer einzelnen Lampe und lasse das große, wohlriechende Feuer herunterbrennen, denn ich mag es, in die ersterbenden Flammen zu starren. Angus schnarcht in unserem Schlafzimmer in dem großen alten Bett, das er das Admiralsbett nennt. Ich habe keine Ahnung, warum es so heißt. Meine Tochter liegt in ihrem Zimmer am anderen Ende des Hauses neben ihrem geliebten Nachtlicht und schläft vermutlich.

Das Feuer spuckt einen großen Funken auf den türkischen Teppich. Ich unternehme nichts, weil ich weiß, dass der türkische Teppich zu feucht ist, um Feuer zu fangen. Stattdessen schaue ich auf die To-do-Liste auf dem Klemmbrett, das auf meinen Knien liegt. Sie ist entmutigend lang – und ich füge immer noch weitere Posten hinzu.

Wir müssen uns ein Boot besorgen. Jeden Tag verhandelt Angus mit potenziellen Verkäufern, aber Boote sind ätzend teuer. Andererseits wollen wir auch kein Risiko eingehen und etwas Billiges kaufen, das dann vielleicht sinkt.

Außerdem müssen wir das Telefon reparieren lassen: Das altertümliche schwarze Bakelit-Teil aus den 1960ern, das auf dem Beistelltisch im kalten Esszimmer steht, ist übersät mit verkrusteten Tropfen alter Wandfarbe und von unten angesengt. Irgendjemand hat es mal auf eine heiße Herdplatte gestellt, nehme ich an. Vielleicht jemand, der sich mit Whisky hat volllaufen lassen, um sich zu wärmen und nicht an die Ratten denken zu müssen.

Wie auch immer es war – beim Telefonieren knackt und knistert es dermaßen, dass man die Stimme am anderen Ende kaum hören kann, und ich fürchte, das liegt nicht am Apparat, sondern an der Leitung, die vom Meerwasser angefressen ist – was bedeutet, dass ein neues Telefon allein uns keinen besseren Empfang bescheren wird. Internet haben wir natürlich auch nicht und auch kein Handy-Netz. Wir sind hier praktisch isoliert.

Aber was soll ich machen?

Die Liste beenden.

Ich lausche dem Ächzen und Knacken des alten Hauses, auf dem der Wind von Sleat her steht. Ich lausche dem Zischen und Knistern des Feuers, dem sich die meerwasserfeuchten

Scheite lange widersetzen. Meine sämtlichen Kleidungsstücke riechen nach Holzrauch.

Was noch? Wir müssen das restliche Geschirr und die Gläser auspacken; die Kisten, die Angus, Josh und die Umzugsleute unter einigen Mühen per Boot herübergebracht haben, stehen noch weitgehend unberührt herum. Noch trinken wir Rotwein aus Marmeladengläsern.

Ich unterstreiche das Wort *Kisten* und schaue mich um.

Einige Wände sind mit merkwürdigen Bildern bemalt: tanzende Gestalten, Meerjungfrauen, schottische Krieger. Vielleicht sind das Spuren von Leuten, die sich über die Jahre hier immer wieder mal eingenistet haben. Die Bilder werden verschwinden müssen, sie sind ein bisschen unheimlich. Noch schlimmer ist die Abstellkammer hinter der Küche – ein in Jahrhunderten angehäuftes Chaos. Das werde ich Angus überlassen. Außerdem macht der große Schuppen draußen, in dem alles von Möwenfedern bedeckt ist, einen mehr als baufälligen Eindruck. Und der von einer Mauer umgebene Garten ist, ohnehin steinig, vollständig von Unkraut überwuchert; es wird Jahre brauchen, ihn wieder in Schuss zu bringen.

Dann wäre da noch die Toilette neben dem Bad. Auf dem Spülkasten klebt tatsächlich ein Pappschild, das noch Angus' Großmutter mit zittriger Hand beschriftet hat: *Bitte den Stein auf dem Deckel lassen, damit der Marder nicht reinkommt.*

Ich schreibe *Toilette reparieren* auf meine Liste und füge hinzu: *Marder töten.*

Ein Lächeln schleicht sich auf mein Gesicht.

Trotz allem finde ich hier eine gewisse Befriedigung, ja sogar den Vorgeschmack auf künftige Befriedigung. Wir haben hier ein echtes Projekt, ein riesiges, gewaltiges, aber es gibt mir eine Richtung vor und fordert mich, und das gefällt mir. Ich weiß genau, was ich in den nächsten zweieinhalb Jahren zu tun habe: dieses schöne, schreckliche Haus in ein wohnliches Zuhause verwandeln. Totes zum Leben erwecken.

Das ist es. Mir bleibt keine Wahl, ich muss wohl oder übel weitermachen. Und dem füge ich mich nur zu gern.

Außerdem gibt es ein paar echte Pluspunkte. Die beiden großen Schlafzimmer und das Wohnzimmer sind durchaus bewohnbar; die Wände sind verputzt, und die Heizkörper funktionieren. Was sich aus den anderen Schlafzimmern, dem Esszimmer und der Spülküche machen lässt, ist offensichtlich. Das ist ein wirklich großes Haus.

Den Leuchtturm mag ich auch, besonders nachts. Alle neun Sekunden, schätze ich, blinkt er. Nicht so hell, dass es mich am Schlafen hindern würde; genau genommen hilft es mir sogar beim Einschlafen, wie ein Metronom, wie ein sehr, sehr langsamer mütterlicher Herzschlag.

Und nicht zuletzt begeistern mich die Ausblicke, die wir nach allen Seiten haben. Vage habe ich so etwas erwartet, aber ich bin doch immer wieder hingerissen. Tag für Tag.

Manchmal ertappe ich mich, wie ich, den Pinsel in der Hand, den Farbeimer zu Füßen, mit offenem Mund dastehe – und mir dämmert, dass ich zwanzig Minuten lang nichts anderes getan habe, als zuzuschauen, wie Sonnenstrahlen die bräunlichen Berge aufspießen und sich wie Goldpfeile in dunkle Felsen bohren; wie weiße Wolken träge über die schneebedeckten Knoydart-Gipfel dahinziehen: Sgurr nan Eugallt, Sgurr a'Choire-Bheithe, Fraoch Bheinn.

Ich schreibe die Namen auf den Zettel mit meiner Liste.

Sgurr nan Eugallt, Sgurr a'Choire-Bheithe, Fraoch Bheinn.

Angus bringt mir die Wörter bei. Diese herrlichen, fließenden, salzhaltigen gälischen Namen, die in die Kultur eingehen, wie die Sturzbäche aus den Cuillin Hills sich in den Loch Coruisk ergießen. Abends trinken wir zusammen Whisky, er zeigt mir auf der Karte, wozu die gälischen Namen gehören, und ich wiederhole die geheimnisvollen Vokale und Konsonanten. Lache – leichten Herzens, zufrieden. In die grobe Wolldecke gewickelt. Zusammengekuschelt. Mit meinem Mann.

Jetzt liegt Angus in unserem Bett und schläft, und ich kann es kaum erwarten, mich zu ihm zu legen. Aber vorher schreibe ich, zum letzten Mal für heute, die Namen der Berge auf, als ergäben sie eine Beschwörung, die diese kleine Familie schützen kann. Die Moorcrofts. Auf ihrer winzigen Insel mit den silbrigen Ministränden und den neugierigen Robben.

Um ein Haar fällt mir der Stift aus der Hand. Ich merke, dass ich einnicke; das ist die tiefe, wohlige Müdigkeit, die von harter körperlicher Arbeit herrührt.

Aber ich werde aufgescheucht.

»Mami, Mami …?«

Eine Stimme. Von weit her und durch Türen gedämpft.

»Mami? Mama?!«

Wieder ein Alptraum! Ich lasse das Klemmbrett fallen, greife mir eine Taschenlampe, knipse sie an – und gehe den dunklen Flur entlang bis zu ihrem Zimmer. Die Tür ist zu. Redet sie im Schlaf?

»Mami …«

Ihre Stimme klingt seltsam. Einen Moment lang stehe ich stocksteif vor der Tür. Ich will da nicht hinein.

Ich habe Angst.

Es ist absurd, aber mein Herz rast. Panik hat mich gepackt. Ich kann das Zimmer meiner eigenen Tochter nicht betreten? Irgendetwas hält mich davon ab, als lauere hinter der Tür etwas Böses; eine dumme, kindische Horrorfilm-Angst vor Gespenstern schüttelt mich. Vor Monstern unter dem Bett, Monstern hinter der Tür. Vielleicht lächelt meine Tochter da drinnen wieder so. Wie sie im Auto gelächelt hat. Um mich zu irritieren. Zu bestrafen. Du hast zugelassen, dass meine Schwester stirbt. Du warst nicht da.

Aber das ist Unsinn. Es ist nur eine Erinnerung: mein Vater, wie er mich anschreit. Als es mit seiner Karriere bergab ging, hat er ständig herumgeschrien. Hat meine Mutter angebrüllt, und sie hat den Kopf eingezogen. Ich habe das Geschrei hinter den verschlossenen Türen gehört. Wie Monster, wie Donnergrollen. Seitdem machen geschlossene Türen mir zu schaffen. Also. Nein. Ich gebe eine bessere Mutter ab, als es in diesem Moment den Anschein hat.

Ich reiße mich zusammen und drücke die Klinke. Trete über die Schwelle und spähe in die Dunkelheit.

Und mit einem Mal verflüchtigt sich die Angst. Statt ihrer kommt die Sorge – Kirstie sitzt im Bett und lächelt ganz bestimmt nicht. Tränen laufen ihr übers Gesicht. Was ist los? Ihr Nachtlicht ist an, wenn es auch nur noch schwach leuchtet. Was ist passiert?

»Süße, Süße – was ist los, was hast du denn?«

Rasch setze ich mich zu ihr und nehme sie in die Arme, und sie weint; minutenlang weint sie einfach leise, und ich wiege sie und halte sie. Vor lauter Angst bringt sie kein Wort heraus.

Bestimmt wieder ein Alptraum. Sie schluchzt und schluchzt. Und das Meer begleitet sie – ich höre die Brandung, sehnsüchtig, ruhelos. Einatmen, ausatmen. Wer hat überhaupt das Fenster offen gelassen? Angus vielleicht. Er will immer frische Luft.

Nach und nach kommt meine Kleine zur Ruhe. Und ich nehme ihr Gesicht zwischen meine Hände und wische ihr die warmen Tränen weg.

»Was ist los, Süße? Hast du wieder schlecht geträumt?«

Sie schüttelt den Kopf. Sie gibt ein letztes Schluchzen von sich. Dann schüttelt sie noch einmal den Kopf, hebt die Hand und zeigt.

Auf der Bettdecke liegt ein großes, selbst ausgedrucktes Foto. Ich greife danach – und der Schmerz kommt prompt. Die Druckqualität ist schlecht, aber das Bild haut mich trotzdem um. Lydia und Kirstie fröhlich in Devon, vielleicht ein Jahr vor dem Unfall; sie sind in Instow am Strand, in ihren rosa Zwillings-Duplo-Valley-Kapuzenpullis aus dem Legoland, mit Eimerchen und Schaufel, blinzeln in die Sonne und strahlen mich und mein Foto-Handy an.

Die Trauer stürzt auf mich ein wie ein torfbraun getönter Wasserfall.

»Wo hast du das her, Kirstie?«

Sie schweigt. Ich verstehe es nicht. Vor längerer Zeit schon haben Angus und ich uns darauf geeinigt, dass wir die Fotos – alle möglichst – vor unserer Tochter verstecken wollen, um die Erinnerungen abzuwehren. Vielleicht hat sie es in einer der Reste-Sammler-Umzugskisten gefunden?

Ich werfe einen zweiten kurzen Blick auf das Bild und versuche, meine Traurigkeit im Zaum zu halten. Aber das ist schwer. Die Zwillinge sehen so herzzerreißend glücklich aus. Schwestern – eine der anderen näher als sonst irgendwem. Und mir wird klar, dass meine Tochter in gewisser Weise verwaist ist.

Kirstie in ihrem weichen rosa Schlafanzug lehnt sich zurück, rupft mir das Bild aus der Hand, dreht es um, hält es mir im Schummerlicht hin und sagt: »Welche bin ich, Mami?«

»Wie?«

»Welche bin *ich?* Mami? Welche?«

O mein Gott. Hilf. Das halte ich nicht aus: Ich weiß ja die Antwort nicht. Wenn ich ehrlich bin, weiß ich sie nicht. Ich kann sie im Sinne des Wortes nicht unterscheiden; auf diesem Foto ist kein Hinweis zu erkennen. Soll ich jetzt lügen? Was, wenn ich mich vertue?

Kirstie wartet. Ich sage nicht wirklich etwas: Ich murmele ein paar Worte, tröste sie, ringe mit mir, welche Lüge ich ihr auftischen soll. Aber dass sie keine Antwort bekommt, macht es nur noch schlimmer.

Einen Augenblick lang starrt sie mich nur an, dann heult sie los; wirft sich nach hinten und fuchtelt mit den Armen wie eine Zweijährige in einem Wutanfall. Stößt ohrenbetäubende Schreie aus und weint verzweifelt, aber was sie zwischendrin sagt, ist genau zu verstehen.

»Mami? Mami? Mami? Wer bin ich?«

7. Kapitel

ES VERGEHT EINE STUNDE, bis ich meine Tochter beruhigt habe – so weit, dass sie endlich einschlafen kann, Leopardy fest im Arm, als habe sie es darauf angelegt, ihn zu erdrosseln. Danach kann *ich* aber nicht schlafen. Sechs trübe Stunden lang liege ich, hellwach und aufgewühlt, neben dem schnarchenden Angus und drehe ihre Frage hin und her.

Wer bin ich?

Wie muss das sein: nicht zu wissen, wer man ist; nicht zu wissen, wer von *einem selbst* gestorben ist?

Um sieben schäle ich mich verzweifelt aus dem zerwühlten Bett und rufe unter Knacken und Knistern Josh an, und er willigt gähnend ein, mich in aller Herrgottsfrühe per Boot zu unserem Wagen zu bringen, der auf dem Parkplatz beim *Selkie* steht, denn es ist Flut und ich komme anders nicht dorthin. Angus wundert sich, als er verschlafen ins Esszimmer gewankt kommt. Warum ich Josh anrufe? Wo ich so früh hinwill? Was los ist? Gähn.

Ich versuche mich an einer Antwort, aber die Worte bleiben mir im Halse stecken. Die Wahrheit will ich ihm nicht sagen, noch nicht; das tue ich erst, wenn es nicht anders geht – sie ist so bizarr, so erschreckend, dass ich viel lieber lüge. Vielleicht hätte ich früher öfter mal lügen sollen. Vielleicht hätte ich damals, vor tausend Jahren, lügen sollen, was meine Affäre anging; vielleicht hat unsere Ehe da durch meine Schuld einen Knacks bekommen, den wir nie überwunden haben. Aber für Schuldgefühle ist jetzt keine Zeit, also erkläre ich, ich müsse zeitig los, nach Glasgow, für einen Artikel recherchieren; ich hätte einen Auftrag von Imogen, den ich angenommen hätte, weil wir das Geld brauchen. Ich sage, Kirstie habe wieder einen

95

Alptraum gehabt und müsse während meiner Abwesenheit ordentlich getröstet werden.

Einen Alptraum. Wieder einen Alptraum, weiter nichts. Es ist eine lahme Lüge, aber er kauft sie mir ab.

Dann kommt Josh mit dem Boot, reibt sich den Schlaf aus den Augen, und wir umrunden Salmadair, legen in Ornsay an, und ich renne die Stufen am Anleger hoch, springe ins Auto und fahre, so schnell ich kann, nach Glasgow runter – von Kyle nach Fort William und bis ins Stadtzentrum, und noch während der Fahrt rufe ich Imogen an und bitte sie um einen Gefallen. Sie kennt einen der besten Kinderpsychiater Schottlands. Malcolm Kellaway. Das weiß ich, weil ich vor ein paar Monaten mehrere Artikel von ihr gelesen habe, unter anderem ein Stück über Muttersein heute, in dem sie ihn ausgiebig lobt. Jetzt brauche ich ihre Hilfe.

»Kannst du mir einen Termin bei ihm machen, jetzt?«

»Was?«

»Bitte, Immy!« Ich starre hinaus auf die gespenstisch karge Rannoch-Moor-Landschaft. Polizei, die mich verhaften könnte, weil ich am Steuer telefoniere, ist hier wohl kaum unterwegs. Durchbricht ein seltenes Mal ein Sonnenstrahl die Wolken, blinken links und rechts der Straße kleine Seen silbrig auf.

»Bitte, Immy, es ist wirklich wichtig.«

»Na ja. Gut. Okay, ich kann es versuchen. Er ruft dich dann vielleicht an. Aber, Sarah – ist bei dir alles in Ordnung?«

»Ja.«

»Es ist nur …«

»Imogen!«

Als Freundin – als die Freundin, die sie mir immer gewesen ist – versteht sie und hört auf, Fragen zu stellen. Stattdessen legt sie auf, um mir den Gefallen zu tun. Und tatsächlich, kurz darauf ruft jemand aus der Praxis an: Er ist bereit, mich in vier Stunden zu empfangen.

Danke, Imogen.

Und dann sitze ich in Dr. Malcolm Kellaways Praxis in der George Street. Der Psychiater sitzt mir auf einem Lederdrehstuhl hinter einem schlanken Metallschreibtisch gegenüber. Er hat die Hände zusammengelegt wie zum Gebet; sein Kinn ruht auf den gedoppelten Fingerspitzen.

Zum zweiten Mal fragt er nun schon: »Glauben Sie wirklich, dass Sie sich getäuscht haben? An dem Abend in Devon?«

»Ich weiß es nicht. Nein. Ja. Ich *weiß* es nicht.«

Es tritt Schweigen ein.

Der Himmel über Glasgow verdüstert sich schon, und es ist gerade mal halb drei.

»Gut. Dann lassen Sie uns noch einmal die Fakten durchgehen.«

Und er geht die Fakten durch. Noch einmal. Die relevanten Fakten, den konkreten Fall, den Tod meiner Tochter, den möglichen Zusammenbruch meines am Leben gebliebenen Kindes.

Ich lausche seinem Vortrag, aber eigentlich schaue ich den dunklen Wolken zu, die hinter den Fenstern mit den verrußten Simsen vorbeitreiben. *Glasgow*. Im Winter ist es eine teuflische Stadt: viktorianisch und finster, durch und durch abweisend. Warum bin ich hierhergekommen?

Kellaway hat noch ein paar speziellere Fragen.

»Haben Sie mit Ihrem Mann über das Problem gesprochen, Mrs. Moorcroft?«

»Nicht wirklich.«

»Warum nicht?«

»Einfach weil … ich es nicht noch schlimmer machen will, als es ist, ich meine, solange ich selbst nicht sicher bin.«

Wieder kommen mir Zweifel: Was mache ich hier? Wozu das alles? Malcolm Kellaway ist mindestens mittleren Alters, trägt aber Jeans, was ihn wenig überzeugend wirken lässt. Seine Gestik ist extrem effeminiert, dazu trägt er einen albernen Rollkragenpulli und eine randlose Brille mit runden Gläsern, die *oo* zu sagen scheinen. Was weiß dieser Mann über meine Tochter,

97

das ich nicht selbst wüsste? Was kann er mir sagen, das ich mir nicht selbst sagen könnte?

Jetzt schaut er mich durch diese Brillengläser an und sagt: »Vielleicht sollten wir nun von dem, was wir wissen, übergehen zu dem, was wir nicht wissen beziehungsweise nicht wissen können, Mrs. Moorcroft.«

»Gut.«

»Zunächst einmal.« Er beugt sich vor. »Nach Ihrem Anruf heute Morgen habe ich mich informiert und Kollegen von der Klinik zu Rate gezogen. Und ich fürchte, es ist, wie ich vermutet hatte: Es gibt keine verlässliche Methode, eineiige Zwillinge zu unterscheiden – schon gar nicht unter so besonderen Umständen wie in Ihrem Fall.«

Ich starre ihn an. »DNA?«

»Nein. Nützt nichts, fürchte ich. Selbst wenn wir …«, er seufzt kurz, »… in ausreichender Menge Material von Ihrer verstorbenen Tochter hätten. Ein Standard-DNA-Test würde mit größter Wahrscheinlichkeit keinen Unterschied nachweisen. Eineiige Zwillinge sind nun einmal genetisch ebenso identisch wie physiologisch. Das ist häufig sogar bei polizeilichen Ermittlungen ein Problem; es hat Fälle gegeben, in denen Zwillinge der Verurteilung wegen eines Verbrechens entgangen sind, weil die Polizei nicht in der Lage war, eindeutig festzustellen, welcher von beiden die Tat begangen hatte – obwohl am Tatort DNA-Proben gesichert worden waren.«

»Und was ist mit Fingerabdrücken? Sind die nicht verschieden?«

»Ja, da gibt es gelegentlich einen gewissen Unterschied – bei Finger- und Fußabdrücken, selbst bei eineiigen Zwillingen –, aber Ihre Tochter ist natürlich … nun … sie ist eingeäschert worden, oder?«

»Ja.«

»Und von keinem der beiden Mädchen sind jemals Fingerabdrücke genommen worden.«

»Nein.«

»Sie verstehen das Problem.«

Er stößt einen überraschend tiefen Seufzer aus. Dann steht er auf, tritt ans Fenster und schaut nach draußen, wo die Straßenlaternen eingeschaltet werden. Um drei Uhr nachmittags.

»Es handelt sich um ein praktisch unlösbares Problem, Mrs. Moorcroft. Wären beide Töchter am Leben, hätten wir Methoden – zum Beispiel könnten wir die Gefäßverästelung im Gesicht untersuchen, Gesichtsthermographie –, aber wenn ein Zwilling tot ist und man es rückblickend versuchen will, erweist sich das als unmöglich. Die Anatomie hilft uns da nicht weiter.«

Er dreht sich um und schaut auf mich in meinem irritierend tiefen Ledersessel herab. Ich komme mir vor wie ein Kind, das mit den Füßen kaum auf den Boden reicht.

»Aber vielleicht ist das auch alles gar nicht nötig.«

»Wie?«

»Seien wir mal positiv. Betrachten wir das Ganze aus einer anderen Warte und schauen, was die Psychologie beisteuern kann. Wir wissen, dass der Verlust eines Zwillingsgeschwisters eine besonders schmerzliche Erfahrung ist.«

Kirstie. Meine arme Kirstie.

»Vier von acht auf einer Trauerskala vermerkten Erscheinungen treten bei eineiigen Zwillingen, die ihren Ko-Zwilling verloren haben, signifikant massiver auf – Verzweiflung, Schuldgefühle, Gedankenverlorenheit, Depersonalisation.« Wieder seufzt er kurz, dann fährt er fort: »In Anbetracht dieses intensiven Trauererlebens, insbesondere der Depersonalisation, ist es wahrscheinlicher, dass Ihre Tochter Kirstie schlicht halluziniert beziehungsweise sich einer Täuschung hingibt. Kollegen an der Edinburgh University haben zu diesem Thema – Zwillinge, die ihr Zwillingsgeschwister verlieren – eine Studie durchgeführt. Sie haben herausgefunden, dass bei Zwillingen, deren Ko-Zwilling verstorben ist, psychische Störungen deutlich häufiger auftreten als bei jenen, bei denen beide am Leben sind.«

»Dann wird Kirstie also verrückt?«

Das dunkle Fenster, vor dem er steht, bildet einen Rahmen um ihn.

»Nicht verrückt; eher entwickelt sie eine ernste Störung. Bedenken Sie, was Kirstie allein durchmacht: Sie ist sich selbst eine lebende Erinnerung an die verstorbene Schwester. Bei jedem Blick in den Spiegel sieht sie sie. Außerdem erlebt sie indirekt Ihre Verwirrung mit. Und die Ihres Mannes. Bedenken Sie, wie schrecklich ihr – nachdem sie von Geburt an ein Zwillingskind war – zum Beispiel der Gedanke an allein zu begehende Geburtstage sein muss, an ein Leben gewissermaßen in Isolation. Sie erfährt eine Art von Einsamkeit, die keiner von uns wirklich verstehen kann.«

Ich gebe mir Mühe, nicht in Tränen auszubrechen. Kellaway redet weiter.

»Es muss sich um eine tiefgreifende Verwirrung handeln. Zudem kann ein hinterbliebener Zwilling nach dem Tod des Geschwisters Schuldgefühle entwickeln und Reue empfinden: Sie kann sich schuldig fühlen, weil sie am Leben geblieben ist. Diese Schuldgefühle können noch dadurch verstärkt werden, dass das Kind die Trauer der Eltern mit ansehen muss, umso mehr, wenn die Eltern einander bekriegen. Solche Ereignisse ziehen in vielen Fällen eine Scheidung nach sich; sie sind auf traurige Weise universell.« Jetzt schaut er mir in die Augen. Es ist klar, dass er eine Antwort erwartet.

»Wir streiten nicht.« Mehr bringe ich nicht heraus. Schwach.

»Ich meine, an einem bestimmten Punkt haben wir wahrscheinlich gestritten: Wir hatten in unserer Ehe eine schwierige Phase, aber die liegt hinter uns. Im Beisein meiner Tochter streiten wir nicht. Ich glaube, das tun wir nicht. Nein.«

Kellaway geht zu dem anderen Fenster und starrt nach draußen, während er fortfährt: »Die Schuldgefühle und die Trauer und die plötzliche, umfassende Einsamkeit zusammen können das Gemüt des hinterbliebenen Zwillings erheblich aus dem Lot bringen. Sichtet man die Literatur zu trauernden Zwillingen – was ich getan habe –, findet man dafür zahlreiche Beispiele. Stirbt ein Zwilling, kann der andere bestimmte Eigenarten des Verstorbenen annehmen, immer mehr so werden, wie der andere war. In einer amerikanischen Studie wird ein Junge erwähnt, dessen Zwilling mit zwölf Jahren verstorben war und der seinem toten Bruder so ähnlich wurde, dass die Eltern schließlich überzeugt waren, er trage, wie sie es formulierten, ›den Geist des Toten‹ in sich. In einem anderen Fall hat ein junges Mädchen, das seine Schwester verloren hatte, von sich aus den Namen der Toten angenommen; auf diese Weise konnte sie …«, er dreht sich halb um und schaut mich an, »… aufhören, sie selbst zu sein. So hat sie es selbst ausgedrückt: Sie wollte aufhören, sie selbst zu sein. Sie wollte ihre tote Zwillingsschwester *sein*.«

Pause.

Ich muss etwas erwidern. »Sie kommen also zu dem Schluss, dass Kirstie Kirstie *ist,* aber …«, es kostet mich Kraft, ruhig zu bleiben, »… vorgibt, Lydia zu sein, oder aber glaubt, sie sei Lydia, weil sie so besser mit ihrer Trauer fertigwird?«

»Die Wahrscheinlichkeit ist meiner Auffassung nach sehr hoch. Und mehr kann ich ohne geeignete Befragung und Untersuchung nicht sagen.«

Damit kehrt er zu seinem Drehstuhl zurück und setzt sich wieder.

»Die Sache mit dem Hund ist ungewöhnlich. Ja. Bis zu einem gewissen Grad. Sie haben natürlich recht: Ein DNA-Test kann eineiige Zwillinge vielleicht nicht voneinander unterscheiden, ein Hund dagegen kann es anhand des Geruchs. Allerdings ist auch bekannt, dass viele hinterbliebene Zwillinge eine enge Bindung zu einem Haustier aufbauen. Das Tier ersetzt dann das tote Geschwister. Deshalb vermute ich, dass

Kirstie und Beany eine solche innige Bindung entwickelt haben und dass Beany sich ihr gegenüber deshalb anders verhält als früher.«

Jetzt schlägt heftiger Glasgower Regen gegen das Fenster. Und ich weiß nicht weiter. Ich war so kurz davor zu glauben, dass meine geliebte Lydia wieder da ist, und nun sieht es danach aus, als sei doch Kirstie diejenige, die lebt. Ich habe mir das alles eingebildet. Das Ganze. Und Kirstie auch? Ganz ohne Grund ist mein Schmerz noch gewachsen.

»Was mache ich jetzt, Dr. Kellaway? Wie gehe ich mit der Verwirrtheit meiner Tochter um? Mit ihrem Kummer?«

»Verhalten Sie sich so normal wie möglich. Machen Sie weiter wie bisher.«

»Soll ich meinem Mann davon erzählen?«

»Das liegt bei Ihnen. Vielleicht ist es besser, alles auf sich beruhen zu lassen – aber das müssen natürlich Sie entscheiden.«

»Und nun? Was geschieht als Nächstes?«

»Das lässt sich nicht mit Sicherheit sagen. Aber meine Vermutung ist, dass dieser Zustand der Verwirrung vorübergeht, wenn Kirstie begreift, dass Sie sie weiterhin als Kirstie betrachten, sie als Kirstie lieben – und ihr nicht vorwerfen, dass sie Kirstie ist. So wird sie wieder Kirstie werden.«

Das verkündet er wie ein Schlusswort. Kein Zweifel, die Konsultation ist beendet. Kellaway bringt mich an die Tür und reicht mir meinen Regenmantel – wie der Portier in einem edlen Hotel.

Dann fragt er, plötzlich ganz informell: »Ist Kirstie schon an einer neuen Schule angemeldet?«

»Ja, nächste Woche geht es los. Wir wollten nur erst ein bisschen Zeit zum Ankommen haben …«

»Das ist gut. Das ist gut. Schule ist wichtig für eine Normalisierung: Nach ein paar Wochen wird sie, das glaube ich bestimmt, anfangen, neue Freundschaften zu schließen, und die derzeitige Verwirrtheit wird sich legen.« Er lächelt – verhalten,

102

aber es wirkt ehrlich.»Ich weiß, das muss schrecklich sein für Sie. Eigentlich nicht zu ertragen.«

Er zögert kurz, und sein Blick hält meinen fest.»Wie geht es Ihnen selbst? Darüber haben Sie gar nicht gesprochen. Sie haben ein traumatisches Jahr hinter sich.«

»Ich?«

»Sie, ja.«

Die Frage überfordert mich. Ich starre Kellaway an, registriere erneut das milde, professionelle Lächeln.

»Mir geht's gut, denke ich. Der Umzug lenkt mich ab, darüber bin ich froh. Weil ich hoffe, dass der Neuanfang funktioniert. Ich will nur, dass das alles endlich vorbei ist.«

Er nickt noch einmal. Mit nachdenklicher Miene hinter seiner Brille.

»Melden Sie sich! Auf Wiedersehen, Mrs. Moorcroft.«

Das war's. Seine Tür geht zu, ich laufe die neue Treppe aus Stahl und hellem Holz hinunter zur Haustür und trete hinaus in den feuchten Glasgower Nachmittag.

Die Straßenlaternen haben in dem eisigen Dauerregen einen Lichthof; es sind kaum Fußgänger unterwegs, nur eine schwarz gekleidete Frau stemmt sich mit ihrem Schirm gegen den Wind. Und das bin ich.

Mein *Holiday Inn Express* ist gleich um die Ecke. Ich bleibe den ganzen Abend im Hotel, lasse mir von einem Lieferservice ein Curry bringen, esse es − auf meinem extraharten Hotelbett − mit einem Plastiklöffel direkt aus dem Plastikbehälter und starre apathisch auf den Fernsehschirm. Versuche, nicht an Kirstie zu denken. Ich sehe mir Naturfilme und Kochsendungen an, bis ich taub bin vor Belanglosigkeit. Nun fühle ich nichts mehr. Keine Trauer, keine Angst. Nur Ruhe. Vielleicht ist der Sturm vorüber. Vielleicht ist es das. Vielleicht kann das Leben weitergehen.

Das zeitige Frühstück ist genauso plastikdominiert wie das Abendessen; ich bin froh, ins Auto steigen und gen Norden fahren zu können, in die Wildnis. Und nach und nach – während auf Sozialbausiedlungen am Stadtrand grüne Wiesen folgen, ausgedehnte Wälder und schließlich stattliche Berge mit Spuren von erstem Schnee auf den Kuppen – hellt meine Stimmung sich auf.

Kellaway hat sicher recht, er genießt landesweit Ansehen als Experte für Kinderpsychiatrie. Wer bin ich, dass ich seine These anzweifeln könnte? Kirstie Moorcroft ist Kirstie Moorcroft, etwas anderes anzunehmen wäre lächerlich. Mein armes Kind ist verwirrt und leidet unter Schuldgefühlen. Ich werde es, wenn ich nach Hause komme, in den Arm nehmen und eine Stunde lang nicht mehr loslassen. Und dann fangen wir von vorn an. In der wunderbar kühlen Hebridenluft.

Zu meiner Linken erstreckt sich, blau und dunkelgrau, Loch Linnhe, und dahinter zieht sich ein langes Band aus aneinandergereihten Hecken dahin: die Road of the Isles, die sich durch Wälder und Wildnis bis zum Fischerei- und Fährhafen Mallaig windet.

Ein Blick auf die Uhr am Armaturenbrett. Ich habe mir sagen lassen, dass man, wenn man die Road of the Isles nimmt und die richtige Fähre von Mallaig nach Armadale erwischt, die Fahrt nach Ornsay um zwei Stunden verkürzen kann, weil man dann nicht den Schlenker nach Norden machen muss, über Kyle.

An einer Nothaltebucht bleibe ich stehen und rufe die freundliche Dame im Büro des Fährbetreibers in Calmac an. Es sieht gut aus. Nächste Abfahrt 13.00 Uhr. Das schaffe ich locker. Also rufe ich im Haus auf Torran an, informiere Angus und höre ihn durch Rauschen und Knistern sagen: »Gut, gut. Ich hole dich mit dem Boot ab.«

»Mit dem Boot? Haben wir endlich ein Boot?«

Knacken. »Ja. Ein Dingi. Ich …« Knacken.

»Das ist ja toll …«

Knistern. Knacken. Knackckcccken.

»Ich warte in Ornsay am Anleger auf dich. Wann …« Seine

Stimme geht in statischem Rauschen unter. Diese Festnetzleitung wird bald komplett zusammenbrechen.

»Halb drei. Halb drei! Angus? Halb drei in Ornsay.«

Seine Antwort kann ich nur ahnen. Ich glaube, er hat okay gesagt.

Wir haben ein Boot.

Wir haben ein Boot!

Das geschäftige Treiben im Hafen von Mallaig, wo es von Küstenwachenleuten und Fischern wimmelt und am Kai ein Krabbenkutter neben dem anderen liegt, hat etwas Ansteckendes. Mit rasantem Schwung fahre ich auf die Fähre und bleibe, ein Lächeln auf dem Gesicht, halb träumend im Auto sitzen. Ein hübscher Pole in einem riesigen Anorak geht herum und zaubert Fahrkarten aus einem trickreichen Apparat. Ich reiche ihm das Geld durchs offene Fenster.

Und dann rolle ich von der Fähre herunter und fahre die Sleat-Küstenstraße entlang in Richtung Ornsay – wir haben ein Boot! Ein eigenes Boot! An der letzten Steigung vor Ornsay beschleunige ich noch einmal.

Es ist nur ein öder Hochmoorhügel, und trotzdem herrscht hier oft Betrieb – viele Einheimische kommen her, weil sie hier Empfang haben und mit ihrem Smartphone ins Netz gehen können. Zugleich ist es die letzte Erhebung, die einem die Sicht auf Ornsay versperrt. Als ich dann aber auf der anderen Seite wieder zu Tal gleite, sehe ich es. Mein neues Zuhause.

Und mein Herz macht einen Satz.

Torran. Schöne Eilean Torran.

Zum ersten Mal, seit wir hergezogen sind, empfinde ich echte Zugehörigkeit. Trotz der Härten und obwohl alles so heruntergekommen ist, finde ich Insel und Haus wunderschön: die großartige Brandung nach Süden, an Salmadair vorbei; die einsame Erhabenheit der Knoydart-Berge zwischen Meer und Seen. Das alles ist so schön, dass es weh tut – so, wie eine Wunde schmerzt, wenn sie anfängt zu heilen.

Auf keinen Fall will ich zurück nach London. Ich will hierbleiben.

Eilean Torran. Unsere Insel.

In meine Schwärmerei versunken, fahre ich langsam durch den Ort und parke vor dem *Selkie*, am Anleger; und tatsächlich, da steht Angus, einen Arm schützend um Kirstie gelegt, die ihren rosa Mantel anhat und schüchtern lächelt, während er überhaupt nicht lächelt. Er sieht mich komisch an, und ich weiß sofort, dass irgendwas nicht stimmt.

»Na«, sage ich, meine Unsicherheit überspielend, »was hast du bezahlt?«

»Fünfhundert. Beim Schiffsausrüster Gaelforce in Inverness. Josh hat geholfen, es herzubringen. Zweieinhalb Meter, ein Schlauchboot. Ein ziemliches Schnäppchen.« Er grinst – hübsch, aber wenig überzeugend –, führt mich nach vorn an die Mole und zeigt auf ein grell orangefarbenes Schlauchboot, das auf dem ruhigen Wasser leise schaukelt. »Josh meint, nach einem wilden Abend an der Bar ist es vielleicht nicht stabil genug, aber das ist Quatsch.«

»Okay.«

Kirstie, mit einer Hand Leopardy fest im Griff, die andere in die große Faust ihres Vaters geschoben, steht da und wartet darauf, dass sie mit Mami und Papi ins Boot klettern und nach Hause fahren kann.

Ihr Vater redet weiter. »Hab schon viele Yacht-Leute mit so einem Ding zu ihrem Boot fahren sehen. Es ist so leicht, dass man es auch allein weit auf den Strand hoch ziehen kann. Und da wir keinen richtigen Anleger zum Festmachen haben, ist das wichtig. Oder?«

»Äh.« Ich weiß nicht, was ich sagen soll, von Booten habe ich keine Ahnung. Ich freue mich, dass wir es haben, aber *irgendwas* ist hier komisch. Irgendwas stimmt nicht.

»Ich geh zuerst rein«, sagt Angus. »Und dann helfe ich euch.« Er läuft die Stufen hinunter und klettert in das Boot, das unter seinem Gewicht heftig schaukelt. Dann dreht er sich um, breitet die Arme aus und ruft: »Los, Kirstie, kommst du zuerst und nach dir dann Mami?«

Ich beobachte ihn. Unsicher. Irritiert.

Kirstie dreht sich zu mir und sagt: »Stell dir vor, du hast einen Hund und eine Katze und noch eine Katze und die heißen Hallo, Tschüs und Komm her, und du bist mit ihnen im Park und rufst sie.«

»Ja?«

Sie kichert. Die weißen Zähne blitzen, einer kommt gerade neu, ein anderer wackelt. Jetzt lacht sie richtig.

»Wenn du mit ihnen im Park bist und sie rufst, den Hund und die Katze und die andere Katze, dann rufst du Hallo und Tschüs und Komm her, und sie rennen kreuz und quer durch die Gegend und wissen nicht, was sie machen sollen!«

Ich zwinge mich zu lächeln. An dieser Art von Witzen – solchem spontanen Nonsens – hatten die Zwillinge zusammen immer ihren Spaß. Sie haben sich skurrile Geschichten ausgedacht und immer weiter ausgesponnen und sich am Ende ausgeschüttet vor Lachen, alle beide. Und nun ist niemand mehr da, mit dem Kirstie das Spiel spielen kann.

Ich versuche zu lachen. Es klingt extrem künstlich. Kirstie schaut mich an. Vor dem Hintergrund der kalten blauen Wellen sieht sie furchtbar traurig aus.

»Ich hab geträumt«, sagt sie. »Wieder so einen dummen Traum. Da war Opa. In dem weißen Zimmer.«

»Was?«

»Sarah!«, fährt Angus dazwischen. »Sarah!«

»Was?«

»Kannst du ihr nicht helfen?« Er fixiert mich. »Hilf Kirstie ins Boot!«

Ich nehme sie bei der Hand und hieve sie ins Boot, dann klettere ich hinterher. Jetzt ist sie abgelenkt, schaut auf die Wellen hinaus. Ich lehne mich zu meinem Mann hinüber.

»Was ist passiert?«, zische ich.

Er zuckt die Achseln. Und senkt die Stimme, als er sagt: »Wieder ein Traum.«

»Der gleiche Alptraum?«

»Ja. Die Gesichter. Das hat nichts zu sagen. Das geht vorbei.« Dann dreht er sich um, setzt eine fröhliche Miene auf und ruft: »Willkommen an Bord der HMS *Moorcroft!* Los geht's!«

Mein Blick wandert von Angus' angestrengt lächelndem Gesicht zum kleinen blonden Schopf meiner Tochter, die mir den Rücken zukehrt, und ich denke über diesen wiederkehrenden Traum nach. Das geht seit Monaten so. Und jetzt taucht ihr Großvater darin auf? Warum schenkt Angus dem keine Beachtung? Das muss doch etwas bedeuten. Irgendetwas. Ich komme nur nicht dahinter.

Angus startet den Außenbordmotor. Scharfer Wind fegt uns entgegen. Kirstie lehnt sich seitlich über die Bordwand und schaut ins Wasser. Mir gefällt nicht, dass sie ihre Kapuze nicht aufhat; es ist bestimmt viel zu kalt. Doch das Boot bringt uns sicher nach Torran. Kirstie springt als Erste an Land und rennt den Weg zum Haus hinauf: offensichtlich besser gelaunt, froh, endlich zu Hause zu sein. An der Küchentür wartet Beany auf sie. Dort sitzt er oft.

Als wäre er nicht gern im Haus.

Wir brauchen noch eine Weile: Angus will mir zeigen, wie ich das Boot am Eisengeländer des Leuchtturms festmachen kann.

»Nein, nicht so«, sagt er. »Mach es so.«

Ich versuche mich an dem Knoten – und scheitere erneut. Es wird schon wieder dunkel. Angus grinst.

»Du bist so was von einer Landratte, Milverton.«

»Und was bist du, Gus, ein alter Seebär?«

Er lacht. Und es entspannt sich zwischen uns. Irgendwann gelingt mir auch der Knoten einigermaßen – wobei ich nicht weiß, ob ich mir werde merken können, wie.

Als wir ins Haus gehen, ist die Stimmung wieder gut. Es fühlt sich richtig wie Familie an. Auf dem Tisch im Esszimmer steht eine Kanne Tee, es werden Becher vollgeschenkt, Kuchenstücke gegessen, Entscheidungen getroffen; wir sind ein Paar, das sich ein Zuhause schafft. Süßlicher Farbgeruch liegt in der Luft. Nach dem Tee geht Angus in den Abstellraum, Holz hacken für das Feuer, das er gleich anzünden wird, und ich kümmere mich ums Abendessen.

Während ich die Augen aus Kartoffeln schneide und zwischendurch zu den in der Ferne blinkenden Lichtern von Ornsay hinüberschaue, wird mir bewusst, wie klar die primitiven Bedingungen hier uns auf traditionelle Rollenbilder zurückwerfen. In Camden hat Angus oft gekocht, hier tut er es fast nie – das liegt daran, dass seine Kraft und seine Aufmerksamkeit für andere, schwerere Arbeiten gebraucht werden. Männerarbeiten. Holz hacken, schwer tragen, eine Mauer hochziehen.

Aber das stört mich nicht, es gefällt mir sogar. Wir sind ein Mann und eine Frau auf einer Insel; auf uns gestellt, schlagen wir uns durch, arbeiten Hand in Hand, tun typisch Männliches und typisch Weibliches. Das ist altmodisch, aber nicht unsexy.

Zum Essen trinken wir billigen Co-op-Wein, und ich greife nach Angus' Hand und sage: »Gut gemacht auf dem Boot.«

Er murmelt etwas von Strömungen und Riesenhaien. Genau verstehe ich nicht, was er sagt, aber es klingt spannend. Wir leben in einer Gegend, in der es Riesenhaie gibt.

Als die ersten Scheite heruntergebrannt sind und wir eine zweite Flasche aufmachen, verschwindet Kirstie von sich aus mit einer Zeitschrift in ihrem Zimmer. Angus holt ein Knoten-Lehrbuch und versucht, mir anhand eines dünnen Seiles einige spezielle Varianten beizubringen – den Palstek, den Klampenstek, den Stopperknoten.

Wir haben uns wieder unter die Decke gekuschelt. Ich starre auf das graue Seil und tue mein Bestes. Aber der Knoten fällt zum siebten Mal in Folge noch in meinen Händen auseinander.

Angus seufzt theatralisch.

»Bloß gut, dass du nicht auf Fesselspiele stehst«, sagt er. »Du würdest es gar nicht hinkriegen.«

Ich schaue zu ihm auf. »Aber ich wäre ja nicht diejenige, die die Knoten macht, oder?«

Er stutzt – und lacht. Das vertraute rauhe, sehr anziehende Lachen. Dann beugt er sich über mich und küsst mich auf die Lippen, und er tut es als Mann, als Liebhaber. Und ich weiß, dass die erotische Anziehung noch da ist. Auf wundersame Weise hat sie überlebt. Alles. Und ich bin tatsächlich glücklich. Oder jedenfalls nahe dran.

Den Rest des Abends werkeln wir beide weiter im Haus: Er repariert den Verputz im Bad und schließt neue Rohre an, ich übermale geduldig einige von den Wandbildern. Sie sind einfach zu gruslig.

Um an das zweite Wandbild, den Harlekin, heranzukommen, muss ich mir einen Stuhl zurechtstellen. Doch plötzlich halte ich, die Farbrolle halb erhoben, inne. Mit seinem traurigen weißen Gesicht schaut der Harlekin auf mich herab.

Die Erkenntnis trifft mich wie aus dem Nichts.

Das weiße Zimmer, die traurigen Gesichter, die von oben herunterschauen. Der immer und immer wiederkehrende Alptraum. Und nun auch noch ihr Großvater?

Jetzt weiß ich es. Ich habe herausgefunden, was es mit Kirsties Traum auf sich hat. Und wieder ist alles anders. Und ich habe Angst.

8. Kapitel

ER MUSTERTE SEINE FRAU. Wenigstens tranken sie den Wein nicht mehr aus Marmeladengläsern. Wenigstens das hatten sie hinter sich gelassen, inzwischen waren sie in der Welt richtiger Weingläser angelangt.

Das war schon mal etwas, aber es genügte nicht. Er tat sich überall auf Skye um und suchte Arbeit, irgendetwas, er war bereit, jeden sich bietenden Auftrag anzunehmen; wenn es sein musste, würde er Schweineställe bauen, Loft-Erweiterungen, Gartenschuppen, was auch immer. Und seine Frau? Sie hatte nichts weiter zu tun gehabt, als den Rest Geschirr auszupacken, und dafür hatte sie einen gefühlten Monat gebraucht. Jedenfalls mindestens sechs Tage. Ja, sie hatten viel am Haus gemacht. Zusammen. Und zwar gut – es war besser gegangen mit ihnen, trotz allem. Und ja, sie hatte diesen Auftrag, diese Sache in Glasgow, aber worum ging es da wirklich? Er glaubte nicht recht, was sie ihm erzählt hatte. Am Vortag hatte er vom *Selkie* aus Imogen angerufen und gefragt, was seine Frau in Glasgow zu tun habe, doch sie hatte nur vage geantwortet, ausweichend.

Darauf bedacht, sein Glas nicht auf einen Zug zu leeren, hörte er zu, wie sie sich über Telepathie ausließ.

Telepathie?

Sarah schaute ihn kurz an, dann fuhr sie fort.

»Überleg doch mal, Gus: Ich meine – das mit dem Traum. Kirstie träumt von Lydia. Von Lydia im Krankenhaus. So muss es sein, oder? Vielleicht stellt sie sich vor, sie wäre Lydia – in dieser schrecklichen Situation: wie sie für einen kurzen Moment aufwacht und uns alle sieht, ihre Familie, die Schwestern, die Ärzte. Ihr Großvater war da. Er war in dem Zimmer, in diesem weißen Krankenhauszimmer.«

»Aber, Sarah, ich …«

»Kirstie weiß doch gar nicht, dass ihre Schwester noch mal aufgewacht ist und für kurze Zeit bei Bewusstsein war. Niemand hat ihr das erzählt. Also …« Seiner Frau stand Panik ins Gesicht geschrieben. »Woher sonst kann sie das aus dem Krankenhaus wissen, Gus? Woher?«

»Ach komm, Sarah. Lass es gut sein.«

»Nein, im Ernst, denk doch mal nach. Bitte.«

Angus zuckte schweigend die Achseln und setzte eine möglichst verächtliche Miene auf, um deutlich zu machen, was er von dieser Idee hielt.

»Angus?«

Er sagte immer noch nichts. Zahlte ihr bewusst ihr ewiges Schweigen mit gleicher Münze heim. Dass sie jetzt wieder anfing, alles kaputt zu machen, regte ihn auf. Wo sie gerade halbwegs zur Ruhe gekommen waren.

Langsam stellte er sein Glas ab und starrte zum Fenster, an das der Regen wilde Muster malte. Wie sollte er dieses Haus dicht und trocken kriegen? Wie den Wind draußen halten? Josh hatte recht gehabt, als er sagte, wenn Skye-Winde und Regen kämen, würde es im Haus kälter sein als draußen. Ursache war die Feuchtigkeit, die sich während der vielen Jahre ohne vernünftiges Heizen angesammelt hatte und nun eine Art Kühlhauseffekt hatte.

»Angus, sprich mit mir!«

»Wozu? Wenn du dummes Zeug faselst?«

Er versuchte, sich zusammenzureißen: Sarah fand es schrecklich, angebrüllt zu werden; wenn er die Stimme erhob, würde sie in Tränen ausbrechen. Das hatte sie ihrem herrschsüchtigen Vater zu verdanken. Seltsam, dass sie einen so schroffen Mann – ihn – geheiratet hatte, der ihrem Vater nicht unähnlich war

Also war sie selbst schuld? Vielleicht war auch niemand schuld, vielleicht wiederholten sich einfach in der Familie vorhandene Muster. Bei ihm selbst war es nicht anders, er war gegen die ewig gleiche Leier von Genen und Umwelteinflüssen nicht immun: So war ihm jetzt nach einem kräftigen Schluck. Er wollte ein ordentliches Glas Whisky, genau wie sein strauchelnder und fluchender Alter, der mindestens einmal im Monat seine, Angus', Mutter halb totgeprügelt hatte. Und eines Tages in den Fluss gefallen und ertrunken war. Gut so. Da hast du genug zu trinken, du Dreckskerl.

»Was erzählst du für einen Unsinn, Sarah?«

»Woher sonst soll sie denn wissen, was im Krankenhaus mit Lydia war?«

»Du weißt nicht, ob sie davon träumt.«

»Ein weißes Zimmer, traurige Gesichter, die auf sie herunterschauen, und jetzt noch ihr Großvater? Das muss es sein, Gus, was soll es denn sonst sein? Das Bild ist so was von eindeutig, schrecklich, mein Gott.«

Fing sie jetzt gleich an zu weinen? Etwas in ihm wollte sie weinen sehen – wie er geweint hatte, als Kirstie gesagt hatte, was sie gesagt hatte.

Seine Frau hatte es leicht.

Er widerstand dem Drang, sie mit der Wahrheit zu konfrontieren. Stattdessen legte er eine große Hand auf ihre kleine weiße. Ihre hübschen, nutzlosen Hände, die noch nicht einmal einen Kreuzknoten hinbekamen, wie man ihn brauchte, um das Boot festzumachen, waren noch genau dieselben kleinen weißen Hände, die er geliebt hatte. Früher. Würde er sie je wieder richtig lieben können? Vorbehaltlos lieben, rein, frei von Vorwürfen und ohne Rachegelüste?

»Vielleicht hat dein Vater ihr davon erzählt? Du weißt, wie er sein kann, wenn er ein paar Gläser getrunken hat. Oder deine Mutter. Mein Bruder. Jeder kann irgendwas über Krankenhäuser von sich gegeben haben, und sie hat es aufgeschnappt und sich den Rest ausgemalt. Überleg mal, wie erschreckend das sein muss, das Ganze, für ein Kind: Krankenhaus, viele Zimmer, Tod. Das gräbt sich in die Erinnerung, deshalb träumt sie davon.«

»Aber ich glaube nicht, dass ihr jemand was erzählt oder dass sie was aufgeschnappt hat. Außer meinen Eltern weiß niemand, dass Lydia noch mal aufgewacht ist. Und die habe ich gefragt.«

»Du hast was?«

Schweigen.

»Du hast deine Eltern gefragt?«

Wieder Schweigen.

»Mein Gott, Sarah! Du rufst da einfach an und erzählst ihnen das alles, Dinge, die niemanden außer uns etwas angehen? Was soll das bringen?«

Seine Frau nippte an ihrem Wein und schüttelte den Kopf. Ihre Lippen waren ein angespannter blasser Strich.

Angus starrte sein Weinglas an. Plötzlich empfand er eine tiefe Sinnlosigkeit. Als sitze er in der Wanne und das Wasser gluckere unter ihm weg und er werde – frierend und schwer – zu einem schmutzigeren Planeten katapultiert. Sie klapperten vor Kälte in diesem Haus; sie ertranken in Arbeit und immer neuen Herausforderungen, und vielleicht war alles umsonst.

Nein. Er musste wenigstens halbwegs optimistisch bleiben. Um Kirsties willen.

Am nächsten Tag wollte er es weiter versuchen. Vielleicht wurde es was mit dem Architekturbüro in Portree; er würde seine Mappe einfach noch mal dort abgeben. Die waren drauf und dran, ihm einen befristeten Halbtagsjob anzubieten, er musste nur noch einmal nachstoßen. Schauen Sie, ich habe Teile von Wolkenkratzern entworfen, da werde ich, glaube ich, mit einer Schafhürde fertig. Vielleicht bettelte er auch. Helfen Sie mir, ich brauche einen Job, ich brauche zehn Riesen, weil meine Tochter in einem Haus leben muss, das buchstäblich ein Kühlschrank ist.

»Es gibt viele Geschichten von Zwillingen, zwischen denen Telepathie stattfindet oder eben so eine besondere Verbindung besteht – darüber haben wir uns doch schon öfter unterhalten und ... Sie hatten die gleichen *Träume,* das weißt du. Denk dran, wie sie beide im selben Moment angefangen haben zu lachen, und wir hatten keine Ahnung, worüber!«

Angus lehnte sich zurück und fuhr sich mit einer staubigen Hand über die Augen. Er horchte auf das Haus. Kirstie war in ihrem Zimmer und spielte auf dem alten iPad. Fast war ihm, als höre er aus der Ferne das Klicken und Piepen des Computerspiels – im Duett mit dem Regen, der gegen das Esszimmerfenster trommelte. Seine Tochter verlor sich in einer virtuellen Welt, und er konnte es ihr nicht verdenken: Die Wirklichkeit schnitt schlecht ab dagegen.

Und die Wirklichkeit war: Er erinnerte sich an Gelegenheiten, da Kirstie und Lydia ohne ersichtlichen Grund im selben Moment losgelacht hatten. Natürlich erinnerte er sich daran. Wusste noch, wie erstaunt er gewesen war, wenn sie – auf verschiedenen Stühlen – im selben Augenblick angefangen hatten zu kichern, aus dem Nichts heraus, ohne sich vorher sichtbar verständigt zu haben. Hin und wieder war das sogar vorgekommen, wenn sie sich in verschiedenen Räumen aufhielten. Dann war er von Zimmer zu Zimmer gegangen und hatte sie bei identischen Lachanfällen angetroffen, für die kein Grund zu erkennen war.

Er erinnerte sich an so vieles. Er wusste noch, wie Lydia einmal in ihrem Zimmer gesessen und »Sophiechen und der Riese« von Roald Dahl gelesen hatte und wie er unten Kirstie getroffen hatte, die gerade im selben Buch auf derselben Seite war. Er wusste noch, wie er sie einmal auf dem Heimweg von der Schule beobachtet hatte, Kirstie vorweg, in einem begräbnistauglichen, gemessenen Stechschritt, und hinterdrein Lydia, in einem Abstand von bestimmt fünfundzwanzig Metern, in genau der gleichen Gangart, als wären sie beide in einer Art Trance. Warum hatten sie das getan? Weil sie Leute erschrecken wollten? Oder hatte es tatsächlich so etwas wie eine mentale Verbindung zwischen ihnen gegeben? Trotz allem konnte er das nicht glauben. Er hatte wissenschaftliche Artikel gelesen: So etwas wie Telepathie unter Zwillingen existierte nicht. Es gab nur das ganz gewöhnliche Wunder zweier Menschen mit identischen Genen.

Lange starrte er auf die Regenspuren am Fenster. Die Unwirtlichkeit draußen lockte ihn, zog ihn an.

Ein Teil von ihm wollte dort hinaus, in den Wind und die Kälte, wollte den Kamm der Black Cuillins erklettern, sich an der Spitze des Old Man of Storr den Wind ins Gesicht wehen lassen. Stattdessen saß er hier und wartete darauf, dass seine Frau redete. Sie leerte ihr Glas, die Flasche war bereits leer. Würden sie noch eine aufmachen? Er überließ es grundsätzlich ihr, seinen Konsum zu überwachen. Was ihn betraf – ja, er wollte noch eine Flasche, gern jetzt schon, um fünf Uhr nachmittags.

»Bitte, Angus, überleg doch mal. Könnte es nicht so eine Art Telepathie gegeben haben? Was ist mit den Zwillingen in Finnland, die beide bei einem Unfall ums Leben gekommen sind, und zwar …«

»… fünfzehn Kilometer voneinander entfernt. Am selben Abend. Ja und?«

»Findest du das nicht merkwürdig? Ist das kein Beweis?«

»Nein.«

»Aber …«

»Sarah, selbst wenn es einmal eine Art mentale Verbindung zwischen ihnen gegeben haben sollte – was ich nicht glaube, aber selbst wenn doch –, ist Lydia jetzt schon über ein Jahr tot. Und das mit den Träumen hat erst vor ein paar Monaten angefangen.«

Offenbar legte der Regen eine Pause ein. Angus spürte, wie seine Frau ihn anstarrte.

Er fuhr fort. »Selbst wenn man annähme, dass Zwillinge einander aus der Ferne Träume übermitteln können – dass sie auch durch den Äther zueinander in Kontakt treten können,

116

wenn einer von beiden tot ist, das glaube ich beim besten Willen nicht. Du?«

Wieder trat Schweigen ein. Bis er laut loslachte.

»Oder willst du vielleicht sagen, dass Lydia als Geist erscheint? Als kleines Gespenst, das hier herumschwebt und mit seiner Zwillingsschwester redet? Und wo ist sie jetzt? Im Kleiderschrank, mit ihrem Kopf unter dem Arm?«

Es war ein Scherz. Er versuchte es mit Humor.

Doch mit einem leisen Schwindelgefühl begriff er, dass er die Wahrheit getroffen hatte. Weder lachte Sarah, noch zog sie die Brauen hoch, sie starrte ihn einfach nur an, während draußen der Hebridenregen umso heftiger wieder einsetzte und sich tiefer und tiefer in Zement und Mörtel dieses blöden Hauses fraß.

»Oh, Scheiße! Glaubst du jetzt etwa an Geister, Sarah? Reiß dich zusammen, verdammt! Lydia ist tot, Kirstie ist ein verwirrtes, unglückliches kleines Mädchen. Das ist alles. Sie braucht Eltern, die bei Verstand sind.«

»Nein. Nicht Geister. Es ist etwas anderes.«

»Was denn?«

»Ich …«

»Was?«

»Es ist …« Sie verstummte.

Ihm war nach Schreien. Was. Zum. Henker. Ist. Es? Seine Wut wurde übermächtig. Nur mit größter Mühe brachte er einigermaßen ruhig heraus: »Was ist es, Sarah? Was ist das große Geheimnis?«

»Ich … ich weiß es nicht. Aber diese Träume. Was ist mit den Träumen?«

»Es sind einfach Scheiß*träume*!« Er schlug die Hände vors Gesicht. Die Geste mochte übertrieben wirken, aber sie kam von Herzen.

Eine Weile sagte keiner von ihnen ein Wort, dann stand Sarah auf und ging mit der leeren Weinflasche in die Küche.

Angus blickte ihr nach; die Jeans hingen ihr auf den Hüften. Es hatte eine Zeit gegeben, da hätten sie diese Anspannung durch Vögeln gelöst. Und er begehrte sie immer noch; sie zog ihn immer noch an, obwohl er ihr so sehr grollte.

Was, wenn sie jetzt ins Bett gingen? Ihr Sex war immer rauh, Sarah mochte das. Das war einer der Gründe, warum er sich in sie verliebt hatte: ihre überraschend direkte, fordernde Sexualität. Beiß mich, schlag mich, fick mich. Härter. Aber wenn er sie jetzt hart anpackte und dann sein latenter Zorn durchbrach – wo sollte das enden?

Sie kam aus der Küche zurück. Ohne zweite Flasche. Seine Stimmung verfinsterte sich noch mehr, wenn das überhaupt möglich war. Würde er später noch eine aufmachen können, ohne dass sie ihn sah? Er musste aufhören, so viel zu trinken. Kirstie brauchte ihren Vater halbwegs nüchtern und bei Verstand. Es musste jemanden geben, der aufpasste.

Aber es war unendlich schwer: die Lügen aufrechtzuerhalten. Und das Haus half dabei weniger, als er gehofft hatte. Das kalte, grieselige Novemberwetter war schon scheußlich, und das war erst der Spätherbst. Wie würde es erst im Winter sein? Vielleicht hatten Strenge und Härte aber auch ihr Gutes: Sie beide würden enger zusammenrücken müssen.

Oder es ging zu Ende mit ihnen.

Sie strich im Zimmer umher, setzte sich nicht hin.

»Gibt es etwas, das du mir sagen willst, Sarah? Du bist jetzt schon eine ganze Weile so sonderbar – seit du in Glasgow warst, wenn nicht schon länger. Was ist passiert?«

Seine Frau schaute ihn an und sagte, wie immer: »Es ist nichts.«

»Sarah!«

»Tut mir leid, dass ich davon angefangen habe. Ich muss mich um Kirsties Sachen kümmern, die habe ich noch nicht ausgepackt, sie sind erst heute Vormittag angekommen und …«

Er griff nach ihrer Hand und hielt sie fest.

Sie fuhr fort: »… in ein paar Tagen fängt sie in der neuen Schule an.«

Er küsste ihre Hand, weil er nicht wusste, was er sonst tun sollte. Sie aber zog sich mit einem entschuldigenden Lächeln zurück, wandte sich ab und ging zur noch nicht gestrichenen Esszimmertür; schlurfte in ihren drei Lagen Socken über den kalten Steinboden davon. Angus blickte ihr nach. Und seufzte tief.

Geister?

Lächerlich. Wenn sie kein anderes Problem hatten als Geister …

Geister waren geschenkt. Denn sie existierten nicht.

Angus erhob sich und beschloss, etwas zu tun, sich körperlich zu verausgaben, um Traurigkeit und Zorn abzuschütteln. Vielleicht halfen die Endorphine seiner Stimmung auf. Sie brauchten Feuerholz, und es wurde schon wieder dunkel.

Er durchquerte die Küche und öffnete die Tür an der Rückseite neben dem Ausguss und den Schrubbern, wo es in den Abstellraum ging. In dem die Ratten allabendlich wilde Partys feierten.

In diesem Raum, der Ähnlichkeit mit einem Stall hatte, lagerte Krempel jeglicher Art: stapelweise klapprige Möbel, die darauf warteten, zu Anzündholz zerlegt zu werden; ein einzelner Sack Kohle, vermutlich noch aus dem Zweiten Weltkrieg. Pfannen und Flaschen waren zu Haufen aufgetürmt, als hätten sich ganze Dorfgemeinschaften von Flüchtlingen hier aufgehalten und irgendwann das Weite gesucht; Berge von Plastiktüten, blaue Nylonschnur in dicken Rollen, Pyramiden aus Porzellankrügen, die meisten angeschlagen oder mit Sprung. Seine Großmutter hatte alles gehortet, eine echte Inselbewohnerin − frühe Survival-Künstlerin zu einer Zeit, als es noch notwendig und nicht modisch gewesen war, alles, was an den Strand gespült wurde, aufzuklauben. He, guck mal, Junge, das können wir vielleicht gebrauchen. Heb es auf.

Angus suchte ein paar große Scheite zum Zerkleinern heraus, setzte die Plastik-Schutzbrille auf, schlüpfte in feuchte alte Arbeitshandschuhe und warf die elektrische Säge an.

Zwei Stunden lang ließ er im trüben Licht der Dreißig-Watt-Birne den Sägenmotor heulen. Währenddessen riss die Wolkendecke auf, und der volle Mond stieg bis über die Ebereschen in Camuscross am Westufer des Sound of Sleat. Irgendwann erschien Beany an der Tür, schubste sie mit der Schnauze auf, sprang mit einem Satz mitten in die duftenden Sägespäne, blieb, langsam mit dem Schwanz wedelnd, dort sitzen und beobachtete die Wolken gelblichen Staubs, die von den Scheiten wegstoben.

»Hallo, Beany. Alles klar?«

Der Hund sah traurig aus. Seit sie hier waren, sah er immer traurig aus. Angus hatte angenommen, dass Torran – eine ganze herrliche Insel mit Kaninchen und Seehunden und Vögeln zum Jagen – ihn begeistern oder ihm jedenfalls besser gefallen würde als das chaotische Backstein-und-Beton-Labyrinth Camden.

Aber der Hund war oft griesgrämig, wie jetzt, als er ihm, die Schnauze zwischen den Pfoten, bei der Arbeit zusah.

Angus setzte die Säge ab; er hatte drei Plastikwannen mit kleineren Scheiten gefüllt. Nachdem er die verschwitzte Plastikbrille abgenommen hatte, kraulte er Sawney Bean mit dicken Handschuhfingern hinter dem Ohr.

»Was ist los, Kumpel? Gefällt's dir nicht auf der Insel?«

Der Hund winselte.

»Lust, ein paar Ratten zu fangen? Die gibt's hier in rauhen Mengen.« Er machte eine Kaubewegung und fuchtelte mit den Fäusten, als wären es Pfoten. Das Ganze sollte einen Hund darstellen, der einen der Schädlinge fing. »Nam, nam, nam, wie ist es, Beany, wie wär's mit einer Ratte? Du bist ein Hund, verdammt. Deine Vorfahren jagen seit Jahrhunderten Ratten. Etwa nicht?«

Beany gähnte. Und bettete die Schnauze wieder zwischen

seine Sphinx-Pfoten. Eine Woge der Zuneigung durchströmte Angus. Er liebte diesen Hund. Endlose glückliche Stunden lang war er mit ihm durch die Wälder rund um London gestreift.

Aber der Stimmungsumschwung irritierte ihn.

Wenn er es recht bedachte, benahm der Hund sich seltsam, seit er hier angekommen war. Manchmal versteckte er sich irgendwo im Haus in einer Ecke, so als habe er Angst; manchmal weigerte er sich gar, überhaupt reinzukommen. Und wenn Sarah in der Nähe war, benahm er sich anders. Schon lange benahm er sich anders, wenn Kirstie und Sarah in der Nähe waren.

Konnte der Hund gesehen haben, was an dem Abend in Devon wirklich geschehen war? War Beany dabei gewesen – oben –, als es passierte? War ein Hund imstande, solch ein Ereignis unter Menschen in Erinnerung zu behalten oder auch nur zu verstehen?

Angus' Atem bildete Nebelwölkchen in der feuchtkalten Luft. Jetzt, da er aufgehört hatte, mit der Säge gegen die Scheite anzugehen, merkte er, wie kalt es in dem Abstellraum war. So kalt, dass tatsächlich die Fenster zufroren.

Wie an dem Tag, an dem die Zwillinge zur Welt gekommen waren: am kältesten Tag des Jahres. Er starrte auf die filigranen Linien, die der Rauhreif bildete.

Und die Trauer traf ihn wie ein Hieb in die Kniekehlen, wie er es häufiger erlebte. Wie ein heftiger Angriff beim Rugby. So heftig, dass er einknickte und sich an einem staubigen Bretterstapel abstützen musste.

Lydia, seine kleine Lydia. Wie sie dagelegen hatte im Krankenhaus, lauter Schläuche im Mund. Und dann hatte sie noch einmal die Augen aufgeschlagen, um sich mit einem Ausdruck des Bedauerns zu verabschieden. Als wollte sie sagen, dass es ihr leidtue.

Seine Lydia. Kleine Lydia. Seine geliebte Tochter.

Er hatte sie auch geliebt, genau wie Sarah. Aber irgendwie schien sein Kummer als geringer eingestuft zu werden. Offenbar wurde die Trauer der Mutter als bedeutender angesehen: *Sie* war diejenige, die zusammenbrechen durfte; *ihr* sah man es nach, wenn sie weinte; *sie* war diejenige, der man zugestand, monatelang den Verlust ihres Lieblings zu beklagen. Okay, er hatte seinen Job verloren, aber er hatte selbst in der tiefsten Trauer noch gearbeitet, und er trug an dem Ganzen so gut wie keine Schuld. Ihr war viel mehr vorzuwerfen, unendlich viel mehr. Er verspürte den Drang, seine Frau zu bestrafen für das, was geschehen war. Ihr richtig weh zu tun.

Warum nicht? Seine Tochter war tot.

Er griff sich einen Hammer von einem der Regale. Es war ein Klauenhammer. Gnadenlos, leicht rostig, die Spitzen braunrot verschmiert, als klebe schon altes Blut daran. Schwer, wohltuend schwer, gerade richtig. Dieses Gewicht wollte geschwungen werden, niedergehen auf etwas und es aufbrechen. Zerschlagen. Endlich. Explodierendes Rot. Als würde eine Melone zerschmettert und roter Brei flöge umher. Würden die Hammerklauen stecken bleiben?

Es hatte aufgehört zu regnen, das Meer war eine diffus graue Fläche. Verzweifelt starrte Angus auf die fleckigen Dielen.

Ein leises Winseln holte ihn in die Wirklichkeit zurück. Beany stand vor ihm und blickte, den Kopf schräg gelegt, traurig und vorwurfsvoll zugleich zu ihm auf. Als erspüre er Angus' absurde, schreckliche Gedanken.

Angus schaute den Hund an. Beruhigte sich und sagte: »Na, Beany, wollen wir rausgehen? Eine Robbe jagen?«

Der Hund bellte kurz und schlug mit dem Schwanz; Angus legte den Hammer sorgsam zurück ins Regal.

9. Kapitel

DIE SCHULE KÖNNTE ÜBERALL in Großbritannien stehen. Ein luftiger Flachbau, ein großes Freigelände mit fröhlich angemalten Schaukeln und Rutschen, viele müde und sorgenvoll aussehende Eltern, die ihre Kinder absetzen und sich mit schuldbewusst-erleichterter Miene verabschieden. Nur die Lage ist einzigartig: zur Linken das Meer und zur Rechten hohe, düstere Berge mit ersten Spuren von Dezemberschnee. Und dann ist da noch das fest verschraubte Schild am Tor. *Rachadh lucha-tadhail gu failteache.* Darunter hängt ein Kleineres mit einer Übersetzung: *Besucher bitte am Empfang melden.*

Auf dem Weg vom Auto – zwischen Reihen schnittiger Stadt- und schmutziger Geländewagen hindurch – zur verglasten Eingangstür hält Kirstie meine Hand fest umklammert. Andere Mütter und Väter begrüßen einander persönlich, freundlich – in jenem beneidenswert entspannten Small-Talk-Ton, den ich nie wirklich beherrscht habe und hier, unter lauter Fremden, noch schwieriger finde.

Einige Eltern sprechen Gälisch. Kirstie ist genauso stumm wie ihre Mama. Nervös, angespannt. Unter dem pinkfarbenen Mantel trägt sie ihre neue blau-weiße Kylerdale-Uniform. An der Tür ziehe ich ihr den Mantel aus, und plötzlich scheint die Uniform viel zu groß, clownesk beinahe. Und die Schuhe sind plump. Und ihr Haar ist schlecht gebürstet. Von mir.

Ich fühle mich schuldig. Habe ich die Sachen in der falschen Größe gekauft? Und warum habe ich ihr Haar nicht ordentlich gebürstet? Es musste alles so schnell gehen. Angus wollte früh nach Skye hinüber: Er hat einen Teilzeitjob in einem Architekturbüro in Portree ergattert. So weit weg, dass er, wenn er zu arbeiten hat, über Nacht bleiben muss. In finanzieller Hinsicht ist das gut, aber es erschwert die Bewältigung der diversen Transportwege.

Deshalb mussten wir heute Morgen alle zusammen los, in unserem einzigen Boot. Und mir blieb nichts anderes übrig, als schnell zu machen: das Anti-Ziep-Spray zu benutzen und die Bürste energisch ein paarmal durch das feine weiße Seidenhaar zu ziehen, während Kirstie, die zwischen meinen Knien stand, ein Spielzeug in den Händen drehte und ein neues, selbst erfundenes Lied vor sich hin sang.

Jetzt ist es zu spät. Und Kirstie hat strubbeliges Haar.

In mir rührt sich Beschützerinstinkt. Sie soll auf keinen Fall ausgelacht werden. Ohnehin wird sie unendlich einsam sein so mitten im Schuljahr an einer neuen Schule. Ohne ihre Schwester. Und die Verwirrung, was ihre Identität angeht, ist noch nicht überwunden, sie taucht immer wieder einmal auf. Manchmal sagt Kirstie »wir« statt »ich«. Manchmal nennt sie sich »die andere Kirstie«. Gerade heute Morgen erst.

Andere Kirstie?

Das macht mich kirre, tut mir weh, und deshalb bin ich gar nicht darauf eingegangen. Ich hoffe einfach, dass Dr. Kellaway recht behält und die Probleme schwinden, sobald sie in die Schule geht, neue Freunde findet und neue Spiele kennenlernt.

Und hier sind wir nun.

Bleiben unentschlossen an der Schultür stehen und sehen zu, wie die anderen Kinder – schnatternd und lachend und einander mit ihren Plastikrucksäcken traktierend – zielstrebig zu ihren Klassenräumen gehen. Toy Story, Moshi Monsters. Eine Frau mit großer Brille auf der großen Nase und kariertem Faltenrock lächelt mir aufmunternd zu und hält mir die Glastür auf.

»Mrs. Moorcroft?«

»Ja?«

»Ich hab Sie mir auf Facebook angeschaut, Entschuldigung!«

Ich war einfach neugierig, wie die neuen Eltern wohl so sind.« Dann setzt sie eine betont freundliche Miene auf, beugt sich herunter und sagt: »Und das muss die kleine Kirstie sein! Kirstie Moorcroft?« Sie winkt uns herein. »Du siehst genauso aus wie auf den Fotos! Ich bin Sally Ferguson. Wir freuen uns, dass wir ein neues Mädchen an der Schule haben. Sag einfach Sally zu mir.« Und wieder an mich gewandt, fügt sie hinzu: »Die Schulsekretärin.«

Sie erwartet eine Antwort, aber ich kann nicht. Weil Kirstie redet.

»Ich bin nicht Kirstie.«

Die Sekretärin lächelt, sicher hält sie das für einen Scherz. Ein Spiel. Ein Kind, das sich hinter dem Sofa versteckt und eine Puppe hochhält.

»Kirstie Moorcroft! Wir haben die Fotos von dir gesehen! Es wird dir gut gefallen bei uns an der Schule. Wir unterrichten hier in einer besonderen Sprache …«

»Ich *bin* nicht Kirstie, ich bin Lydia.«

»Aha …«

»Kirstie ist tot. Ich bin *Lydia*.«

»Ach …« Die Frau verstummt. Sieht mich an. Verständlicherweise verwirrt.

Meine Tochter wiederholt sich. Laut und lauter. »Lydia. Ich bin Lydia. Wir sind Lydia. Lydia!«

In dem Schulflur ist es still – bis auf die Stimme meiner Tochter, die wieder und wieder dieses irre Zeug schreit. Sally Ferguson ist das Lächeln schnell vergangen. Mit ängstlicher Miene schaut sie zu mir. An die Wand sind viele Zettel gepinnt, auf denen fröhliche gälische Ausdrücke und Sätze stehen. Die Sekretärin versucht es noch einmal.

»Äh … Kirs…«

Meine Tochter schlägt nach ihr wie nach einer Wespe. »Lydia! Ihr müsst Lydia zu mir sagen! Lydia! Lydia! Lydia! Lydia! Lydia! Lydia! Lydia! *Lydia!*«

Die Frau weicht zurück, doch meine Kleine ist inzwischen völlig außer sich. Sie legt einen vollwertigen Kleinkind-Supermarkt-Schreianfall hin, nur dass wir in einer Schule stehen und sie sieben ist und behauptet, ihre tote Schwester zu sein.

»Tot, Kirsti-kau ist tot. *Ich bin Lydia!* Ich bin Lydia! Sie ist hier. Lydia!«

Was mache ich jetzt? Ich versuche es mit alltäglichem Gerede, so absurd es auch scheint. »Das geht vorbei, das ist nur so ein ... äh. Ich komme sie dann holen. Wann noch mal?«

Aber meine Bemühungen werden übertönt von Kirsties Geschrei. »Lydia *Lydia Lydia Lydia Lydia Lydia!* Kirstie ist *tot,* und ich *hasse* sie, ich bin Lydia!«

»Bitte«, sage ich und gebe es auf, etwas vorzutäuschen zu wollen. »Bitte, Süße. Bitte!«

»*Kirstie ist tot.* Kirstie ist tot. Sie haben sie umgebracht, sie haben sie umgebracht. Ich bin *Lyyyydiiiaaa!*«

Und dann ist es vorbei. Genauso plötzlich, wie es angefangen hat. Kirstie schüttelt den Kopf, stapft hinüber zur gegenüberliegenden Wand und setzt sich auf einen kleinen Stuhl. Über ihr hängt ein Foto von Kindern, die im Schulgarten arbeiten; jemand hat mit bunten Filzstiften eine Unterschrift daraufgekritzelt: *Ag obair sa gàrradh, bei der Arbeit im Garten.*

Meine Tochter schnieft, und dann sagt sie sehr leise: »Bitte nennt mich Lydia. Warum kannst du nicht Lydia zu mir sagen, Mami, ich bin's doch? Bitte!« Mit tränennassen blauen Augen schaut sie zu mir auf. »Ich geh nur in die Schule, wenn ihr mich Lydia nennt. *Bitte.* Mami?«

Ich bin schockstarr. Ihr Betteln ist so überzeugend, kommt offensichtlich so von Herzen, dass es mir regelrecht weh tut. Mir bleibt keine Wahl.

Das Schweigen dehnt sich ins Unerträgliche. Denn jetzt bin ich – im unpassendsten Augenblick und auf die schrecklichste Weise – gezwungen, der Schulsekretärin alles zu erklären, und dazu muss ich Kirstie aus der Bahn haben. Ich will, dass sie in diese Schule geht.

»Okay, gut-gut.« Mein Kinderstottern kehrt zurück. »Das ist *Lydia*, Mrs. Ferguson. Lydia Moorcroft.« Ich fürchte mich, deshalb kriege ich nur ein Murmeln zustande. »Eigentlich melde ich Lydia May Tanera Moorcroft an.«

Es tritt eine lange Pause ein. Sally Ferguson starrt mich durch ihre großen, dicken Brillengläser verdutzt an. »Wie bitte? Äh, Lydia? Aber …« Sie läuft tiefrot an – dann streckt sie die Hand durch ein offenes Schiebefenster und nimmt ein Blatt Papier von dem Schreibtisch, der dahinter steht. Im Flüsterton sagt sie: »Aber hier steht – eindeutig –, dass Sie *Kirstie* Moorcroft anmelden. So steht es in der Bewerbung. Kirstie. Ganz klar. Kirstie Moorcroft?«

Ich hole tief Luft. Ich will etwas sagen, doch meine Tochter ist schneller. Als hätte sie uns genau zugehört.

»Ich bin Lydia«, sagt Lydia. »Kirstie ist tot, dann war sie am Leben, aber jetzt ist sie wieder tot. Ich bin Lydia.«

Sally Ferguson wird erneut rot, schweigt aber. Mir ist schwindlig, ich weiß nicht, was ich sagen soll, das ist alles dermaßen absurd. Unter großer Anstrengung bringe ich schließlich heraus: »Können wir Lydia in ihre neue Klasse bringen? Dann erkläre ich das.«

Wieder verzweifeltes Schweigen. In einem der Klassenzimmer ein Stück den Gang hinunter singen Kinderstimmen wild durcheinander und fröhlich ein Lied.

»Kookaburra sits in the old gum tree, Merry, merry king of the bush is he! Laugh, kookaburra, *laugh* …«

Das passt so wenig, dass mir schlecht wird.

Sally Ferguson schüttelt den Kopf, neigt sich zu mir und sagt leise: »Ja, das klingt vernünftig.«

Dann winkt sie einem jungen Mann in Röhrenjeans, der sich eben durch die einen Spaltbreit geöffnete Schultür hereinschiebt. »Dan! Daniel, bitte … würde es Ihnen etwas aus-

127

machen ... können Sie, äh, Lydia Moorcroft in ihre neue Klasse bringen? Zweite Klasse, das letzte Zimmer an diesem Gang, Jane Rowlandson.«

»*Laugh*, kookaburra, *laugh* ...«

Dan nickt, nicht begeistert, aber freundlich, und hockt sich neben Lydia wie ein übereifriger Kellner, der auf die Bestellung wartet.

»Hallo, Lydia«, sagt er. »Möchtest du mal mitkommen?«

»Kookaburra sits in the old gum tree-e, Counting all the monkeys he can see-e.«

»Ich bin Lydia.« Trotzig verschränkt sie die Arme. Setzt eine finstere Miene auf, schiebt die Unterlippe vor. So widerborstig, wie sie nur kann, sagt sie: »Ihr müsst mich Lydia nennen.«

»Klar, natürlich. Lydia! Es wird dir gefallen. Sie haben gerade Musik.«

»Stop, kookaburra, stop, kookaburra, That's no monkey, that's me.«

Endlich: Es funktioniert. Langsam lässt sie die Arme sinken und ergreift die Hand, die er ihr hinstreckt – und dann folgt sie Dan zu einer weiteren Glastür. Sie sieht so klein aus und die Tür so riesig und übermächtig, als wolle sie sie verschlingen.

Einmal bleibt sie noch kurz stehen und dreht sich mit einem ebenso traurigen wie ängstlichen Lächeln zu mir um, dann lässt sie sich von Dan den Gang hinunterführen. So wird sie von der Schule geschluckt. Jetzt muss ich sie ihrem Schicksal überlassen und mich wohl oder übel Sally Ferguson zuwenden.

»Ich muss Ihnen das erklären.«

Sally nickt düster. »Allerdings. Bitte – gehen wir in mein Büro, da sind wir ungestört.«

Etwa fünfzig Minuten später habe ich Sally Ferguson über die schrecklichen Eckpunkte unserer Geschichte in Kenntnis gesetzt. Den Unfall, den Tod, die Verunsicherung hinsichtlich der Identität – alles, was die vergangenen dreizehn Monate bestimmt hat. Sie wirkt angemessen und ehrlich entsetzt; sie zeigt glaubhaft Mitgefühl, aber in ihren Augen schimmert auch ein Hauch Freude. Es ist offensichtlich, dass ich mit diesem Bericht einem langweiligen Schultag zu Würze verholfen habe. Jetzt hat sie etwas, das sie heute Abend ihrem Mann und ihren Freundinnen erzählen kann: Ihr glaubt nicht, wer heute da war; eine Mutter, die nicht weiß, welcher von ihren Zwillingen noch am Leben ist; die sich fragt, ob ihre totgeglaubte Tochter womöglich seit über einem Jahr lebt!

»Was für eine Geschichte!«, sagt sie. »Es tut mir sehr leid.«

Sie nimmt die Brille ab und setzt sie wieder auf. »Merkwürdig, dass es keine wissenschaftliche Methode gibt …«

»Um das festzustellen? Um es sicher herauszufinden?«

»Na ja. Ja.«

»Wir wissen nur, dass … ich meine, ich glaube … wenn sie im Moment Lydia sein möchte, müssen wir das vielleicht so hinnehmen. Vorläufig. Haben Sie da Einwände?«

»Nein, natürlich nicht. Wenn Ihnen das lieber ist. Und mit der Anmeldung gibt es auch kein Problem. Sie sind …« Sie sucht nach der richtigen Formulierung. »Also, sie waren gleich alt, deshalb … ja … Ich muss das einfach in den Unterlagen ändern, aber machen Sie sich deswegen keine Gedanken.«

Ich stehe auf, denn ich will nichts als weg hier.

»Es tut mir wirklich leid, Mrs. Moorcroft. Aber ich denke, jetzt fügt sich alles. Kirstie – ich meine, Ihre Tochter, Lydia – wird sich wohl fühlen bei uns. Bestimmt.«

Ich flüchte in Richtung Parkplatz, und im Auto lasse ich sämtliche Fenster herunter. Während ich über die Küstenstraße zurückrase, fegt kalter Wind herein, ein schneidender Westwind von den Cuillins, vom Butt of Lewis, der nördlichsten Spitze der Hebriden, von Saint Kilda ganz im Westen – aber mir macht das nichts aus. Ich will die Eiseskälte. Ich fahre an Ornsay vorbei, weiter nach Broadford, das mir nach der gottverlassenen Halbinsel Sleat geradezu wie London vorkommt. Hier gibt es Geschäfte und Postämter und Passanten – und ein

129

großes, helles Café mit WLAN und bestem Mobilfunkempfang. Mir ist nach Wodka, aber Kaffee muss genügen.

Ich suche mir einen bequemen Holzstuhl an einem großen Tisch, und als ein mächtiger Cappuccino vor mir steht, hole ich mein Handy hervor.

Mutter. Ich muss meine Mutter anrufen. Unbedingt.

»Sarah, Liebes, ich wusste, dass du es bist! Dein Vater war im Garten; hier unten haben wir immer noch Spätsommer.«

»Mama.«

»Ist alles in Ordnung? Hat Kirstie schon in der neuen Schule angefangen?«

»Du musst mir jetzt mal helfen, Mama.«

Meine Mutter kennt mich gut genug, um meinen Ton richtig zu deuten und die Plauderei zu beenden. Sie wartet ab, was kommt.

Und ich erkläre es ihr. Wie ich es Sally Ferguson erklärt habe. Wie ich es vielleicht noch allen anderen werde erklären müssen.

Ich mache schnell, damit mir gar keine Zeit bleibt, in Tränen auszubrechen; erzähle, dass uns möglicherweise ein Fehler unterlaufen ist, dass wir das tote Mädchen vielleicht falsch identifiziert haben. Dass wir es nicht wissen, aber versuchen, es herauszufinden. Das alles klingt völlig absurd und ist doch grausam real. So real wie die Knoydart-Berge. Meine Mutter, die mindestens so schweigsam sein kann wie ich, schweigt auch jetzt respektvoll die ganze Zeit.

»Du meine Güte«, sagt sie schließlich. »Du meine Güte. Mein … Gott. Arme Kirstie, ich meine …«

»Nicht weinen, Mama, bitte.«

»Ich weine nicht.«

Sie weint. Ich warte. Sie hört nicht auf.

»Es ist nur … da kommen so viele Erinnerungen hoch. An diesen furchtbaren Abend, die Rettungsleute.«

Ich warte, bis sie sich fängt, und ringe zugleich mit meinen eigenen Gefühlen. Es scheint wichtig, dass ich jetzt die Starke bin. Warum?

»Deshalb müssen wir alles noch einmal genau durchgehen, Mama – damit wir am Ende sicher sagen können, ob sie Kirstie ist oder Lydia. Und dann müssen wir das akzeptieren, wie es ist, nehme ich an. Ich weiß es nicht, mein Gott.«

»Ja«, sagt meine Mutter. »Ja.«

Ein paar letzte mütterliche Schluchzer dringen an mein Ohr. Ich beobachte den Verkehr, die Wagen, die in Richtung Kyle im Osten unterwegs sind oder, die gewundene Bergstraße hinauf, nach Portree im Norden. Die ist Angus heute Morgen auch gefahren.

Unser Gespräch gleitet ins Pragmatische ab, ins Belanglose, dabei habe ich noch eine sehr ernste Frage an meine Mutter.

»Ich möchte dich etwas fragen, Mama.«

Sie schnieft. »Ja, Liebes?«

»Ich muss das wissen, um vielleicht einen Hinweis zu finden.«

»Was …«

»Gibt es zu dem Abend oder dem Wochenende vor dem Unfall irgendwas zu sagen? Ist dir an den Mädchen etwas aufgefallen? War etwas anders an ihnen oder zwischen ihnen? Irgendetwas, das du mir nicht erzählt hast, weil es dir nicht wichtig erschien?«

»Anders?«

»Ja.«

»Was meinst du damit?«

»Ich weiß nicht. Es ist nur … vielleicht könnte ich sie anhand dessen unterscheiden. Auch jetzt noch, im Nachhinein. Haben sie sich anders benommen, war irgendwas komisch, gab es einen Grund, warum sie durcheinander gewesen sein könnten – oder eine von ihnen?«

Meine Mutter schweigt. Hinter dem Fenster segeln Schneeflocken zu Boden, die ersten in diesem Winter. Es ist nur ein kurzer Schauer, zartes Konfetti in der kalten Luft. Auf der anderen Straßenseite geht ein kleines Mädchen an der Hand seiner Mutter, bleibt stehen, zeigt auf das glitzernde Nichts und strahlt vor Freude.

»Mama?«

Schweigen. Ein selbst für meine Mutter ungewöhnlich langes Schweigen.

»Mama?«

»Also«, sagt sie in jenem nachdenklichen Ton, den sie anschlägt, wenn sie nicht ehrlich ist, »nein. Wir müssen das nicht noch einmal alles aufwühlen, oder?«

»Doch, müssen wir.«

»Also mir fällt dazu nichts ein.«

Sie lügt. Meine eigene Mutter lügt mich an. Ich kenne sie zu gut, um das nicht zu merken.

»Da ist doch was, Mama. Was ist es, was? Du musst es mir sagen, keine Ausflüchte mehr! Sag's mir!«

Der Schnee löst sich auf; was bleibt, ist ein silbriger Hauch in der Luft. Der Geist von Schnee.

»Ich erinnere mich nicht.«

»Doch.«

»Wirklich nicht, Liebes.«

Warum lügt sie?

»Bitte, Mama!«

Jetzt klingt das Schweigen anders. Ich höre sie atmen. Fast ist mir, als hörte ich sie auch denken. Ich sehe sie vor mir, unten in Devon, wie sie im Flur steht, an den Wänden – gerahmt – die verblassten, angestaubten Fotos von meinem Vater an unterschiedlichen Wegmarken seiner Karriere; sie zeigen ihn, wie er für heute längst vergessene Werbespots Preise verliehen bekommt.

»Na ja, vielleicht war da was, aber eigentlich ist es nichts. Nichts.«

»Nein, es ist nicht nichts. Es kann gar nicht nichts sein.«

132

Es ist so offensichtlich, wo ich das herhabe: den Hang zu
Schweigen, die Unlust, etwas preiszugeben.

Ich verstehe, wieso Angus mich manchmal am liebsten er-
würgen würde.

»Es ist nichts, Sarah.«

»Sag's mir, Mama, sag's mir!«

Jetzt höre ich mich an wie Angus.

Meine Mutter holt tief Luft. »Also gut, ich … ich erinnere
mich nur, dass Kirstie an dem Tag, an dem ihr angekommen
seid, ziemlich aufgeregt war.«

»Kirstie?«

»Ja, aber du hast es nicht mitbekommen, du warst so beschäftigt mit … allem Möglichen. Und Angus ist ja erst spät an dem
Abend nachgekommen, sehr spät. Ich weiß noch, dass ich Kirstie gefragt habe, was sie hat, warum sie so aufgeregt ist. Sie hat
gesagt, das hätte mit ihrem Papa zu tun. Ich glaube, sie hat sich
irgendwie über ihn geärgert. Mehr weiß ich nicht, an mehr
kann ich mich nicht erinnern. Und es hat bestimmt nichts zu
bedeuten.«

»Nein, vielleicht nicht. Danke, Mama, danke.«

Wir kommen zum Ende unseres Gesprächs, bekunden einander unsere Zuneigung und Verbundenheit, und meine Mutter fragt, ob es mir gutgehe.

»Ich meine«, fügt sie hinzu, »gut mit dir selbst?«

»Ja, mir geht's gut.«

»Ganz bestimmt? Du klingst ein bisschen, na ja, wie früher
schon mal, Sarah. Das willst du doch nicht wieder, oder? So
schlecht, wie es dir ging.«

»Ich komme gut zurecht, Mama, wirklich, bis auf vielleicht
die Sache mit Lydia. Ich mag sogar das Haus, obwohl wir Ratten unter dem Bett haben. Und die Insel ist wunderschön, ihr
müsst unbedingt mal kommen und sie euch anschauen!«

»Natürlich. Natürlich kommen wir.«

Um sie auf andere Gedanken zu bringen, frage ich nach mei-

nem Bruder Jamie, und es funktioniert. Meine Mutter lacht
leise und erzählt in beinahe zärtlichem Ton, er sei in Austra-
lien, Schafe hüten, oder in Kanada, Bäume fällen – so ganz genau wisse sie es nicht. Darüber, dass Jamie ständig unterwegs
ist – der verlorene Sohn –, werden in der Familie gern Scherze
gemacht; das hat uns schon oft über schwierige Situationen hin-
weggeholfen. So auch jetzt.

Schließlich verabschieden wir uns. Ich bestelle mir noch einen
Kaffee und denke über das Gespräch nach. Warum ist Angus an
dem Abend damals so spät gekommen? Vor dem Unfall hieß es,
es könne spät werden im Büro. Als wir dann aber versucht haben, ihn bei der Arbeit zu erreichen, war er nicht da. Später kam
heraus – erklärte er –, er sei nach der Arbeit noch bei Imogen
gewesen, um Sachen abzuholen, die die Zwillinge dort liegen
gelassen hatten; sie hatten einige Tage zuvor bei ihr übernachtet.

Die kinderlose Imogen hat immer gern Kinder um sich.

Damals habe ich mir bei der Geschichte nichts gedacht, ich
habe sie einfach geglaubt. Ich war viel zu sehr mit Trauern beschäftigt, außerdem klang sie plausibel. Aber jetzt?

Imogen?

Nein. Das ist Unsinn. Warum zweifle ich überhaupt an meinem Mann? Abgesehen von der Trinkerei war er die ganze Zeit
für uns da. Der liebevolle, treue, einfallsreiche, unglückliche Angus. Mein Mann. Und ich muss ihm trauen, denn ich habe sonst
niemanden.

Außerdem kann ich momentan in Bezug auf Kirsties Kummer nichts weiter tun und muss arbeiten.

Schreiben und damit Geld verdienen. Angus' neuer Teilzeitjob in Portree bringt uns ein paar Pfund, aber ein paar Pfund
sind nicht genug. Wir brauchen ein höheres Einkommen. Also
muss ich etwas verdienen, denn jeder noch so kleine Betrag hilft
uns, auf Torran zu bleiben.

Und ich möchte unbedingt – auf jeden Fall – auf Torran bleiben.

Ich klappe meinen Laptop auf und bringe zwei Stunden damit zu, E-Mails zu verschicken; alles abzuarbeiten oder voranzutreiben, was sich binnen achtundvierzig Stunden an Ideen, Vorstellungen und Kommunikationsbedarf angesammelt hat. So schreibe ich einige Chefredakteure in der Stadt an; vielleicht kann ich etwas über Torran und Sleat schreiben, über die örtliche Folklore, das Revival der gälischen Sprache, irgendwas.

Während ich meinen Cappuccino schlürfe und zuschaue, wie die Autos beim Co-op-Markt gegenüber vor- und wieder wegfahren, denke ich zum wiederholten Mal darüber nach, wie vernarrt ich in unsere Insel bin. Es ist wie eine Teenie-Schwärmerei für einen gleichgültigen, schwer zu beeindruckenden Jungen. Je schwieriger Torran wird, desto leidenschaftlicher will ich sie besitzen, sie mir zu eigen machen.

Ein paar anstrengende Stunden später ist meine Arbeit vorerst getan, und ich muss zurück zur Schule, Kirstie abholen. Da ich spät dran bin, gebe ich ordentlich Gas, doch dann komme ich auf dem verschneiten Weide-Rost ins Rutschen und pralle um ein Haar gegen die verkümmerte Eiche, die traurig über die Zufahrt zu dem dahinterliegenden Bauernhof wacht.

Langsam, Sarah, langsam. Ich darf nicht vergessen, dass diese Straße auf der gesamten Strecke gefährlich ist, von Broadford bis Ardvasar. Andererseits ist alles hier mehr oder weniger gefährlich.

Eine einzelne Schneeflocke lässt sich auf meiner Windschutzscheibe nieder und wird vom Scheibenwischer ausgelöscht. Mein Blick wandert zu den sanften Hügeln, die von den Winden und ständiger Abholzung kahlgeschoren sind. Ich muss an die alteingesessenen Familien denken, die von Armut und den Highland Clearances – der Vertreibung im 18. und 19. Jahrhundert, die dazu diente, Schafzucht im großen Stil zu ermöglichen – aus dieser Landschaft verscheucht worden sind. Auf Skye haben einmal fünfundzwanzigtausend Menschen gelebt. Ein Jahrhundert später sind es nur noch halb so viele. Oft male ich mir Szenen dieser Vertreibung aus: weinende Bäuerinnen; Hütehunde, die getötet werden müssen; schreiende Babys im Treck derer, die gezwungen sind, ihr schönes, unwirtliches Land zu verlassen und westwärts zu segeln. Und dann denke ich an meine Tochter.

Wie sie schreit.

Ich habe eine Entscheidung getroffen; ich weiß, was zu tun ist. Ich werde es nicht gern tun, aber es muss sein. Das hat die schreckliche Szene heute Morgen mir klargemacht.

An der Schule angekommen, strenge ich mich an und lächle zu den anderen Müttern hinüber, und dann gehe ich auf die Glastür mit dem fröhlich auf Papier gemalten Schriftzug *Failte* – Willkommen – zu und bin gespannt, wo sie wohl ist, meine Tochter.

Die anderen Kinder kommen gerade nach draußen: ein wahrer Strudel aus ausgelassenem Hopsen und gälischem Geschnatter und Lego-Movie-Vesperdosen; eine Meute kleiner Menschen, die in die ausgebreiteten Arme ihrer Eltern laufen – und dann erscheint endlich, langsam und zögerlich, das letzte Kind. Ein kleines Mädchen, das keine Freunde um sich hat und mit niemandem schnattert.

Meine Tochter. Neuerdings Einzelkind. Mit ihrem traurigen kleinen Rucksack. In ihrer traurigen Uniform. Kommt sie zu mir und vergräbt das Gesicht an meinem Bauch.

»Hallo, du«, sage ich. Lege ihr den Arm um die Schultern und führe sie zum Auto. »He! Wie war der erste Tag?«

Mein heiterer Ton ist absurd, aber was soll ich machen? Düster klingen, suizidal? Ihr sagen, dass wirklich alles furchtbar ist?

Kirstie klettert in den Kindersitz, schnallt sich an und starrt aus dem Fenster, hinaus auf den grauen Sound, wo gerade Flut ist, und die rosa- und orangefarbenen Lichter von Mallaig: mit dem Hafen und dem Bahnhof und den Leuchtreklamen, die Flucht und Zivilisation und Festland verheißen und in der

136

Ferne glimmen. Es ist Viertel nach drei, aber die Winterdunkelheit setzt schon ein.

»Süße. Wie war's denn in der Schule?«

Sie schaut immer noch aus dem Fenster. Ich lasse nicht locker.

»Mumin?«

»Nichts.«

»Wie?«

»Niemand.«

»Oh, verstehe.« Was bedeutet das? *Nichts* und *niemand?* Ich schalte das Radio an, singe den gerade dudelnden Hit mit und unterdrücke den kurzen, aber heftigen Drang, den Wagen auf direktem Weg in den Loch na Dal zu lenken.

Ich habe einen Plan, und den werden wir befolgen. Wir müssen nur erst zum Boot und dann zur Insel gelangen.

Dann werde ich in die Tat umsetzen, wovor ich mich so fürchte.

Diese schlimme Sache.

10. Kapitel

Das Boot ist da. Fest vertäut wartet es an der Mole beim Parkplatz vor dem *Selkie*. Von weitem schimmern Leuchtturm und Cottage unschuldig weiß und hübsch, wenn auch im Schatten der riesigen dunklen Knoydart-Berge. Ich halte an und parke den Ford.

Fünf, sechs Mal muss ich am Starterseil reißen, bis der Motor endlich anspringt. Am Anfang habe ich zehn Anläufe gebraucht. Ich kriege allmählich Übung, und auch mit dem Steuern des Bootes geht es schon besser. Sogar Knoten gelingen mir.

Durch eisigen Wind tuckern wir zur Insel. Kirstie sitzt ruhig am anderen Ende des Bootes und schaut mit leicht geröteten Augen erst zu mir und dann zu den steinigen Stränden von Salmadair hinüber. Ihr blondes Haar fliegt und kringelt sich niedlich. Sie ist so hübsch – ihr Profil mit der kleinen Stupsnase von Wasser umrahmt. Ich liebe sie so, meine Kleine. Ich liebe sie, weil sie Kirstie ist, und ich liebe sie, weil sie mich an Lydia erinnert.

Natürlich wünscht ein Teil von mir sich Lydia zurück. Etwas in mir springt auf diese Vorstellung an. Wie sehr habe ich Lydia vermisst: die Nachmittage, an denen wir zusammen gelesen haben; an denen wir manchmal einfach still und glücklich beieinandergesessen haben. Kirstie ist immer herumgesprungen, sie war viel lebhafter, ungeduldiger. Die Vorstellung, dass Lydia von den Toten zurückgekehrt sein könnte, erscheint wie ein Wunder. Erschreckend, aber doch ein Wunder. Vielleicht haben alle Wunder etwas Erschreckendes? Aber wenn ich Lydia zurückbekomme – wenn das Mädchen hier wirklich Lydia ist –, dann stirbt Kirstie.

Was denke ich da? Dieses Mädchen ist Kirstie, wie ich beweisen werde. Mit einer brutalen Methode. Wenn ich die Kraft aufbringe, das wirklich durchzuziehen.

In den scharfen Seewind hinein fragt Kirstie: »Warum heißt es Salmadair, Mami?«

Sehr gut. Ein normales Gespräch.

»Ich glaube, das heißt so viel wie Insel der Psalmen. Früher gab es da mal ein Nonnenkloster.«

»Wann, Mami? Was ist ein Nonnenkloster?«

»Ein Haus mit Leuten, die beten. Das ist schon lange her, vielleicht tausend Jahre, da haben hier Nonnen gewohnt und gebetet.«

»Noch bevor wir ein Baby waren?«

Ich ignoriere die grammatische Ungenauigkeit und nicke. »Ja. Lange, lange davor.«

»Und jetzt sind da keine Nonnen?«

»Nein. Ist dir kalt?«

Der Wind reißt an ihrem Haar, der rosa Regenmantel ist offen.

»Nein. Der Wind weht mir Haare ins Gesicht, aber ich mag Haare im Gesicht.«

»Na gut. Wir sind ja gleich da.«

Zu unserer Rechten taucht prustend ein Seehund auf und schaut mit wissendem, traurigem Blick zu uns herüber, bevor er mit einem ölig glitschenden Plopp wieder verschwindet. Kirstie lächelt ihr Zahnlückenlächeln.

Die Brandung im Sound of Sleat meint es gut mit uns und spült uns an den Strand unterhalb des Leuchtturms. Ich ziehe das Dingi – das ich gerade so allein bewegen kann – weiter hinauf, bis jenseits der Grenze, bis zu der das Wasser bei Flut kommt. Hier graben sich kleine Krabben in den feuchten Sand, und Silbermöwen picken an einem vor sich hin rottenden Lachs herum.

»Iih!« Kirstie zeigt auf das übel riechende Fischskelett, rennt zum Haus hinüber, wirft sich gegen die Tür, die wir nie abschließen, und verschwindet im Innern. Ich höre, wie Beany sie mit ein paar sanften Lauten begrüßt. Es gab eine Zeit, da hat er laut und freudig gebellt. Ich mache das Boot fest und folge Kirstie ins Haus. In der Küche ist es kalt. Die Ratten halten Ruhe. An der fleckigen weißen Esszimmerwand tanzen die Harlekine. Auf dem Toilettendeckel liegt sicher der Stein, damit der Marder draußen bleibt.

Angus übernachtet wegen seines Jobs in Portree. Wir sind allein auf der Insel, und das ist mir recht.

Kirstie tätschelt Beany ein Weilchen, dann geht sie in ihr Zimmer, um zu lesen. Ich beschließe, das Abendessen zuzubereiten, und gehe in die dämmrige Küche, wo wir die Lebensmittel immer noch in den hoch oben hängenden Drahtkörben aufbewahren, damit die Ratten nicht herankommen. Es hört sich an, als atme die See – als keuche sie wie jemand, der hart trainiert. Es herrscht eine merkwürdige Ruhe. Vor dem Sturm?

Ich sammle Mut für mein Vorhaben.

Vielleicht hätte ich das schon vor drei Wochen machen sollen? Ich werde Kirstie auf die Probe stellen, auf eine, deren Ergebnis sie nicht beeinflussen kann. So halb ist die Idee mir heute Morgen gekommen, als Lydia in der Schule ihren Schreianfall hatte, und am Nachmittag war es mir dann klar.

Das Experiment basiert auf der Phobie meiner Tochter: ihrer Panik im Dunkeln.

Sobald es den leisesten entsprechenden Anlass gab, haben beide Zwillinge geschrien, aber jede auf ihre eigene, unverwechselbare Art. Kirstie schrie gellend, keuchte, stieß einen panischen Wortschwall aus – Lydia hingegen kreischte einfach schrill. Schrill zum Gläser-Sprengen.

Ich habe diesen Schrei nicht oft gehört, nur ein paar Mal. Er ist mit keiner anderen Stimmgebung zu vergleichen. Weswegen er mir wahrscheinlich auch heute erst eingefallen ist. Eins dieser seltenen Male war, als wir in Camden einen Stromausfall hatten. Zwei Jahre ist das her. Plötzlich war totale Finsternis um die Zwillinge, das, wovor sie sich am meisten fürchteten.

Sie haben beide panisch reagiert, nur dass Kirstie keuchte und schrie, während Lydia in höchster Höhe durchdringend kreischte. Und jetzt werde ich diese Panik mutwillig auslösen. Indem ich sie im geschlossenen Raum plötzlicher totaler Finsternis aussetze. Sie wird spontan reagieren, instinktiv – ohne die Möglichkeit, etwas vorzutäuschen oder zu imitieren –, und daran werde ich erkennen, wie es wirklich ist. Es ist ein grausamer Plan, mich quälen Gewissensbisse, wenn ich nur daran denke, aber ich sehe keine andere Möglichkeit. Diese schreckliche Verwirrung auch nur einen Tag länger andauern zu lassen wäre noch grausamer.

Ich muss das jetzt durchziehen, oder ich versinke in Zweifel und Selbsthass.

Als ich hereinkomme, schaut Kirstie auf. Sie sieht furchtbar traurig aus. Sie hat ihre Bücher ins Regal geräumt und ihre Piratenbilder an die Wand gepinnt, was das kleine Zimmer schon viel wohnlicher macht. Dennoch bleibt es ein einsamer Ort, ein Raum, in dem ihre Zwillingsschwester fehlt. Im Radio läuft Kinderpop. One Direction. In einer Ecke steht ein Weidenkorb mit Spielsachen, die sie offenbar kaum anrührt. Nur Leopardy ist kuschlig in ihrem Bett untergebracht. Sie haben Leopardy beide geliebt. Vielleicht hat Lydia ihn sogar eine Winzigkeit mehr geliebt?

Der traurige Blick ist kaum zu ertragen.

»Süße«, sage ich zärtlich. »Erzähl mir doch, was heute in der Schule los war.«

Schweigen.

Ich versuche es anders. »War es gut heute? Dein erster Tag? Wie sind die Lehrerinnen, erzähl!«

Immer noch Schweigen, immer noch One Direction. Sie schließt die Augen, und ich warte und warte und spüre, dass sie gleich reden wird, und dann beugt sie sich tatsächlich vor und sagt langsam, mit ganz dünner Stimme: »Niemand wollte mit mir spielen, Mama.«

Mir bricht das Herz.

»Verstehe.«

»Ich hab ganz viele gefragt, aber keiner wollte.«

Das tut weh. Ich will meine Kleine drücken, sie beschützen.

»Oh. Weißt du, Süße, das war der erste Tag, so kann es schon mal sein.«

»Deshalb hab ich mit Kirstie gespielt.«

Ich streiche ihr zärtlich über den Kopf, während mein Herz wilde Sprünge macht.

»Kirstie?«

»Sie hat mit mir gespielt. So, wie wir immer spielen.«

»Aha.«

Was soll ich tun? Wütend werden? Weinen? Schreien? Ihr erklären, dass Lydia tot ist und sie Kirstie ist? Vielleicht weiß ich selbst nicht mehr, welche von beiden tot ist?

»Und als ich dann mit Kirstie-kau gespielt habe …«

»Ja?«

»Haben mich alle ausgelacht. Das war … Ich hab geweint, weil alle über mich gelacht haben.«

»Weil du eigentlich allein warst?«

»Nein! Kirstie *war* da! Sie *ist* da! Sie *ist* hier!«

»Süße, sie ist nicht hier, sie ist …«

»Was ist sie?«

»Kirstie, deine Schwester … sie … sie …«

»Sag's doch, Mami, sag's einfach, ich weiß es, sie ist tot, du hast mir gesagt, dass sie tot ist.«

»Süße!«

»Jeden Tag sagst du, dass sie tot ist, aber sie kommt immer wieder und spielt mit mir, sie war hier, sie war in der Schule, sie *spielt* mit mir, sie ist meine *Schwester,* es ist egal, ob sie tot ist, *sie ist immer noch da,* sie ist da, ich bin da, wir sind da … Warum sagst du andauernd, dass wir tot sind, wenn wir es gar nicht sind, wir sind es nicht, *wir sind es nicht!*«

Die zornige Ansprache endet mit lautem, wütendem Schluchzen; Kirstie rückt von mir weg, kauert sich am anderen Ende des Bettes zusammen, vergräbt das gerötete, tränennasse Gesicht im Kopfkissen – und ich weiß mir nicht zu helfen. Da sitze ich, armselige schlechte Mutter. Was habe ich meiner Tochter angetan? Was tue ich immer noch? Was habe ich mit ihr vor?

Hätte ich ihre Verwirrung, als sie das erste Mal auftrat, noch in London, ignorieren sollen? Wenn ich nie einen Verdacht zugelassen und sogar noch gehegt, sondern schlicht darauf beharrt hätte, dass sie Kirstie ist, wäre sie vielleicht Kirstie geblieben. Aber nun habe ich keine Wahl mehr. Ich muss es tun.

Schlechte Mutter. Böse Mutter.

Ich warte, bis ihr Zorn ein wenig verraucht ist. Im Radio dudelt unaufhörlich Popmusik. *The Best Song Ever*. Dann Britney Spears.

Irgendwann lege ich schließlich eine Hand auf Kirsties Knöchel. »Mumin.«

Sie dreht sich um. Ihre Augen sind rot, aber sie hat sich beruhigt. »Ja.«

»Kirstie?«

Sie empört sich nicht über den Namen. Jetzt bin ich sicher, dass sie Kirstie ist. Meine Lydia ist tot.

»Ich gehe kurz in die Küche, Kirstie, mir etwas Warmes zu trinken holen. Möchtest du auch was? Irgendwas zu trinken?«

Sie schaut mich ausdruckslos an. »Limo.«

»Okay. Du kannst weiterlesen, ich hole uns was zu trinken.«

Das scheint sie zu akzeptieren. Sie streckt die Hand nach »Gregs Tagebuch« aus, und ich ziehe leise die Vorhänge zu. So, dass kein bisschen Licht von draußen herein kann. Das ist nicht schwer, denn der Mond ist von Wolken verdeckt, und Straßenlaternen gibt es auf Torran nicht.

Dann bücke ich mich schnell, als wollte ich Spielsachen aufsammeln, doch stattdessen ziehe ich den Stecker ihres Nachtlichts aus der Dose.

Kirstie bekommt es nicht mit. Sie liest, wobei sie die Lippen bewegt. Das hat Lydia immer gemacht.

Jetzt muss ich nur noch … das Licht aus- und die Tür zumachen. Dann wird Kirstie im absolut Finsteren sein, dem ausgeliefert, was sie am meisten fürchtet. Als ich zur Tür gehe, bin ich den Tränen nahe.

Darf ich das? Wie kann ich?

Blitzschnell lösche ich das Licht, trete in den Flur und ziehe Kirsties Tür zu. Im Flur ist es auch düster, nur aus dem Wohnzimmer kommt ein schwacher Lichtschein. Bei Kirstie muss es jetzt stockfinster sein.

Ich warte. Ein brennendes Schuldgefühl schnürt mir die Kehle zu. Oh, meine Kleine. Kirstie. Es tut mir so leid, so leid!

Wie lange dauert es, bis sie schreit?

Nicht lange.

Ganz und gar nicht lange.

Der Schrei kommt nach drei Sekunden: ein hohes, durchdringendes, schrilles Kreischen, das klingt, als würde etwas Dünnes, Metallisches in zwei Teile zerschnitten. Es ist unverwechselbar und schrecklich, es ist durchdringend und einzigartig.

Ich stoße die Tür auf, mache das Licht an und stürme zu meiner völlig verstörten Tochter, die wimmernd auf dem Bett sitzt.

»Mami Mami Mami!«

Ich nehme sie in die Arme, wiege sie, drücke sie an mich.

»Entschuldige, Süße. Entschuldige, es tut mir leid, so leid. Ich hab das Licht vergessen, es tut mir so leid! Es tut mir so leid!«

Doch trotz meines unfassbar schlechten Gewissens kann ich eins nicht ignorieren, einen hartnäckig bohrenden Gedanken.

Kirstie war diejenige, die gestorben ist.

Das Mädchen, das hier sitzt, ist Lydia.

Wir haben uns getäuscht damals, vor dreizehn Monaten.

11. Kapitel

AM NÄCHSTEN MORGEN RUFT ANGUS über das Festnetz an. Es ist Samstag. Er möchte, dass ich am Nachmittag um fünf mit dem Boot zum *Selkie* komme und ihn abhole.

»Dann wird es dunkel sein.«

Bei dem ständigen Knistern in unserer vom Seewasser angenagten Leitung kann er mich kaum hören.

»Was? Sarah? Was?«

»Ist es dann nicht schon dunkel?«

»Vollmond ...«, sagt er. Glaube ich.

Die Leitung erstirbt. Ich schaue auf die Uhr: elf. In sechs Stunden muss ich meinen Mann in Ornsay aufsammeln, und dann muss ich ihm beibringen, dass uns der traurigste Irrtum unterlaufen ist, den man sich denken kann; dass Kirstie tot ist und Lydia am Leben. Wie wird er reagieren? Wird er mir überhaupt glauben?

Ich trete aus der Küche nach draußen, auf die brüchigen Gehwegplatten, und schaue nach Osten hinüber, zum Fuß des Leuchtturms, der sich weiß gegen die mächtigen Knoydart-Berge mit ihren schneegepuderten Gipfeln abhebt. Aus irgendeinem Grund empfinde ich den Anblick – das bloße Vorhandensein – des Leuchtturms immer als tröstlich. Ein verlässliches, beruhigendes Zeichen. Alle neun Sekunden blinkt sein Licht in der Nacht auf und sagt der Welt: Wir sind da. Angus, Sarah und *Lydia* Moorcroft. Wir drei.

Ich sehe Lydia allein unten am Strand. In ihren neuen blauen Gummistiefeln watet sie durch die Tümpel, die das Hochwasser zwischen den Felsen zurückgelassen hat, hält nach kleinen Fischen und pulsierenden Seeigeln Ausschau. Es kommt mir so einfach vor, sie Lydia zu nennen. Sie ist Lydia. Lydia ist

145

wieder da. Kirstie ist von uns gegangen. Ich trauere ein zweites Mal, wenn auch stiller und – mit schlechtem Gewissen – glücklich. Lydia ist aus dem Krematorium zurückgekehrt. Meine zweite Tochter, diejenige, die solche Tümpel liebt, die gern weiche Seeigel beobachtet, wie sie sich zusammenziehen und wieder ausdehnen – sie ist am Leben.

Lydia dreht sich um und schaut herüber, dann kommt sie die grasbewachsene Böschung zur Küche heraufgelaufen und zeigt mir die Muscheln, die sie eben gefunden hat.

»Hey, die sind schön!«

»Kann ich sie Papa zeigen?«

»Natürlich kannst du das, Lydia. Natürlich.«

Die Muscheln sind nass und sandig und gesprenkelt mit zarten blauen Flecken, die beim Trocknen zu gelben und cremefarbenen Spuren verblassen. Ich spüle sie unter dem spritzenden Wasserhahn ab und gebe sie Lydia zurück.

»Heb sie gut auf, Papa kommt heute Nachmittag.«

Nachdem wir ihr die Gummistiefel aus- und Turnschuhe angezogen haben, hüpft sie fröhlich in ihr Zimmer. Es ist sehr still, als ich eine Suppe koche, um mich von meinen bangen Gedanken abzulenken. Wir essen viel Suppe hier, die lässt sich in diesem Alptraum von einer Küche einfach aufwärmen. Ich kann sie portionsweise einfrieren und in der Mikrowelle wieder zum Leben erwecken, wenn die Vorstellung, richtig zu kochen, allzu niederschmetternd ist.

Die Zeit vergeht ohne weitere Schrecknisse. Es ist halb fünf, und die Dämmerung setzt ein, als ich den Kopf in Lydias Zimmer stecke und frage, ob sie mit zum *Selkie* kommen will, Papa abholen.

Da steht sie – in pinkfarbenen Leggings und ihren pinkfarbenen Turnschuhen mit den blinkenden Lichtern in den Sohlen – in ihrem zugigen Zimmer und schüttelt den Kopf.

»Aber Papa freut sich, wenn er dich sieht.«

»Nö. Keine Lust.«

»Lydi-del. Warum denn nicht?«

»Ich will eben nicht. Jetzt nicht.«

»Dann bist du allein auf der Insel, Lydia.«

Es fällt mir so leicht, sie Lydia zu nennen. Vielleicht war mir unterbewusst die ganze Zeit klar, dass sie Lydia ist.

Sie schüttelt den Kopf. »Das macht mir nichts aus.«

Mir ist an diesem Nachmittag nicht danach, mit meiner Tochter einen Kampf auszutragen; die Aussicht, dass ich es Angus sagen muss, macht mir genug zu schaffen. Außerdem spricht, solange sie sich nicht draußen verläuft, nichts dagegen, sie auf Torran zu lassen; hier ist sie sicher. Es ist eine Insel. Das Wasser läuft ab. Ich werde eine halbe Stunde weg sein. Sie ist sieben und kann sehr gut sicher allein im Haus bleiben. Balkons haben wir hier nicht.

»Na gut. Dann versprich mir aber, dass du in deinem Zimmer bleibst, ja?«

»Ja.«

Ich drücke sie noch einmal, knöpfe ihr die Strickjacke zu, gebe ihr einen Kuss auf das nach Shampoo duftende Haar, und sie lässt sich gehorsam auf ihrem Bett nieder.

Inzwischen ist es auf der ganzen Insel dunkel. Ich greife mir eine Taschenlampe, um auf dem Pfad zu dem Kiesstrand unterhalb des Leuchtturms nicht zu stolpern. Dort ziehe ich das Boot von den moosbewachsenen Steinen weg, löse das Tau und hieve den schweren Anker hinein, als sei er ein kleiner Leichnam, den ich über Bord werfe, um ihn im dunklen Wasser des Sounds verschwinden zu lassen.

Offenbar hatte Angus recht; es ist eine ruhige, klare Nacht, die Taschenlampe brauche ich nicht. Hell steht der volle Mond am Himmel und taucht die Wasseroberfläche in flirrendes Licht.

Und da steht er, mein Mann, am Anleger vor dem *Selkie* – im Gegenlicht der hell erleuchteten Pub-Fenster. Er trägt dunkle Jeans, aber einen Pullover mit V-Ausschnitt über einem karier-

147

ten Hemd, ein Kompromiss zwischen Inselleben und Archi-
tektenjob. Er scheint gut aufgelegt, energiegeladen, vielleicht
einfach froh über seinen ersten richtigen Arbeitstag nach so
langer Zeit.

»Hey, stolze Bootsfrau, auf die Minute pünktlich!«

Er kommt die Stufen herunter, springt ins Dingi und gibt
mir einen Kuss. Ich schmecke Whisky, aber nicht intensiv.
Vielleicht hat er nur ein Glas zum Aufwärmen getrunken.

»Wie geht's Kirstie?«

»Sie …«

»Was?«

»Nichts.«

Ruhig pflügt der Yamaha-Außenborder durch das im Mondlicht glänzende, kalte Wasser. Ich sitze am Ruder, steuere uns
um Salmadair herum. Verlassen steht das große Haus des Mil-
liardärs im Dunkeln, bewacht von dicht geschlossenen Reihen
schwarzer Tannen.

»Sarah?«

Das Boot wird sicher über Blasentang an Land gezogen. Der
Mond beleuchtet uns den Weg zum Haus. Lydia hat uns gehört. Sie kommt uns entgegengelaufen und streckt ihrem Vater
die Muscheln hin, die sie gefunden hat.

Er nimmt sie in beide Hände, betrachtet sie und sagt: »Hallo,
Süße, die sind aber schön! Wirklich, wunderschön. Danke.«
Dann beugt er sich vor und küsst sie auf die blasse kleine Stirn.

Rasch läuft sie zurück, am Bildnis der schottischen Clan-
Frau vorbei und in ihr Zimmer.

Ich dirigiere Angus an den Esstisch und mache uns Tee. Er
ist sehr still. Als erwarte er irgendetwas Großartiges. Ahnt er
etwas? Bestimmt nicht.

So ruhig ich kann, ziehe ich mir einen Stuhl heran und setze
mich ihm gegenüber. Schließlich raffe ich mich auf: »Ich muss
dir etwas sagen.«

»Okay.«

148

Ich atme tief und gleichmäßig. »Es war nicht Lydia, die vom Balkon gestürzt ist, es war Kirstie. Wir haben uns getäuscht. Es war ein Irrtum. Das Mädchen in dem Zimmer da drüben – unsere Tochter – ist Lydia.«

Er sagt gar nichts. Er schlürft Tee, und seine dunklen Augen fixieren mich. Kein Zwinkern. Ein scharfer Blick. Wie der eines Raubtiers auf der Lauer.

Mich überkommt Angst, ich empfinde eine unbestimmte Bedrohung, wie damals auf dem Dachboden. Augenblicklich ist mein Kinderstottern wieder da. »Ich s-s-s… ich s-s-s…«

»Ruhig, Sarah, ruhig.« Er starrt mich feindselig an. Dunkel, gefährlich. »Was ist los? Erzähl.«

»Ich habe sämtliches Licht in ihrem Zimmer ausgemacht. Damit sie schreit.«

Seine Miene wird noch finsterer. »Du hast was?«

»Weißt du, wie verschieden die beiden geschrien haben, als es plötzlich dunkel wurde und sie Panik bekamen? Erinnerst du dich? Bei dem Stromausfall? Das habe ich wiederholt. Ich habe sie im Dunkeln gelassen. Ich weiß, das war grausam, aber …« Das schlechte Gewissen setzt mir zu, deshalb rede ich hastig weiter: »… aber da lässt sich nichts vortäuschen, oder? Dieses Schreien ist ein Reflex, es ist nackte Angst, eine instinktive Reaktion, und es war bei beiden total unterschiedlich. Und genau das ist es. Jetzt hat sie, als sie allein im Dunkeln saß, gekreischt wie Lydia. Also ist sie Lydia. Es muss so sein.«

Er schlürft heißen Tee. Ich hoffe so sehr auf eine normale Reaktion. Auf überhaupt eine. Dass er weint, vielleicht. Oder schreit. Dass er irgendwas tut. Irgendwie reagiert!

Aber alles, was ich sehe, ist feindseliges Starren. Schließlich sagt er, nach einem weiteren Schluck Tee: »Das ist alles? Ein Schrei? Ein Schrei ist dein einziger Beweis?«

»Nein, es ist noch mehr, mein Gott, so viel mehr.«

»Okay, erzähl. Ganz ruhig. Was noch?«

Angus legt seine großen Hände um den Teebecher. Fest. Ohne den Blick von mir zu wenden, trinkt er noch einen Schluck.

»Erzähl, Sarah. Erzähl mir alles.«

Er hat ja recht, er muss *alles* wissen; und so bringe ich alles heraus, wie man sich nach einer durchzechten Nacht erleichtert. Verbiete mir kleine Lügen und Ausflüchte, erzähle ihm zu meiner Rechtfertigung die Wahrheit. Berichte vom seltsamen Verhalten des Hundes, dem plötzlichen Überraschend-gut-lesen-Können, dem Wechsel der Freunde, dem Schreianfall in der Schule, dem wochenlangen seltsamen Verhalten, der Beharrlichkeit, mit der sie Lydia genannt werden wollte. Ich erzähle ihm von meinem Besuch bei Kellaway in Glasgow, nach dem ich für kurze Zeit davon überzeugt gewesen war, dass ich mich täuschte – und davon, wie die Zweifel zurückgekehrt sind. Nagender und überzeugender denn je.

»Sie *ist* Lydia«, sage ich abschließend. Und starre meinen Mann an, der zurückstarrt.

Ich sehe, wie es in ihm arbeitet; unter den Bartstoppeln zeichnen sich mahlende Kiefer ab. Und so stammle ich weiter: »Wir … haben … einen Fehler gemacht, Gus, es war ja nur dieser eine Satz, den sie nach dem Unfall gesagt hat. Ich habe da zu viel hineingehört, vielleicht war sie durcheinander, denk doch mal dran, wie sie damals ständig die Identitäten gewechselt und uns zum Narren gehalten haben, immer hatten sie die gleichen Kleider an und wollten die gleiche Frisur. Das darfst du nicht vergessen. Und dann kam der Unfall, und vielleicht hat es *tatsächlich* so eine Art Telepathie gegeben, als Kirstie im Krankenhaus war, was wissen wir denn? Eine Art von Verschmelzung, so, wie sie … im Babykörbchen verschmolzen sind; immer im selben Bettchen, und eine hat am Daumen der anderen genuckelt.«

Während meines gesamten Monologs sagt Angus kein Wort. Aber seine weißen Fingerknöchel verraten, wie fest er den Teebecher umklammert. Als könnte er ihn jeden Augenblick heben

150

und mir an den Kopf werfen. Er ist wütend, er wird handgreiflich werden. Ich habe Angst und auch wieder nicht. Angus wird mich schlagen, er wird mir den Edinburgh-Castle-Teebecher ins Gesicht rammen. Immerhin erzähle ich ihm, dass sein Lieblingszwilling tot ist und meiner wiederauferstanden.

Aber es ist mir egal, ich muss das jetzt sagen.

»Das Mädchen dort drüben im Zimmer ist Lydia. Nicht Kirstie. Wir haben Kirstie einäschern lassen. Lydia lebt.«

Jetzt kommt sie, seine Reaktion. Er trinkt den letzten Schluck Tee und setzt den Pott auf der fleckigen, staubigen Tischplatte ab. Weiß hängt der Mond am Himmel. Ich sehe ihn durchs Fenster, er macht ein entsetztes Gesicht.

Endlich spricht Angus.

»Ich weiß, dass sie Lydia ist.«

Ich spähe zu ihm hinüber. Sprachlos.

Er zuckt nur die Schultern. Und trotzdem wirkt er extrem angespannt. Als lasse er die Muskeln spielen. »Ich weiß es schon eine ganze Weile.«

Ich bringe kein Wort heraus. Er seufzt schwer.

»Dann sollten wir die Papiere ändern lassen, Gus.«

Mehr kann ich nicht sagen.

Angus steht auf und geht in die Küche. Gleich darauf klappern Pfannen und Teller im Spülbecken. Beany kommt ins Esszimmer getrottet, bleibt stehen, schaut mich an; seine ewig nicht beschnittenen Klauen haben Kratzspuren in die kalten Bodenfliesen gegraben. Wir brauchen einen Teppich hier drin. Oder mehrere. Alles hier ist nackt und kalt und hart.

Irgendwoher nehme ich schließlich doch die Kraft, zu antworten. Ich gehe in die Küche, wo Angus an dem alten Steingutspülbecken steht und unter fließendem – spritzendem – Wasser Tassen spült. Der Wasserhahn hustet und prustet, das Nass schießt heraus wie Regenwasser bei Sturm aus einer Dachrinne. Wie besessen reibt und rubbelt mein Mann mit seinen großen, kräftigen Fingern an den Tassen herum.

151

»Josh und Molly haben uns für nächsten Donnerstag zum Abendessen eingeladen. Sie haben Freunde aus London zu Besuch; in der *Kinloch Lodge* gibt's eine große Hochzeit.«

»Angus.«

»Außerdem habe ich im *Selkie* erfreuliche Neuigkeiten gehört. Kann sein, dass irgendwo hinter Duisdale ein Mobilfunkmast aufgestellt wird, dann hätten wir anständigen Empfang und müssten nicht immer auf den blöden Hügel fahren.«

»Gus!«

Mit dem Rücken zu mir steht er da und verrichtet sein methodisches Spül-Werk; ab und zu schaut er auf zum dunklen Küchenfenster, das zur Landseite hinausgeht, zum Watt und der flachen Hügelkette hinter dem *Selkie*. Jetzt ist dort nur ein nachtblauer Horizont unter dunklem Sternenhimmel zu sehen.

Und in dem Fenster, das auch das Licht der Küchenlampen reflektiert, spiegelt sich Angus' Gesicht. Das bedenkt er nicht. Ich sehe wilden Zorn auf diesem hübschen Gesicht, heftigen, mühsam unterdrückten Zorn.

Warum?

Als er merkt, dass ich ihn beobachte, verschwindet die wütende Miene. Wird schnell verborgen. Er stellt den letzten Becher auf das Abtropfgestell, dreht sich um und trocknet sich die Finger gründlich ab.

Nun endlich redet er.

»Vor ungefähr einem halben Jahr …« Er verstummt und legt das Geschirrtuch auf dem Kühlschrank ab. Dann schaut er mich an. »… ist Lydia zu mir gekommen und hat mir das Gleiche erzählt wie dir später. Dass sie Lydia ist. Dass Kirstie diejenige war, die gestorben ist. Dass wir uns getäuscht haben. Dass du dich getäuscht hast. Dass wir uns alle getäuscht haben.«

Der Hund kommt herein und winselt ohne erkennbaren

Grund. Vielleicht spürt er die Spannungen zwischen uns? Angus schaut ihn an und nickt.

»Das mit dem Hund ist mir auch aufgefallen. Dass er anders war. Mit Lydia.«

»Beany? Du …«

»Also habe ich eins und eins zusammengezählt und gedacht … Na ja, ich dachte, dass Lydia recht haben könnte. Oder vielmehr die Wahrheit sagt. Deshalb habe ich Lydias Spielzeug hervorgeholt.«

»Hat sie danach gefragt?«

»Nein.«

»Entschuldigung, aber … was? Ich verstehe nicht …«

»Es war ein Test, Sarah. Ein Experiment, genau wie deins heute.«

Ich starre ihn an. Im Abstellraum ramentern die Ratten. Warum stürzt Beany sich nicht auf sie und tötet sie? Dieser Hund ist ein Bild des Jammers. Griesgrämig, depressiv, verängstigt.

»Entschuldige, aber was denn für ein *Test?*«

»Ich wollte sehen, wie sie reagiert. Ob sie Lydia ist oder Kirstie. Ob sie anders reagiert auf ihr Spielzeug. Auf Lydias Spielzeug.«

»Und? Hat sie?«

»Ja. Ich habe den kleinen Drachen vom Dachboden geholt. Ohne ihr etwas davon zu sagen. Ich habe ihn in ihr Zimmer gelegt, zwischen die anderen Spielsachen. Und dann habe ich sie – ohne dass sie es mitbekommen hat – beobachtet. Wie sie darauf reagiert.«

»Du hast sie heimlich beobachtet?«

»Ja. Und sie hat sich den Drachen gegriffen, kaum dass sie ihn entdeckt hatte. Es war eindeutig, dass sie sich am liebsten mit Lydias Spielzeug beschäftigt hat. Automatisch und ganz entschieden.«

Natürlich – jetzt verstehe ich. Es ist logisch … und schön. Das ist Angus. Logisch denkend, feinfühlig, klar und kreativ,

153

ein Ingenieur, ein Problemlöser. Er hat sich einen subtilen Test für unsere Tochter ausgedacht, einen mit einem Spielzeug. Nicht so etwas Stressiges, wie ich ihr angetan habe.

»Also hast du es die ganze Zeit gewusst – oder vermutet? Dann stimmst du mir zu? Und denkst auch, dass sie Lydia ist?«

Er stützt die Hände auf den Spülbeckenrand, lehnt sich zurück und sieht mich an. Herausfordernd? Geringschätzig? Oder bilde ich mir das nur ein? Mein inneres Durcheinander ist ein Strudel, in dem ich ertrinke.

»Aber warum hast du es mir nicht *gleich* gesagt?«

»Ich wollte dich nicht aufregen. War unsicher.«

»Deshalb? Das ist der einzige Grund?«

»Was denn sonst? Was hätte ich tun sollen? Du warst gerade so einigermaßen darüber hinweg. Über Lydias Tod. Da sollte ich kommen und sagen: Ach übrigens, du hast das falsch verstanden nach dem Unfall, falsche Tochter. Ehrlich, Sarah, hättest du das gewollt? Hätte ich das machen sollen? Dir noch größeren Schmerz zufügen?«

Seine Miene wird weicher. Er lächelt nicht, scheint aber auch nicht mehr zornig. Als er den Kopf schüttelt, sehe ich es in seinen Augen glitzern. Noch keine Tränen, aber etwas nahe daran. Und sein Schmerz geht mir nahe, wie unser aller Schmerz mir nahegeht. Das muss schwer sein für ihn. So lange hat er das mit sich herumgeschleppt, ganz allein. Und nun komme ich und mache ihm Vorwürfe. Monatelang musste er mit dieser traurigen Gewissheit allein zurechtkommen. Und er hat Kirstie verloren, wo er zunächst dachte, es sei Lydia gewesen.

»Also ist sie Lydia?«, sage ich.

»Ja. Wenn sie das glaubt, und das scheint der Fall zu sein, dann ist sie es. Uns bleibt keine Wahl. Sie ist Lydia. Kirstie ist gestorben damals. So ist es und nicht anders.«

Er schluckt. Dann breitet er die Arme aus. Steht da am anderen Ende der Küche und wartet auf mich. Und in mir gibt etwas nach: Ich habe genug von der andauernden Feindselig-

154

keit zwischen uns. Wir müssen doch eine Familie sein, zusammenhalten, weitermachen. Lydia Moorcroft und ihre Eltern. Ich gehe hinüber, und er schließt mich in die Arme, und ich berge das Gesicht an seiner Schulter.

»Na komm«, sagt er, »wir essen jetzt mal was. Du und Lydia und ich. Und Beany, der nichtsnutzige Hund.«

Ich kriege ein Lachen zustande, und fast kommt es von Herzen. Wir gehen hinüber ins Wohnzimmer. Angus macht Feuer, ich kehre in die Küche zurück und koche Nudeln, und dann ruft er freundlich zu ihrem Zimmer hinüber: »Lydia, Lydidel«, und sie kommt angelaufen, und es ist ein einzigartiger Moment. Sie wirft die Arme um seinen Leib, so hoch sie eben kann, und er zaust ihr blondes Haar und drückt einen Kuss darauf und sagt: »Lydia, Lydia«, und ich spüre, dass er genau das meint.

Er nennt sie Lydia, ich nenne sie Lydia, sie meint, dass sie Lydia ist. Sie ist Lydia. Punkt.

Wie einfach es ist, eine Identität zu wechseln.

Zu einfach?

Wir müssen hier eine Zäsur machen. Es geht nicht, dass wir einfach von einem Namen zum anderen wechseln, von einer Identität zur anderen, als käme das alle Tage vor. Wir müssen das ernsthaft besiegeln, durch eine symbolische Handlung. Vielleicht eine Beerdigung. Ja, am ehesten eine Beerdigung. Meine Tochter Kirstie ist tot, dessen müssen wir angemessen gedenken.

Aber das hat Zeit. Jetzt möchte ich erst einmal, dass die Dinge sich für uns klären, endgültig, dass dieser Abend uns eine Art Katharsis bringt. Und so fühlt es sich tatsächlich an: solange ich koche und Angus den Abwasch macht und Lydia auf dem Teppich vor dem krachenden, wärmenden Holzfeuer mit Beany spielt.

Dann wandern meine Gedanken zurück zu Angus' Spiegelbild im Küchenfenster. Ihm stand solche Wut ins Gesicht

155

geschrieben. Ein tief sitzender, wilder Zorn. Es war, als hätte ich ein schreckliches Geheimnis aufgedeckt und er hasse mich dafür. Aber welches Geheimnis soll das sein?

Er kommt ins Wohnzimmer und hockt sich vor den Kamin. Ich beobachte ihn, wie er im Feuer stochert, Scheite anhebt, verschiebt und umhebelt, bis sich zwischen den verkohlten Holzstücken eine tiefrot glühende Kluft auftut und goldene Funken hochstieben. Das wirkt sehr maskulin. Ein Mann und ein Feuer. Es hat mir schon immer gefallen, dass er so maskulin ist: groß und dunkel, der Inbegriff von sexy.

Und trotzdem steckt in dem, was er mir erzählt hat, etwas Beunruhigendes. Er hätte Lydia Kirstie sein lassen, vielleicht für immer – nur um mich zu schonen? Wirklich? Kann ich das glauben? Ich weiß, ich habe es mit ihm genauso gemacht, aber doch nur ein paar Wochen lang, und ich hatte immer die Absicht, es ihm zu sagen, wenn der richtige Zeitpunkt gekommen ist. War es vielleicht so, dass es ihm lieber gewesen wäre, Lydia Kirstie bleiben zu lassen, weil Kirstie ihm lieber war? Hat er deshalb den Mund gehalten? Aber das kommt mir auch wieder verrückt vor. Bizarr. Nicht richtig.

Angus setzt sich neben mich aufs Sofa und legt den Arm um mich. So soll es sein; so müsste es sein. Wir drei, eine Familie. Gemütlich beisammen in unserem Haus, das immerhin zur Hälfte bewohnbar ist. Das Bad ist verputzt, die Wände sind zum größeren Teil gestrichen. Die Küche ist nach wie vor furchtbar – aber sauber und benutzbar. Und da sind wir. Der Hund, die Tochter, die kalte, klare Nacht, das Blinken vom Leuchtturm, das mit allen anderen Leuchttürmen an dieser einsamen Küste kommuniziert: mit Hyskeir und Waternish, Chanonry und South Rona.

Das ist es, was ich mir an den langen Abenden vorm Laptop-Bildschirm erträumt habe, wenn ich die Bilder von Eilean Torran sah mit dem Haus am Meer. Dann war alles andere vergeben. Oder vergessen.

Und trotzdem muss ich mich zwingen, nicht zurückzuweichen vor meinem Mann, vor seiner Berührung. Ich spüre, dass er etwas weiß, das er mir nach wie vor verschweigt. Was auch immer es ist, wenn es ihn antreibt zu lügen, und zwar monatelang – womöglich dreizehn Monate lang –, muss es etwas Schlimmes sein.

Vielleicht sollte ich mich auch einfach zusammenreißen und nicht länger grübeln.

Das Feuer knistert, Lydia spielt, unser melancholischer Hund schnarcht leise; im Traum zuckt es um seine Schnauze. Angus liest ein dickes Buch über einen japanischen Architekten, der Betonkirchen baut. Tadao And. Ich trinke einen Schluck Wein, gähne, schlafe fast ein – dabei habe ich noch einiges zu tun. Lydias sämtliche Schulsachen müssen noch in Ordnung gebracht werden.

Als ich in unser Schlafzimmer komme und das trübe Leselicht anknipse, entdecke ich auf dem Bett einen gefalteten Zettel. Eine Nachricht?

Mein Herz setzt eine Sekunde aus. Außen auf dem gefalteten Zettel prangen große, kindliche Buchstaben.

An Mami.

Als ich das Blatt auseinanderfalte, zittern meine Hände; ich weiß nicht, warum. Und als ich die Nachricht lese, ist mir, als zittere auch mein Herz.

Sie ist hier, Mami. Hier bei uns. Kirstie.

12. Kapitel

ANGUS SASS AUF DER BETTKANTE und sah Sarah zu, wie sie sich für das Essen bei den Freedlands zurechtmachte. Es hatte eine Zeit gegeben, da wäre daraus ein sinnliches Zwischenspiel geworden: Seine Frau hätte sich halb zu ihm umgedreht und ihn gebeten, den Reißverschluss hinten am Kleid hochzuziehen; und er hätte gehorcht, hätte ihren weißen Nacken mit Küssen bedeckt und zugesehen, wie sie hier und da einen Hauch Parfum hinsprühte.

Jetzt musste er dem Drang widerstehen, den Raum zu verlassen – oder Schlimmeres zu tun. Wie lange hielt er das durch? *Und jetzt musste er auch noch so tun, als sei Kirstie Lydia.*

Seine Frau schlüpfte in die Schuhe; sie war so gut wie fertig. Als sie sich bückte, um die Strümpfe glatt zu ziehen, betrachtete er die zarte Schultermuskulatur, die das rückenfreie Kleid bloß ließ. Wie die weiche Haut sich über dem Rückgrat spannte, wie selbstverständlich schön sie war. Er begehrte sie immer noch, aber das hatte keine Bedeutung mehr.

Vielleicht konnte er sich im Lauf der Zeit einreden, dass Kirstie Lydia war? Eigentlich dachte er, dass er genau wusste, wie es sich verhielt, aber es *passierten* befremdliche Dinge. Kirstie benahm sich anders. Sie benahm sich *tatsächlich* wie Lydia. Der Hund benahm sich *tatsächlich* anders. Und was den Schrei betraf, glaubte er Sarah. Konnte er sich am Ende doch getäuscht haben?

Nein, das war dummes Zeug. Er wurde noch verrückt über dieser Grübelei. Wenn er darin versank, geriet er in ein dunkles Spiegellabyrinth.

»Kannst du Lydia holen gehen?«

Sie hatte ihn angesprochen.

»Angus? Hallo? Lydia. Lydia muss sich fertig machen. Jetzt. Kannst du sie bitte holen gehen?«

Sie erteilte knappe, vorsichtige Anweisungen. So sprach sie in letzter Zeit häufig. Und es gab dabei immer einen Subtext: *Wir wissen beide, dass das alles ein Alptraum ist, aber wir müssen es versuchen. Oder wenigstens so tun, als ob.*

»Ja, okay.«

Er ging hinüber zu Kirsties Tür. Nein, zu Lydias Tür. Er musste so tun, als sei sie Lydia. Und er musste anfangen zu glauben, dass es so war. Wenn er wollte, dass die Familie stabil blieb, musste er vorläufig glauben, dass sie Lydia war. Das war wie eine Fremdsprache lernen; er musste lernen, in dieser fremden Sprache zu denken.

Er klopfte an und öffnete die Tür.

Sein kleines Mädchen steckte in einem schicken, aber offensichtlich unbequemen Sommerkleid und Glitzer-Sandalen. So stand sie mitten im Zimmer, stumm und allein. Warum stand sie da so? Das Verhalten seiner Tochter irritierte ihn zusehends; diffuse Angst beschlich ihn. Allmählich drängte die Zeit, er musste sie aus diesem Irrsinn befreien. Aber er wusste nicht, wie.

»Sind da noch andere Kinder, Papa?«, fragte sie.

»Vielleicht.« Das war gelogen. »Ich glaube, Gemma Conway hat Kinder.«

»Gemma wer?«

»Conway. Du wirst sie mögen, sie ist ein bisschen verrückt, ziemlich zerstreut, aber eigentlich weiß sie alles …«

»Gar nicht, Papa, niemand weiß alles, außer Gott vielleicht, und ich weiß nicht mal, ob der so schlau ist, dass er alles weiß.«

Angus starrte seine Tochter an. Das war neu, dieses Gott-Zeugs. Wo kam das her? Die Kylerdale School gehörte zur Church of Scotland, aber er hatte nicht den Eindruck, dass das eine große Rolle spielte. Vielleicht hatte sie neue Freunde, die gläubig waren? Teilweise ging es auf den Hebriden noch sehr fromm zu; mancherorts wurden draußen auf Lewis am Sabbat die Sportplätze geschlossen.

Dann fiel ihm ein, dass seine Tochter überhaupt keine Freunde hatte. Das erzählte sie ihm andauernd: *Keiner will mit mir spielen, Papa.*

Das tat ihm im Innersten weh. Denn es war so wenig erstaunlich: Die anderen Kinder hielten sie vermutlich für verrückt. Das Mädchen mit der toten Schwester, die wieder zum Leben erwacht ist. Die Irre.

Und an allem war ihre Mutter schuld. Würde er ihr je verzeihen können? Er hatte nie etwas anderes getan; wieder und wieder hatte er ihr verziehen. Und nun musste er ihr ein weiteres Mal verzeihen, sie freisprechen und lieben – wenn das möglich war.

Sehr oft aber – zu oft – empfand er das Gegenteil von Liebe.

»Na komm, wir wollen gehen.« In den Flur rief er: »Sarah? Sarah!«

»Ja, ich bin fertig.«

Sie trafen sich in der Küche. Angus nahm die Taschenlampe und führte seine kleine Familie den Kiespfad zum Leuchtturm entlang. Dort angekommen, machten sie das Boot flott und stiegen ein, und er stieß sie ab, hinaus auf den Sound, warf den Motor an und fuhr hinüber zum *Selkie*.

Es war ein eiskalter, klarer Abend; das spiegelglatte Wasser reflektierte die Sterne; wie eine Reihe burkatragender Frauen erhoben sich am tief dunkelroten Horizont die Knoydart-Berge; die Fjorde schimmerten im Mondlicht.

Angus steuerte die Mole beim *Selkie* an, wo andere Boote sie mit leisem Takelage-Klirren willkommen hießen, und machte dort fest.

Während der kurzen Autofahrt zum schönen Haus der Freedlands sagte keiner von ihnen ein Wort; jeder starrte zu einem anderen Fenster hinaus, in eine andere, eigene Finsternis.

Angus hatte – angesichts der Verwirrtheit seiner Tochter, angesichts ihrer wirren Situation insgesamt – daran gedacht, den Freedlands abzusagen, aber Sarah war strikt dagegen gewesen. Sie müssten versuchen, zu einer Normalität zu finden, hatte sie gesagt; und wenn sie zehnmal zu kämpfen hätten, sollten sie doch wenigstens so tun, als sei alles in Ordnung. Als könne das auf wundersame Weise bewirken, dass tatsächlich alles in Ordnung kam.

Und so waren sie nun hier und betraten – in pseudolondoner Schick – das große Haus mit der riesigen Küche, wo Molly, die Herrin der Kupferkessel, sie empfing. Lachend lehnte die gute Fee rücklings am Herd und zeigte auf Tabletts voller Kanapees. Zwei Paare standen am Küchentisch und nippten an eleganten Gläsern mit Aperol Spritz. Die Luft war erfüllt von einem köstlichen Duft – etwas, das Angus auf Torran, wo sie nur diese primitive Küche hatten, oft vermisste.

»Nur ein einfacher Schweinebraten«, sagte Molly entschuldigend, als sie ihnen die Mäntel abnahm. »Heute Abend gibt's keine Sterne-Küche.«

Sie gingen weiter in das geräumige Wohnzimmer, von dessen riesigen Fenstern aus man einen unbezahlbaren Ausblick auf den Sound of Sleat hatte. Flöten mit einem perlenden Getränk wurden verteilt.

»Hier«, sagte Josh. »Ich hab was Gutes für euch: Trento D.O.C. von Ferrari, echte italienische Flaschengärung, nicht der übliche Prosecco-Müll.«

»Woher weißt du denn das? Du hast doch seit zehn Jahren keinen Tropfen getrunken.«

»Das seh ich an den Bläschen. Die sind mir immer noch erlaubt.«

Alle lachten etwas angestrengt. Gewandt machte Molly die Gäste miteinander bekannt. Gemma Conway, der Angus an einem Londoner Abend mit Josh schon einmal begegnet war, ihr Mann Charles (reich, London, Kunsthändler), dann ein jüngeres amerikanisches Paar, Matt und Fulvia (reich, New

161

York, Banker). Andere Kinder waren nicht da. Diese Leute waren alle wegen der Angeber-Hochzeit in der *Kinloch Lodge* angereist, zu der Sarah und er nicht eingeladen waren.

Die Hochzeit war ihm egal, ihm tat seine Tochter leid. Schon wieder allein? Warum hatten diese Idioten nicht wenigstens ein weiteres Kind dazugeholt, damit sie jemanden zum Spielen hatte? Angus rang mit seinem Ärger, auch dann noch, als die anderen sich pflichtschuldig Lydia zuwandten. Das währte drei Minuten, dann prosteten sie einander mit dem italienischen Sekt zu und nahmen ihre Erwachsenenkonversation wieder auf.

Von da an stand seine Tochter, Leopardy im Arm, stumm herum, und Angus wünschte verzweifelt, er könnte sie von diesem Mist erlösen, sie zurückbringen nach Torran, in ihr Zuhause. Nur sie beide. Auf seine Familieninsel. Eilean Torran.

Wo sie hingehörten. Wo seine Großmutter glücklich gewesen war. Wo sein Bruder und er als Kinder glücklich gewesen waren. Wo er mit seinem kleinen Mädchen glücklich werden konnte.

Dann hörte er, wie sie ihre Mutter fragte, ob sie nach oben gehen und spielen dürfe.

»Bitte, Mami, ich kann auf Papas Handy spielen, da ist *Angry Gran* drauf und alles …«

»Aber …«

»Bitte, Mami, ich bin auch ganz leise!«

Sarah verdrehte die Augen und warf Angus einen erwartungsvollen Blick zu, aber er sah keinen Grund, *Lydia* hier unten festzuhalten, wo sie sich nur langweilen und irgendwann vielleicht Theater machen würde. Und was für eine Art von Theater das war – wenn es dazu kam –, konnte er sich lebhaft vorstellen.

Seine Tochter wurde von Geistern verfolgt, und er wusste, warum.

»Lass sie doch raufgehen«, flüsterte er Sarah zu.

Sie nickte und wandte sich an Molly, die gerade aus der Küche kam, um deren Zustimmung einzuholen.

Molly, erhitzt vom Kochen und nur halb bei der Sache, lachte und sagte: »Natürlich! Natürlich kann sie raufgehen. Gott, ich wünschte, es wären noch ein paar Kinder da für Kirs…, äh, ich meine Lydia, äh …«

Verlegen hielt sie inne. Josh sah sie streng an. Gerade am Vortag waren seine Frau und er über die Kirstie-Lydia-Sache aufgeklärt worden; Mollys kleiner Lapsus war verständlich – schien ihm aber unangenehm zu sein. Die anderen Gäste hatten offenbar nichts davon mitbekommen. Dennoch herrschte plötzlich Schweigen.

»Nicht, dass wir's nicht versucht hätten! Aber derzeit müssten wir eher ein Lama adoptieren«, rief Josh.

Molly lachte unbehaglich, und dann war der Moment vorüber, und die Leute fuhren fort, höfliche Floskeln auszutauschen. Es wurde über die bevorstehende Hochzeit gesprochen und danach über das Wetter. Charles fragte Sarah nach Grundstückspreisen und dem Verkehrswert von Torran und ob sie schon mal auf den Malediven Urlaub gemacht hätten, und je länger das Mittelklassegeschwafel andauerte, desto finsterer wurde Angus' Stimmung.

Diese reichen Leute mit ihren Villen und Kunstauktionen und Aktienpaketen: Was wussten die schon? Echte Sorgen kannten die doch gar nicht. Wie lange hörte er sich dieses bourgeoise Geprahle nun schon an? Seine Großmutter war Bäuerin gewesen, seine Mutter einfache Lehrerin, sein Vater ein dauerbesoffener Hafenarbeiter, einer, der seine Frau verprügelte. Angus *wusste* das. Die anderen nicht.

Angus trank.

Und trank. Und grübelte. Und fragte sich, wie lange er sich noch würde zusammenreißen können, ob überhaupt noch einen ganzen Abend lang. Am liebsten hätte er das alles ausgesprochen, als sie Platz nahmen, um mit Langusten, Mollys

guter, selbst angerührter Mayonnaise und frischem Brot anzufangen.

Das Essen war erwartungsgemäß köstlich, und seine Stimmung verdüsterte sich noch weiter. Gern hätte er es ihnen um
die Ohren gehauen: Mein Leben ist ein Schutthaufen, alles
geht den Bach runter, meine Tochter ist tot, meine andere
Tochter ist verrückt. Und manchmal habe ich grässliche Phan-
tasien, wie ich meine Frau quäle, weil sie eine Beerdigung will
für ein Kind, das am Leben ist.

Das alles hätte er gern ganz ruhig gesagt. Und beobachtet, wie
sie vor Schreck erstarrten. Stattdessen erklärte er: »Für uns ist
es natürlich wichtig, dass die Kreditzinsen im Keller bleiben.«

»Das werden sie, bestimmt. Noch ein Crash, und das ganze
Land wäre ruiniert. Da würden auf der Pall Mall bald Lepra-
kranke sitzen.«

Wein wurde ausgeschenkt. Reichlich. Angus registrierte,
dass auch seine Frau zu viel trank; fast so viel wie er selbst.

»Ach ja, einen nehme ich noch.«

Und noch einen und noch einen.

Der Hauptgang bestand aus Spanferkel mit herrlicher Kruste,
einer Zwetschgensauce sowie einem höchst modischen Ge-
müse, das er nicht identifizieren konnte. Das Gespräch begann um Tod und Geister zu kreisen.

Warum zum Teufel mussten sie darüber reden? Ausgerechnet jetzt?

Angus befasste sich mit seinem zehnten Glas Wein. Er lehnte
sich zurück, schlürfte und fragte sich, ob seine Zähne wohl
schon rötlich verfärbt waren.

»Dazu kann ich Bruce Chatwin empfehlen«, sagte Gemma
Conway. »In seinem Australien-Buch ›Traumpfade‹ schreibt er,
dass Angst vor Geistern im Grunde Angst vor Raubtieren ist.
Die Angst, zur Beute zu werden.«

Molly legte ihre Gabel ab und erwiderte: »Ich glaube, ich
habe irgendwo gelesen, dass man Geister – beziehungsweise

164

Geistererscheinungen – nachahmen kann, indem man Leute einem subfrequenten Knurren aussetzt. Das hört man nicht. Raubtiere senden es aus, um ihre potenzielle Beute einzuschüchtern.«

»Ach ja?«

»Ja, das ist an Menschen getestet worden. Das Ohr nimmt das Knurren nicht wahr, aber der Körper nimmt es auf, und wir empfinden es. Es ist genau die namenlose Angst, die Leute nach Geistererfahrungen geschildert haben.«

Wenn ihr wissen wollt, was namenlose Angst ist, versetzt euch mal in meine Lage, dachte Angus. In meine und die meiner Tochter vor einem halben Jahr in Camden.

Er beobachtete die anderen. Seine Frau wirkte immer noch eingeschüchtert – und trank zu schnell. Und schwieg. Natürlich. Aus einem tief verborgenen, unverstehbaren Teil seiner selbst stieg plötzlich eine Welle des Mitgefühls für sie auf, der Verbrüderung und Verbundenheit. Was immer sonst zwischen ihnen stehen mochte – und das war viel, viel zu viel –, diesen Alptraum von einem Abend würden sie gemeinsam durchstehen. Um ein Haar hätte er ihr alles verziehen, war sie hier doch seine Waffenschwester.

Und er hatte sie einmal sehr geliebt.

Aber wie war das möglich? Wie konnte er diese Gefühle für Sarah hegen, wo er sich sonst ausmalte, welchen Leiden er sie aussetzen würde für das, was sie getan hatte? Vielleicht blieb, wenn man ein gemeinsames Kind hatte, immer ein Rest Liebe bestehen? Etwas, das versunken war, aber trotzdem vorhanden, wie ein Wrack am Meeresgrund.

Und wenn man *den Tod* eines gemeinsamen Kindes erleben musste, blieb man auf ewig aneinander gefesselt. Sie aber hatten nicht nur den Tod *eines* Kindes hinnehmen müssen, sie hatten das zweimal durchgemacht und nun auch noch ein Kind wiederauferstehen lassen. Sie waren Grabräuber, Sarah und er. Nekromanten. Totenbeschwörer.

Angus war betrunken und wirr im Kopf, und es scherte ihn nicht.

Molly redete unaufhörlich weiter. »Deshalb kriegen Leute in alten Häusern und Kellern Angst vor Geistern, oder in Kirchen. In Räumen, wo es aufgrund der Topographie Resonanzen gibt und Schwingungen, irgendein fernes Echo. Diese Luftvibrationen erzeugen das gleiche subfrequente Geräusch wie lauernde Raubtiere.«

»Die Erklärung kommt mir beinahe zu einfach vor. Für Geister.«

»Habt ihr alle genug Wein?«

»Dieses Spanferkel ist göttlich, Molly, das hast du phantastisch hingekriegt.«

»Es heißt, Leute, die von einer Raubkatze angefallen werden, verfallen in einen besonderen Zustand der Ruhe und inneren Leere. Zenmäßig.«

»Woher weiß man das, wenn die armen Menschen vom Tiger gefressen worden sind? Werden sie im Himmel befragt?«

»Charles!« Gemma versetzte ihrem Mann einen neckischen Klaps.

Jetzt meldete sich die New Yorkerin zu Wort. »Wenn diese Theorie stimmt, wird die ganze Bibel zu einer Art göttlichem Knurren, das alle und jeden mit dem Tod bedroht.«

»Der Schall der Worte. Die feurige Flamme aus dem Busch. Ist das wirklich ein Rioja, Josh? Gran Reserva wahrscheinlich, er ist großartig.«

»Ja, ich nehme auch noch einen«, sagte Angus. »Danke.«

Er angelte sich das frisch gefüllte Glas und trank es mit einem großen Schluck halb leer.

»Beweist die Tatsache, dass Gott mit der allgemeinen Angst vor Raubtieren – vorm Sterben – erklärt werden kann, dass es ihn nicht gibt?«

»Also ich«, meldete Charles sich wieder zu Wort, »war immer der Auffassung, dass es in unserer Natur liegt zu glauben.

Kinder tun das schließlich ganz von sich aus – sie haben ein instinktives Urvertrauen. Mit sechs Jahren waren meine Kinder völlig selbstverständlich gläubig. Jetzt sind sie erwachsen – und Atheisten. Das ist doch traurig.«

»Kinder glauben auch an den Weihnachtsmann. Und den Osterhasen.«

Charles ignorierte seine Frau. »Vielleicht ist das Leben eine Art Zersetzungsprozess? Der reine Glaube der kindlichen Seele wird im Laufe der Jahre verschmutzt, angenagt und schließlich zerfressen …«

»Du hast noch nicht genug Nietzsche gelesen, Charles, das ist dein Problem.«

»Hattest du nicht gesagt, sein Problem ist die Internet-Pornographie?«, fragte Josh, und alle lachten, und Josh stieß seinen alten Freund an, und Gemma erzählte einen nicht eben freundlichen Witz, in dem es um Kalorien ging, und die ganze Zeit beobachtete Angus Charles und dachte darüber nach, ob er nicht einfach recht hatte. Dieser blöde Londoner Kunsthändler sagte andauernd komische Dinge, die niemand ernst zu nehmen schien, aber die eine oder andere dieser Bemerkungen – diese jetzt zum Beispiel – löste in Angus den Wunsch aus, ihm unumwunden zuzustimmen. Er fragte sich, ob der Kunsthändler wusste, was für eine Wirkung er hatte.

Und dann sagte Charles: »Es ist weniger mein eigener Tod, den ich inakzeptabel finde, als vielmehr der meiner Nächsten. Denn ich liebe sie. Und stirbt jemand von ihnen, stirbt ein Teil von mir mit. Deshalb ist Liebe, wenn ihr so wollt, auch eine Form des Selbstmords.«

Angus starrte ihn an. Und trank. Und hörte zu. Und Josh stritt mit Gemma und Sarah über irgendwelche Rugby-Details, und Angus verspürte den Drang, dem Mann die Hand zu schütteln, sich zu ihm hinüberzubeugen und zu sagen: Du hast ja so recht; die anderen liegen falsch. Warum nehmen sie dich nicht ernst? Was du sagst, ist von vorn bis hinten *richtig* – der

Tod von jemandem, den wir lieben, ist tausendmal schwerer zu ertragen als unser eigener, und ja, Liebe ist immer eine Form von Selbstmord; du vernichtest dich selbst, du lieferst dich aus; wenn du wirklich liebst, tötest du willentlich einen Teil deiner selbst.

»Ich gehe Lydia holen«, sagte Sarah, die plötzlich neben ihm stand.

Angus war aus seinen Gedanken gerissen. Er wischte sich einen Tropfen Wein von den Lippen, drehte sich um und blickte auf. »Ja. Gute Idee.«

Die Teller wurden abgeräumt. Angus half. Als er mit einem Stapel Schalen für das Dessert – Lebkucheneis mit irgendeiner salzigen Karamellsache – zum Tisch zurückkehrte, stand *Lydia* neben ihrer Mutter an dem großen Fenster, das zum Sound hinausging.

»Darf sie ein bisschen Eis essen?«, fragte Molly.

Sarah legte Lydia die Hand auf die Schulter und sagte: »Oh ja, Eis, Süße, das liebst du doch!«

Angus beobachtete sie. Irgendwas stimmte nicht mit seiner Tochter.

Lydia starrte auf die schwarze Scheibe. Auf den Mond über dem Wasser, die Umrisse von Tannen und Erlen. Was das vorhanglose Fenster aber auch spiegelte, waren die Lichter im Innern, der Tisch und die Stühle, die Bilder an den Wänden, die Erwachsenen mit ihren Gläsern. Und das kleine Mädchen im Festkleid, das da dicht neben seiner Mutter stand.

Mit einem Mal verstand Angus, was vor sich ging. Zu spät.

»Geh weg!«, schrie Lydia. »Geh weg, ich hasse dich!«

Dann stürzte sie auf das Fenster los, hämmerte mit ihren kleinen Fäusten dagegen, und die glatte Fläche bekam Risse und brach unter ohrenbetäubendem Krachen in tausend Stücke. Und dann war überall Blut. So viel Blut. Viel zu viel Blut.

13. Kapitel

Ich sehe das Entsetzen auf Angus' Gesicht, auf Mollys Gesicht, aber ihre Angst ist nichts gegen meine. Ich habe das Gefühl, genau das schon einmal erlebt zu haben. In Devon.

Lydia schreit weiter. Sie ist vor dem berstenden Fenster zurückgewichen und reckt die blutüberströmten Hände in die Höhe wie ein Chirurg, der auf seine Handschuhe wartet.

Angus und ich nähern uns ihr vorsichtig, unsicher, als gelte es, ein wildes Tier zu bändigen – denn sie weicht immer weiter vor uns zurück. Währenddessen starrt sie mich aber unverwandt an. Voller Entsetzen. Als hätte sie Angst vor sich selbst.

Im Hintergrund höre ich Josh den Rettungswagen rufen. Ja, Maxwell Lodge, Ornsay Village, einen knappen Kilometer hinter dem *Selkie*, bei der Kapelle, ja, sofort bitte. *Bitte.*

»Lydia …«

»Lydia …«

Sie reagiert nicht. Mit starrer Miene, die roten Hände beschwörend erhoben, weicht sie Schritt um Schritt vor uns zurück. Ihr Schweigen ist genauso beängstigend wie das viele Blut.

»Gott …«

»Lydia!«

»Ruf den Scheißrettungswagen, Josh!«

»Hab ich schon. Ich …«

»Lydia, Schatz, Lydia …«

»Molly, hol Wasser, bitte, Verbandszeug!«

»Ist gut, Lydia, ist gut. Bleib stehen. Ich will nur …«

»Mmmmammmi! Was ist passiert?«

Selbst jetzt weicht sie weiter zurück, die Hände immer noch in der Luft. Blut läuft an ihren Unterarmen herunter, tropft von den Ellbogen auf den blanken Holzfußboden.

169

»Lydia, bitte.«

Molly kommt mit einer Schüssel Wasser, Zellstoff und Baumwolltüchern, und Angus und ich versuchen es erneut – auf den Knien inzwischen, die Arme flehend nach ihr ausgestreckt. Sie aber zieht sich hartnäckig zurück. Es blutet und blutet. Ist womöglich eine Arterie verletzt, oder hat sie sich einfach viele Schnitte zugezogen?

Etwas Hartes, Scharfkantiges drückt gegen mein Knie. Eine Scherbe.

Ich stehe auf. Gleichzeitig überholt mich Angus, erwischt Lydia in der Ecke des Raums, zieht sie an seine Brust und hält sie. Sie ist zu erschrocken, um sich ihm zu entwinden.

»Mach ihre Hände sauber«, ruft er mir zu. »Wasch das Blut ab, damit wir sehen, wie schlimm es ist.«

»Josh …«

»Der Rettungswagen kommt. Zehn Minuten noch.«

»Süße, Süße, Süße.«

Angus wiegt Lydia sanft und murmelt ihr tröstende Worte zu, während ich mich über sie beuge und mit den in kaltes Wasser getauchten Baumwolltüchern das Blut von ihren Fingern wasche und spüle. In dem Wasser in Mollys Schüssel zieht das Blut aus den Tüchern Schlieren wie rötlicher Rauch. Mit größter Erleichterung stelle ich fest, dass die Wunden nicht sehr tief sind. Sie hat Schnitte an Handballen und Fingerknöcheln und etliche Schürfungen, aber nach einer verletzten Arterie sieht es nicht aus.

Trotzdem sind es große Mengen von Blut; neben uns liegt schon ein ganzer Haufen blutiger Tücher, die Molly wegräumt wie eine Hilfsschwester.

»Mein Gott«, flüstert Angus in Lydias Schopf. »Mein Gott.«

Statt Zellstoff bringt Molly jetzt Feuchttücher, Salbe und Binden.

»Hallo«, sage ich. »Lydia, meine *Süße*.«

So in die Arme ihres Vaters gekuschelt sieht sie unfassbar

klein aus, verletzlich. In ihrem hübschen Festkleid mit den rosa Paillettenschmetterlingen vorn drauf. Klein sieht sie aus und mitgenommen. Ihre weißen Söckchen und rosa Sandalen sind voller Blutflecken, und auch auf einem der blassen ovalen Knie ist Blut verschmiert.

Was kann ich tun? Ich weiß, dass sie unglücklich ist, und ich weiß, dass sie viel zu jung ist, um so unglücklich zu sein; und ich habe die Nachricht auf meinem Bett nicht vergessen. *Sie ist hier, Mami. Hier bei uns. Kirstie.*

Warum hat sie das geschrieben? Was peinigt sie? Welche Sorge, welcher Zweifel? So rumoren Trauer und Angst und Schuldgefühle in mir, während ich ihre kleinen Hände wasche, immer wieder die Tücher auswringe und das Schlimmste an Blut entferne.

Schließlich sage ich: »Lydia, Schatz, was war denn eben? Was ist passiert?«

Natürlich weiß ich, was passiert ist. Zumindest kann ich es mir sehr gut vorstellen. Sie hat auf die Fensterscheibe geschaut und ihr Spiegelbild gesehen und es für ihre tote Schwester gehalten. Die Verwirrung, was ihre Identität angeht, flößt ihr immer größeres Grauen ein.

Sie sitzt auf dem Schoß ihres Vaters, schlingt den Arm fester um ihn und schüttelt den Kopf. Während er ihr zärtlich übers Haar streicht, senkt sie den Blick.

»Nichts«, sagt sie.

Mit zitternden Händen wische ich die letzten Blutspuren von den Unterarmen. Einen Moment lang habe ich tatsächlich geglaubt, sie habe die Innenseiten ihrer Handgelenke mit voller Absicht verletzt, also einen furchtbaren kindlichen Selbstmord versucht. Vielleicht aus Angst vor dem Geist in ihr, dem Geist, der sie geworden ist.

»Warum hast du das Fenster eingeschlagen, Lydia?«

Angus funkelt mich an. »Das müssen wir doch jetzt nicht fragen. Nicht hier, mein Gott!«

Ich beachte ihn nicht. Was weiß er schon? Er war nicht da an dem Abend in Devon. Er hat das nicht schon einmal durchgemacht; diese Art von Horror kennt er nicht: einen Schrei zu hören und dann feststellen zu müssen, dass eine Tochter tot ist.

»Was war mit dem Fenster, Süße? Was war verkehrt? Dass es wie ein Spiegel war?«

Lydia holt tief Luft, drückt ihren Papa noch einmal, richtet sich auf und streckt mir die Fäuste hin, damit ich auch die Fingerknöchel säubere.

Kann sein, dass sie genäht werden muss; auf jeden Fall wird sie etliche Pflaster und Verbände brauchen. Was Lydia aber am dringendsten braucht, sind Liebe, Ruhe und Frieden – und dass dieses Grauen ein Ende hat. Was ich nicht weiß, ist, wie wir das erreichen sollen.

Jetzt ist Molly auf allen vieren neben mir und fegt Scherben und Splitter zusammen. Ich seufze schuldbewusst.

»Es tut mir so leid, Molly.«

»Ich bitte dich …« Sie schüttelt den Kopf und lächelt mich teilnahmsvoll an. Aufrichtig. Und gleich fühle ich mich noch elender.

Schnell wende ich mich wieder meiner Tochter zu. Ich will es jetzt wissen.

»Lydia?«

Sie reißt die Augen auf, starrt auf das kaputte Fenster, das schwarze Nichts mit den gezackten Rändern, auf die Scherben, die noch daliegen, und dann dreht sie sich zu mir um.

»Da war Kirstie«, sagt sie. »Sie war da, im Fenster, Mami. Ich hab sie gesehen, aber es war anders als letztes Mal, diesmal hat sie schlimme Sachen gesagt, da hab ich Angst gekriegt, Mami, aber ich … ich …«

»Ist gut«, mischt Angus sich ein. »Ist gut, Weeble, beruhige dich.«

Ich starre ihn an.

Weeble? Stehaufmännchen?

Das hat er immer zu Kirstie gesagt. Weeble. Das Bild vom Stehaufmännchen hat er von seiner Mutter übernommen. Stehaufmännchen wackeln und schwanken, aber sie fallen nicht. Deshalb hat er Kirstie so genannt. Weil sie die Tapfere war, sein Liebling, der klettern konnte wie ein Kater; der Wildfang, mit dem Papa tolle Sachen unternehmen konnte. Sie ist in die höchsten Bäume geklettert und nie heruntergefallen. Weeble.

Er nennt sie Weeble. Er umarmt Lydia und nennt sie so – genau so, wie er Kirstie umarmen würde. Umarmen und küssen. Heißt das, dass er immer noch denkt, sie ist Kirstie? Dass er etwas weiß, das ich nicht weiß? Oder ist er nur gerade durch den Schrecken verwirrt?

»Du musst uns das nicht erzählen«, sagt er. »Weeble.«

»Nein.« Lydia schüttelt den Kopf und schaut mich an. »Ich will es ja erzählen. Mami?« Jetzt streckt sie die Arme nach mir aus und krabbelt auf meinen Schoß, und so bleiben wir sitzen auf dem schicken türkischen Teppich, Mutter und Tochter dicht beieinander, und ein paar Sekunden lang atmet sie einfach nur.

»Kirstie war in dem Fenster oben«, sagt sie dann. »Und ich hab sie nicht weggekriegt. Jedes Mal, wenn ich hingeschaut hab, war sie da, und sie ist tot, und sie ist zu Hause im Spiegel, und dann war sie hier und hat Sachen gesagt, Mami, schlimme Sachen, schreckliche Sachen, und da hatte ich Angst. Ich hab solche Angst vor ihr, sie soll weggehen, mach, dass sie weggeht, jetzt, bitte, sie ist auf der Insel, und sie ist in der Schule, und jetzt ist sie überall.«

»Gut, ja, gut«, suche ich sie zu beruhigen und streiche ihr über den Kopf. »Ist ja gut.«

Josh erscheint in der Tür, bleich und verlegen. »Der Rettungswagen ist da.«

Vielleicht brauchen wir den gar nicht mehr; ganz bestimmt brauchen wir kein Sirengeheul und keine »lebensrettende« Hetzjagd nach Portree. Trotzdem tragen wir Lydia zu dem

Fahrzeug und klettern hinein, und Molly, Josh und die Amerikaner und Gemma und Charles murmeln etwas zum Abschied und wünschen uns alles Gute, und dann werden wir – die geplagte kleine Familie – an sternengekrönten Bergen vorbei über die dunklen Straßen von Skye gefahren. Schweigend sitzen Angus und ich hinten neben dem ebenso schweigenden Rettungsassistenten.

Lydia liegt auf einer Trage, ihre Hände sind locker fixiert. Sie wirkt schlaff. Traurig. Passiv. Ausdruckslos. Der Wagen beschleunigt. Mir fällt nichts zu sagen ein. Es gibt nichts zu sagen. Portree empfängt uns mit Kreiseln, mehr Verkehr, zwei Supermärkten und einer Polizeiwache, und plötzlich habe ich heftige Sehnsucht nach London. Zum ersten Mal.

In der Notaufnahme des kleinen Krankenhauses von Portree nähen sie zwei, drei Stellen mit feinen Stichen, versorgen Lydias Finger mit diversen Salben und ordentlichen Verbänden und jeder Menge Mitgefühl, zum Ausdruck gebracht von Schwestern mit singendem Hebriden-Dialekt, und die ganze Zeit über starren Angus und ich einander an und sagen kein Wort.

Dann ist der Fahrer so freundlich, uns im Krankenwagen zurück nach Ornsay zu bringen, so dass wir kein Taxi zahlen müssen. Denn natürlich sind Angus und ich mit dem Alkohol weit über dem Limit. Vom *Selkie* zu der Abendgesellschaft war es kaum ein Kilometer – dafür brauchten wir nicht nüchtern zu bleiben. Jetzt aber ist mir das unangenehm. Ich schäme mich, und die Scham mischt sich mit der, die ich wegen all der anderen Dinge empfinde. Wir sind ein übles Paar. Furchtbare Leute. Die miserabelsten Eltern, die man sich denken kann. Eine Tochter haben wir durch einen Sturz verloren, und jetzt scheint es, als würden wir auch die andere noch verlieren.

Es geschieht uns recht. Wir haben es nicht anders verdient.

Angus startet den Außenborder, und wir pflügen durch das schwarze Wasser zurück nach Torran, wo ich Lydia ins Bett bringe und wir beide uns ins Admiralsbett legen und Angus mich in den Arm nehmen will und ich ihn wegstoße. Ich will allein sein mit meinen Gedanken. Er hat sie *Weeble* genannt. Ich weiß nicht, was das bedeutet.

In dieser Nacht träume ich: Ich bin in der Küche und lasse mir die Haare schneiden, und als ich in den Spiegel schaue, sehe ich, dass ich komplett kahlgeschoren bin, und dann schaue ich an mir hinunter und stelle fest, dass ich nackt bin und Leute, die draußen an den dunklen Fenstern stehen, mich sehen können, und ich weiß nicht, wer diese Leute sind, und sie starren zu mir herein, und dann fühle ich einen kalten Kuss auf den Lippen, und als ich erwache, bin ich schon halb am Masturbieren; habe die Finger schon zwischen den Beinen. Es ist vier Uhr morgens.

Als ich das Gesicht wieder im Kissen vergrabe, empfinde ich niederschmetternde Reue. Fühle mich entsetzlich schuldig, so als habe der Traum den Schlamm am Grund meiner Seele aufgewühlt und Schreckliches nach oben getrieben. Was hat das zu bedeuten? Hat dieses Schuldgefühl mit meiner Affäre zu tun? Die schon so viele Jahre zurückliegt? Oder damit, dass ich nicht da war, dass ich keine gute Mutter war: als meine Tochter fiel?

Angus schnarcht. Er schläft wie ein Toter. Der Mond scheint zu uns herein und über den Sound of Sleat, auf die dunkelgrünen schottischen Kiefern von Camuscross und die weißen Yachten, die für den Winter abgetakelt sind.

Der Vormittag verstreicht, ohne dass wir etwas tun. Es ist klar, dass Lydia nicht in die Schule geht. Ihre Hände sind verbunden, und um die Augen hat sie noch immer diesen traurigen Ausdruck. Angus scheint auch ganz gern zu Hause zu bleiben und sich um unsere Tochter zu kümmern. Zu dritt trinken wir Tee und Saft, und dann kommt Lydia mit mir ans Fenster, und wir beobachten einen Seehund, der einsam auf einem der Felsen vor Salmadair liegt und traurig bellt. Er sieht aus wie verkrüppelt, wie ein Geschöpf ohne Gliedmaßen.

Dann hänge ich ein bisschen Wäsche auf – es ist kalt draußen, aber die Sonne scheint, und es geht ein kräftiger Wind. Ich schaue hinüber zu den Fjorden: Loch Alsh und Loch Hourn und Loch na Dal, den vielen Flüssen und Mündungen, die hier und da im Licht der blassen Wintersonne blitzen, je nachdem, wie die Wolken sich gerade formieren. Kalt sehen die Seen heute aus und spiegelglatt.

Draußen auf dem Sound ist ein großes blaues Boot unterwegs, die *Atlantis*. Die kenne ich, ich habe sie schon öfter gesehen. Sie ist eins der Glasbodenboote, die vor Kyle kreuzen; da bekommen die Touristen zu sehen, was sich unter der eisigen Wasseroberfläche abspielt. Den schwankenden Wald aus Tang, wedelnd und tänzelnd wie ein Haufen gezierter Höflinge; die dunklen Seegrasbüschel, zwischen denen Haie schweben; die violetten Quallen, die ständig pulsen und ihre Tentakel melancholisch wehen lassen.

Es heißt, einige dieser Quallen seien giftig, man solle auf der Hut sein vor ihrer Berührung. Das habe ich schon immer als falsch empfunden. Irgendwie unpassend. So kalte nordische Gewässer – und dann tropische Gefahren?

Ich hänge die letzten Shirts auf, Lydias Festkleid – jetzt wieder ohne Blutspuren – und ihre weißen Socken. Dann schaue ich ein letztes Mal zur *Atlantis* hinüber und gehe zurück ins Haus.

Angus hat Lydia auf dem Schoß. Sie lesen »Charlie und Lola«-Bücher – genauso, wie er vor Jahren beiden Zwillingen »Charlie und Lola«-Bücher vorgelesen hat. Ich schaue ihnen eine Weile zu. Sie ist definitiv zu alt für diese Bücher; im Moment wirkt sie sogar ein bisschen zu groß, um auf Papas Schoß zu sitzen. Ich vergesse immer wieder, dass sie trotz allem, was ihr widerfahren ist, älter wird. Angus hat Kirstie immer gern auf dem Schoß gehabt.

Aber vielleicht hat dieser Rückfall in eine frühere Phase auch etwas Tröstliches. Ich sehe nach. Neben ihnen auf dem Boden liegt »Nein! Tomaten ess ich nicht!«, im Augenblick lesen sie »Leicht unsichtbar«.

176

Daran kann ich mich erinnern. Es handelt von Lolas unsichtbarem eingebildeten Freund Sœren Lorensen. Man sieht ihn auf den Bildern wie einen Geist, nur die Konturen, sehr blass, weißlich und grau koloriert.

Kirstie hat die Geschichte von Sœren Lorensen, Lolas eingebildetem Freund, immer sehr gemocht.

Wieder fällt mir die Nachricht ein, die auf meinem Bett lag, sie lässt mir keine Ruhe. Sie ist mir die ganze Zeit nicht aus dem Kopf gegangen, trotz all der schrecklichen Vorkommnisse. Das muss von ihr stammen. Niemand sonst kann das geschrieben haben – es sei denn, Angus versucht mich zu quälen. Aber selbst wenn es so wäre – und ich wüsste nicht, warum er das tun sollte –, glaube ich nicht, dass er die Handschrift so exakt hätte nachmachen können.

Andererseits hatten Lydia und Kirstie natürlich die gleiche Handschrift. Lydia kann den Text genauso geschrieben haben. So schreibt sie nun einmal. Was bedeutet, dass sie es war: Sie hat das geschrieben.

Und wie verhalte ich mich dazu? Soll ich mir Lydia schnappen und sie schütteln, bis sie es zugibt? Warum soll sie leiden, wenn es doch unser Versagen war? Wir haben einen dummen, tragischen Fehler begangen und Lydia über ein Jahr lang fälschlicherweise Kirstie genannt, da ist es nicht erstaunlich, wenn sie in ihrem Innersten verwirrt ist und nicht versteht, wo Kirstie plötzlich hin ist.

Die Reue droht mich zu erdrücken – ich muss raus hier, weg von diesem Druck.

»Ich nehme das Dingi«, sage ich.

Angus zuckt die Achseln. »Okay.«

»Ich brauch einfach einen Spaziergang. Muss mal ein Weilchen raus hier.«

Sein Lächeln ist halbherzig. »Klar.«

Die Spannung zwischen uns hält an; der Schrecken gestern hat sie gemildert, im Augenblick fehlt uns einfach die Kraft, einander zu misstrauen. Aber die wechselseitigen Vorbehalte und Zweifel werden zurückkehren.

»Ich fahre nach Bradford und mache ein paar Einkäufe.«

»Okay.«

Jetzt schaut er mich noch nicht einmal mehr an. Er hilft Lydia, die mit ihren verbundenen Händen Mühe hat, die Seiten umzublättern.

Der Anblick schmerzt mich, also gehe ich, ziehe das Boot ins Wasser und tuckere zum *Selkie* hinüber. Dann haste ich zum Haus der Freedlands, setze mich ins Auto und fahre die fünf oder sechs Kilometer über die Halbinsel Sleat nach Tokavaig. Ich möchte mir den berühmten Ausblick über den Loch Eishort und auf die Cuillin Hills ansehen.

Es geht ein eiskalter Wind, so kräftig, dass er die Autotür zudrückt. Ich ziehe den Reißverschluss meiner Fleecejacke hoch, schiebe die Hände tief in die Taschen, stapfe über den Strand, schaue. Und denke nach.

Das Licht ist hier noch faszinierender als auf Torran. Es ist vielleicht nicht so schön wie dort, aber es verändert sich viel dramatischer. Mal verbergen sich die Berggipfel schüchtern hinter Wolken und Regenschleiern, dann bahnen sich goldene Sonnenstrahlen schräg einen Weg.

Wie strenge Richter stehen sie da, die Black Cuillins, wie eine Reihe Inquisitoren mit schwarzen Kapuzen. Ihre Spitzen, Zacken wie in einem Haigebiss, perforieren die vorbeiziehenden schweren Wolken und lassen sie abregnen. Aber es ballen und türmen sich immer neue Wolken, es herrscht ständige Bewegung und Veränderung, ohne dass ein Muster erkennbar wäre.

Und doch gibt es eins. Und wenn ich die Black Cuillins jenseits des Loch Eishort nur lange genug beobachte, werde ich es verstehen.

Angus hat Kirstie geliebt. Aber er hat etwas getan, das sie geängstigt hat. Er hat sie geliebt. Und trotzdem hatte sie Angst vor ihm?

Das Muster. *Das Muster.* Wenn ich nur gründlich genug nachdenke, erkenne ich es. Dann verstehe ich alles.

Wir haben immer noch keine Kirche gefunden für Kirsties Trauerfeier.

14. Kapitel

DIE TAGE VERSCHMELZEN MITEINANDER wie die Wolken über dem Sgurr Alasdair. Angus arbeitet an zwei, manchmal auch drei Tagen die Woche; mir gelingt es, ein paar freie Aufträge zu ergattern. Es kommen Mails von Londoner Therapeuten, die mir durch meine Trauer um Kirstie helfen sollen. Es scheint banal und überholt und unwichtig. Alles. Gemessen an dem, was gerade mit unserer Tochter passiert.

Sie muss wieder in die Schule, weil wir es sonst nicht schaffen auf Torran, aber es ist eindeutig, dass sie nicht mag. Solange ihre Hände verbunden sind, hat sie eine Entschuldigung, aber an dem Abend, an dem wir unter großem Trara die Verbände abnehmen, entscheide ich – mit Angus' Zustimmung –, dass sie es noch einmal an der Kylerdale-Schule versuchen soll.

Am nächsten Morgen fahren wir alle drei zusammen mit dem Boot zum *Selkie* hinüber. Lydia sieht elend aus und ängstlich, verloren geradezu in der viel zu großen Schuluniform und den albernen Schuhen. Winzig schaut ihr Gesicht aus der rosa Kapuze heraus.

Angus gibt mir einen Kuss auf die Wange und steigt zu Josh ins Auto – der fährt ihn nach Portree. Darum beneide ich ihn: Er hat einen Job, der ihm Spaß zu machen scheint. So kann er der Insel und Sleat regelmäßig den Rücken kehren, und er lernt Leute kennen.

Auf der Fahrt zur Kylerdale Primary School bin ich in meine Grübeleien versunken. Es ist ein eher milder Morgen mit kurzen Regenschauern. Kinder klettern aus Autos, hüpfen den Weg zur Schule entlang, reißen sich noch im Laufen den Mantel vom Leib, stürmen in ihre Klassenzimmer, necken einander. Alle – bis auf meine Tochter, die sich dem Schultor mit winzigen Schritten nähert. Werde ich sie hintragen müssen?

»Na komm, Lydia.«

»Mag nicht.«

»Heute wird es schon viel besser gehen. Die ersten Wochen sind immer die schwierigsten.«

»Und wenn wieder keiner mit mir spielt?«

Ich ignoriere den Stich, den mir das versetzt.

»Es spielt *bestimmt* jemand mit dir, Süße. Und du kommst ihnen ein bisschen entgegen. Es gibt noch mehr Kinder, die neu hier sind – genau wie du.«

»Ich will Kirstie.«

»Kirstie ist aber nicht mehr da. Du kannst mit den anderen Jungen und Mädchen spielen. Na komm.«

»Papi mag Kirstie, er will sie auch wiederhaben.«

Was soll das? Ich treibe sie vorwärts. »So, da sind wir. Komm, wir ziehen dir den Mantel aus, den brauchst du hier drinnen nicht.«

Während ich sie durch die Schultür schiebe, wechsle ich einen kurzen Blick mit Sally Ferguson, die sich gleich an meine Tochter wendet.

»Hallo, Lydia! Geht's dir jetzt besser?«

Keine Antwort. Ich lege Lydia eine Hand auf die Schulter. »Sag guten Tag, Lydia.«

Immer noch keine Antwort.

»Lydia?«

Schließlich bringt sie ein scheues, zögerliches »Hallo« heraus.

Ich schaue Sally an, und sie schaut mich an und sagt – einen Tick zu aufgekratzt: »Heute wird es dir bestimmt gefallen. Miss Rowlandson erzählt Piratengeschichten.«

»Piraten! Hast du gehört, Lydia? Piraten findest du doch spannend …«

Sanft schiebe ich sie weiter, den Flur entlang, und langsam – sehr langsam – setzt sie selbständig einen Fuß vor den anderen, hält den Blick aber eisern gesenkt. Ein Inbegriff der Introvertiertheit. So sehe ich sie, bis sie aus meinem Blickfeld verschwindet. Von der Schule geschluckt.

Sally Ferguson versucht, mich zu beruhigen: »Wir haben den Kindern erklärt, dass Lydia ihre Schwester verloren hat und vielleicht manchmal ein bisschen durcheinander ist. Auf keinen Fall lassen wir zu, dass sie ausgelacht wird.«

Ich sollte erleichtert sein, bezweifle aber, dass es so besser ist. Jetzt ist meine Tochter als sonderbar abgestempelt: das Mädchen, das seine Zwillingsschwester verloren hat. Die von Geistern geplagte Schwester. Womöglich haben die Kinder gehört, was bei den Freedlands passiert ist. Genau, das ist die Verrückte, die das Fenster eingeschlagen hat, weil sie einen Geist gesehen hat. *Guck dir die Narben an ihren Händen an!*

»Danke«, sage ich. »Ich komme sie dann um Viertel nach drei abholen.«

Und ich bin pünktlich. Um zehn nach drei stehe ich mit anderen Müttern und einigen Vätern bange am Schultor und warte. Verzweifelt wünschte ich, ich würde wenigstens ein paar Eltern kennen, dann könnte ich beiläufig plaudern und Lydia könnte mich dabei sehen. Vielleicht würde mein Beispiel ihr helfen, mit anderen Kindern in Kontakt zu treten. Aber ich bin zu schüchtern, um mit diesen Fremden ein Gespräch anzufangen, diesen selbstbewussten Eltern mit ihren großen Allradantrieb-Autos und dem sicheren Auftreten. Einmal mehr empfinde ich, dass das alles meine Schuld ist – ich bin es, von der Lydia diese lähmende Schüchternheit hat.

Kirstie wäre hier wahrscheinlich gut zurechtgekommen. Bestimmt hätte sie leichter Kontakte geknüpft. Sie wäre herumgetollt, hätte ihre Lieder gesungen, andere Kinder zum Lachen gebracht. Anders Lydia.

Zur angekündigten Zeit drängen die Kinder aus dem Schulhaus ins Freie; kleine Jungen laufen in die Arme ihrer Mütter, Mädchen kommen Hand in Hand anspaziert; alle sind in Gesellschaft. Nach und nach löst sich die kleine Schar auf, verschwinden Eltern und Kinder, bis ich als einzige Mutter noch auf dem Freigelände stehe, wo es schon winterlich dunkel wird, und dann taucht endlich meine Tochter auf, mit unglücklicher Miene, in Begleitung einer jungen blonden Lehrerin – Miss Rowlandson, wie ich vermute –, die sie zu mir bringt.

»Lydia!«, sage ich. »Hattest du einen schönen Tag? Wie war's mit den Piraten?«

Was ich eigentlich fragen will, ist: Hat jemand mit dir gespielt? Hast du so getan, als wäre Kirstie am Leben?

Lydia umfasst meinen Arm, und ich schaue die junge Lehrerin an, und sie lächelt vage und wird rot – und läuft schnell zurück in ihren Klassenraum.

Im Auto, im Boot – Lydia schweigt. Sie ist stumm. Bei Tisch gibt sie ein leises »Danke« von sich, sonst aber nichts; stattdessen verschwindet sie in ihr Zimmer, um zu lesen. Später geht sie im Mondlicht zum Strand hinunter und starrt auf die schimmernden Tümpel, die die silbrige Scheibe am Himmel reflektieren. Ich beobachte sie vom Küchenfenster aus. Meine Tochter. Lydia Moorcroft. Ein einsames kleines Mädchen auf einer Insel, im Dunkeln. Ganz und gar allein.

Und so gehen die Tage dahin. Es ist bewölkt, meistens mild und feucht. Wir planen die Trauerfeier. Angus erklärt sich bereit, den Großteil der Telefonate und des Papierkrams zu übernehmen, denn er verlässt die Insel regelmäßig und kann diese Dinge dann leichter erledigen. Aber ich spüre seinen inneren Widerstand. Meine Aufgabe ist es, Lydia zur Schule zu fahren. Sie schweigt. Ich hole sie ab, und sie schweigt. Jeden Tag. Immer ist sie die Letzte, die aus dem Klassenzimmer kommt.

Am vierten Tag fahre ich etwas früher zur Schule; ich will etwas versuchen. Ich weiß, dass sich allmorgendlich eine Gruppe von Mädchen aus ihrem Jahrgang beziehungsweise ihrer Klasse am Schultor versammelt. Da dränge ich sie mit leise schlechtem Gewissen hinein – und dann tue ich so, als bekäme ich einen dringenden Anruf auf dem Handy.

Lydia bleibt keine Wahl: Sie muss mit den anderen reden, oder sie steht noch einsamer da als sonst.

Während ich vermeintlich telefoniere, beobachte ich sie. Sie scheint es zu versuchen, scheint sich um Anschluss zu bemühen. Aber die anderen ignorieren sie. Verzweifelt hält sie nach mir Ausschau, hofft offensichtlich auf Unterstützung oder Trost, aber ich reagiere nicht, weil ich so mit meinem Telefonat »beschäftigt« bin. Dann gehe ich – in der Hoffnung, etwas aufzuschnappen – näher heran.

Und fasse Mut. Es scheint, als komme Lydia zurecht. Offenbar hat sie vor, eine Mitschülerin anzusprechen; schüchtern nähert sie sich einem brünetten Mädchen, einem schlanken, selbstbewusst wirkenden Kind, das mit seinen Freunden schnattert.

Ich höre, wie Lydia unsicher sagt: »Kann ich dir von meinem Leoparden erzählen, Grace?«

Das Mädchen – Grace – dreht sich zu Lydia um. Schenkt ihr ein kurzes freundliches Lächeln – zuckt die Achseln und wendet sich ab, ohne auch nur zu antworten. Stattdessen redet sie mit den anderen weiter, und irgendwann entfernt sich die ganze Gruppe, immer weiter schnatternd, und Lydia bleibt zurück und starrt auf ihre Fußspitzen. Sie haben sie abblitzen lassen. Meiden sie.

Unerträglich. Ich wische mir die Tränen weg und begleite Lydia ins Schulhaus, und als ich zum Auto gehe und den Motor anlasse, fließen neue Tränen, und das hört auch auf dem Weg nach Broadfort nicht auf, wo ich WLAN habe und meine Mails bearbeite. Um die Mittagszeit halte ich es nicht mehr aus.

Ich muss es mit eigenen Augen sehen. Um meiner selbst willen.

Ich steige ins Auto und fahre – viel zu schnell – über die grünen Hügel von Sleat zur Schule. Wind kräuselt die Wasseroberfläche. Eine kalte, metallische Sonne ist herausgekommen und lässt die Knoydart-Berge über der stahlgrauen See golden bis bronzefarben schimmern.

Es ist gerade Mittagspause. Alle Kinder müssten jetzt, nachdem sie gegessen haben, auf dem Freigelände sein, an den Spielgeräten. Ich möchte Lydia noch eine Weile beobachten, sehen, ob die Dinge sich zum Guten gewendet haben. Ich will wissen, ob sie mit anderen Kontakt hat oder gehänselt und gepiesackt wird.

Allerdings will ich selbst nicht gesehen werden, deshalb schleiche ich mich von der Seite an, auf einem selten benutzten Trampelpfad, der eigentlich zu dem etwas weiter unten gelegenen Kiesstrand führt. Dornenreiches Gestrüpp schirmt mich gegen die fröhlich kreischende Kindermeute hinter dem Maschendrahtzaun ab.

Mädchen spielen Himmel und Hölle, Jungen versuchen sich in aufschneiderischen Posen. Ich suche all die rosigen kleinen Gesichter ab, die weißen Socken und blauen Hosen – immer auf der Suche nach dem blonden Schopf meiner Tochter. Sie ist nirgends zu sehen. Es sieht doch so aus, als spielten alle Kinder hier draußen. Und Lydia?

Ist sie womöglich noch im Schulhaus? Liest? Allein? Ich hoffe nicht. Irgendwo hier draußen muss sie doch sein. Bitte lass sie draußen sein und mit einem anderen Kind spielen.

Da ist sie.

Ich schließe die Augen und versuche, mich zu beruhigen. Dann schaue ich noch einmal genauer hin.

Lydia steht am anderen Ende des Spielgeländes. Ganz allein. Am nächsten ist ihr ein kleiner Junge, aber selbst der steht, mit dem Rücken zu ihr, etwa zehn Meter von ihr entfernt. Und obwohl sie so verdächtig allein dort am Zaun herumsteht, tut Lydia etwas. Was?

185

Immer noch in der Deckung von Büschen und Bäumen, gehe ich näher heran.

Jetzt liegen nur noch ein paar Meter zwischen uns. Ich sehe, dass Lydia sich woandershin wendet – weg von der Schule, den Klassenkameraden, weg von der Welt, die sie umgibt.

Sie ist allein – und trotzdem redet sie. Angeregt. Ich sehe sie die Lippen bewegen und heftig gestikulieren. Sie redet mit der Luft, den Bäumen, dem Maschendraht, sie lächelt sogar und lacht.

Jetzt höre ich sie auch.

»Nnniiiooo neineinein ja frei und drrrei und pfff … Waka waka nein ja paka. Ninu ninu nnn. Mmm. Nana nana nana.«

Während sie das sagt, rudert sie mit den Armen – dann hält sie inne und lauscht, als wäre da jemand, der ihr antwortet. Aber da ist niemand. Schließlich nickt sie und lacht und brabbelt weiter.

In jener sinnfreien Zwillingssprache, die sie mit Kirstie gesprochen hat. Bis zum Schluss haben sie oft so geschnattert. Wir haben nie herausgefunden, was die Silben bedeuten.

Lydia redet mit ihrer toten Schwester.

15. Kapitel

T-Eilean Sgitheanach – die geflügelte Insel –, Skye.« Josh schlug das Lenkrad ein, und sie holperten in Richtung Süden. »Das ist so in etwa das Gälisch, das ich gelernt habe.«

Angus schwieg. Es war ein klarer, eiskalter Morgen. Vielleicht der erste richtige Wintermorgen.

»Molly kann mehr. Sie interessiert sich für das ganze Kelten-Zeug. Aber das ist alles so düster. Ich meine – du kennst doch die kleine Bucht bei Ardvasar, Port na Faganaich, die ist doch wirklich hübsch, oder?« Josh lachte glucksend. »Und weißt du auch, was das heißt, Port na Faganaich? Es heißt: Hafen der von Gott Verlassenen. Wirklich. *Hafen der von Gott Verlassenen.* Reizend.«

Er beschleunigte, um eine Steigung besser nehmen zu können. Momentan fuhren sie vom Meer weg, wobei man nie lange vom Meer wegfuhr, nicht auf Skye. Sein Freund ließ das Fenster aufgleiten und atmete die kalte Luft.

»Endlich Winter. Ich mag das. Richtig kalt … also, wo war ich stehengeblieben? Ach ja, es gibt hier auch einen See, Lagan irgendwas, Lagan …«

»Lagan inis na Cnaimh.«

»Genau, den meine ich. Ich vergess immer wieder, dass du von hier bist. Ja. Lagan inis. Das wiederum heißt – Molly hat's mir gerade gestern Abend erzählt – *Grube in der Gebeine-Wiese.* Also ehrlich. Warum? Was macht das mit den Immobilienpreisen? Möchtest du einen netten Bungalow kaufen, der an der Grube in der Gebeine-Wiese steht? Nein? Gut, dann bauen wir ein Haus mit Eigentumswohnungen – vielleicht am Ridge of the Night-hags, am Grat der Nachtmahre?«

Josh lachte über seine eigenen Scherze. Angus schwieg beharrlich. Die pittoresken, makabren Namen und Sagen hier in der Gegend waren für ihn nichts Neues. Wort für Wort hätte er die Geschichten wiedergeben können, die seine Großmutter so oft erzählt hatte. Sie waren ein Heiligtum seiner Erinnerung. Glückliche Ferientage, unheimliche Geschichten. Feuer, die er selig mit seinem Bruder auf Torran entzündet hatte. Sein Vater weit weg. Alle glücklich. Den alten Geschichten lauschend. *The bonny road which winds around the fernie brae – der liebliche Weg, der sich über den Abhang windet im Farn? Ach, das ist der Weg zu Tod und Himmel, dem alten Ort der Feen …*

Angus schaute aus dem Fenster. Torran war jetzt nicht zu sehen, es lag hinter der Landspitze verborgen. Er dachte an Lydia – *Lydia* – und Sarah, zusammen allein im Haus. Sarah und … Lydia. Er musste akzeptieren, dass sie Lydia war. So war es am besten. Er selbst hatte es so gemacht. Seine Tochter mit der verletzten Seele, mit den narbenbedeckten Händen und Handgelenken. Sie war beschädigt: durch das Leben, durch den Tod, durch Angus.

Und durch ihre Mutter.

Der Wagen rumpelte über einen Weide-Rost, sie überquerten den Höhenzug auf der Halbinsel Sleat von Osten nach Westen, auf der Straße nach Tokavaig. Sie durchschnitt ein großflächiges braunes Moor, in dem hier und da kleine, von Möwen aufgewühlte silbrige Tümpel blitzten. Schön war es hier nicht. Aber bald würden sie den Loch Eishort sehen.

»Muss gleich kommen. Hinter dem Wäldchen. Das sind übrigens alles Laubbäume: Eichen, Haselnusssträucher, Bergulmen.«

»Meine Großmutter hat die Gegend geliebt«, brummelte Angus. »Sie meinte, der Wald ist heilig. Doir'an Druidean soll er heißen, Wald des Streitens.«

»Ja? Echt wahr? Wald des Streitens! Auch wieder so was! Diese Namen sind unschlagbar. Ehrlich, Alter, das musst du alles Molly erzählen.«

Warum war Josh so aufgedreht? Angus nahm an, dass sein Freund versuchte, nach dem morbiden Vorkommnis bei der Abendeinladung locker und entspannt zu wirken. Seine Frau und er hatten die Sache seither kaum einmal erwähnt.

Dennoch mussten sie darüber reden. Bald.

Der Wagen schob sich zwischen einigen knochigen alten Bäumen und einer Ansammlung von Basaltfelsen hindurch, und dann ging es steil bergab zur Westküste von Sleat und dem kleinen Weiler Ord.

Die Aussicht war genauso, wie Angus sie in Erinnerung hatte. Spektakulär. Hinter ihnen lagen weite grüne Hänge, mit Heide bewachsen und altem Baumbestand von Eichen und Erlen – die sanfter abfallenden Flächen vor ihnen reichten bis zum still daliegenden Loch Eishort, in dessen blaugrauer Oberfläche sich die gewaltigen Black und Red Cuillins spiegelten, die sich jenseits des Wassers erhoben.

Im Süden konnte man bis zur Insel Soay sehen. Und ein Teil der westlichen Skyline war der Sgurr Alasdair mit seiner Doppelspitze, deren schneebedeckte Gipfel auf das Wasser herabzuschauen schienen.

Es war so schön, dass Angus um ein Haar in Tränen ausgebrochen wäre. Weil er an Lydia dachte, an Kirstie, ja, auch an Sarah – an sie alle.

Sie stiegen aus und gingen hinunter zum Ufer des kalten Sees. Von einer kleinen Insel weiter draußen rief ein Vogel zu ihnen herüber. Ein Graureiher breitete die Schwingen aus und zog einsam und allein seines Wegs – in Richtung Loch a'Ghlinne.

»Ist alles in Ordnung?«, fragte Josh unvermittelt.

»Ja, mir geht's gut.«

»Nur dass du ziemlich still bist. Ist es wegen … bist du … immer noch … du weißt schon. Willst du reden?«

Hilflos zuckte Angus die Achseln. In Wahrheit hätte er seinem Freund in diesem Augenblick am liebsten alles erzählt.

189

Er musste sich das von der Seele reden, musste einem anderen Menschen erklären, welcher Alptraum sich auf Torran abspielte. Seine Frau, seine Töchter und die Vergangenheit, die nie bis ins Letzte erforscht werden durfte.

Der Graureiher war nur noch ein kleiner Fleck im Blauen und gleich darauf ganz verschwunden. Angus traf eine Entscheidung. Er würde es Josh erzählen. Gleich.

Kopfschüttelnd nahm er einen flachen runden Stein auf und ließ ihn über die Wasseroberfläche hüpfen. Eins, zwei, drei – plop. Dann drehte er sich zu Josh um und sagte: »Warum bist du mit mir hierhergefahren?«

Josh grinste. »Weil wir dich brauchen. Zum Bauen.«

»Was?«

»Könntest du hier etwas bauen?«

Angus starrte ihn an. »Ich? Bauen? Ich kapier's nicht. Das alles hier gehört doch der Macdonald-Gruppe, ganz Tokavaig und Ord eingeschlossen. Oder nicht?«

Josh lächelte. »Molly und ich haben vor ein paar Jahren ein Stück Land gekauft, gleich hier oben. Dort, siehst du? Hinter dem Stacheldraht – die Fläche da hinter der Schlehdornhecke.«

Angus nickte.

»Es sind ungefähr viertausend Quadratmeter, vielleicht ein bisschen mehr.«

»Viertausend Quadratmeter voller Brennnesseln und Haselnusssträucher? Schön für Rotschwänzchen – aber es ist doch nur eine Wiese.«

»Wir haben eine Baugenehmigung bekommen. Vergangene Woche.«

Angus starrte ihn an. »Ehrlich?«

»Ja! Ehrlich. Um genau zu sein: Wir haben die Genehmigung, ein Sechs-Zimmer-Haus zu bauen – und würden es super finden, wenn du das machst. Die Gemeinde möchte, dass wir etwas *Schönes* hinstellen, du weißt schon, etwas Ambitioniertes, das einen Preis bekommt. Weil es den Ausblick optimal nutzt.«

190

Angus betrachtete das Grundstück, das zum sandigen See-
ufer hin sanft abfiel. Plötzlich überschlugen sich seine Gedanken. Er sah es bereits vor sich: Zunächst musste die Hälfte des
Geländes eingeebnet werden; dann kamen nur die einfachsten,
reinsten Materialien in Frage, Stein, Holz, Stahl, Schiefer. Das
gesamte Haus würde lichtdurchflutet sein, Fenster vom Boden
bis zur Decke, eine Flucht von Räumen, das Ganze mindestens
zur Hälfte aus Glas, so dass es mit Luft und See und Himmel
förmlich verschmolz. Bei Nacht würde es leuchten.

»Gus?«

»Das könnte unglaublich werden.«

»Ha.« Josh grinste. »Also bist du dabei? Guter Mann! Wir
wollen es vermieten, vielleicht im Winter an Künstler und im
Sommer an Urlauber.«

»Und das Geld habt ihr?«

»Klar, Alter, genug. Molly hat von ihrer Oma eine stolze
Summe geerbt. Ich habe gut geheiratet!« Er lachte. »Los, wir
fahren zu mir, da kann ich dir die Unterlagen zeigen.«

Leicht benebelt ging Angus zum Auto. War das Joshs und
Mollys Art, Sarah und ihm aus ihrer Bedrängnis zu helfen?
Falls ja – ihm war es recht. Absolut. Er empfand geradezu
peinliche Dankbarkeit. Da war die Chance, etwas Gutes zu
bauen, einen richtigen Entwurf zu machen!

Josh fuhr zu seinem großen, luftigen Haus mit der riesigen
Edelstahlküche, wo auf dem Herd Blaubeeren köchelten und
Molly ihnen von ihrer jüngsten Marmelade zu kosten gab. Und
da war das große Fenster im Wohnzimmer.

Angus versuchte, nicht an jenen Abend zu denken. Und
während Josh ihn an den Esstisch führte, um ihm die Papiere
zu zeigen, bemühte er sich, das große, inzwischen reparierte
Fenster nicht anzuschauen. Baugenehmigung. Erforderliches
Kapital. Der Traum, der wahr werden konnte. Das Freedland-
Haus in Tokavaig, ausgezeichnet mit dem Architecture and
Design Scotland Award, gebaut von Angus Moorcroft.

In Angus' Vorstellung handelte es sich bereits um ein Haus – nicht um ein Cottage. Denn es würde *groß* sein. Vielleicht konnte er Lärchenholz mit Caithness-Klinkern verbinden; selbstverständlich würde er Solarzellen integrieren; vielleicht konnte er die gesamte Nordfront als Glastür gestalten, so dass das Haus sich im Sinne des Wortes zum See hin öffnete …

Eine Zeitlang war Angus aufs Angenehmste abgelenkt, high von Roibuschtee und Tagträumen. War das womöglich der Wendepunkt? Änderte sich jetzt alles? Doch als der Winternachmittag in Abenddämmerung überging, fand er, dass der Zeitpunkt gekommen war. Er würde es Josh erzählen.

Zumindest die halbe Wahrheit.

Die Papiere wurden verstaut. Angus schlüpfte in seinen Mantel und warf Josh einen Blick zu. Vielsagend. »Ich genehmige mir noch ein Glas im *Selkie*. Hast du Lust, mir Gesellschaft zu leisten? Da könnten wir noch ein bisschen reden.«

Im ganzen Haus hing der appetitliche Geruch von kochenden Blaubeeren. Josh bedachte Angus mit einem Blick, der sagte: *Verstehe.* Sie verabschiedeten sich von Molly und gingen im Dämmerlicht den Hügel hinunter zum Pub. Angus atmete die eisige Ornsay-Luft; in die Kälte mischten sich Küstengerüche: von Hummer-Fangkäfigen, gehacktem Holz und süßlich vor sich hin rottendem Tang.

»Lass uns draußen sitzen«, sagte Angus. »Da sind wir ungestört.«

Josh sah ihn erstaunt an – und willigte ein. Angus ging an den Tresen, holte zwei Getränke, kam wieder nach draußen, stellte die Gläser auf den Holztisch, setzte sich und schaute zum Leuchtturm auf Torran hinüber, dessen Signal durch die Abenddämmerung blinkte. Es war kalt.

Er trank einen kleinen Schluck Whisky und nahm allen Mut zusammen.

Schließlich brach Josh das Schweigen. »Erzähl, wie geht's Lydia? Besser?«

Achselzuckend trank Angus einen weiteren brennenden Schluck. Kostete den rauchigen Geschmack aus. Dann antwortete er. »Im Prinzip ja. Manchmal. Aber … sie spielt auch immer noch verrückt.«

»Wie?«

»Redet mit ihrer toten Schwester, benimmt sich so, wie sie es getan hat, als Kirstie noch da war. Nein, eigentlich so, als *wäre* Kirstie noch bei ihr.«

Josh starrte ihn ungläubig an. »Macht sie das oft?«

»Ja, oft. In der Schule. Zu Hause. Im Auto. Manchmal hört es sich an wie ein normales Gespräch, aber oft plappert sie auch in der Zwillingssprache, die sie sich zusammen ausgedacht haben – und das ist gruslig. Manchmal zieht sie ein Gesicht und bewegt sich, als hätte sie körperlich mit ihrer Schwester zu tun, als gäbe es da eine Interaktion. Es ist nicht leicht, das mit anzusehen.«

»Okay. Mein Gott.«

»Das war es auch, weshalb sie bei euch neulich ausgerastet ist, nehme ich an. Sie dachte, sie sieht im Fenster nicht ihr Spiegelbild, sondern den Geist ihrer Schwester.«

Josh nickte. »Das kann einen ja auch erschrecken, oder? Gott, das tut mir echt leid.« Er stockte, nippte an seinem Saft und beugte sich ein wenig vor. »Und glaubt sie das wirklich, Gus? Ist deine Tochter … ich meine, du weißt schon … ist sie …?«

»Ist sie verrückt, oder gibt es wirklich einen Geist, oder spielt sie uns das alles nur vor?«

»Na ja.«

»Natürlich gibt es keinen Geist.« Er fixierte Josh. »Aber verrückt ist sie auch nicht.«

Josh runzelte die Stirn. »Also tut sie so? Meinst du? Warum, um Gottes willen? Du musst mir das natürlich nicht erzählen, aber …«

Angus antwortete nicht gleich. Bitterkeit stieg in ihm hoch. Und der Drang, sich zu offenbaren. Er hatte es satt zu lügen.

Leuten, die ihm nahestanden, etwas vorzumachen. Aber brachte er den Mut auf, ehrlich zu sein? Alles konnte und würde er nicht erzählen – niemals. Aber einen Teil konnte er sich von der Seele reden.

Nach dem nächsten Drink.

Er hob das leere Glas.

Josh nickte. »Noch einen?«

»Ardbeg. Einen Doppelten. Aber lass mich selbst zahlen. Du musst nicht für meinen funktionalen Alkoholismus aufkommen, Josh.« Er zog einen Geldschein aus der Hosentasche.

Josh lächelte. »Nur dieses eine Mal will ich deine Sucht subventionieren.«

Damit stand er auf, nahm Angus' Glas und verschwand in der Gaststube. Als die Tür auf- und wieder zuschwang, drang leise Folkmusik nach draußen. Was hinter der Glastür vom Gastraum des *Selkie* zu sehen war, wirkte freundlich und belebt. Viele Einheimische waren da, tranken ihren Whisky oder ein McEwan's, freuten sich über das Wochenende und redeten über Fußball und Pferde und die verrückte neue Familie auf Torran.

Angus legte die verschränkten Arme auf den Tisch und bettete den Kopf darauf, seitlich, so dass er in die Dunkelheit starren konnte. Ihm wurde alles zu viel.

Die Tür schwang wieder auf.

»Hey«, sagte Josh und brachte die neuen Gläser zum Tisch. »Komm schon, Gus, so schlimm ist es gar nicht.«

Angus schaute auf. »Ist es doch.«

Seufzend setzte Josh sich ihm gegenüber. Außer den Getränken hatte er noch eine Schachtel Zigaretten mitgebracht, die er jetzt öffnete.

Angus hob eine Braue. *Josh Freedland rauchte?*

Josh zuckte die Achseln. »Heimliches Laster. Verrat es nicht Molly. Ja, am Wochenende rauche ich ab und zu mal eine. Willst du auch?«

»Nein danke.«

Wieder schwiegen sie eine Weile. Zu hören waren nur das Keuchen der See und der Wind in den kahlen Birken.

Angus blickte nach links hinüber, zur Insel, dem schlichten Leuchtturm und dem gedrungenen weißen Haus. Gerade so konnte er in der diesigen Dunkelheit noch das erleuchtete Küchenfenster erkennen. Was ging da jetzt wohl vor?

Er schloss die Augen. Es war so weit, er würde es tun. Also schlug er die Augen wieder auf.

»Du hast nach Lydia gefragt, Josh.«

»Ja.«

»Willst du die Wahrheit hören?«

»Ja. Aber nur, wenn du sie mir erzählen willst.«

»Das will ich. Denke ich. Du warst doch derjenige, der immer gesagt hat, es tut gut, sich mitzuteilen, zu bekennen. Dir hat es geholfen, oder? Dadurch bist du von den Drogen weggekommen, richtig? Das haben sie dir doch bei den NA-Treffen beigebracht.«

»Ja.«

»Okay, aber was ich dir jetzt erzähle, ist streng geheim, du darfst es nie weitererzählen, niemandem. Und das meine ich ernst. Niemals. Niemandem.«

Josh nickte mit ernster Miene. »Hab verstanden«, sagte er in die Dunkelheit.

»Also gut.« Angus holte tief Luft und fuhr sich mit der Hand über den Mund, wobei er die Bartstoppeln spürte. Die kalte Luft fühlte sich schwer an. Tau senkte sich über den Sound. Als Angus sprach, wurden seine Worte zu Nebelwölkchen.

»Erst mal brauchst du ein paar Hintergrundinformationen.«

»Okay.«

»Du musst wissen, dass Sarah immer Lydia vorgezogen hat. Gefühlsmäßig war Lydia ganz klar ihr Liebling.«

»Alle Eltern haben ein Lieblingskind«, sagte Josh. »Jedenfalls habe ich das mal so gehört.«

195

»Ja, aber bei uns war es besonders ausgeprägt. Sie hat Lydia ganz klar vorgezogen. Lydia, die Stille, die Seelenvolle, diejenige, die so war wie sie selbst, die gern gelesen hat. Sie hat sie dermaßen bevorzugt, dass es für Kirstie immer schwerer auszuhalten war. Ich habe versucht, das auszugleichen, indem ich Kirstie gegenüber viel netter war, aber das hat nicht funktioniert. Die Liebe des Vaters ist nicht so bedeutend, die hinterlässt nicht einen so tiefen Eindruck. Gegen die Liebe der Mutter kommt sie nicht an, vor allem wenn die Kinder noch so klein sind.«

Es entstand eine Pause. Angus konnte nicht erkennen, was für ein Gesicht sein Freund machte. Und das war ihm recht. So hatte das offene Erzählen etwas Anonymes: wie eine echte Beichte in der Kirche, beim Priester, wo die Gesichter im Verborgenen bleiben.

»Ein paar Tage vor dem Unfall«, fuhr er fort, »hat Kirstie tatsächlich gesagt, dass sie ihre Mama hasst ›für das alles‹, und ich bin sehr streng geworden ihr gegenüber. Fast hätte ich ihr sogar eine runtergehauen. Ich habe meine Kinder nie geschlagen, kein einziges Mal, aber an dem Abend war ich betrunken und hätte beinahe die Kontrolle verloren.« Er stockte und schüttelte den Kopf. »Kirstie war sehr aufgeregt, richtig wütend. Kannst du dir ja vorstellen. Erst erlebt sie, wie ihre Mama die Schwester bevorzugt, und dann brüllt der Papa sie noch an?«

Josh schwieg weiterhin. Aber die Glut seiner Zigarette leuchtete hin und wieder auf.

»Und dann kam der Unfall. Du weißt schon. Die Sache mit dem Balkon. Danach war Sarah völlig fertig, wir waren beide fertig, und es wurde alles immer schlimmer … Und dann, vor einem halben Jahr …« Er machte sich mit einem großen Schluck Whisky Mut. »Vor einem halben Jahr ist meine lebendige Tochter zu mir gekommen und hat gesagt: ›Ich war's, Papa, ich war's. Ich hab meine Schwester umgebracht. Ich hab sie geschubst. Weil Mami sie immer lieber hatte als mich. Und jetzt ist sie weg.‹«

196

»Mein Gott«, sagte Josh sehr leise.

»Genau.«

»Oh, Gott …« Josh trat die Zigarette mit dem Stiefelabsatz aus. Schwieg. Und sagte schließlich: »Aber kann das denn sein, Gus? Hat sie sie wirklich umgebracht? Glaubst du das? Hast du ihr damals geglaubt?«

Angus seufzte. »Ja, vielleicht. Aber sie war gerade mal sechs, als es passiert ist, und als sie das gesagt hat, war sie sieben. Hat sie gewusst, was sie da sagt? Wissen sie in dem Alter überhaupt je, was sie sagen? Das Schlimme war, dass es plausibel klang. Sie hatte ein Motiv, Josh, die Tatsache, dass ihre Mutter ihr die Schwester so krass vorgezogen hat. Und es passte zu den bekannten Tatsachen. Ich meine: Warum hat Lydia so schwere Verletzungen erlitten? Bei einem Sturz aus sechs Meter Höhe? Normalerweise überleben Kinder, die aus dieser Höhe fallen. Warum also?«

»Weil …?«

»Weil sie von ganz oben gefallen ist, nicht aus dem ersten Stock. Kirstie hat's mir gesagt: Sie waren … ganz oben, im zweiten Stock. Dort sind sie auf den Balkon gelaufen, und Kirstie hat Lydia geschubst.«

»Ich kann's mir immer noch nicht vorstellen.«

Angus wartete einen Moment. Holte tief Luft – und fuhr fort. »Genauso war es. Sie hat sie über die Brüstung geschubst, und dann ist sie eine Treppe runtergerannt, in den ersten Stock, um dort über die Balkonbrüstung zu schauen und zu sehen, was sie angerichtet hat – das finde ich nachvollziehbar –, und dann ist auch schon Sarah gekommen, die sie hatte schreien hören: ›Lydia ist gefallen, Lydia ist gefallen.‹ Das ist die Erklärung. Wahrscheinlich ist es so gewesen. Kirstie hat ihre Schwester umgebracht. So was ist auch früher schon vorgekommen. Ich habe mich schlaugemacht. Es gibt einige Literatur dazu. Extreme Rivalität unter eineiigen Zwillingen. Die bis hin zum Mord gehen kann.«

»Okay, verstehe. Aber …« Josh schüttelte den Kopf, was Angus in der Dunkelheit eher ahnen als sehen konnte. »Was hat das mit dem Identitätswechsel zu tun?«

»Als Kirstie zu mir kam und mir das erzählt hat, hab ich Panik gekriegt. Ich bin damit überhaupt nicht klargekommen. Sie musste das ja auch ihrer Mutter erzählen, ihren Freunden und Lehrerinnen – allen! Und ihre Mutter war zu der Zeit überhaupt nicht stabil; es war undenkbar, ihr damit zu kommen. Kirstie wollte ja sogar zur Polizei, weil sie solche Schuldgefühle hatte. Es ging ihr immer schlechter, meiner Kleinen, der Einzigen, die ich noch hatte. Da bin ich einfach panisch geworden, ja.«

»Warum?«

»Überleg doch mal! Was passiert, wenn ein sechs Jahre altes Kind des Mordes beschuldigt wird? Was macht die Polizei da? Überhaupt was? Alles? Fangen sie an zu ermitteln? Ermitteln tun sie auf jeden Fall. Es gab Indizienbeweise, die Kirsties Geschichte untermauert haben. Also musste ich sie zum Schweigen bringen, sie beruhigen, sie dahin bringen, dass sie ihre eigene Geschichte anzweifelte und irgendwann nicht mehr glaubte.«

»Und …?«

»Ich hab getan, was ich konnte. Ich hab gesagt, sie soll nicht mehr darüber reden, ich will das nicht hören. Ich hab gesagt, das braucht niemand zu wissen. Und dann hab ich gesagt, dass Lydia gar nicht wirklich tot ist.«

»*Was?*«

»Ich hab ihr erklärt, dass niemand wirklich stirbt, dass die Toten in den Himmel kommen, ein Teil von ihnen aber immer bei uns bleibt. Ich hab ihr erzählt, dass Lydia im Krankenhaus noch mal aufgewacht ist, dass Lydia zurückkommt. Ich hab ihr Lydias Lieblingsspielzeug gegeben – schau, sie ist immer noch da! Ich hab ihr eingeredet, dass Zwillinge etwas Besonderes sind und dass nie einer ganz stirbt, weil sie im Grunde eins

198

sind, und dass sie, wenn einer am Leben bleibt, beide dableiben. Ich habe ihr Gefühl für die eigene Identität durcheinandergebracht, ihr gesagt: ›Du bist Kirstie, aber du wirst Lydia immer in dir tragen, weil du ihre Zwillingsschwester bist, und so kannst du euer beider Leben leben.‹ Und dann hab ich noch gesagt, dass das alles ein großes Geheimnis ist, von dem nur wir beide wissen, und dass sie nie jemandem davon erzählen darf.« Er lehnte sich zurück. »Und das alles, weil ich Angst hatte, dass sie die Wahrheit sagt und meine Familie endgültig kaputt geht, weil …« Er suchte im Dunkeln den Blick seines Freundes und fügte hinzu: »Stell dir das doch mal vor, Josh. Stell dir vor, meine Tochter wär zu ihrer Mutter und ihren Großeltern und ihren Lehrerinnen und Freunden gegangen und hätte gesagt: ›Ich bin eine Mörderin. Helft mir, ich habe meine Schwester umgebracht.‹ Das wäre das Ende gewesen für uns. Auf immer. Den Unfall haben wir überstanden – das hätten wir nicht auch noch überstanden. Auf keinen Fall.«

Die Pub-Tür ging auf, und ein Trinker kam nach draußen in die Dunkelheit gestolpert.

Endlich sagte Josh: »Also hast *du* sie so durcheinandergebracht, indem du ihr eingeredet hast, dass sie Lydia und Kirstie zugleich ist. Und jetzt denkt sie, dass sie Lydia ist.«

»Ja. Damals habe ich sie damit beruhigt, mehr wollte ich ja gar nicht, und es hat funktioniert. Aber dann war sie plötzlich immer häufiger verwirrt. Das ist erschreckend. So, wie sie jetzt denkt, sie sei Lydia.«

»Aber eigentlich ist sie Kirstie?«

»Ja.«

»Und was ist mit dem Schreien?«

»Es war einfach ein Schrei. Der beweist gar nichts.«

»Und der Hund? Du hast erzählt, dass er anders ist.«

»Haustiere schließen sich dem Zwilling, der am Leben geblieben ist, ganz anders an; sie versuchen, ihn zu beschützen. Außerdem hab ich schon manchmal gedacht, dass der Hund vielleicht etwas gesehen hat. Oder gespürt. Er war ja bei den Mädchen, als es passiert ist. Und seitdem ist er total verändert; ich weiß, das klingt verrückt, aber das Ganze klingt verrückt.«

»Also ist Lydia in Wirklichkeit immer noch Kirstie.«

»Ja.«

»Und du weißt das?« Wieder schüttelte Josh den Kopf. »Du weißt, dass das eine Lüge ist. Du weißt, dass sie Kirstie ist. Und trotzdem machst du diesen Mummenschanz mit? Lässt zu, dass deine Frau eine Trauerfeier für Kirstie plant?« Sein Ton war scharf geworden. »Ist das dein Ernst, Gus? Das ist doch so was von krank. *Warum?*«

»Weil ich keine Wahl habe! Die Wahrheit kann ich niemandem erzählen – du bist der Einzige, der sie jetzt kennt. Würde ich das Sarah erzählen, würde sie wahrscheinlich zusammenbrechen – wär das vielleicht besser? Am Ende würde sie die Tochter, die sie noch hat, vielleicht hassen. Außerdem – warum soll Lydia nicht weiterleben, wenn wir dadurch Frieden haben? Soll ihre Mutter doch das Lieblingskind zurückhaben. Vorläufig.« Angus seufzte tief. »Und weißt du was? Manchmal denke ich jetzt schon wirklich, dass sie Lydia ist. Ich vergesse das andere. Und sie benimmt sich wie Lydia; das kommt bei Zwillingen, die ihren Ko-Zwilling verlieren, häufiger vor. Die Frage ist doch: Was macht das schon, solange die Wahrheit nicht ans Licht kommt, nämlich, dass eine meiner Töchter die andere umgebracht hat?«

»Aber Kirstie ist doch trotzdem *da*. Hier bei uns. In Lydia.«

»Ja.«

»Sie ist in Lydia gefangen. Und ringt darum, gehört zu werden.«

»Ja.«

»Mein Gott«, sagte Josh, »was für ein furchtbares Chaos.« Angus nickte. Er war erschöpft. Aber auch erleichtert. Er hatte sich mitgeteilt, und es ging ihm tatsächlich besser. Die anderen Probleme waren davon natürlich unberührt; die Wahrheit hinter alldem musste verborgen bleiben: seine eigene Schuld, Sarahs Verstrickung, Sarahs Verantwortlichkeit. Dinge, von denen er niemandem erzählen konnte.

Der Leuchtturm schickte sein Signal über den Sound. Angus dachte an seine unvollständige, kaputte Familie dort drüben auf Torran. Seine Gier nach Rache war unverändert da. Sein Kind war gestorben. Die Ungerechtigkeit brannte wie Feuer.

16. Kapitel

FREITAG. Die Luft riecht nach Schnee, als ich zur Kylerdale School fahre, um Lydia abzuholen. Ich bin wild entschlossen, meiner Tochter zu helfen. Sie braucht Freunde, oder sie geht unter. Was ihr fehlt, ist ein Anlass zur Hoffnung, die Aussicht auf eine Zukunft hier; sie muss mit Menschen reden, die kein Geist sind. Mein Blick wandert an den kastenförmigen Schulgebäuden vorbei auf den Sound of Sleat. Wind treibt graue Wellen vor sich her, alles wirkt so harsch, rauh und düster, dass die fröhlich bunten Schaukeln und hölzernen Reittiere auf dem Freigelände aussehen wie am falschen Ort gelandet, surreale Eindringlinge aus einer dümmlich-glücklichen anderen Welt.

Eine blasse junge Frau steht allein an der Tür und starrt auf die Glasscheibe und die lustigen Schilder, auf denen *Shleite* steht, Sleat, und *Sgoil,* Schule. Ich erkenne die Frau wieder; Lydia hat sie mir gezeigt und gesagt, sie sei die Mama von Emily. Julia Durrant.

Emily Durrant ist auch aus England hierhergekommen und wahrscheinlich das einzige Kind, mit dem Lydia überhaupt hin und wieder Kontakt hat. Zumindest ist sie die Einzige, deren Namen Lydia – auf mein vorsichtiges, ängstliches Nachfragen, wie es in der Schule war – schon mehr als einmal erwähnt hat.

Ich habe keine Ahnung, ob Emily Lydia mag, vielleicht ist es gar nicht so. Im Grunde bin ich ziemlich sicher, dass keins der Kinder an der Kylerdale meine Tochter mag oder auch nur kennt. Wahrscheinlich ist sie ihnen unheimlich.

Aber im Augenblick habe ich keine Alternative, also überwinde ich meine Schüchternheit – verstecke sie tief in meinem Innern – und gehe auf Julia Durrant mit dem hübschen dunkelroten Mantel und den Lammfell-Boots zu. Noch bevor ich sie anspreche, nimmt ihr schmales Gesicht einen zweifelnden Ausdruck an.

»Hallo, ich bin Sarah Moorcroft.«

»Hallo.«

»Die Mutter von Lydia Moorcroft.«

»Natürlich, ja, Entschuldigung.«

»Ich dachte gerade, ob Ihre Tochter vielleicht Lust hat, morgen mal zum Spielen zu uns zu kommen. Wir wohnen auf Torran, das ist die Insel mit dem Leuchtturm. Nur für ein paar Stunden. Vielleicht so ab elf? Wir würden kommen und sie abholen.«

»Na ja.«

Sie wirkt erschrocken. Wer kann's ihr verdenken? Aber ich muss dranbleiben; Lydia wird immer verdrehter, so kann es nicht weitergehen. Also muss ich unhöflich werden und drängeln: eine nervtötende, aufdringliche Mutter sein.

»Wenn ich ehrlich sein soll, ist Lydia ein bisschen einsam, deshalb würden wir uns wirklich *sehr* freuen, wenn Emily für einen Tag kommen und mit ihr spielen könnte. Ist um elf in Ordnung? Haben Sie auch nichts anderes vor? Wir machen alles, holen sie ab und so weiter. Das wäre toll.«

»Na ja … wir … ich meine …«

Es ist offensichtlich, dass sie ablehnen möchte, aber sie schwankt noch, denn ich lasse ihr kaum einen Ausweg. Die arme Frau tut mir leid. Ich setze ihr dermaßen zu. Aber ich muss das jetzt festklopfen. Also setze ich auch *es* noch ein.

»Lydia ist natürlich immer noch ziemlich durcheinander nach dem Unfall. Sie wissen ja wahrscheinlich, was passiert ist. Ihre Schwester ist gestorben, ihre Zwillingsschwester, und es fällt ihr … schwer, sich hier hineinzufinden. Deshalb wäre es so schön für sie, mal mit Emily zu spielen.«

Was kann Julia Durrant jetzt noch sagen? *Ach, mir ist egal, ob Ihre Tochter die Schwester verloren hat; mir ist es egal, dass Sie die trauernde Mutter eines schwierigen, einsamen Kindes sind?*

Ich sehe ihr an, wie ihr innerer Widerstand in sich zusammenfällt. Mein Benehmen ist ihr peinlich, wahrscheinlich bedauert sie mich. Na und? Solange sie nur ja sagt.

»Okay«, bringt sie schließlich hervor und lächelt gekünstelt. »Wissen Sie, wo wir wohnen? Gleich am Postamt oben auf dem Berg.«

»Ja. Toll.« Ich lächle ebenso künstlich. »Lydia wird sich total freuen. Angus – mein Mann – kommt dann um elf und holt Emily ab, und gegen drei bringen wir sie zurück – bevor es dunkel wird. Wirklich toll ... danke!«

Damit wenden wir uns beide wieder der Glastür zu, denn jetzt kommen die Kinder. Lydia ist wie immer die Letzte; zögernd erscheint sie an der Tür, als ihre durcheinanderschreienden und lachenden Klassenkameraden längst verschwunden sind.

Ich mustere sie von Kopf bis Fuß. Wenigstens sehen die Narben an den Händen nicht so schlimm aus.

Und dann verziehe ich das Gesicht, als mir bewusst wird, was ich da denke. So weit ist es mit meinem Optimismus gekommen; das fällt mir ein, wenn ich das Gute herausstreichen will: *Die Narben sehen nicht so schlimm aus.*

»Hallo, du.« Ich lege ihr den Arm um die Schultern und bringe sie zum Auto. »Hey! Was war heute so los?«

»Nichts.«

»Wie bitte?«

»Können wir jetzt nach Hause fahren?«

»Ja, natürlich.«

Ich drehe den Zündschlüssel, und wir rollen vom Parkplatz.

»Ich muss dir was Schönes erzählen, Mumin.«

Im Rückspiegel begegne ich Lydias Blick. Hoffnungsvoll und skeptisch zugleich. Sie tut mir leid, und ich zögere, doch dann sage ich: »Morgen kommt Emily zum Spielen zu dir.«

Sie schweigt, während sie diese Mitteilung verarbeitet, und fixiert mich im Spiegel. Dabei zwinkert sie ein-, zweimal. Und dann sehe ich endlich einen Schimmer von Hoffnung in ihren großen blauen Augen. Der Gedanke scheint ihr zu gefallen.

Mir ist klar, dass die Wochenenden auf Torran quälend sind für Lydia, dann ist sie einsam, noch einsamer als in der Schule – wie sehr sie dort auch isoliert sein mag, dort sind wenigstens andere Kinder um sie herum, und sie sitzt im Unterricht, und zumindest die Lehrerinnen reden mit ihr.

Auf Torran gibt es nur mich. Und Angus. Und den Himmel und die Wolken und die jaulenden grauen Seehunde und die Schwäne, die vor der arktischen Kälte südwärts geflohen sind. Ich liebe Torran dennoch – oder wünsche mir zumindest, dass wir es trotz aller Rauhheit und Mühsal lieben, also möchte ich auch, dass Lydia gern da ist. Deshalb braucht sie Gesellschaft. Auf der Insel.

Und so hoffe und glaube ich, dass sie sich über die Nachricht freut.

»Wirklich?«, fragt sie endlich.

»Ja.«

»Es kommt jemand *zum Spielen* zu mir? Zu *mir?*«

»Ja, genau. Mit dir. Ihre Mama hat mich eben gefragt, ob Emily dich mal besuchen kann. Das wird bestimmt lustig.«

Sie starrt nach draußen, und dann erscheint ein strahlendes, hoffnungsfrohes Lächeln auf ihrem Gesicht. Gleich darauf sucht sie es zu verbergen; es ist ihr peinlich, dass sie sich so freut. So ein Lächeln habe ich seit Wochen nicht gesehen. Vielleicht seit Monaten nicht. Ich bin hocherfreut – und bekomme gleichzeitig Angst. Was, wenn die Sache schiefgeht? Jetzt hat sie große Erwartungen. Aber ich muss das tun.

Ich bemühe mich, ihre Vorfreude im Zaum zu halten, aber das ist nicht einfach. Während des Abendessens fragt sie unentwegt, wann Emily kommt und ob sie vielleicht schon früher kommen kann, und das nervt Angus. Andererseits ist Angus in letzter Zeit andauernd genervt oder distanziert. Seine Stimmung ähnelt immer mehr Torran bei Sturm und Regen: Ich sehe ihn, wenn er da ist; er ist tatsächlich da. Aber die Details sind verschwommen.

Seit der Abendeinladung sind er und ich noch weiter auseinandergedriftet. Ich weiß nicht mehr, was er wirklich denkt. Und ganz bestimmt weiß er nicht mehr, was ich wirklich denke. Wenn wir im Haus etwas machen, verständigen wir uns durch Zeichen und einsilbige Ansagen. Als sprächen wir unterschiedliche Sprachen.

Vielleicht haben wir einfach zu viel Schlimmes durchgemacht – vielleicht haben wir es jeder anders erlebt, und das hat uns auseinandergebracht. Vielleicht liegt es auch daran, dass ich neuerdings manchmal Angst habe vor ihm, vor seinem kaum verborgenen Zorn – auf die Welt, auf das Haus, das Leben und vielleicht auf mich. Seltsam ist nur, dass ich ihn trotz allem noch begehre. Obwohl alles zwischen uns zerstört zu sein scheint. Vielleicht liegt darin ein Funken Hoffnung.

Zurzeit fehlt es mir aber an Kraft, unsere Beziehung zu retten. Ich bin voll und ganz auf meine Tochter konzentriert.

Gegen neun bringe ich Lydia ins Bett, und ich bin so erschöpft von ihrer Fragerei und allem, dass ich kurz darauf auch schlafen gehe.

Um halb acht am nächsten Morgen rüttelt Lydia mich wach. Im Schlafanzug steht sie in dem kalten Zimmer neben meinem Bett; die Wangen vor Aufregung gerötet.

»Mami, Mami, wo ist Emily?«

Ich stöhne. Angus auf der anderen Seite des Bettes bleibt im Koma.

»Was?«

»Emily! Wo ist sie? Meine neue Freundin. Du hast gesagt, sie kommt!«

Ich setze mich auf, schwinge die Beine über die Bettkante und gähne, dass es in meinen Kiefergelenken knackt.

»Mami?«

»Sie kommt ja, Süße, aber jetzt noch nicht.«

»Wann kommt sie denn, Mami, wann?«

»Oh, Gott, bald, Lydie, bald. Komm, wir machen dir erst mal Frühstück.«

In den Morgenmantel gehüllt, gehe ich in die Küche – und was ich dort als Erstes sehe, ist so eklig, dass ich mich fast übergeben muss. In der großen Ölflasche schwimmt eine tote Wühlmaus. Aus dem kleinen Körper ist Blut ausgetreten, das in dem grünen Öl Schlieren bildet. Mein Gott. Torran.

Wo kommen all diese fiesen Nager her? Die Ratten und Wühlmäuse und Spitzmäuse? Angewidert reiße ich die Tür auf und pfeffere die Ölflasche mitsamt dem kleinen schwarzen Leichnam auf den überfrorenen Strand hinunter – auf dass die Flut sie hole. Dann kehre ich zurück und richte meine Gedanken auf den Tag und die große Verabredung. Und plötzlich wird mir bewusst, dass ich, obwohl ich nicht an Gott glaube, bete.

Bitte, lieber Gott, mach, dass das gutgeht. Wenn du machst, dass es gutgeht, werde ich an dich glauben, lieber Gott. Bitte.

Und dann ist Emily da.

Es ist halb zwölf; ich stehe in der offenen Küchentür und sehe das Boot um die Biegung der Felsen von Salmadair kommen, mit Angus an Bord und einer kleinen Gestalt neben ihm: Emily Durrant. Selbst von weitem erkenne ich ihre Abwehr; ihre Haltung verrät sie. Lydia ist nicht auf dem Boot, weil sie Emily hier in Empfang nehmen wollte, auf ihrer Insel.

Mit ihr zusammen gehe ich zum Leuchtturmstrand hinunter, um Emily Durrant zu begrüßen. Eifrig hüpft Lydia in ihren blauen Gummistiefeln umher. Es ist ein feuchtkalter, nebliger Tag, aber wenigstens regnet es nicht: Die Mädchen können die Tümpel zwischen den Felsen erkunden, die Versteinerungen befühlen, den Strand nach Schätzen absuchen – Nestlé-Plastikflaschen, Fischkisten aus Peterhead und Lossiemouth, Geweihe, die Hirsche nach der Brunftzeit abgeworfen haben und die die Flut von der Isle of Jura herübergebracht hat.

»Hallo, Emily!«, rufe ich.

Die rothaarige, sommersprossige Kleine schaut schüchtern und unsicher zu mir herüber, während Angus ihr vom Boot hilft. Lydia steht neben mir und starrt Emily an, als sei sie ein Promi. Sie kann es nicht fassen, ist vollkommen sprachlos: tatsächlich eine neue Freundin! Kommt zu ihr auf die Insel! Emily hat einen neuen schwarzen Anorak an und neue schwarze Gummistiefel.

»Sag hallo, Lydia!«

»Hallo-Emily-danke-dass-du-gekommen-bist«, haspelt sie, und dann stürmt sie vorwärts und umarmt Emily, und das ist offensichtlich ungeschickt und zu viel für Emily, denn die schubst Lydia regelrecht weg und schaut sie finster an. Schnell greife ich ein, trenne die beiden, nehme sie jede an eine Hand und sage aufgekratzt:»Schön, dann gehen wir mal rein. Wollt ihr einen Orangensaft? Ein paar Kekse? Und dann kannst du Emily deine Lieblingstümpel zeigen, Lydia.«

»Ja, ja!« Lydia hüpft aufgeregt hin und her. »Willst du alle unsere Tümpel sehen, Emily?«

Emily zuckt die Achseln und verzieht keine Miene. »Okay«, sagt sie, als wir zur Küchentür kommen.

Die Kleine tut mir ehrlich leid; sie ist nicht gemein oder kaltschnäuzig, sie kennt Lydia nur gar nicht, sie ist zu diesem Treffen praktisch gezwungen worden. Aber davon darf ich mich nicht aufhalten lassen. Stattdessen hoffe ich einfach, dass Lydias liebes Wesen und schüchterner Charme – der Charme meiner süßen Tochter, die so nett ist und witzig, wenn man sie erst mal kennengelernt hat – alles richten und ein Band zwischen den beiden knüpfen.

Angus starrt mich wortlos an, als er an mir vorbei ins Haus geht; so als wollte er sagen: Es ist *deine* Schuld, wenn mit dieser Verabredung was schiefgeht. Ich achte nicht weiter auf ihn, sondern gebe den Mädchen Saft und Kekse, und dann sehe ich zu, dass sie ihre Jacken gut verschließen, damit ich sie zum Spielen rausschicken kann an den Strand und zu den Tüm-

208

peln. Dabei bemühe ich mich nach Kräften um einen freundlichen, lockeren, beiläufigen Ton, so als sei das alles nichts Besonderes.

»Danke, Mami, danke, Mami!«

Lydia zittert, als ich den Reißverschluss an ihrem Mantel hochziehe. Sie ist völlig aus dem Häuschen vor Freude über die neue Spielkameradin. Emily dagegen steht schweigsam und steifbeinig da, ist aber so höflich, wie eine Siebenjährige eben sein kann: nicht besonders höflich. Sie murmelt ein leises Danke-für-Essen-und-Trinken und folgt meiner ungewöhnlich lauten Tochter ergeben nach draußen.

»Komm, Emily, hier gibt's Krabbenpanzer und alles und Muscheln und Seehunde. Soll ich sie dir zeigen, ja?«

Zu hören, wie bedürftig Lydia ist, wie sehr sie sich bemüht und förmlich bettelt, schmerzt mich. Deshalb schließe ich die Küchentür und versuche, meine Hoffnungen zu dämpfen. Ich darf auch nicht zu viel erwarten.

Angus kommt in die Küche und gibt mir einen Kuss auf die Wange; die Bartstoppeln pieksen, statt sexy zu sein. »Ich bin mit Josh auf dem Baugrundstück verabredet«, sagt er. »Und morgen früh muss ich nach Portree ins Büro. Vielleicht bleibe ich über Nacht.«

»Okay.«

Ich schlucke meine Missgunst hinunter: Er hat etwas zu tun, ich muss auf Lydia aufpassen.

»Aber zwischendurch komme ich Emily abholen.«

»Okay.«

»Gegen drei.«

Wieder einmal wird mir bewusst, dass es in unseren Gesprächen nur noch um so was geht: Wo fährst du hin? Ich muss da- und dahin. Wer kriegt das Boot? Wer kauft fürs Abendbrot ein? – Vielleicht fürchten wir uns davor, über die wichtigen Dinge zu sprechen, zum Beispiel darüber, was mit Lydia los ist. Vielleicht hoffen wir insgeheim, dass das Problem, wenn wir es nicht thematisieren, einfach verschwindet; wegsickert wie der erste Schnee auf den sanften Hängen des Ladhar Bheinn.

Er öffnet die Tür, tritt hinaus in die frische Luft und schlendert hinunter zum Leuchtturmstrand. Ich tue so, als hielte ich *nicht* Ausschau nach Lydia und Emily, aber natürlich spähe ich trotzdem aus. Ich möchte eine Mutter sein, die sich nicht ständig einmischt, sondern ihrer Tochter die Freiheit lässt, mit der neuen Freundin fröhlich über die eigene Insel zu toben, aber ich bin eben auch die besorgte, von Ängsten zerfressene Mutter eines einsamen Mädchens.

Ich höre den leiser werdenden Außenbordmotor, gerade verschwindet Angus hinter der Biegung in Richtung Salmadair. Einen Augenblick bleibe ich am Küchenfenster stehen und beobachte einen Brachvogel, der auf einem großen Stein neben der Wäscheleine steht. Er pickt nach einer Strandschnecke und wirft Tang über die Schulter nach hinten, dann hüpft er auf einem Bein zu einem glitschigen Felsblock. Irritiert von der Feuchtigkeit, schlägt er ein paarmal mit den Flügeln und stößt einen Schrei aus.

Lydia.

Dort steht sie, am Strand, da, wo der Damm ankommt, über den wir bei Ebbe gehen. Sie starrt auf die Tümpel. Sie ist allein. Wo ist Emily?

Jetzt muss ich mich einmischen.

Ich ziehe die Windjacke über und gehe möglichst beiläufig den Grasweg hinunter in Richtung Sand und Kies.

»Wo ist denn deine neue Freundin?« Mein Ton ist übertrieben lässig.

Lydia bohrt mit einem Stock im Sand und fördert etwas zutage. Ihre Stiefel sind mit grauem Schlick und grünlich-schmierigem Seegras bedeckt, ihr Haar ist wild zerzaust. Die Kapuze hat sie abgesetzt. Ein Inselkind.

»Lydia?«

Mit einem Ausdruck irgendwo zwischen schuldbewusst und traurig blickt sie auf.

»Emily wollte nicht das spielen, was ich wollte. Sie wollte sich den Leuchtturm ansehen, das ist doch langweilig. Deswegen bin ich allein hergekommen, Mami.«

Diese Erklärung zeigt das Drama des Isoliertseins. Lydia war so lange allein, dass sie vergessen hat, wie man sein muss, um mit anderen auszukommen, um Freunde zu gewinnen.

»Du kannst eben nicht immer nur machen, was *du* willst, Süße. Manchmal musst du auch das mitspielen, was deine Freundin sich wünscht. Wo ist sie denn jetzt?«

Schweigen.

»Wo ist sie?«

Allmählich steigt Angst in mir hoch.

»Wo ist Emily, mein Schatz?«

»Hab ich doch gesagt, beim Leuchtturm!« Sie stampft mit dem Fuß auf. Als sei sie wütend – aber in ihrem Blick sehe ich eher eine Mischung aus Hoffnung und Traurigkeit.

»Okay, dann gehen wir mal zu ihr. Wir finden bestimmt was, das euch beiden Spaß macht.«

Ich nehme meine verwirrte Tochter bei der Hand und ziehe sie den Weg hinauf bis zum Leuchtturm, und dort steht Emily Durrant am Geländer. Sie hat die Hände in den Taschen, und es ist offensichtlich, dass es ihr reicht – dass sie friert und sich langweilt.

»Kann ich jetzt nach Hause, Mrs. Moorcroft?«, fragt sie. »Ich will mich heute Nachmittag mit meinen Freundinnen im Dorf treffen.«

Ich schaue Lydia an. Diese Grobheit hat sie unvorbereitet getroffen; sie ist zutiefst gekränkt, das sehe ich. Ihre blauen Augen verraten, dass sie den Tränen nahe ist.

Andererseits war Emily einfach nur ehrlich: Lydia gehört nun einmal nicht zu ihren Freundinnen und wird wohl auch nie zu ihnen gehören.

Es gelingt mir, meinen mütterlichen Zorn zu unterdrücken. Den Drang, Lydia zu beschützen. Denn ich muss die Sache noch irgendwie hinbiegen.

»Hey, ihr beiden, wollen wir Steine hüpfen lassen?«

Emily zieht eine Schnute. »Aber ich will nach Hause.«

»Noch nicht, Emily – bald. Vorher machen wir noch was Schönes. Wir gehen hinter den Leuchtturm und werfen Steine.«

Das ist eins von Lydias Lieblingsspielen: Steine über das Wasser hüpfen lassen – da, wo es flach ist, an der Stelle, wo die Wellen von den Basalt- und Granitblöcken gebrochen werden, die Stevenson unterhalb seines schönen Leuchtturms aufgeschichtet hat. Besonders gern spielt sie es mit ihrem Vater.

Emily seufzt schwer.

Lydia sagt: »Komm mit, Emily, das machen wir, ich zeig's dir, ja?«

»Na gut.«

Zusammen klettern wir vorsichtig zu den Basaltblöcken hinunter. Wir müssen über Tang und klebriges, vertrocknetes Seegras hinwegsteigen. Emily rümpft die Nase.

Als wir den kleinen Strand endlich erreicht haben, sucht Lydia sich einen flachen Stein und zeigt ihn Emily.

»Guck mal, du brauchst so einen, der flach ist und rund, und dann wirfst du ihn so von der Seite.«

Emily nickt. Offenkundig desinteressiert.

Lydia lehnt sich zurück und wirft den Stein, und er macht drei kleine Hüpfer, und sie ruft. »Jetzt bist du dran! Los, Emily, du bist!«

Emily rührt sich nicht.

Lydia probiert es noch mal. »Ich such dir einen Stein, ja? Kann ich dir einen Stein suchen, und du wirfst ihn?«

Hilflos schaue ich zu. Lydia geht über den Strand, sucht eifrig nach einem flachen Stein, findet einen, gibt ihn Emily, die ihn nimmt und zu mir schaut und dann aufs Wasser hinaus – und ihn schließlich wirft, ohne sich die geringste Mühe zu geben. Mit einem dumpfen Plopp taucht er ein. Emily versenkt die Hände in die Taschen.

Lydia starrt sie verzweifelt an. Ich weiß nicht, ob ich eingreifen soll oder nicht.

Nach einer Weile sagt Lydia: »Stell dir vor, alle Menschen auf der Welt würden sich anstellen, um einen Bagger zu besichtigen.«

Emily reagiert nicht.

Lydia fährt fort. »Stell dir vor, es wär so, dann müsste es ein großes Café geben, aber es wär niemand da, der den Leuten Essen und Trinken gibt, weil ja alle in der Schlange stehen!«

Mit ihr geht die Phantasie durch, wie so oft; sie erfindet eine von ihren Nonsensgeschichten, wie sie es immer mit Kirstie getan hat. Sie haben einander die Bälle zugespielt und sich ausgeschüttet vor Lachen; je absurder und verrückter die Geschichten wurden, desto besser.

Emily zuckt die Achseln und schüttelt den Kopf, und dann schaut sie wieder mich an und fragt: »Kann ich *jetzt* nach Hause?«

Emily Durrant kann nichts dafür, aber ich würde ihr am liebsten eine runterhauen.

Ich bin kurz davor aufzugeben. Angus anzurufen und zu sagen, du musst kommen und sie abholen. Oder ich schleppe sie bei Niedrigwasser über den Damm und übers Watt; das wäre in etwa einer knappen Stunde, um eins.

Doch nun fragt Lydia: »Hast du Lust, auf dem großen Telefon ›Angry Granny‹ zu spielen?«

Und plötzlich ist alles anders. Emily Durrant scheint neugierig. Das *große Telefon* ist das iPad. Das wir gekauft haben, als wir noch Geld hatten.

»Es ist ein iPad«, sage ich. »Da sind viele Spiele drauf.«

Emily Durrant runzelt die Stirn. Aber anders als vorhin. Sie überlegt, ist leicht irritiert – und interessiert.

»Mein Papa erlaubt uns keine Computerspiele oder so was«,

erklärt sie. »Er sagt, die sind nicht gut für uns. Aber darf ich hier?«

»Ja!«, antworte ich. »Natürlich darfst du, Süße.« Im Augenblick ist es mir egal, ob die Durrants sich darüber aufregen werden oder nicht, ich muss diesen Tag retten. »Kommt, ihr zwei, wir gehen rein, da könnt ihr auf dem iPad spielen, und ich mach uns was zu essen. Wie findet ihr das?«

Es funktioniert. Emily wirkt angemessen erfreut – geradezu begierig. Also klettern wir die Felsen wieder hinauf und rennen zum Haus, und ich setze die beiden ins Wohnzimmer, wo das Feuer prasselt und das iPad leuchtet. Emily öffnet ein Spiel, und da kichert sie sogar. Lydia zeigt ihr, was sie im ersten Level ihres Lieblingsspiels tun muss, nämlich verhindern, dass die Großmutter gegen eine Glaswand rennt.

Die Mädchen schauen einander an – und lächeln und kichern zusammen wie Freundinnen, wie Schwestern, wie Lydia und Kirstie es getan haben, und ich spreche im Geiste ein neuerliches kleines Dankgebet und ziehe mich leise – voller Hoffnung – in die Küche zurück. Ich will Nudeln und Fleischsauce machen. Alle Kinder mögen Nudeln mit Fleischsauce.

Auch in der Küche höre ich noch das Lachen und Schnattern aus dem Wohnzimmer, und eine unglaubliche Erleichterung kommt über mich. Es ist nicht das, was mir vorgeschwebt hat, nicht mein Ideal. Da erkunden nicht zwei Mädchen unsere schöne Insel, tollen über den Strand, sammeln Archenmuscheln und Kaurischnecken, zeigen einander die Seehunde, die von Kinloch her stromaufwärts paddeln – es hocken zwei Kinder im Haus und beugen sich über ein iPad. Das hätten wir auch in London haben können. Überall. Aber es reicht völlig aus. Denn es könnte ein Anfang sein; es könnte etwas sein, aus dem mehr entsteht.

Ich koste die Erleichterung aus und gebe mich Tagträumereien hin, während ich die Penne abgieße und die Sauce mache und hinausschaue auf die kleine Bucht von Ornsay.

Bei dem Wetter sind Torran und Ornsay nicht ganz so umwerfend schön, aber reizvoll bleiben sie. Das sind sie immer. Die feinen Grauschattierungen von See und Himmel. Die dunklen Brauntöne der winterlich toten Farne. Die Schreie der Schwäne.

Der Schrei eines Mädchens.

Was?

Das ist Emily. Sie kreischt.

Außer sich.

Ich erstarre mitten in der Bewegung. Voller Angst. Paralysiert von dem Gefühl, nicht wissen zu wollen, was los ist. *Nicht schon wieder. Nicht hier. Bitte.*

Die Reflexe gewinnen die Oberhand. Ich laufe ins Wohnzimmer, das leer ist, und dann höre ich sie wieder schreien. Das kommt aus unserem Schlafzimmer, Angus' und meinem, wo das Admiralsbett steht. Also laufe ich dorthin und sehe Emily in der Ecke stehen, wild schluchzen und auf Lydia zeigen.

»Sie, sie, sie …!«

Lydia, die auf dem Bett sitzt, weint auch, aber anders. Hilflos. Stumm. Dieses stumme Weinen, die Tränen, die einfach so laufen, bringen mich aus der Fassung.

»Was ist denn, ihr beiden? Was ist passiert?«

Emily schreit panisch und stürzt – direkt an mir vorbei – aus dem Zimmer. Ich versuche, sie zu schnappen, aber sie ist zu schnell. Was mache ich jetzt? In diesem Zustand, so außer sich, kann ich sie nicht wegrennen lassen, zum Strand, wo sie zwischen den Felsen hinfallen und sich verletzen könnte. Alles Mögliche könnte da passieren. Also dirigiere ich sie in die Küche, in die Nische neben dem Kühlschrank, und stelle mich vor sie. Zitternd und schluchzend steht sie da, und dann fängt sie wieder an zu schreien.

»Sie war's, sie! Sie hat geredet. Die da im Spiegel! Im Spiegel!«

»Ganz ruhig, Emily, beruhige dich, das ist nur …« Ich weiß nicht, was ich sagen soll.

215

Emily starrt mich an und schreit: »Bring mich nach Hause! Nach Hause! Ich will meine Mama! Bring mich nach Hause!«

»Mama ...«

Ich drehe mich um.

Kleinlaut, mit kummervoller Miene steht Lydia in der Küchentür. In ihren kleinen Jeans und den rosa Socken.

»Es tut mir leid, Mama«, sagt sie. »Ich wollte nur ... ich hab nur gesagt, dass Kirstie mitspielen möchte.«

Daraufhin schreit Emily umso lauter; sie hat Angst vor meiner Tochter, zieht den Kopf ein, weicht zurück.

»Bring mich nach Hause, bittebittebitte. Mach sie weg, mach sie weg, weg von mir! Sie sollen verschwinden!«

17. Kapitel

ANGUS IST SCHNELL DA. Eine halbe Stunde nachdem ich ihn angerufen habe – er war in Ord, wo man meistens guten Handy-Empfang hat –, kommt das Dingi um die Biegung von Salmadair.

Inzwischen ist es mir gelungen, Emily Durrant zu beruhigen. Sie zittert noch, hat aber aufgehört zu weinen. Ich habe ihr Kakao und Kekse gegeben und Lydia von ihr ferngehalten. *Ich muss meine Tochter von anderen Kindern fernhalten.*

Lydia hockt im Wohnzimmer auf dem Sofa und tut so, als lese sie; dabei sieht sie unrettbar einsam aus – und schuldbewusst, so als habe sie in einer sehr wichtigen Angelegenheit versagt.

Und das Schlimme ist: Das hat sie.

Ich habe keinen Schimmer, wie sie an der Kylerdale School jemals Freunde finden soll. Womit auch immer sie Emily dermaßen in Panik versetzt hat – in ihrer Zwillingssprache gesprochen, so getan, als unterhalte sie sich mit Kirstie, etwas von einer Geisterschwester gemurmelt? –, Emily wird es überall herumerzählen, und die anderen werden ihr glauben, und Lydia wird mehr denn je als das wunderliche Kind von Torran dastehen. Das unheimliche, eigenbrötlerische Mädchen, das Stimmen hört.

Und die Durrants werden mich doppelt und dreifach verabscheuen: weil ich ihrer Tochter erlaubt habe, Computerspiele zu spielen; weil ich dafür verantwortlich bin, dass sie in solche Angst versetzt worden ist.

Wir sind verdammt. Vielleicht war es ein tragischer Irrtum, hierherzuziehen.

»Wo ist sie?«, fragt Angus, als er in die Küche kommt und

Emily sieht, die sich in die hinterste Ecke verkrümelt hat. »Wo ist Lydia?«

»Im Wohnzimmer«, flüstere ich. »Ihr fehlt nichts. Sie denkt nach über das, was gewesen ist.«

»Aha.« Er starrt mich feindselig an. Die Spielverabredung war ein katastrophales Fiasko, und das ist meine Schuld. Ich habe das arrangiert, und es ist total danebengegangen.

»Bringst du Emily bitte nach Hause, Angus?«

»Mach ich.«

Er macht einen Schritt auf die Kleine zu, nimmt sie einfach bei der Hand und geht mit ihr hinaus in den hellen Nachmittag. Ich drücke ihm noch ihre Tasche mit ihrem Spielzeug in die Hand. Die zwei gehen zum Boot, und als ich den Motor anspringen höre, wende ich mich traurig ab und kehre ins Haus zurück.

Jetzt sind Lydia und ich allein.

Ich spähe ins Wohnzimmer. Sie sitzt immer noch da und liest, ohne zu lesen.

»Na, Süße?«

Sie schaut nicht auf. Die Tränen haben auf ihren Wangen Spuren hinterlassen. Es ist still im Haus. Außer dem vagen Summen von Wind und Wellen und knisterndem Feuer ist nichts zu hören. Ich wünschte, wir hätten einen Fernseher. Ich wünschte, wir hätten hundert Fernseher. Ich wünschte, wir wären wieder in London. Ich finde es unfassbar, dass ich mir das wünsche, aber es ist wohl so.

Nur können wir nicht zurück. Wir sitzen in der Falle. Auf einer Insel.

Wir haben sehr wenig Geld. *Ich* habe überhaupt kein Geld. Alles, was wir haben, stecken wir in die Insel, und es reicht gerade mal für die Sanierung des Allernötigsten. Würden wir Insel und Haus jetzt verkaufen, in diesem Rohzustand, hätten wir gar nichts gewonnen. Vielleicht würden wir sogar Verlust machen und müssten in die Privatinsolvenz gehen.

218

Ich verbringe den Abend in stummer Verzweiflung.

Am Montagmorgen spricht Angus kaum ein Wort mit mir. Er ist wütend, das verraten sogar seine Bewegungen; er kann es nicht verbergen. Mit geballten Fäusten sitzt er am Frühstückstisch; es fühlt sich so an, als könne er jeden Augenblick auf mich losgehen.

Mittlerweile macht mir dieser unterschwellige Zorn – die Gewalt, die darin lauert – richtig Angst. Immerhin hat er seinem Chef eine verpasst. Und sein Vater hat im Suff seine Mutter halb totgeprügelt. Ist Angus denn anders? Er trinkt, das steht außer Frage, und er ist voller Wut. Dass er Lydia je auch nur ein Härchen krümmen würde, glaube ich nicht, aber ich selbst fühle mich neben ihm – so dicht neben ihm – nicht mehr sicher.

Wortlos steht er auf und bringt sein Frühstücksgeschirr zur Spüle. Ich zucke die Achseln und bitte ihn, Lydia zur Schule zu fahren. Weil ich auf keinen Fall am Eingang den anderen Müttern und Vätern begegnen will, am allerwenigsten der Mutter von Emily Durrant; das würde ich nicht aushalten.

Auch Lydia ist schweigsam. Wir sind alle schweigsam.

Als ich endlich allein bin, nehme ich den Telefonhörer von der Gabel. Ich will meine Ruhe haben, ungestört nachdenken.

Ich gehe in unser Schlafzimmer, bleibe fünf, sechs trostlose Stunden einfach liegen und starre an die Decke mit dem feuchten Fleck. Denke nach über das, was meine Mutter gesagt hat: dass Kirstie kurz vor dem Unfall so seltsam gewesen sei. Und darüber, dass Angus an dem Abend so spät erst gekommen ist – nachdem er bei Imogen war.

Es gibt ein Muster. Welches? Es ist, als hätte ich eins dieser 3-D-Bilder vor mir, bei denen man den Blick von der Oberfläche lösen, ins Leere starren und vollkommen locker lassen muss, um die eigentliche Gestalt sehen zu können.

Ich habe den Kopf in die Hände gestützt. Langsam richte ich den Blick ins Leere, fokussiere nichts mehr, schaue mich vage um. Und irgendwann merke ich, dass ich Angus' heißgeliebte

Kommode anstarre. Eins jener Möbelstücke, die *unbedingt* aus London mitgenommen werden mussten hierher.

Er hatte sie schon, bevor wir geheiratet haben. Ein Geschenk von seiner Großmutter: eine alte, viktorianisch-schottische »Kiste«. Man kann die Schubladen abschließen. Und er schließt sie ab.

Aber ich weiß, wo er den Schlüssel aufbewahrt. Schon ein paarmal habe ich ihn den möglichst unauffällig hervorholen sehen; immerhin sind wir schon zehn Jahre verheiratet. In zehn Jahren sieht man so manches. Vielleicht weiß er nicht, dass ich es weiß, aber ich weiß es.

Ich gehe hinüber, strecke den Arm aus und lange hinter die Kommode. Da ist er. In einer Rille an der Rückwand des Möbels.

Ich halte inne. Was mache ich hier?

Der Schlüssel gleitet ins erste, gut geölte, alte Schlüsselloch und lässt sich angenehm leicht drehen. Ich umfasse die Messinggriffe und ziehe die Schublade heraus. Es ist kalt im Haus. Ich höre Möwen auf Torran zusegeln und ihre typischen Schreie ausstoßen – weinerlich und nörgelnd zugleich.

In der Schublade liegen zahllose Papiere. Beruflicher Art. Architekturzeitschriften, einige von Stars der Szene signiert: Richard Rogers, Renzo Piano und anderen, deren Namen mir nichts sagen. Ein Hefter mit Lebensläufen. Fotos von Häusern. Entwürfe, Zeichnungen.

Ich schließe die nächste Schublade auf und ziehe sie heraus. Ihr Inhalt scheint mehr zu versprechen, wenn ich auch nicht weiß, was. Briefe und Bücher. Einen Brief nehme ich heraus, um im trüben Nachmittagslicht besser sehen zu können.

Er ist von seiner Großmutter.

Mein lieber Angus!
Ich schreibe Dir, damit Du weißt, dass es hier auf Torran ein Otter-
paar gibt, das Junge hat. Du musst kommen und sie Dir ansehen, sie

spielen von morgens bis abends. An dem Strand beim Leuchtturm.
Das ist sehr niedlich …

Ich lese die Zeilen und weiß doch, dass es nicht richtig ist. Was tue ich hier? Meinem Mann nachspionieren? Aber ich traue ihm nun einmal nicht, denn er hat mir schon so viele Lügen aufgetischt: was das Spielzeug betrifft, was den Identitätstausch angeht. Außerdem habe ich immer öfter Angst vor ihm. Deshalb will ich es wissen. Ich will das Muster verstehen. Und so lege ich den Brief zurück und greife nach dem nächsten.

Ein Geräusch schreckt mich auf. Eindeutig ein Knarren der Bodendielen. Kommt *Angus* nach Hause? So früh? Es ist kurz vor drei, das Wasser läuft ab. Könnte er zu Fuß übers Watt gekommen sein? Aber warum sollte er?

Da, wieder ein Knarren, und noch eins. Der Schreck durchfährt mich wie eine kalte Injektion. Intramuskulär.

Warum hatte Kirstie an dem Tag, an dem sie starb, Angst vor Angus? Hat sie gesehen, dass er zur Gewalt neigt? Hat er sie geschlagen?

Es ist wieder still. Das Knarren muss von der hinteren Küchentür gekommen sein; ich habe sie wohl nicht richtig zugemacht, und sie hat sich in den Angeln bewegt.

Erleichtert vertiefe ich mich wieder in den Inhalt der zweiten Schublade. Briefe segeln zu Boden. Noch einer von seiner Großmutter, einer von seiner Mutter, ein dritter von seinem Bruder, in ungelenker Schülerhandschrift verfasst. Außerdem sind da zwei maschinengeschriebene Briefe, in denen es um seinen Vater geht, und eine Sterbeurkunde seines Vaters. Und dann – meine Hand fängt augenblicklich an zu zittern – sehe ich es.

Ein Exemplar von »Anna Karenina«.

»Anna Karenina«?

Angus liest keine Romane. Er verschlingt Zeitungen und Architekturzeitschriften und kann sich schon mal in einen Wälzer zur Militärgeschichte versenken, wie die meisten Männer.

Aber Romane? Nie.

Wieso besitzt er »Anna Karenina«? Und wieso versteckt er es? Ich nehme es zur Hand und beginne darin zu blättern. Bei Seite drei halte ich inne, und meine Fingerspitzen werden eiskalt.

Da, unter dem Titel, stehen ein paar handgeschriebene Worte.

Für uns also … In Liebe, Immy xxx

Diese Handschrift kenne ich von Weihnachts- und Geburtstagskarten ebenso wie von den ironischen Urlaubsgrüßen, die jeden Sommer aus Umbrien oder von der Loire bei uns eintrudeln. Mein ganzes Erwachsenenleben kenne ich diese Handschrift schon.

Es ist die von Imogen Evertsen.

Meiner besten Freundin Immy.

Und sie unterschreibt mit *In Liebe.* Und setzt drei Küsse dazu? In einem weltberühmten Roman über Ehebruch?

Imogen Evertsen?

Im Schlafzimmer ist es so kalt, dass mein Atem blasse Nebelschwaden bildet. Ich muss unbedingt die ganze Schublade durchsuchen, aber ich kann nicht. Ein Geräusch stoppt mich. Schon wieder. Und diesmal ist es eindeutig.

Es muss jemand im Haus sein. Eine Tür ist ins Schloss gefallen. Ich höre Schritte.

18. Kapitel

IST DAS ANGUS? Was mache ich jetzt? Was, wenn er mich erwischt, wie ich in seinen Sachen wühle? Plötzlich ist die Gefahr, dass er gewalttätig werden könnte, sehr real.

Hastig klaube ich die Briefe auf und stopfe sie in die Schublade. Verzweifelt, in panischer Angst. Als der letzte verstaut ist, drehe ich mich um.

Zähle die Schläge meines Herzens.

Die Schritte sind verklungen, jetzt höre ich etwas klappern. Da ist eindeutig jemand in der Küche, und er muss durch die hintere Tür gekommen sein; muss gewusst haben, dass sie nicht abgeschlossen war.

Also ist das Angus?

Ich muss diese Schubladen zumachen, leise, leise! Die erste quietscht – viel zu laut. Ich halte inne, gespannt vom Kopf bis zu den Zehen.

Wieder sind Schritte zu hören. Auch eine Stimme? Eine dünne, hohe Mädchenstimme? Kann Angus Lydia mitgebracht haben? Warum sollte er sie so früh von der Schule abgeholt haben? Und wenn es nicht Lydia ist, wer ist es dann?

Stille. Falls eben Stimmen zu hören waren, sind sie verstummt. Als ich aber die zweite Schublade zudrücke, höre ich wieder Schritte. Langsam. Vorsichtig. Mich packt die Angst, dass sich da jemand durch den Flur schleicht. Wer auch immer im Haus ist, er versucht, an mich heranzukommen, ohne dass ich es merke. Warum?

Nun quietscht eine Tür, leise, kaum wahrnehmbar, und zwar die Esszimmertür; ich kenne das Geräusch. Das heißt, derjenige, wer es auch ist – doch wohl Angus? –, ist auf dem Weg hierher, zu mir, ins Schlafzimmer. Ich muss mich beei-

223

len. Hektisch schließe ich die mittlere Schublade ab, und dann mache ich mich an die obere, doch der Schlüssel rutscht mir aus den schweißfeuchten Fingern, und ich taste verzweifelt den Holzfußboden ab, denn sehen kann ich nicht mehr viel, es wird dunkel – wir haben Winter. Wo ist der Schlüssel? Wie ein Einbrecher rutsche ich in meinen Jeans auf dem staubigen Boden herum, wie armselig, wie verdreht, aber ich muss diesen Schlüssel finden.

Da. Ich bezwinge meine Panik, schließe die Schublade ab, verstaue den Schlüssel am gewohnten Ort, stehe auf, drehe mich um, streiche meinen Pulli glatt und setze ein möglichst normales Gesicht auf – als die Schritte auch schon auf die Schlafzimmertür zukommen. Langsam geht sie auf.

Nichts.

Ich starre auf das leere Rechteck der Türöffnung. Von der Wand im Flur her schaut die dilettantisch gemalte schottische Tänzerin zu mir herein.

»Hallo?«

Stille.

»Hallo?«

Die Stille heult, sie schreit mir entgegen. Das lauteste im Haus ist mein Herz. Es hämmert. Wer ist da, und was ist das für ein Spiel? Warum will mir jemand solche Angst einjagen? Ich habe die Schritte doch gehört, das war keine Einbildung! Da *ist* jemand.

»Hallo? Wer da? Wer …?«

Nichts.

»Aufhören! Angus? Lydia? Hört auf damit!«

Es wird von Minute zu Minute dunkler; an bewölkten Tagen kommt die Nacht doppelt so schnell. Warum habe ich kein Licht angemacht? Das Haus liegt wie unter einem Leichentuch. Erschöpft atmet die See ein und wieder aus. Langsam, sehr langsam nähere ich mich der Tür, spähe in den Flur und gehe einen Schritt hinein. Leer. Ich sehe die Umrisse der Möbel im Wohnzimmer. So mickriges Licht. Und es ist so unfassbar kalt. Es ist immer kalt in diesem Haus auf Torran, aber jetzt kommt es mir besonders eisig vor. Mir wird bewusst, dass ich am ganzen Leib zittere.

Ich neige mich zurück und knipse das Schlafzimmerlicht an, doch auch das bringt nicht viel; schwächliche sechzig Watt, nicht viel heller als ein gelber Mond.

»Sing a song of sixpence …«

Die Kinderstimme kommt aus Lydias Zimmer.

»… a pocket full of rye …«

Aber es ist die Stimme von Kirstie. Ich kenne die Melodie: Kirsties Lieblingslied. Die Stimme ist nur undeutlich zu hören, als käme sie von weiter her, ihr Ausdruck aber ist fröhlich.

»Four and twenty blackbirds, baked in a pie. When the pie was opened the birds began to sing …«

Ich reiße mich zusammen. Es kann nicht Kirstie sein, natürlich nicht. Sie ist tot.

Also muss es Lydia sein, die in ihrem Zimmer ist und so tut, als sei sie Kirstie. Warum ist sie hier? Hat Angus sie so früh gebracht? Warum singt sie wie Kirstie?

»Lydia, Lydia!« Ich laufe zu ihrer Tür, die zu ist, lehne mich dagegen, drücke die Klinke – und zögere im letzten Moment, weil mich die absurde Angst packt, dass hinter der Tür Kirstie zu sehen sein könnte. Mit ihrer blauen Bommelmütze. Fröhlich, lachend, tobig. Lebendig. Oder aber verrenkt auf dem Bett, in ihrem Blut, mit dem Tod ringend wie in Devon nach dem Sturz. *Ein blutiger Leichnam, der singt.*

Meine Tagträume sind Horrorgeschichten.

Ich nehme allen Mut zusammen, öffne die Tür und erblicke Lydia. Den dicken rosa Mantel noch über der Schuluniform, steht sie am Fenster und schaut hinaus auf die See und die Küstenlinie von Ardvasar, wo sich unter sternenlosem Himmel die Dunkelheit zusammenbraut. Auch in ihrem Zimmer ist es schrecklich kalt.

225

»Aber Lydia, Süße ... warum?«

Sie dreht sich um und lächelt mich traurig an. Die Schuluniform ist immer noch zu groß, Lydia wirkt verlorener denn je zuvor; es bricht mir schier das Herz.

»Hast du gesungen?«

»Kirstie hat gesungen«, sagt sie. »Wie früher. Ich hab ihr zugehört und gespielt. Jetzt ist sie weg.«

Auf diese Mitteilung gehe ich überhaupt nicht ein. Weil ich nicht ertragen kann, was darin zum Ausdruck kommt: Meine Tochter wird verrückt. Stattdessen stelle ich ihr lieber Fragen.

»Was machst du überhaupt hier? Lydia?« Ich schaue auf die Uhr, es ist gerade mal drei, die Schule ist doch jetzt erst zu Ende. »Was ist los, Lydi-del? Ist was passiert? Wie bist du ... ich meine ... warum?«

»Ich hab sie hergebracht.«

Angus' tiefe Stimme bricht den Bann. Groß und dunkel steht er in der offenen Zimmertür.

»Sie haben mich aus der Schule angerufen.« Er wirft mir einen vielsagenden Blick zu. Sein brauner V-Ausschnitt-Pulli ist voller Staub. »Wegen Lydia. Sie wollten, dass ich sie abhole.« Er schaut sich in dem spartanischen Zimmer um. Die Stoffgiraffe liegt auf dem Bett, ein »Charlie und Lola«-Buch auf dem Boden.

»Gott«, sagt er. »Warum ist es hier so kalt? Wir müssen die Heizung in Ordnung bringen.«

Mit einem Stirnrunzeln sieht er mich durchdringend an. Ich drücke Lydia einmal kurz, sie lächelt schwach, und dann verlassen wir – die fürsorglichen Eltern – ihr Zimmer. Schließen die Tür und bleiben dicht beieinander im Flur stehen. Ich spüre den Impuls, vor Angus zurückzuweichen. Er ist mir zu nahe, zu groß, zu männlich.

»Die Schulsekretärin hat mich angerufen und gesagt, dass sie dich nicht erreicht und dass Lydia so unglücklich ist. Ganz aufgelöst. Weil Emily sich geweigert hat, mit ihr in einem

Klassenzimmer zu sitzen. Und dann haben andere Kinder das Gleiche erklärt. Deshalb haben sie mich gebeten, sie früher abzuholen.«

»Aber warum …«

»Sie wollen, dass wir sie für eine Woche aus der Schule nehmen.« Er seufzt kurz und reibt sich das stopplige Kinn. Er sieht älter aus. Müde. Seine braunen Augen suchen meinen Blick. »Ich habe versucht, sie dazu zu bringen, dass sie es mir erzählt. Aber du kennst sie ja. Lydia kann so verdammt einsilbig sein.« Er verstummt – damit es mich auch richtig treffen kann.

Wie gern würde ich ihn angreifen, ihm eine verpassen! Natürlich habe ich das Buch nicht vergessen. *Imogen Evertsen?* Aber Lydia geht vor.

»Warum eine Woche? Was soll denn danach sein?«

Er zuckt die Achseln. »Weiß nicht. Sie haben nur gesagt, sie wollen, dass ein bisschen Ruhe einkehrt. Wie auch immer. Ich hab sie abgeholt, und Josh hat uns in seinem Boot rübergebracht.«

»Habt ihr euch ins Haus geschlichen? Ich … ihr habt mir solche Angst eingejagt!«

»Ich hab ehrlich gesagt nicht mal gemerkt, dass jemand da ist. Es war nirgendwo Licht.«

Er lügt. Schon wieder. Ich weiß es. *Er lügt.* Er fixiert mich. Vielleicht weiß er, dass ich in den Schubladen gestöbert habe. Vielleicht weiß er auch, dass ich das Buch gefunden habe, *und es ist ihm egal.* Aber was ist mit Lydia? Wie geht es ihr, was empfindet sie?

»Ich muss mit ihr reden.«

»Ich weiß nicht, ob …«

Ich schiebe seine große, kontrollierende Hand beiseite und öffne Lydias Tür erneut. Sie sitzt auf dem Bett und starrt mit glasigem Blick in das »Charlie und Lola«-Buch. Wie sie es früher getan hat, vor Jahren. Das muss eine Art Trostpflaster sein. Sie braucht etwas, das ihr Sicherheit gibt. Ich wünschte, es wäre heller in ihrem Zimmer. Und wärmer. Diese Kälte ist grässlich.

»Was war in der Schule los, Lydia?«

Sie antwortet nicht, sie liest einfach weiter.

»Wenn jemand gemein zu dir war, will ich das wissen, Schatz.«

Nur die See spricht, raunt dem Sand und den Felsen etwas zu.

»Lydia.« Ich setze mich zu ihr auf die Bettkante und streichle ihren Arm. »Sprich mit mir, Lydia, bitte!«

»Nichts.«

Da ist er wieder. Der Ton ihrer Mutter.

»Lydi-del, bitte.«

»Nichts.« Sie hebt den Kopf, ihre Augen funkeln. »Nichts! Nichts ist passiert!«

Ich fahre fort, ihren Arm zu streicheln, doch das macht sie nur noch wütender.

»Geh weg!«, schreit sie. Ihr hübsches, blasses Gesicht rötet sich vor Zorn und nimmt einen fast angewiderten Ausdruck an. »Geh weg, ich hasse dich! Ich hasse dich!!!«

»Ly…«

Ich strecke auch die andere Hand nach ihr aus, doch sie schlägt sie weg, heftig, mit einer Kraft, von der ich nicht wusste, dass sie sie hat. Es tut richtig weh.

»Geh … weg!!!«

»Gut«, sage ich. »Okay.«

»Geh … weg!!!«

»Ist gut, ich gehe.«

Und ich trete tatsächlich den Rückzug an. Jämmerlich, geschlagen, Inbegriff einer miserablen Mutter, gehe ich zur Tür, öffne sie, lasse meine Tochter allein zurück und ziehe die Tür hinter mir zu. Ich höre Lydia schluchzen wie die See, klagen wie die Möwen in Camuscross – und ich kann nichts für sie tun.

Mein Blick fällt auf die goldenen und glitzernden Buchstaben an der Tür. *Hier wohnt Lydia*, steht da. *Draußen bleiben.* Ich halte die Tränen zurück. Was nützt es, wenn ich weine? Was

228

spielen meine Gefühle für eine Rolle? Eine tiefe Stimme meldet sich leise zu Wort.

»Ich hab's gehört.«

Da steht Angus im Flur, ein paar Schritte von mir entfernt, an der offenen Wohnzimmertür.

»Hey.«

Er breitet die Arme aus, will mich trösten. Ich will ihm eine runterhauen. Mit aller Kraft. Und zugleich will ich seine Umarmung.

Denn ich will immer noch Sex.

Wenn ich überhaupt etwas will, dann Sex. Erst recht. Umso mehr. Das hat wahrscheinlich mit Eifersucht zu tun. Dieses Buch mit der Zeile von Imogen. Es hat mich eifersüchtig gemacht, meine Gier geweckt. Ich will ihn besitzen, markieren, beweisen, dass er mir gehört. Genauso, wie er damals mich wieder in Besitz genommen hat.

Außerdem will ich sowieso Sex. Wir haben nie genug Sex.

Er kommt auf mich zu.

»Das ist im Moment aussichtslos. Mehr kannst du nicht tun.« Immer näher kommt er. »Sie ist durcheinander, das ist ja klar. Aber es wird sich bessern, bestimmt. Vielleicht braucht sie auch Hilfe. Vielleicht brauchen wir alle Hilfe. Vielleicht solltest du noch mal mit diesem Typen reden, da in Glasgow. Wie hieß er noch? Kellaway?«

Er streckt die Hand nach meiner aus; ich sehe ihm an, dass er es auch will.

Ich hebe das Gesicht, öffne die Lippen, und er senkt seinen Mund auf meinen. Wir küssen uns, wie wir uns seit einem Monat nicht geküsst haben. Seit einem Vierteljahr nicht mehr.

Und dann ziehen wir einander aus. Fiebrig. Wie Teenager. Ich zerre ihm den Pullover über den Kopf; er knöpft meine Jeans auf. Kichernd stolpern wir ins Schlafzimmer, er hebt mich hoch, trägt mich, und ich will getragen werden. *Tu es, Angus Moorcroft. Fick mich.*

229

Er fickt mich, und es ist gut. Es ist genau das, was ich will. Dass er mich nimmt, wie früher, wie es immer war. Ich will kein Vorspiel, kein Gefummel, ich will ihn in mir, will, dass er mir jeden Zweifel austreibt, wenigstens für ein paar Minuten. Seine Küsse sind fest, hart. Er dreht mich um, beißt mich in die Schulter und dringt wieder in mich ein. Ich kralle mich in den Kissen fest. Höre, wie er mich küsst, wie er mich beißt.

»Ich liebe dich, Sarah.«

»Fick mich …«

»Sarah.«

Ich keuche ins Kissen. »Mehr!«

»Ah.«

Er hat mich beim Nacken gepackt und drückt meinen Kopf ins Kissen, als wollte er mir das Genick brechen. Ich drehe den Kopf, sehe Wut in seinen Augen blitzen, stemme mich gegen ihn, stoße ihn weg, raus aus mir, und drehe mich ganz wieder um. Mir ist heiß, meine Haut ist feucht von Schweiß und wund, und ich werde jeden Augenblick kommen. Ich greife nach seiner Hand und lege sie wieder um meinen Hals.

»Fick mich, wie du es mit Imogen gemacht hast.«

Er sagt nichts. Er zwinkert noch nicht einmal. Sein Daumen liegt direkt auf meiner Kehle. Meiner Luftröhre. Er braucht nur zuzudrücken. Stark genug ist er. Stattdessen starrt er mich finster an, richtet sich auf, stößt mich zurück und bohrt sich wieder in mich.

»Ist sie gekommen?«, frage ich. »Ist sie gekommen, als du sie gevögelt hast? War es genauso wie jetzt?«

Er fickt mich, die Hand nach wie vor um meinen Hals, und ich stelle mir vor, wie er es mit ihr tut, mit meiner besten Freundin, und ich will ihn hassen und hasse ihn tatsächlich, aber auch im Hass kommt der Orgasmus, mein Orgasmus, schwindelerregend und unaufhaltsam.

Als mein Orgasmus verebbt, ins Nichts verschwindet, kommt auch er: Er wirft sich nach vorn, sein Atem stockt

und setzt umso heftiger wieder ein. Dann zieht er sich zurück.
Lässt sich neben mich in die Kissen sinken. Zwei hämmernde
Herzen und draußen die keuchende See.

»Ich habe nie eine Affäre mit Imogen gehabt«, sagt er.

19. Kapitel

IN DEINER KOMMODE LIEGT EIN BUCH, in das sie was reingeschrieben hat.«

Nackt und schweißnass liegen wir nebeneinander unter dem Federbett und schauen an die Decke. Mit dem riesigen feuchten Fleck, der im matten Licht der Nachttischlampe noch größer aussieht.

Inzwischen ist es draußen vollkommen dunkel, wir haben für einen Moment das Fenster aufgemacht und hören die See umso deutlicher.

»Du hast da hineingeschaut?«

»Es steht etwas drin, in ihrer Handschrift: *In Liebe, Immy, Kuss, Kuss, Kuss.*«

Er schweigt.

Ich richte mich kurz auf und schaue ihn von der Seite an, sein hübsches Profil. Reglos liegt er da und starrt an die Decke wie einer jener in Stein gemeißelten Ritter, die man in manchen alten Kirchen auf Grabplatten sieht. Ich lasse meinen Kopf wieder ins Kissen sinken und schaue ebenfalls an die Decke.

»Sie hat dir einen Roman geschenkt. Über Ehebruch? Du liest keine Romane. Und sie hat was von Liebe und Küssen reingeschrieben. Jetzt erzähl mir nicht, dass du nichts mit ihr hast!«

»Hab ich nicht«, sagt er. »Ich schlafe nicht mit ihr. Ich habe keine Affäre mit ihr.«

Und trotzdem ist da ein Zögern, ein Stocken. Verräterisch.

Er seufzt und fügt hinzu: »Einmal haben wir miteinander geschlafen.«

Ein kalter Windstoß fährt in die halb zugezogenen Vorhänge.

Ich beherrsche mich. Und stelle die naheliegende Frage. »Wann war das? An *dem* Abend?«

»Als der Unfall war?« Ich spüre, wie er sich umdreht und mich über das Kissen hinweg anschaut. »Nein, Sarah, mein Gott. Nein! Alles, was ich dir da erzählt habe, war wahr! Ich habe nur kurz bei ihr vorbeigeschaut, auf dem Weg von der Arbeit zu euch. Das musst du mir glauben.«

Ich weiß es nicht. Vielleicht glaube ich ihm das sogar. Er klingt halbwegs überzeugend.

Aber …

»Aber einmal warst du mit ihr zusammen?«

Wieder seufzt er. »Das war später, Sarah, nachdem Kirstie gestürzt war. Du warst so, na ja, so in deiner Trauer versunken – krank vor Trauer.«

»Und du nicht?«

»Nein, das meine ich nicht, natürlich nicht. Mein Gott, mir ging's genauso schlecht, ich hab auf meine Weise gelitten. All die Sauferei … Aber du warst so unnahbar. Hast mich überhaupt nicht an dich herangelassen.«

Daran kann ich mich nicht erinnern. Ich kann mich nicht erinnern, *unnahbar* gewesen zu sein. Aber darauf will ich jetzt nicht beharren.

»Und da hast du dich an Imogen gehalten? Meine beste Freundin? Um jemanden zum Schmusen zu haben?«

»Ich habe einfach eine Freundin gebraucht. Du warst unerreichbar. Und wir waren einander immer nahe, Immy und ich, wir haben uns immer gut verstanden. Ich meine, sie war sogar dabei, als wir uns kennengelernt haben. Weißt du nicht mehr?«

Ich will ihn nicht anschauen, also starre ich weiter an die Decke. Draußen schreit ein einzelner Vogel. Jetzt begreife ich, warum Imogen Evertsen immer zu mir gehalten hat, auch in der Zeit, in der so viele Freunde sich zurückgezogen haben. Sie hatte ein schlechtes Gewissen. Und das verleiht unserer

Freundschaft im Nachhinein einen unguten Beigeschmack. Es verändert alles.

»Trotzdem will ich wissen«, sage ich und drehe mich halb zu ihm um, »wann du mit ihr geschlafen hast.«

Er holt tief Luft.

»Das war … ich war am Boden. Vielleicht einen Monat nach dem Unfall. Wir haben ein paar Flaschen getrunken. Geredet. Und sie hat angefangen … sie hat sich zu mir rübergebeugt und mich geküsst. Sie war diejenige … du weißt schon … sie hat es forciert. Ja, ich bin darauf eingegangen, aber … Aber dann nicht mehr, Sarah. Gleich nach dem ersten Mal habe ich ihr gesagt, dass mehr nicht passieren wird.«

»Und das Buch?«

»Das hat sie mir vielleicht eine Woche später geschickt. Weiß nicht, warum.«

Ich denke eine Weile nach. Also hat Angus die Sache beendet. Was heißt das? Haben sie es die ganze Nacht getrieben? Ein ganzes Wochenende? Haben sie sich am Morgen danach geküsst und zusammen gelacht? Macht mir das etwas aus? Ich verspüre viel weniger Rachegelüste, als ich gedacht hätte; fast ist es mir gleichgültig. Es ist einfach nur jämmerlich. Eben hatte ich noch Angst vor meinem Mann, jetzt verachte ich ihn. Aber selbst jetzt, da ich wünschte, ich wäre ihn los, weiß ich nicht, wie ich ohne ihn zurechtkommen soll. Wir hängen auf dieser Insel fest.

Ich brauche ihn, obwohl er in meinen Augen das Letzte ist.

»Ich habe mich nach einer Freundin gesehnt, Sarah. Jemandem, mit dem ich über den Unfall reden kann. Hörst du? Das musst du mir glauben. Imogen hat das irgendwie durcheinandergekriegt. Danach ging es ihr schlecht. Sie hatte Riesenschuldgefühle dir gegenüber. Ehrlich.«

»Ach, wie nett von ihr. Schuldgefühle. Weil sie meinen Mann gevögelt hat.«

»Ich wollte keine Affäre. Was soll ich denn noch sagen?«

»Warum hast du das Buch aufgehoben?«

»Weiß ich nicht mehr. Ich hab's einfach aufgehoben, Sarah.
Ich wollte nichts Ernstes, und als sie anfing, romantisch zu werden, hab ich ihr klargemacht, dass daraus nichts wird. Seitdem
sind wir Freunde, sie und ich, und sie mag dich wie eh und je,
wirklich, und es ist ihr sehr unangenehm, dass es überhaupt so
weit gekommen ist.«

»Ich werde ihr eine Karte schreiben und mich bedanken.
Vielleicht schicke ich ihr ein Buch?«

Er wendet sich ab und schaut durch das offene Fenster nach
draußen, auf die See. Das spüre ich, und ich sehe es aus den
Augenwinkeln.

»Du scheinst zu vergessen, dass ich dir schon mal verziehen
habe«, sagt er.

Sofort bin ich sauer.

»Du meinst meine sogenannte Affäre? Ist das dein Ernst?«

»Sarah …«

»Nach der Geburt? Nachdem du mich ein Jahr lang ignoriert hattest? Du hast dich einfach verpisst und mich mit zwei
schreienden Babys zwischen Windelbergen zurückgelassen!
Mutterseelenallein!«

»Trotzdem habe ich dir verziehen.«

»Aber es war nicht dein *bester Freund*, mit dem ich geschlafen habe. Oder, Angus? Hab ich mit deinem *besten Freund*
geschlafen? Hab ich das? Hab ich mit deinem besten Freund
geschlafen, kurz nachdem dein Kind gestorben war?«

Er schweigt einen Moment, und dann sagt er: »Okay. Du
findest, das ist etwas anderes. Verstehe.«

»Sehr gut.«

»Aber vielleicht kannst du's ja richtig einordnen.«

»Was?«

»Es ist doch nicht wirklich etwas passiert, Sarah. Da war
kein Gefühl im Spiel. Du kannst mich hassen und Imogen
hassen – aber dann hass uns bitte für das, was wir tatsächlich
getan haben, und nicht für das, was du uns unterstellst.«

»Wen ich hasse und wen nicht, werde ich schon selbst herausfinden.«

»Sarah!«

Wortlos stehe ich auf und schlüpfe in meinen wollenen Morgenmantel. Die Fußbodendielen fühlen sich kratzig an unter den nackten Füßen und sind eiskalt. Ich trete ans Fenster und schließe es. Die Wolkendecke ist aufgerissen, hoch steht der Mond über den kleinen Inseln. Ein klarer Abend am Winteranfang. Er könnte schön sein. Und er ist schön. Es ist so gnadenlos scheißschön hier, das hört nie auf. Was auch immer passiert, die Schönheit bleibt – wie ein nicht endender Alptraum.

Angus bringt immer neue Entschuldigungen hervor, aber ich höre ihm nicht mehr zu.

Zum ersten Mal hat das Bild, das ich von ihm habe, erheblich gelitten. Er erscheint mir weniger maskulin, weniger begehrenswert als Mann, als Ehemann – weniger attraktiv in so vieler Hinsicht. Wenn ich könnte, würde ich noch in diesem Augenblick Lydia nehmen und hier aus der Tür gehen. Aber das kann ich nicht. Ich wüsste nicht, wohin. Meine beste Freundin Imogen ist nicht mehr meine beste Freundin; das Haus meiner Eltern ist mit zu vielen Erinnerungen verknüpft.

Vorerst hält unsere finanzielle Situation uns auf Torran gefangen. Ich bin mit meinem untreuen Ehemann zusammengesperrt. Kann sein, dass ich ihm irgendwann verzeihe. Vielleicht reichen dreißig Jahre.

»Sarah«, sagt er wieder und wieder, als wolle er nie damit aufhören. Aber ich gehe in die Küche, denn ich habe Hunger.

Ich mache mir einen Toast und setze mich an den Esstisch. Kaue mechanisch, fülle meine Energiespeicher auf. Starre auf das Telefon. Denke an Lydia.

Mir ist klar, dass ich Kellaway anrufen muss; in dem Punkt hat Angus vollkommen recht. So bald wie möglich muss ich mit ihm sprechen. Ich will sein fachliches Urteil über dieses merkwürdige Verhalten. Was ist los mit meiner Tochter? Vielleicht kann er auch helfen, was meine sogenannte Ehe angeht. Verbirgt mein verlogener Mann noch mehr vor mir?

An dem Abend kommt es noch einmal zum Streit zwischen Angus und mir. Ich sitze im Wohnzimmer und schaue aus dem Fenster. Es hat angefangen zu regnen. Es gab eine Zeit, da mochte ich es, wenn Regen vom Point of Sleat her über den Sound fegte. Das klang in meinen Ohren wie ein trauriges gälisches Lied: flüssig und weich, poetisch und geheimnisvoll, als spreche die Landschaft eine schöne, im Verschwinden begriffene Sprache.

Jetzt nervt der Regen mich einfach nur.

Nach einer Weile kommt Angus herein. Er war mit dem Hund draußen und hat sich einen Whisky eingeschenkt. Beany legt sich vors Feuer und knabbert an seinem Lieblingsspielzeugknochen herum; Angus lässt sich in den Sessel fallen.

»Beany hat eine Ratte gefangen«, sagt er.

»Dann sind ja nur noch dreitausend übrig.«

Er lächelt kurz, ich aber lächle nicht. Seine Miene wird wieder ernst.

Die Scheite im Feuer knacken, der Wind beklagt den Zustand des Daches.

»Hör zu«, sagt er und beugt sich penetrant vor.

»Ich will nicht zuhören.«

»Imogen und ich, das war nur eine Nacht. Ehrlich. Ein Fehltritt im Suff.«

»Aber du hattest Sex. Mit meiner besten Freundin. Einen Monat nachdem unsere Tochter gestorben war.«

»Aber ...«

»Da gibt's kein Aber, Angus. Du hast mich betrogen.«

Zorn flackert in seiner Miene auf. »*Ich* habe *dich* betrogen?«

»Ja, auf die übelste nur denkbare Weise. Während ich getrauert habe.«

»Hör doch ...«

»Du hast es aber getan. Oder etwa nicht? Oder wie würdest

237

du es nennen? Was war es denn sonst, Angus? Was für eine Umschreibung hast du dafür? Hast du dir ›ein Unterstützer-Netzwerk geschaffen‹?«

Er antwortet nicht, auch wenn er so aussieht, als hätte er eine Menge zu sagen. Seine Kiefer mahlen, das sehe ich an den Muskeln, die sich bewegen.

»Ich möchte, dass du woanders schläfst, Gus.«

Er trinkt einen Schluck Whisky. Vom Discounter. Und zuckt die Achseln. »Klar, warum nicht? Betten haben wir ja genug.«

»Komm mir nicht mit dieser selbstmitleidigen Scheiße. Nicht jetzt.«

Er lacht bitter und schaut mir in die Augen. »Hast du ›Anna Karenina‹ durchgelesen? Liest du alles, was du findest?«

»Ich habe gesehen, was sie reingeschrieben hat. Warum? Hat sie irgendwo noch Herzchen reingemalt?«

Er atmet geräuschvoll aus – und schüttelt den Kopf. Er sieht sehr traurig aus. Resigniert beugt er sich vor und krault seinen geliebten Hund hinterm Ohr. Ich widerstehe der Versuchung, Mitleid mit ihm zu haben.

Meinem Wunsch entsprechend schläft Angus in einem anderen Bett. Am Morgen liege ich da und höre ihn im Bad, höre, wie er sich anzieht und Papiere zusammensucht, Pläne für sein tolles Haus in Ord. Ich warte, bis das Anspringen des Außenborders mir verrät, dass er wegfährt, dann stehe ich auf, mache Lydia Frühstück, ziehe mich an und wappne mich innerlich.

Sie sitzt auf dem Sofa und liest in »Gregs Tagebuch«. Natürlich bleibt sie zu Hause. Keine Schule, bis Ruhe eingekehrt ist. Die Vorstellung, dass da je Ruhe einkehren könnte, ist so absurd, dass es einem schon leidtun kann.

Ich schließe die Tür zwischen Wohn- und Esszimmer und greife nach dem großen alten Telefon. In der Praxis erreiche ich Kellaway nicht. Seine Sekretärin sagt, diese Woche arbeite er von zu Hause aus. Seine Privatnummer gibt sie mir natürlich nicht. *Hinterlassen Sie Ihre Nummer, dann meldet er sich in den nächsten Tagen.*

Aber ich warte nicht tagelang. Ich muss jetzt mit ihm reden. Also rufe ich die Auskunft an.

Wer weiß, vielleicht habe ich Glück? Ein bisschen Glück hätte ich verdient.

Ich habe eine vage Vorstellung, wo Kellaway wohnen könnte – in einer teureren Gegend von Glasgow. Imogen hat mal so was gesagt. Sie ist einmal bei ihm gewesen, um ein Interview mit ihm zu führen.

Imogen. Meine Ex-Freundin. Das Miststück.

Als ich endlich durchkomme, frage ich nach einem Dr. M. Kellaway in Glasgow. Wie viele es davon wohl gibt? Bestimmt nur einen oder zwei. Die Frage ist, ob er bei der Auskunft überhaupt registriert ist.

Es sieht so aus, als hätte ich tatsächlich Glück.

»M. Kellaway, Doktor, Glasnevin Street neunundvierzig, 0141-4339 7398.«

Während es in der Leitung faucht und zischt, kritzele ich die Nummer auf einen Zettel.

Es ist ein kalter Dienstag im Dezember, inzwischen haben wir Nachmittag. Vielleicht macht Dr. Kellaway mit seiner Frau Weihnachtseinkäufe. Vielleicht ist er auch zum Skifahren in den Cairngorms. Was weiß ich?

»Ja, hier Malcolm Kellaway?«

Das Glück hält an, er ist da. Nun muss ich meine Chance nutzen – einfach ins kalte Wasser springen.

»Guten Tag, Dr. Kellaway, entschuldigen Sie, dass ich Sie zu Hause störe, aber es ist dringend. Ich brauche unbedingt … unbedingt Ihre Hilfe.«

Es entsteht eine lange, statisch knisternde Pause.

»Ist da Mrs. Moorcroft?«, fragt er schließlich. »Sarah Moorcroft?«

»Ja!«

»Ich verstehe.« Er klingt leise gereizt. »Wie kann ich Ihnen helfen?«

Die Frage habe ich mir auch schon gestellt. Und die Antwort lautet: Indem Sie zuhören; ich brauche jemanden, dem ich von dieser beängstigenden Situation erzählen kann. – Ich möchte, dass er sich alles anhört, was sich ereignet hat, seit ich das letzte Mal bei ihm war.

Und so stehe ich am Esszimmerfenster, beobachte die Raben, die über den Muschelstrand von Salmadair hüpfen, und rede drauflos wie eine Sterbende, die noch schnell ihren letzten Willen diktieren will. Von dem Schrei erzähle ich, dem Wutanfall, als Sally Ferguson dabei war, dem eingeschlagenen Fenster, dem Umstand, dass Angus gewusst hat, dass sie Kirstie ist. Von Emily Durrants hysterischer Reaktion. Von den schrecklichen Erlebnissen in der Schule. Sogar davon, wie sie »Song of Sixpence« gesungen hat. Alles erzähle ich ihm.

Und rechne damit, dass er sich erstaunt zeigt. Aber sollte er erstaunt sein, zeigt er es nicht. Sein Ton ist sachlich; professionell.

»Verstehe. Ja.«

»Und was raten Sie mir, Dr. Kellaway? Bitte, sagen Sie etwas, wir verzweifeln hier. Es wird immer schlimmer mit Lydia. Und ich muss zusehen. Meine Familie bricht auseinander, alles bricht auseinander.«

»Idealerweise müssten wir uns sehen, Mrs. Moorcroft. Wir müssten die Dinge im Einzelnen durchgehen und über Therapieansätze sprechen.«

»Ja, aber welchen Rat können Sie mir jetzt geben, in diesem Augenblick? Bitte!«

»Bewahren Sie die Ruhe, bitte.«

Ich habe keine Ruhe. Ich höre die Wellen. Wie es wohl wäre, wenn sie eines Tages ausblieben?

»Natürlich«, fährt Kellaway fort, »kann ich nicht sagen, ob Ihre Tochter Lydia ist oder Kirstie. Wenn sie glaubt, dass sie

Lydia ist, und Sie das akzeptieren und die entsprechenden Anpassungen schon vorgenommen haben – dann ist es wahrscheinlich am besten, von nun an bei dieser Annahme zu bleiben. Was auch immer die Wahrheit ist.«

»Aber wie gehen wir mit ihrem seltsamen Verhalten um, dem Singen, dem Vorm-Spiegel-Stehen und -Agieren, dem … dem …«

»Dazu wollen Sie meine Meinung wirklich auf diesem Wege hören? Am Telefon?«

»Ja!«

»Also gut. Hier wäre eine Möglichkeit. Der Verlust des Zwillingsgeschwisters in so jungen Jahren kann in dem Kind, das zurückbleibt, so etwas wie … Hass auf die Eltern auslösen, denn das Kind bringt seinen Eltern ein selbstverständliches Urvertrauen entgegen; die Gewissheit, dass sie in der Lage sind, es zu behüten und zu beschützen. Verstehen Sie? Stirbt ein Zwilling, entsteht der Eindruck, die elterliche Stärke hätte auf katastrophale Weise versagt. Das Kind, das zurückbleibt, entwickelt vielleicht die Vorstellung, die Eltern hätten verhindern können, was geschehen ist, und es nicht getan. Das gilt für alle Geschwisterkonstellationen, besonders aber für eineiige Zwillinge.«

»Und das *heißt*?«

»Es könnte sein, dass Lydia sich von Ihnen zurückzieht, weil sie Ihnen die Schuld gibt und deshalb misstraut. Möglicherweise bestraft sie Sie sogar.«

»Sie meinen – manches tut sie, um uns Angst einzujagen? Uns in Schwierigkeiten zu bringen? Weil sie uns für den Tod ihrer Schwester verantwortlich macht?«

»Ja und nein. Ich beschreibe nur Möglichkeiten. Sie haben nach meiner Meinung gefragt, und mehr kann ich dazu nicht äußern: Meinungen; Ideen. Und … also …«

»Was?«

»Wir sollten wirklich persönlich miteinander sprechen.«

»Nein, bitte! Sagen Sie es mir jetzt! Was hat das zu bedeuten? Diese Sache mit den Spiegelungen und Fotos?«

»Es ist bekannt, dass Spiegel auf Zwillinge höchst irritierend wirken können, grundsätzlich, und Fotos ebenso. Aber es müssen auch andere Faktoren berücksichtigt werden.«

»Ja?«

»Lassen Sie mich eben einen Blick auf die Notizen werfen, die ich mir nach unserem letzten Gespräch gemacht habe. Ich habe sie im Computer.«

Ich warte. Starre hinaus auf den Sound. Ein Krabbenkutter tuckert in Richtung Loch na Dal, zu dem weiß getünchten Hotel *Kinloch Lodge,* ehemals Jagdschloss der Macdonalds von Macdonald, seit dem Anno Domini 1200 Herren über die Insel. Hier ist so viel Geschichte. Zu viel Geschichte ist hier. Allmählich nervt mich das. Was ich wollte, war Tabula rasa. Ein Neuanfang. Und das ist es nicht.

Zu viel Geschichte.

»Ja«, sagt Kellaway, »hier hab ich's. Ein Zwilling, der zurückbleibt, kann auch Schuldgefühle entwickeln, weil er – oder sie natürlich – dazu ausersehen ist, weiterzuleben. Das ist naheliegend. Sollte es aber so sein, dass die Eltern es scheinbar lieber gesehen hätten, wenn das andere Kind am Leben geblieben wäre, verschlimmern sich diese Schuldgefühle. Es passiert nur zu leicht, dass Eltern das verstorbene Kind idealisieren, besonders natürlich, wenn sie es tatsächlich noch lieber gehabt haben. Deshalb muss ich Sie fragen, ob Sie eins der Kinder lieber hatten. Oder Ihr Mann. Haben Sie eine Tochter der anderen vorgezogen, oder hat der Vater beispielsweise Kirstie vorgezogen?«

»Ja.« Ich bin wie vor den Kopf geschlagen.

»Dann …« Er legt eine ungewöhnlich lange Pause ein. »Wenn das so ist, müssen wir auch in andere Richtungen denken.« Er seufzt. In der maroden Leitung rauscht es beständig. Schließlich erklärt er: »Bei Eltern von Zwillingen treten im

Vergleich zu Eltern von Einzelkindern Depressionen deutlich häufiger auf, und das verstärkt sich erheblich, wenn ein Zwilling stirbt. Vor allem, wenn die Eltern selbst Schuldgefühle haben. Und dann … nun …«

»Was?«

»Wir wissen, dass unter Ko-Zwillingen, die ihr Geschwister verlieren, die Suizidrate erhöht ist.«

»Wollen Sie sagen, dass Lydia sich umbringen könnte?«

Der Kutter ist verschwunden; Möwen stoßen ihre klagenden Schreie aus.

»Möglich wäre das. Und es gibt noch weitere Möglichkeiten. Die Theorien von Robert Samuels – einem anerkannten Kinderpsychiater – wären zu berücksichtigen. Aber …«

»Wie bitte? Wie war der Name? Was?«

»Nein.« Jetzt klingt er sehr entschieden. »Weiter kann ich auf keinen Fall gehen, Mrs. Moorcroft. Samuels war der Name. Mehr kann ich am Telefon beim besten Willen nicht sagen. Ich bedaure. Es wäre unprofessionell, in dieser Form weiterzumachen. Sie müssen unbedingt in meine Sprechstunde kommen. Dringend. Diese Dinge sind viel zu heikel und zu komplex, als dass wir weiter so am Telefon darüber reden könnten. Bitte melden Sie sich nächsten Montag, wenn ich wieder da bin, in der Praxis, und vereinbaren Sie einen kurzfristigen Termin. Mrs. Moorcroft? Ich werde einen Termin für Sie freischaufeln. Es ist dringend geboten, dass Sie schnellstmöglich zu mir kommen. Und bringen Sie Lydia mit.«

»Gut, okay. Ja. Danke.«

»Sehr gut. Und bewahren Sie die Ruhe. Lassen Sie Ihrer Tochter die nötige Ruhe. Sorgen Sie dafür, dass Ihre häusliche Situation friedlich bleibt. Warten Sie den Termin bei mir ab. Nächste Woche.«

Was redet er da? Denkt er, ich breche in Panik aus … ich drehe durch?

Ich drehe nicht durch, ich bin wütend.

Rasch murmele ich ein Danke-noch-mal-und-auf-Wiedersehen, dann lege ich auf, schaue hinaus auf den Sound und überlege fieberhaft.

Was sollte das alles bedeuten? Kinder, die man lieber hat? Bevorzugte Kinder? Suizid?

Ich kehre ins Wohnzimmer zurück. Lydia ist auf dem Sofa eingeschlafen, das Buch liegt auf dem Boden; es ist ihr wohl aus den Händen gerutscht. Selbst im Schlaf sieht sie erschöpft aus und unglücklich. Ich hole eine Decke aus dem Schrank, breite sie über sie und gebe ihr einen Kuss auf die selbst im Schlaf noch umwölkte Stirn.

Ihr blondes Haar ist zerzaust. So mag ich es, ein bisschen wild. Es ist ein kleiner Kontrapunkt zur Ebenmäßigkeit ihres hübschen Gesichts. Kirstie und sie waren immer hübsch. Angus und ich konnten uns nicht sattsehen an ihnen. Alle fanden die Moorcroft-Zwillinge wahnsinnig süß. Damals.

Das Feuer droht auszugehen. Ich greife mir zwei, drei Scheite aus dem Korb und lege sie in die Glut. Flammen entstehen, züngeln und lodern schließlich, und während ich zuschaue, drehen meine Grübeleien sich im Kreis. Angus und Kirstie. Angus und Kirstie.

Die Trauerfeier für Kirstie müssen wir noch überstehen. Am Freitag. Sie war *sein* Liebling.

20. Kapitel

Denn wir haben nichts in die Welt gebracht; darum werden wir auch nichts hinausbringen. Der Herr hat's gegeben, der Herr hat's genommen.«

Ich glaube nichts von alldem. Aber genauso wenig kann ich glauben, was tatsächlich passiert: dass ich wieder in einer Kirche sitze und in einem Trauergottesdienst Abschied nehme von meiner Tochter – von der, die in Wahrheit gestorben ist. Dass meine Familie auseinandergebrochen ist. Dass alles zu Asche zerfallen ist.

Der Pfarrer spricht die liturgischen Texte. Ich schaue mich hilflos um.

Wir sind in der Kirche von Kilmore, einen halben Kilometer von Lydias Schule entfernt, direkt an der Küste. Viktorianisch: schottisch streng und kahl, ein schmuckloses Längsschiff, blanke Eichenholzbänke, drei hohe Rundbogenfenster, durch die blasses Sonnenlicht hereinfällt.

Es sind um die zwanzig Leute da, Einheimische und Verwandte, die zu Ehren der Toten gekommen sind und in den unbequemen Bänken sitzen. Metallreliefs erinnern an die Söhne von Lord und Lady Macdonald von Sleat, gefallen in Ypern und Gallipoli, in Südafrika und auf See; getötet, aber unvergessen.

Wie alle toten Kinder.

»Herr, tu mir mein Ende kund und die Zahl meiner Tage.«

Bevor wir letztlich aufgehört haben, miteinander zu reden, hat Angus mir erzählt, dass es schwer war, überhaupt einen Pastor zu finden, der bereit war, diesen Gottesdienst zu übernehmen. Der eigentlich zuständige Pfarrer – oder Reverend oder Vikar oder wie immer sie ihn nennen – hatte offensichtlich kein Interesse. Die Aufgabe schien ihm zu befremdlich, zu irritierend, vielleicht auch unpassend: die zweite Trauerfeier für ein totes Kind?

Aber Molly und Josh ist es gelungen, einen freundlichen Geistlichen aus Broadford zu gewinnen, und diese Kirche bot sich geradezu an: traurig, aber schön gelegen, mit Blick auf die See. Über den Friedhof hinweg sieht man bis Malaig und Moidart mit seinem melancholischen Charme.

Ich habe ein bisschen gegoogelt. In der Geschichte der kleinen Kirche spielen Druidenverehrung und blutige Clan-Auseinandersetzungen eine Rolle. Auf der Wiese nebenan steht ein älterer sakraler Bau, der unter den Hebridenwinden und dem ewigen Regen zur Ruine verwittert ist.

Nun sind wir hier, in der letzten viktorianischen Kirche, neben mir in der Reihe meine Mutter und Lydia, zwischen uns Angus in seinem dunklen Anzug aus Londoner Zeiten. Seine Krawatte ist nicht ganz schwarz; sie hat kleine rote Punkte. Ich kann sie nicht ausstehen. Ich kann ihn nicht ausstehen. Zumindest liebe ich ihn nicht mehr. Er schläft jetzt immer in einem anderen Zimmer.

Lydia ist ganz in Schwarz. Schwarzes Kleid, schwarze Strumpfhose, schwarze Schuhe. Schwarz bringt ihr blondes Haar und ihre blasse Haut besonders zur Geltung. Schwarz und Eis. Im Augenblick wirkt sie ruhig. Gelassen. Aber der innere Aufruhr ist trotzdem da; hin und wieder erscheint in ihren Augen ein Hauch von Traurigkeit wie an einem kalten Wintertag die Ahnung von Schnee.

Meine Mutter hat ihr schützend einen Arm um die Schultern gelegt. Ich spähe hinüber zu meiner Tochter, will ihr aufmunternd zulächeln. Aber sie bekommt es nicht mit, sie schaut aufmerksam in die Bibel, die aufgeschlagen vor ihr liegt, und blättert darin. Ihre kleinen Hände sind immer noch gezeichnet; die Schnitte, die sie sich zugezogen hat, als sie bei den Freedlands das Fenster einschlug, haben deutliche Narben hinterlassen. Sie ist vollkommen in die Bibel vertieft.

Lydia ist eine Leseratte.

Der Pastor fährt mit der Liturgie fort: »Lass ab von mir, dass ich mich erquicke, ehe ich dahinfahre und nicht mehr bin.«

Das bringt mich an die Grenze. Schon seit der Gottesdienst begonnen hat, ist mir zum Weinen; jetzt fehlt nicht mehr viel, und ich breche in Tränen aus. Um mich abzulenken, greife ich ebenfalls nach der Bibel. Es ist die gleiche Ausgabe, die auch Lydia vor sich hat.

Am Bioball Gaidhlig.

Eine Bibel auf Gälisch.

Darin liest Lydia? Woher kann sie das? Ihre Schule ist zweisprachig, aber sie war ja nur ein paar Wochen dort, und zurzeit geht sie gar nicht hin. Dennoch ist es so: Als ich erneut zu ihr hinüberschaue, sehe ich sie lesen; ihr Blick wandert über die Zeilen, von links nach rechts, und sie ist völlig versunken.

Vielleicht tut sie nur so, als lese sie, vielleicht versucht sie, genau wie ich, sich abzulenken, damit sie nicht an diese Trauerfeier denken muss. Warum auch nicht? Es ist ohnehin fraglich, ob sie überhaupt hier sein sollte. Ich habe daran gedacht, sie nicht mit in den Gottesdienst zu nehmen, um ihr den Stress zu ersparen, aber am Ende fand ich das noch weniger richtig. Ich fand, sie sollte bei der Trauerfeier für ihre Zwillingsschwester dabei sein.

»Herr, du bist unsere Zuflucht für und für.«

Für einen Moment schließe ich die Augen.

»Der du die Menschen lassest sterben und sprichst: Kommt wieder, Menschenskinder.«

Wie lange kann ich die Tränen noch zurückhalten?

Aus den Augenwinkeln sehe ich, dass Angus zu mir herüberschaut. Missbilligend. Er hat diese Trauerfeier nie gewollt. Und trotz seines Widerwillens habe ich ihm praktisch die gesamte Organisation überlassen. Habe es ihm überlassen, den Geistlichen heranzuholen, die Sterbeurkunde zu beschaffen, die Behörden über »den Irrtum« zu informieren. Was ich dagegen ausgesucht habe, ist die Liturgie. Es ist die gleiche, die wir auch bei der Trauerfeier für Lydia hatten – Lydia, die sich jetzt in den Arm meiner Mutter schmiegt, hier in dieser kalten viktorianischen Kirche, von der man über den Sound bis zur Halbinsel Ardnamurchan hinunterschaut.

Ich fühle mich so durch und durch fremd hier. Als wären wir im tiefen, kalten Wasser des Loch Alsh versunken, zwischen Seegräsern, die sich langsam und unheimlich um uns her wiegen: träge, verhext.

»Aus der Tiefe rufe ich, Herr, zu dir. Herr, höre meine Stimme!«

Höre meine Stimme? Wessen? Lydias? Kirsties? Ich schaue mich in der versammelten Gemeinde um. Hier sind Stimmen im Raum, die ich praktisch nicht kenne: Einheimische, mit denen ich kaum je ein Wort gewechselt habe. Ich vermute, Molly und Josh haben sie hergebracht, damit ein paar Leute da sind. Wahrscheinlich bringen sie uns ein gewisses Mitgefühl entgegen. *Ach, die armen Leute mit den Zwillingen, denen dieser furchtbare Irrtum passiert ist, da müssen wir hingehen; hinterher können wir im* Duisdale *essen, dort gibt's Jakobsmuscheln.*

Da hinten, am Ende der Reihe, sitzt mein Vater, in seinem abgetragenen schwarzen Anzug, den er in letzter Zeit nur noch bei Beerdigungen trägt. Alt sieht er aus, erschlafft. Sein einst dichtes schwarzes Haar ist komplett weiß und schütter. In seinen hellblauen Augen dagegen funkelt es noch, und als er merkt, dass ich zu ihm hinschaue, lächelt er mir traurig, aber auch hoffnungsvoll zu, als wolle er mir Mut machen, mich trösten. Nicht zuletzt hat sein Ausdruck auch etwas Schuldbewusstes.

Mein Vater hat wegen allem und jedem ein schlechtes Gewissen. Weil er uns so angebrüllt hat, als wir klein waren. Weil er meine Mutter betrogen hat und sie trotzdem bei ihm geblieben ist – was sein Gewissen noch mehr belastet hat. Weil er, um sein Gewissen zu betäuben, so viel getrunken hat, dass seine Karriere einen Knick bekam, was wiederum noch größere Schuldgefühle in ihm ausgelöst hat. Ein Teufelskreis ausgesprochen männlicher Frustration.

Wie bei Angus.

Mein Vater hat eines Tages einfach aufgehört – mit dem Schreien und dem Trinken. Er hat sich mit dem bisschen, das er noch hatte, zur Ruhe gesetzt und in seiner großen Küche in Instow gelernt, wie man portugiesische Cataplana macht, diesen leckeren Fischeintopf. Seine größte Freude waren die Zwillinge und die vielen glücklichen Ferientage, die sie in Devon verbracht haben.

»Jesus spricht: Ich bin die Auferstehung und das Leben. Wer an mich glaubt, der wird leben, ob er gleich stürbe.«

Etwas tief in mir reagiert sehr heftig auf diesen Passus, denn in meinem Fall trifft das buchstäblich zu. Meine andere Tochter stirbt – zum zweiten Mal –, aber Lydia ist wiederauferstanden. Wiedergeboren. Da ist sie, einen Meter von mir entfernt, und blättert mit narbenüberzogenen Fingern in einer gälischen Bibel.

Ich klammere mich an die Lehne der Bank vor mir. Reiße mich zusammen. Reiße mich einfach zusammen.

»Bitte erheben Sie sich.«

Wir stehen auf, um ein Lied zu singen, und während ich den Text murmele, wandert mein Blick zu Molly, die auf der anderen Seite des Mittelganges steht. Sie errötet und lächelt schüchtern, mit diesem Du-schaffst-das-Ausdruck, den alle aufsetzen, wenn sie mich anschauen.

»Gütiger Vater, dessen Angesicht die Engel der Kleinen im Himmel allzeit sehen, gib uns den festen Glauben, dass dieses Kind ins Reich deiner ewigen Liebe aufgenommen worden ist.«

Es ist fast vorbei. Ich halte durch. Meine Kirstie, mein kleines Mädchen, wird endlich frei sein. Ihr Tod ist offiziell anerkannt, ihre Seele kann sich lösen und sich den Wolken zugesellen, die an den Red Cuillins abregnen. An all diese Dinge glaube ich nicht. Wahrscheinlich ist Kirstie hier. Auf ihre eigene Art. In ihrer Zwillingsschwester.

Wir nähern uns dem Höhepunkt der Zeremonie; der Ton des Pfarrers wird eindringlicher.

»Allmächtiger Gott, dessen geliebter Sohn kleine Kinder zu sich nahm und segnete, gib uns die Kraft, wir bitten dich, dieses Kind, Kirstie Moorcroft, deiner unendlichen Fürsorge und Liebe anheimzugeben.«

Ich konzentriere mich darauf, nicht zu weinen. Vor Anstrengung zerknülle ich dabei das Taschentuch in meiner Linken.

Fast geschafft, Sarah, fast zu Ende. Ich weiß es noch genau. Es fehlt nur noch eine Zeile Text. Alles wiederholt sich. Und alles ist einmal zu Ende.

»Die Gnade unseres Herrn Jesus Christus und die Liebe Gottes und die Gemeinschaft des Heiligen Geistes sei mit uns allen. Amen.«

Die Trauerfeier ist vorbei, die Tortur überstanden.

Jetzt weine ich. Als wir hinaustreten in den feinen Dezember-Nieselregen, fließen die Tränen ungehindert. Regenschwaden fegen über den Sound, von Shiel Bridge bis Ardvasar. Bilden Schleier, die aufreißen und sich wieder schließen. Ich sehe Josh mit Angus reden, mein Vater hält Lydia an der Hand. Meine Mutter geht allein; gerade ist sie gestolpert. Wenn doch nur mein Bruder da wäre, der könnte sie stützen, aber er ist gerade auf Lachsfang in Alaska. Vermuten wir.

Lass die Tränen fließen wie den endlosen Schneeregen über dem Sgurr nan Gillean.

»Was für ein Blick …«

»Ja. Und was für ein Kummer.«

»Alles Gute, Mrs. Moorcroft, haben Sie keine Scheu, sich zu melden. Sie sind jederzeit willkommen.«

»Ich hoffe, der Kleinen geht's gut in der Schule. Das Wetter soll ja schlecht werden.«

250

Abwesend stammele ich jeweils eine kurze Antwort. Der feuchte Kies auf dem Weg knirscht unter meinen schwarzen Absätzen. Wer sind diese Menschen? Mit ihren höflichen Floskeln und gefälligen Sprüchen? Egal, ich bin dankbar dafür, dass sie da sind, dass ich das nicht allein durchstehen muss. Solange ich Leute um mich habe, ist der schreckliche Höhepunkt – von dem ich weiß, dass er kommen wird – aufgeschoben. Also schüttele ich Hände und höre mir tröstende Worte an, und dann steige ich in das Auto, das gleich am Tor des Kirchhofs steht, und Josh fährt Lydia und mich zum *Selkie*. Molly und er haben uns geholfen, dort eine Art Leichenschmaus auszurichten. Angus nimmt meine Eltern mit. Das macht er wahrscheinlich, weil er dann schon im Auto anfangen kann, sich mit meinem Vater zu kabbeln.

Lydia und ich sitzen hinten. Ich habe den Arm um sie gelegt. Meine Tochter in Schwarz.

In einer Kurve lehnt sie sich an mich, zupft mich am Ärmel und fragt: »Mama? Bin ich jetzt unsichtbar?«

Ich bin schon so gewöhnt an ihre sonderbaren Äußerungen, dass ich mich kaum wundere. Mit einem Achselzucken sage ich: »Wir können nachher mal nachschauen, ob wir Otter sehen.«

Josh biegt von der Hauptstraße ab und rollt die kleine Straße nach Ornsay Village hinunter. In der Ferne ist unsere Insel zu sehen, in ihrer ganzen Schönheit. Die Wolkendecke ist aufgerissen, ein Streifen Sonnenlicht fällt direkt auf unser weißes Haus und unseren Leuchtturm; im Hintergrund erheben sich, grau und ehrfurchtgebietend, die Knoydart-Berge. Es ist ein geradezu dramatisches Bild: Torran im Flutlicht.

Eine leere Bühne, die ungeduldig der Schauspieler harrt. Für die letzte Szene.

Wohin fahre ich? Zu einem Leichenschmaus?

Kann man für jemanden, der vor über einem Jahr gestorben ist, einen Leichenschmaus ausrichten? Vielleicht nutzen die

Gäste den Anlass nur als Vorwand, um in Old Pretender Beer und Poit Dhubh Whisky zu baden?

Mein Vater braucht freilich keinen Vorwand. Zwanzig Minuten nachdem wir uns im Pub niedergelassen haben, kippt er das dritte oder vierte große Glas, und ich sehe die kleinen Schweißperlen auf seiner Stirn, während er mit Angus herumstreitet. Die beiden sind nie gut miteinander ausgekommen. Zwei Möchtegern-Alphatiere. Geweihkampf im Wald von Waternish.

In der angespannten Situation treten ihre Diskrepanzen umso deutlicher zutage. Mit einem Ohr verfolge ich ihr Gespräch, immer auf dem Sprung, Frieden zu stiften, und zugleich frage ich mich, ob ich mir das antun soll. Mein Vater hebt sein Glas puren Scotch gegen das fahle Winterlicht, das von draußen hereinfällt.

»Das also ist das Ergebnis der Alchimie der unsterblichen Gälen: Aus reinem Regen destillieren sie dieses goldene Lebenswasser.«

Angus schaut ihn an und sagt: »Mir ist Gin lieber.«

»Wie groß *wird* der Loft denn nun?«, fragt mein Vater.

»Groß, David, groß.«

»Bei der Art von Architektur hier, bei diesem ländlichen Zeug, hast du bestimmt öfter mal frei und kannst herkommen und dir einen genehmigen.«

»Genau. Ideal für einen Alki wie mich.«

Mein Vater starrt ihn finster an. Angus starrt finster zurück.

»Und, David, wie läuft's mit der Fernsehwerbung für … was war es noch? Tampons? Ach ja, die machst du ja nicht mehr.«

Wieso müssen sie sich streiten? Heute? Nach der Trauerfeier für ein Kind? Andererseits: Wieso sollten sie aufhören, sich zu streiten? Wieso sollen sie nicht weitermachen wie bisher? Nichts geht zu Ende, alles wird immer nur noch schlimmer. Vielleicht machen sie es genau richtig, eben so wie immer: ihre leise gegenseitige Abneigung ist ein Stück Normalität, verlässlich und deshalb tröstlich. Aber ob sie nun aufhören oder nicht – ich habe von diesem Geplänkel für den Rest meines Lebens genug gehört, genug für drei Leben, deshalb wende ich mich ab. Meine Mutter steht, ein Glas Rotwein in der Hand, allein am Fenster.

Ich gehe zu ihr hinüber, nicke in Richtung der Männer und sage: »Sie sind schon wieder mittendrin.«

»Sie mögen es nun mal, das weißt du doch.« Sie legt mir eine faltige Hand auf den Arm. Ihre verträumten blauen Augen leuchten wie eh und je, wie die meiner Tochter. »Ich bin so froh, dass es vorbei ist. Du hast dich gut gehalten, Sarah, ich war stolz auf dich. Keine Mutter sollte durchmachen müssen, was du durchgemacht hast.« Ein Schluck Wein zwischendurch. »Zwei Trauerfeiern. Zwei!«

»Mama.«

»Und was ist mit dir? Geht's dir besser? Liebes? Du weißt schon – seelisch? Ist mit Angus und dir alles in Ordnung?«

Darüber will ich mich nicht auslassen. Nicht heute.

»Alles in Ordnung.«

»Sicher? Es ist nur … du kommst mir so … Ich weiß nicht, es ist irgendwie angespannt. Oder nicht?«

Ich erwidere ihren Blick, verziehe keine Miene.

»Uns geht's gut, Mama.« Was soll ich denn sagen? Oh, es hat sich herausgestellt, dass mein Mann einen Monat nach dem Tod meiner Tochter mit meiner besten Freundin geschlafen hat? Wenigstens ist noch keinem hier aufgefallen, dass Imogen nicht bei der Trauerfeier war; vielleicht spüren sie, dass es einen Bruch gegeben hat. Imogen hat mir mehrere drängende Mails geschrieben – ich habe auf keine reagiert.

Da sie mein Schweigen nicht zu deuten weiß, redet meine Mutter fahrig immer weiter.

»Und, hat euch der Umzug gutgetan? Es ist ja unglaublich schön hier, trotz des rauhen Wetters; ich verstehe sofort, dass du dich in die Gegend verliebt hast.«

Ich nicke, und meine Mutter plappert immer weiter. »Und Lydia. Lydia! Es ist natürlich schrecklich, so was zu sagen, aber könnte es sein, dass es für Lydia auch eine Chance ist? Liebes? Vielleicht kann sie jetzt, da sie allein ist, ein normaleres Leben führen? Mit Zwillingen ist es ja immer was Besonderes – jetzt ist es für sie normaler, wenn auch natürlich aus einem furchtbaren Grund.«

»Wahrscheinlich.« Eigentlich will ich mich über diese Bemerkung ärgern, aber dazu fehlt mir die Kraft. Vielleicht hat meine Mutter recht. Sie trinkt zu viel Wein. Ein Tropfen rinnt ihr übers Kinn.

Und schon redet sie weiter: »Sie haben sich ja auch gestritten, oder? Lydia und Kirstie. Ich weiß noch, wie du mir erzählt hast, dass Lydia im Bauch die Schwächere war. Kämpfen Zwillinge nicht auch im Bauch schon um Nahrung? Natürlich waren sie dicke Freundinnen, unzertrennlich, aber es gab auch immer den Wettstreit um Aufmerksamkeit. Und Kirstie hat mehr geschrien, oder?«

Was soll das, warum erzählt sie mir das alles? Es spielt doch gar keine Rolle. Ich höre ihr kaum noch zu, denn ich habe Lydia entdeckt. Sie steht, abseits des Geschehens, an der Glastür des *Selkie* und schaut hinaus in den Regen.

Wie wird sie mit alldem fertig? Was denkt sie? Sie ist so allein, wie ein Mensch nur sein kann. Wieder einmal steigt eine Welle von Liebe und Mitleid in mir hoch, so heftig, dass mir fast übel wird. Ich entschuldige mich bei meiner Mutter und dränge mich zwischen den anderen hindurch zu meinem Kind.

»Geht's dir gut, Lydia?«

Sie dreht sich um und lächelt mich an. »Ich bin noch da, Mama, aber auch nicht. Nicht mehr.«

Ich verkneife mir eine entsetzte Antwort und erwidere ihr Lächeln. »Findest du den Regen blöd?«

Sie runzelt die Stirn, versteht mich nicht. Ich greife nach

ihrer Hand mit den zarten Narben, drücke einen Kuss darauf und streichle ihr rosige Wange.

»Süße! Du beobachtest doch den Regen!«

»Ach so«, sagt sie nur. »Nein, nicht den Regen, Mami.« Sie zeigt auf die Tür; in dem langärmligen schwarzen Kleid sieht ihr Arm sehr erwachsen aus. »Ich habe nur mit Kirstie geredet. Im Auto. Sie war in dem Spiegel, in den Papa immer schaut.«

»Aber …«

»Aber jetzt ist sie weg, und ich weiß, dass der Pfarrer gesagt hat, dass sie jetzt im Himmel ist, und ich wollte ihn fragen, wo das ist.«

»Lydia.«

»Und keiner hat's mir gesagt, deshalb hab ich Kirstie gesucht, Mami, weil, ich glaube nicht, dass sie im Himmel ist, ich glaube, sie ist hier drin. Bei uns. Das ist sie doch, oder? Weißt du noch, wie wir in London Verstecken gespielt haben?«

Oh ja, und wie ich das noch weiß. Die Erinnerung macht mich trauriger als traurig. Aber ich muss mich beherrschen, um Lydias willen.

»Natürlich, mein Schatz.«

»Deshalb hab ich gedacht, dass sie wieder Verstecken spielt. Ich hab überall nachgeschaut, wo wir uns immer versteckt haben, wenn wir zu Hause Verstecken gespielt haben. Aber Kirstie war hinter diesem Garderobending da drüben eingequetscht.«

»Was?«

»Ja, Mami, ich hab ihre Hand gefühlt!«

Ich starre meine Tochter an. »Du hast die Hand von deiner Schwester gefühlt?«

»Ja, und das war unheimlich! Vorher hab ich sie nie gefühlt. Ich will sie gar nicht mehr finden, das ist mir zu unheimlich.«

Das ist *mir* ja schon zu unheimlich, wie soll es erst meiner Tochter gehen?

»Lydia …«

255

Wie kann ich sie beruhigen? Mir fällt nichts ein. Sie kommt mir so vor, als falle sie in ihrer Entwicklung zurück. In der Aufregung spricht sie wie eine Fünfjährige.

Ich brauche einen Kinderpsychologen. Bei Kellaway habe ich nächste Woche einen Termin. Aber halte ich bis dahin durch?

»Mami? Redest du manchmal mit Kirstie?«

»Wie bitte?«

»Hörst oder siehst du sie manchmal? Ich weiß, dass sie mit dir reden möchte.«

Wie kann ich sie bloß auf andere Gedanken bringen? Vielleicht sollte ich sie etwas fragen. Vielleicht sollte ich ihr ein paar *ernsthafte* Fragen stellen. Komplizierter, als es schon ist, kann es schließlich nicht werden.

»Komm«, sage ich, »wir gehen ein bisschen raus. Vielleicht sind am Anleger unten Otter.«

Es werden keine Otter am Anleger sein, aber ich möchte ungestört mit Lydia reden. Gehorsam folgt sie mir nach draußen, wo es kalt ist. Es hat aufgehört zu nieseln, aber die Luft ist feucht. Wir spazieren zum Anleger, knien uns auf den nassen Beton und halten zwischen Felsen, Kies und sich im Wasser wiegenden Pflanzen Ausschau.

Ich habe mich bemüht, mir die Namen dieser unterschiedlichen Gewächse einzuprägen: Acker-Hundskamille, Strandmilchkraut, Stranddistel – Pflanzen, die den Gezeiten am Ufer standhalten. Ebenso habe ich mich bemüht, die Namen der kleinen Fische zu lernen, die in den Gezeitentümpeln auf Torran leben: der Schlangenstachelrücken, der Butterfisch, der Stichling mit seinem orangeroten Bauch.

Trotzdem fehlt mir noch etwas. Etwas Wesentliches. Ich habe nach wie vor kein Gefühl für die Sprache.

»Keine Otter«, sagt Lydia. »Kein Einziger. Ich sehe nie Otter, Mami. Hab noch nie einen gesehen.«

»Nein. Sie sind sehr scheu.«

Ich drehe mich zu ihr um. »Weißt du noch, ob Kirstie an dem Wochenende, an dem sie gefallen ist, böse auf Papa war?« Sie sieht mich ausdruckslos an. »Ja, war sie«, sagt sie.

Ich halte die Luft an.

»Warum?«

»Weil Papa sie immer geküsst hat.«

Eine einsame Möwe schreit wie irre.

»Geküsst?«

»Ja, geküsst und umarmt.« Ihre Miene ist ernst. Aufrichtig. »Er hat sie geküsst und umarmt, und sie hat mir gesagt, dass sie Angst hat. Er hat das andauernd gemacht, die ganze Zeit.« Sie hält inne und starrt mich an. Ich versuche, mir nicht anmerken zu lassen, was ich denke, welche Bilder mir sofort wieder vor Augen stehen: die Art, wie Angus seine Töchter geküsst hat, gerade Kirstie. All die Jahre. Er war der Schmusige, der sie in den Arm genommen und geküsst hat. Der immer die Berührung mochte.

Ich sehe vor mir, wie Lydia nach dem Unfall mit dem Fenster auf seinem Schoß gesessen hat. Erinnere mich, dass mir das irgendwie unpassend vorkam, dass ich plötzlich dachte, dass sie zu groß ist, um noch auf Papas Schoß zu sitzen. Hat ihm das gefallen?

Die Möwe segelt davon. Mir ist, als könnte ich mit ihr zusammenstoßen. Als sei ich in der Luft und könnte mitten im Flug auf die Erde stürzen.

»Ich glaub, sie hatte Angst. Sie hatte Angst vor Papa. Weißt du, Mami?«

Ist es das? Ist es das, was ich die ganze Zeit gesucht und nicht erkannt habe?

»Das ist jetzt sehr wichtig, Lydia. Du musst mir die Wahrheit sagen.« Ich schlucke Zorn und Trauer und Angst herunter. »Meinst du, dass Papa Kirstie auf eine bestimmte Art geküsst und umarmt hat? Auf eine Art, die sie nicht mochte? Vor der sie sich gefürchtet hat?«

Lydia zögert einen Moment, und dann nickt sie. »Ja.«

»Bist du dir sicher?«

»Ja, Mami! Aber sie hat Papa trotzdem liebgehabt. Er ist ja Papa. Ich hab Papa lieb. Können wir drüben an dem anderen Strand nachsehen, ob da Otter sind?«

Ich widerstehe der Versuchung, einfach loszuschreien. Jetzt heißt es, ruhig bleiben, souverän. Ich muss noch einmal mit Kellaway sprechen. Unbedingt. Jetzt. Wen kümmert's, dass dies die Trauerfeier für Kirstie ist?

Mein Vater ist auch nach draußen gekommen. Traurig und gefühlsduselig und betrunken. Er hat ein Glas in der Hand.

Ich schnappe ihn mir. »Spiel mit Lydia!«, sage ich energisch. »Pass auf sie auf, ja? Bitte.«

Er nickt, lächelt vage, gehorcht aber; bückt sich und tätschelt seiner Enkelin das Kinn. Während ich zur anderen Seite des Strandes hinübergehe, wo niemand mich hört, und mein Telefon zücke.

Zunächst versuche ich es in Kellaways Praxis. Es meldet sich niemand. Dann versuche ich es bei ihm zu Hause – es meldet sich niemand.

Was nun? Eine ganze Weile bleibe ich stehen und schaue übers Watt und das auflaufende Wasser nach Torran hinüber. Das Licht hat sich schon wieder verändert. Jetzt liegt die Insel im Schatten, und die Knoydart-Berge dahinter schimmern grün und tief dunkelrot. Birkenwälder und Leere.

Kellaway. Mir fällt ein, dass er neulich am Telefon einen Namen genannt und danach merkwürdig gezögert hat. Samuels. Den Kinderpsychiater Robert Samuels hat er erwähnt.

Dafür brauche ich das Internet. Aber wo habe ich Zugang?

Ich werde ein Stück fahren müssen. Rasch überquere ich den Parkplatz und steige in unseren Wagen. Der Zündschlüssel steckt. Das macht Angus häufig, er lässt den Schlüssel einfach, wo er ist. Kein Mensch schließt hier Haustür oder Auto ab. Die Leute sind stolz darauf, dass es praktisch keine Kriminalität gibt.

258

Ich ziehe den Schlüssel ab und wiege ihn in der Hand. Wie eine ausländische Münze von einigem Wert. *Samuels, Samuels, Samuels.* Dann stecke ich den Schlüssel wieder ins Zündschloss, drehe ihn um – und gebe Gas und fahre los, verlasse die Trauerfeier für meine Tochter. Es geht um nicht viel mehr als einen Kilometer. Ich muss auf den Berg, wo ich vernünftigen Handy-Empfang habe und Internet-Zugang.

Auf dem Scheitel des Berges parke ich, wie die Einheimischen es tun, und hole mein Smartphone wieder hervor.

Gebe bei Google ein: *Robert Samuels. Kinderpsychiater.*

Sofort erscheint die Wikipedia-Seite über ihn. Er arbeitet am Johns Hopkins Hospital in Baltimore und ist offensichtlich berühmt.

Ich überfliege seine Vita. Der Wind zaust Tannen und Kiefern und erzeugt so etwas wie ein abfälliges Flüstern.

Samuels ist ein viel beschäftigter Mann. Überall wird er zitiert. Ich studiere die Liste: *Psychologie des Verlusts im Kindesalter; Gebärdensprache bei taubstummen Kindern; Risikobereitschaft bei präpubertären Jungen; Wie Missbrauch durch den Vater bei Zwillingen nachgewiesen werden kann.*

Daran bleibt mein Blick hängen.

Missbrauch durch den Vater bei Zwillingen.

Ich öffne die Seite, doch es erscheint nur eine kurze Zusammenfassung. *Vermehrtes Auftreten von Missbrauch durch den Vater bei eineiigen Zwillingen: eine Meta-Analyse und Erklärungsansätze.*

Das ist es. Ich bin nahe dran. Fast am Ziel. Aber ich muss den Aufsatz ganz lesen.

Ich bemühe mich, ruhig und tief zu atmen. Über zwei, drei weitere Seiten gelange ich schließlich zu dem vollständigen Text. Ihn zu lesen kostet Gebühren. Also hole ich meine Karte hervor und gebe die Nummer ein, damit ich an das PDF herankomme.

Zwanzig Minuten brauche ich, um den Aufsatz zu lesen.

Zwanzig Minuten, während derer ich im Auto sitzen bleibe und die Sonne hinter die kahlen Berge oberhalb von Tokavaig sinkt.

Es ist ein kurzer, aber sehr dichter Text. Offenbar hat Samuels etliche Fälle gesammelt, in denen Zwillinge – beziehungsweise ein Zwilling – durch den Vater missbraucht worden sind, vor allem Zwillingstöchter, ganz allgemein: das bevorzugte Kind.

Ich lese und lese, und meine Hand, die das Telefon hält, beginnt zu zittern.

Anzeichen für Missbrauch sind unter anderem erhöhte Rivalität zwischen Zwillingen; »Selbstverletzungen durch das missbrauchte Kind und/oder seinen Ko-Zwilling«; unerklärliche Schuldgefühle und Scham, »eine scheinbare Gelöstheit und Heiterkeit, der nicht zu trauen ist«; »sind die Kinder besonders eng miteinander verbunden und in die Geheimnisse des jeweils anderen eingeweiht, wie es bei vielen Zwillingen der Fall ist, kann der nicht missbrauchte Zwilling ebenso große psychische und mentale Störungen aufweisen wie der missbrauchte«; und nicht zuletzt »ist bekannt, dass es bei missbrauchten Zwillingen zu Selbstverletzungen bis hin zum Selbstmord kommt«.

Es hat so gar nichts Spektakuläres: hier zu sitzen, im Auto, das in der frühen Abenddämmerung auf einem Bergkamm parkt, und das zu lesen. Zu begreifen, dass mein Mann, wie es scheint, Kirstie sexuell missbraucht hat. Oder zumindest viel zu weit gegangen ist.

Warum habe ich es nicht gesehen? Diese besondere Art, in der der Papa seine kleine Weeble gedrückt und umarmt hat? *Weeble* – dieser alberne Name; seine geschmacklose Art, Zuneigung zum Ausdruck zu bringen. Und was war an den Abenden, an denen er zu seiner Tochter ins Zimmer gegangen ist, während ich mit Lydia gelesen – und Kirstie mit ihm allein gelassen – habe?

Das ist es, keine Frage. Das ist das Muster, nach dem ich

260

gesucht habe, das überall da, wo ich hingeschaut habe, verborgen geblieben ist. Angus hat Kirstie missbraucht. Deshalb hatte sie Angst vor ihm. Sie ist immer sein besonderer Liebling gewesen. Sooft es nur ging, hat er sie auf dem Schoß gehabt. Das habe ich gesehen. Es ist ganz offen geschehen und doch verborgen geblieben. Lydia hat es bestätigt, Samuels hat es prophezeit.

Er hat sie missbraucht. Das war verwirrend für sie und beängstigend, und am Ende ist sie gesprungen. Es war Suizid. Und dass Lydia so durcheinander ist, so aus der Bahn geworfen, geht im Wesentlichen darauf zurück.

Denn sie hat es gewusst. Vielleicht hat sie sogar konkrete Missbrauchshandlungen mitbekommen? Vielleicht hat Kirstie ihr davon erzählt, lange bevor sie gesprungen ist? Das könnte Lydia so aufgeregt haben, dass sie sich sogar für Kirstie ausgegeben hat, nur um mit dem Trauma fertigzuwerden. Um irgendwie so zu tun, als sei ihre Schwester nicht gestorben, weil ihr Vater das getan hat. So hat sie am Ende alles verleugnet. Vielleicht haben sie deshalb in jenem Sommer ständig die Identitäten getauscht – weil sie ihrem Vater entkommen wollten?

Der Möglichkeiten sind endlos viele; alle sind sie erschreckend, und alle führen sie zu demselben Schluss: Mein Mann ist schuld am Tod seiner Tochter, und jetzt ist er im Begriff, auch noch die andere in Stücke zu reißen.

Was mache ich jetzt?

Ich könnte rauf zu McLeods fahren, dem Fachgeschäft für Rotwildjäger, und mir ein Gewehr kaufen. Zum *Selkie* fahren. Meinen Mann umbringen. Peng. Ich koche vor Zorn.

Und ich will Rache, mein Gott. So sehr. Aber was ich will, ist im Moment nicht so wichtig. Ich bin keine Mörderin, ich bin Mutter. Und was zählt, ist meine Tochter Lydia. Fürs Erste brauche ich – ungeachtet meines Zorns – einen praktikablen Ausweg, eine Möglichkeit für Lydia und mich, diesem Horror zu entkommen. Deshalb muss ich ruhig bleiben und klug handeln.

Ich starre nach draußen: Da geht ein Mann mit seiner winzigen Tochter an der Hand. Vielleicht ist er auch der Großvater, er sieht ziemlich alt aus, geht fast ein wenig gebückt. Barbour-Jacke und roter Schal. Er zeigt auf eine große Möwe, die eben herabstößt und wild um sich hackt; ein weißer Blitz in der Luft.

Wie Missbrauch durch den Vater nachgewiesen werden kann.

Wieder lodert Zorn in mir auf wie Feuer.

21. Kapitel

ANGUS MACHTE die Leine los und stieg ins Boot, in dem schon die Tüten mit dem Wochenendeinkauf aus dem Co-op-Supermarkt standen.

Der Außenborder sprang an, das Boot nahm an Fahrt auf und pflügte durchs Wasser. Es wurde sehr zeitig dunkel, und von Norden her braute sich wettermäßig Ungutes zusammen. Die kalte Luft fühlte sich an, als könne es jeden Moment regnen; die Tannen auf Salmadair bogen sich unter dem scharfen Wind. Er hatte gehört, in der folgenden Woche könne es einen Sturm geben – vielleicht waren das die Vorboten.

Das Letzte, was sie auf ihrer Donner-Insel gebrauchen konnten, war ein handfester Wintersturm. Immerhin, die Beerdigung am Vortag war ganz gut gelaufen. Alle waren da gewesen, das Ritual war vollzogen.

Die tiefen Risse aber, die durch die Familie gingen, waren nach wie vor da. Dass Lydia so schrecklich durcheinander war; sein Groll gegen Sarah, ihr Misstrauen ihm gegenüber wegen Imogen.

So steuerte er das Dingi übers Wasser und runzelte die Stirn angesichts des Wetters.

Sein Gewissen setzte ihm zu. Sicher, er hatte an dem Abend, als der Unfall passiert war, keinen Sex mit Imogen gehabt, aber ihr Flirt hatte definitiv da begonnen. Eine Berührung, die plötzlich anders gewesen war; eine neue Sicht auf den anderen; tiefe Blicke. Von da an hatte er gewusst, was sie wollte, und er hatte sie auch noch ermutigt, indem er einfach länger geblieben war; viel länger als geplant. *Ach, nach Instow kann ich immer noch fahren; das hat Zeit.*

Ernster war es allerdings erst nach dem Unfall geworden. Als

Sarah sich so abgekapselt hatte. Am Ende hatten sie nur ein paar Mal Sex gehabt. Im letzten Moment hatte er sich doch von Imogen zurückgezogen, aus – wenn vielleicht auch unangebrachter – Loyalität Sarah gegenüber; seiner Familie gegenüber. Deshalb war das, was er sich vorzuwerfen hatte, zwar schmerzlich, aber letztlich doch nichts im Vergleich zu dem, was auf Sarahs Konto ging.

Ärger wallte in ihm auf, doch er versuchte, sich zu beruhigen. Atmete tief die kalte Luft, in der Regen lag. Was sollte nun werden?

In der kommenden Woche sollte Lydia wieder zur Schule gehen. Ob das funktionierte? Die Lehrerinnen riefen dauernd bei ihnen an, sprachen ihnen Mut zu und flehten sie geradezu an: *Geben Sie uns noch eine Chance.* Er selbst hätte es lieber mit einer anderen Schule probiert – oder es vielleicht so geregelt, dass Lydia zu Hause unterrichtet wurde –, aber Sarah war ganz entschieden der Meinung, sie sollten noch einen Versuch machen, weil bei Lydia sonst das Gefühl zurückbliebe, versagt zu haben.

Er jedoch konnte sich alle möglichen Schrecknisse vorstellen, die Lydia bevorstanden, wenn sie in die Kylerdale School zurückkehrte – wenn sie in irgendeine Schule ging. Die fürchterlichsten Dinge malte er sich da aus.

So gesehen würde ein ordentlicher Wintersturm genau passen: eine hervorragende Kulisse für die wachsende Entfremdung zwischen ihnen. Denn ihr Leben entwickelte sich zusehends zum Drama. Jedenfalls war es eine Art Maskenspiel. Und sie trugen jeder eine Maske, alle drei.

Die Wellen des auflaufenden Wassers peitschten gegen das kleine Dingi. Er war froh, als er den Kiesstrand unterhalb des Leuchtturms sicher erreichte. Gerade hatte er das Boot aus der hereinkommenden Flut geborgen und die Einkaufstüten auf dem Kies abgestellt, da hörte er Sarah etwas rufen.

Im Schein seiner Taschenlampe sah er sie auf sich zulaufen. Selbst im Halbdunkel erkannte er, dass sie sehr aufgeregt war.

»Gus!«

»Was ist?«

»Beany!«

Sarah hatte über ihrem T-Shirt nichts an; sie war völlig durchnässt. Der Regen nahm ständig an Heftigkeit zu.

»Was zum …«

»Er ist weg. Beany ist weg.«

»Wie weg? Wohin?«

»Ich hab die eine Wand im Esszimmer gestrichen, und da kam Lydia rein und sagte, sie könne ihn nirgends finden. Wir haben alles abgesucht, er ist nicht da. Er ist weg, aber …«

»Das verstehe ich nicht, das hier ist eine Insel!«

»Man hört ihn, Angus.«

»Was?«

Das Leuchtturmsignal flackerte auf und tauchte für einen Moment alles in mondscheinähnliches Licht. Angus sah Sarahs verzweifelte Miene. Allmählich begriff er, was sie meinte.

»Ist er aufs Watt rausgelaufen? Mein Gott.«

»Irgendwo da draußen steckt er fest – noch vor zehn Minuten haben wir ihn jaulen hören.« Sie streckte den Arm aus und zeigte vage auf das schwarzgraue Nichts zwischen Torran und Ornsay. Den Sand und die Felsen und das hinterhältige, gefräßige Watt. »Wir müssen was machen, Gus, aber was? Lydia dreht durch. Das Wasser läuft auf. Wir können ihn doch nicht einfach ertrinken lassen!«

»Okay, ja.« Er legte ihr eine Hand auf die Schulter, um sie zu beruhigen, doch sie zuckte zurück. Sie zuckte eindeutig zurück! Was dachte sie denn, was er vorhatte? Auf ihrem Gesicht lag ein neuer Ausdruck, auch wenn sie versuchte, sich nichts anmerken zu lassen. Und dieser Ausdruck sagte: *Ich hasse dich.* War sie nur wegen der Sache mit Imogen derart sauer?

Er schob diese Gedanken beiseite. Keine Zeit. Damit würde er sich später befassen müssen.

»Ich zieh schnell meine Regenklamotten an.«

Er brauchte fünf Minuten, um sich in seine Regenhose und sein Ölzeug zu zwängen. Die Hosenbeine stopfte er in die hohen grünen Gummistiefel. Als er, ein Seil um die Hüfte geschlungen, in die Küche kam, starrten Sarah und Lydia ihn wortlos an. Er setzte die Stirnlampe auf und zog das Gummiband stramm. Es würde ausgesprochen ungemütlich sein dort draußen – und unheimlich. Zu allem Überfluss wehte auch noch Skye-typischer Nebel herein. Ungünstiger konnte das Wetter kaum sein, um aufs Watt hinauszugehen.

»Sei bitte vorsichtig, ja, Gus?«

»'türlich.«

Er nickte seiner Frau zu. Um ihr irgendwie Mut zu machen. Doch auch ihr ängstliches Lächeln jetzt war wenig überzeugend.

Lydia kam angerannt und umarmte ihn; das Gummizeug quietschte, als sie die Arme um seine Hüften schlang. Er blickte auf seine einzige Tochter hinunter und war augenblicklich erfüllt von Liebe und dem Drang, sie zu beschützen.

»Du musst das nicht machen, das weißt du …«, sagte Sarah und verstummte wieder.

Wie auf ein Kommando drehten sie sich alle drei gleichzeitig um und schauten auf das regengesprenkelte Küchenfenster, hinter dem es tiefdunkel war. Der Wind hatte ein schwaches, aber unverwechselbares Jaulen vom Watt zu ihnen herübergetragen. Das Jaulen eines Hundes. So laut immerhin, dass sie es durch das geschlossene Fenster gehört hatten.

Das war *sein* Hund.

»Doch, ich muss«, sagte Angus. »Wenigstens versuchen muss ich es.«

»Rette Beany, bitte, Papa, bitte, bitte! Sonst ertrinkt er! Bitte!«

Lydia umarmte ihn noch einmal, schmiegte sich an ihn. Ihre Stimme klang zittrig, so groß war ihre Angst.

»Keine Sorge«, sagte er, »ich hole Beany.«

Dann warf er Sarah einen letzten Blick zu. Was war los mit ihr, was lief hier? Wie hatte das passieren können? Auch darüber konnte er sich jetzt keine weiteren Gedanken machen. Wie auch immer es dazu gekommen war – Beany hing irgendwo dort draußen fest und musste gerettet werden.

Also trat Angus hinaus in die Dunkelheit und den peitschenden Regen. Der Wind war bösartig inzwischen. Und trotzdem kam immer dichterer Nebel von Kylerhea her über den Sound of Sleat.

Angus zog sich die Kapuze über den Kopf, schaltete seine Stirnlampe ein und stapfte durch Wind und Regen in Richtung Damm hinunter. Das war echter, heftiger Winterregen, wie er ihn von Ornsay kannte; Regen, der einen gleich doppelt durchnässte: einmal, indem er auf einen niederging, und einmal, weil er von Schlick und Felsen abprallte und wieder hochspritzte.

Schlamm. Dieser verdammte Schlamm.

»Beano!«, schrie Angus in den Regen. »Beano! Beany! Beany!«

Nichts. Der Wind riss mit solcher Kraft an der Kapuze, dass das Rascheln und Flattern des Stoffes jedes andere Geräusch übertönte. Also streifte Angus die Kapuze wieder zurück. Dann wurde er eben nass – aber so hörte er wenigstens. Wo war der Hund nur? Das Jaulen hatte sich so angehört, als komme es vom südlichen Ende der geschwungenen Bucht von Ornsay, also von jenseits des Watts.

War das denn wirklich ein Hundejaulen gewesen? Wer war da? Was war da? Es war so dermaßen dunkel. Selbst bei gutem Wetter wäre ein dunkelbrauner Spaniel nachts im Watt kaum zu erkennen gewesen. Und das Wetter jetzt war alles andere als gut. Der Nebel sammelte sich an der Küstenlinie und verbarg alles: die Lichter von Ornsay, das *Selkie*, das irgendwo dort sein musste, aber vollständig in weiße Schwaden gehüllt war.

»Beany? Wo bist du? Sawney Bean! Sawney!«

Wieder nichts. Der Regen trieb jetzt beinahe horizontal heran,

267

schnitt eisig kalt in die Haut. Immer weiter ging Angus, doch dann rutschte er auf einem glitschigen Stein aus, der aus dem Nichts vor ihm aufgetaucht war. Er verlor das Gleichgewicht und fiel auf die Knie, wobei sein Schienbein den großen Stein rammte. Es tat höllisch weh.

»Scheiße.« Er stützte sich mit einer Hand in der Pampe ab und stand auf. »Beany! Beany! Wo bist du, verdammt? Beanyyyy!«

Als er wieder stand, bückte Angus sich in den Regen. *Leg dich in den Wind.* Er holte tief Luft. Ihm war klar, dass er sein Leben aufs Spiel setzte. Was hatte Josh noch gesagt? *Auf Skye hört dich im Winter keiner, wenn du schreist.* Er konnte sich in diesem widerlichen, heimtückischen Matsch ein Bein brechen, liegen bleiben, bis auf die Haut nass werden und schließlich selbst hier gefangen sein.

Natürlich würde Sarah irgendwo anrufen und Hilfe holen, aber es konnte eine Stunde dauern, bis sich ein Hilfstrupp formierte, und rund um Torran lief das Wasser schnell auf. Binnen einer Stunde würde er noch nicht ertrunken sein, aber er konnte sich in dem Wasser, das ihn dann einschloss, eine Unterkühlung holen oder gleich erfrieren.

»Beany!«

Er suchte das Nichts mit Blicken ab. Wischte sich hektisch den Regen aus dem Gesicht.

Da?

»Beany!«

Da!

Jetzt hörte er es.

Ein kleines, herzzerreißendes, unverwechselbares Jaulen. Schwach, aber doch da. Dem Laut nach zu urteilen, war der Hund vielleicht drei-, vierhundert Meter entfernt. Mit feuchten, fast zu Eis gefrorenen Fingern zog Angus seine Taschenlampe hervor und fummelte an dem kleinen Plastikschalter, bis sie endlich leuchtete.

Das war besser. Er hob die Lampe. Zusammen mit der

Stirnlampe ergab sie tatsächlich anständiges Licht. Er richtete den Strahl auf die Stelle, an der er Beany vermutete, und starrte angestrengt in die geisterhaften Nebelschwaden.

Ja, da war der Hund. Eine kleine Gestalt nur, aber am Leben. Bis zum Hals steckte er im Schlamm.

Nicht mehr lange, und er würde ertrinken. Mehr als ein paar Minuten hatte Angus nicht, dann würde die Flut Beany schlucken.

»Mein Gott, Beany. Beany!«

Ein jämmerliches Winseln. Der Laut eines sterbenden Tiers. Wenn er ertrank, was hieß das für Lydia? Und ihn selbst, Angus, würde es auch schwer treffen.

Er rannte los, doch es war unmöglich. Jeder Schritt war eine Gefahr: Entweder er versank im Schlamm, oder er rutschte aus. Auf einem glatten, von Seegras und endlosem Regen besonders glitschigen Felsbrocken verlor er den Halt und wäre beinahe der Länge nach hingefallen. Ein unglücklicher Sturz, und er konnte sich den Schädel einschlagen. Sich selbst ins K. o. befördern. Was fatale Folgen haben würde.

Vielleicht war es ein Fehler gewesen, so sein Leben zu riskieren. Er dachte an Sarahs falsches Lächeln. Hatte sie diese Situation herbeigeführt? Nein. Das war lächerlich.

Er musste langsamer machen – wenn er aber langsamer machte, starb Beany.

Ob er schneller vorankam, wenn er auf allen vieren ging?

Rasch ließ er sich auf die Knie nieder und kroch durch den Schlamm. Schneidend kalter Regen rann ihm über Hals und Schultern, durchweichte ihn bis auf die Knochen. Er begann am ganzen Leib zu zittern. War das das erste Anzeichen einer Unterkühlung? Aber er hatte es nicht mehr weit. Fünfzig Meter. Vierzig. Dreißig.

Der Hund rang mit dem Tod. Nur sein Kopf war noch zu sehen. Die Augen funkelten im Schein der Taschenlampe, Panik lag in seinem Blick. Aber Angus kam näher. Und entdeckte ein größeres Holzteil, vielleicht das Überbleibsel eines gesunkenen Bootes, das seit Jahrzehnten hier im Schlamm feststeckte. Es war in der Dunkelheit kaum zu sehen, aber es bildete tatsächlich eine Art Brücke hinüber zu der Stelle, an der Beany festhing.

»Okay, alter Junge, ich bin da. Ich komme. Halt durch.«

Angus kroch über das Holz. Vielleicht vier Meter trennten ihn noch von dem Hund. Er überlegte, wie er die Rettung bewerkstelligen sollte. Er würde Beany packen und mit einem Ruck aus dem Schlamm ziehen.

Doch dann bewegte sich der Hund. Offenbar lockerte das auflaufende Wasser den nassen Sand auf. Halb schwimmend, halb strampelnd rettete Beany sich selbst. Und paddelte von Angus weg, genau in die entgegengesetzte Richtung, hin zum Kiesstrand.

»Beany!«, schrie Angus.

Holz splitterte. Als Angus sich aufrichtete, brachen die Bretter unter ihm auseinander.

Plötzlich stand er in einer Grube voll kalten Wassers. Tief und schlammig und eisig. Kein fester Grund. In Regenzeug und schweren Gummistiefeln trieb er in eisigem Seewasser. Verzweifelt suchte er an einem der Bretter Halt, doch es sank in das Sand-Wasser-Gemisch und ging unter. Bis zum Hals stand ihm das Wasser, seine Füße traten ins Leere.

Der Leuchtturm schickte sein Signal übers Watt. Ein blasssilbriges Flackern. Dann nur noch Schwarz.

22. Kapitel

Wo bleibt Angus? Warum dauert das so lange? Ertrinkt er? Hoffentlich. Und hoffentlich nicht. Ich weiß nicht mehr, was ich hoffe.

Ich stehe am Küchenfenster und schaue hinaus, nach Ornsay hinüber, doch es ist sinnlos. Genauso gut könnte ich in den Weltraum starren, da ist nichts als Nebel und Dunkelheit, eine triste graue Leere. Kein Stern weit und breit.

»Wo ist Papa?«

Lydia zupft mich am Strickjackenärmel. Fragend blickt ihr unschuldiges Gesicht zu mir auf, ganz Zahnlücken und weit aufgerissene blaue Augen; ihre schmalen Schultern beben vor lauter Sorge. Sosehr ich Angus auch verabscheue, ich darf nicht zulassen, dass sie ihren Vater verliert. Nicht so. Vielleicht hätte ich ihn zurückhalten sollen? Nein, er hätte auf jeden Fall versucht, seinen Hund zu retten, egal, welcher Gefahr er sich dabei aussetzt.

Der Wind peitscht Regen gegen das Fenster.

Das dauert zu lange. Wieder versuche ich, in den verschiedenen Graustufen des Nebels irgendetwas zu erkennen. Nichts. Der Mond ist hinter dichten Schleiern verschwunden. Auch das Paparazzi-Blitzlicht, das der Leuchtturm alle neun Sekunden aussendet, offenbart nur feucht glänzende Leere.

»Mami! Wo ist Papa?«

Ich greife nach Lydias Hand. Sie zittert.

»Es ist bestimmt alles gut. Er holt Beany zurück. Bei dieser Dunkelheit ist das natürlich schwierig.«

Ich wünschte, ich könnte selbst glauben, was ich ihr erzähle. Ich wünschte, ich würde verstehen, was los ist. Ich wünschte, ich wüsste, ob ich meinen Mann lebendig sehen möchte oder tot.

Ich bin ja noch nicht einmal sicher, ob der Hund wirklich aufs Watt gelaufen ist. Zuletzt habe ich ihn mit Lydia im Esszimmer herumtoben sehen, so wild, wie er in letzter Zeit eben noch tobt. Ich war in Lydias Zimmer und habe gebügelt. Irgendwann habe ich Lydia schreien hören, und als ich ins Esszimmer gelaufen kam, war der Hund weg und die Tür hinten in der Küche stand offen und schlug im Hebridenwind hin und her.

»Ich will Papa.«

Hat Beany vielleicht in der Küche eine Ratte gesehen und die Verfolgung aufgenommen? Oder hat Lydia ihn verscheucht? Ihm solche Angst eingejagt, dass er geflüchtet ist? Er hat immer den Eindruck gemacht, als ob er sich auf Torran fürchtet – vor jemandem oder etwas in unserem Haus.

»Mami! Da ist Beany, ich hab ihn gehört!«

Stimmt das? War da ein Jaulen? Ich lasse ihre Hand los, gehe zur Küchentür und öffne sie. Wind und Regen schlagen mir entgegen, als wollten sie mich ins Haus zurückdrängen. Auch wenn es nichts hilft, ich rufe ins Watt hinaus, hinüber zu den schattenhaften Gestalten der ankernden Boote, den Sandbänken und Reihen langweiliger Tannen, von denen nur die Spitzen auszumachen sind. Denn alles – alles – ist in Nebel gehüllt.

»Angus! Beany! Angus! Beany!«

Ebenso gut könnte ich in einen Bergwerksschacht rufen. Oder in einen fensterlosen feuchten Keller. Der Sturm reißt mir die Worte von den Lippen und trägt sie davon. Nach Süden, zur Halbinsel Ardnamurchan vielleicht und zu den felsigen Summer Isles.

Verzweiflung packt mich. Das Unglück verfolgt uns, seit wir aus London weggegangen sind.

»Kommt Papa zurück?«, fragt Lydia, die hinter mir an der offenen Tür steht. »Bestimmt kommt er zurück, genau wie Lydia.«

»Ja, ja, natürlich.«

Sie trägt dünne lila Leggings und einen kurzen Jeansrock;

auch das Hello-Kitty-T-Shirt ist viel zu dünn. Sie wird sich erkälten.

»Geh wieder rein, Lydia, bitte. Mit Papa ist alles okay, er will nur Beany holen. Sicher kommt er bald wieder. Bitte geh rein und lies ein bisschen, es wird nicht mehr lange dauern.«

Sie macht kehrt und läuft ins Esszimmer hinüber. Ich folge ihr und gehe zum Esszimmerfenster, wo das altersschwache Bakelittelefon steht. Der Hörer, auf dem immer noch Farbreste kleben, ist absurd schwer; die Wählscheibe bewegt sich in Zeitlupe. Ich krame die Nummer von Josh und Molly hervor, doch es meldet sich keiner. Es klingelt und klingelt, aber niemand ist da.

Ich versuche es auf Joshs Handy. Wieder nichts. »Hallo, hier ist Josh Freedland. Falls es um die Arbeit geht, versuchen Sie's bei Strontian Stone …«

Wütend knalle ich den Hörer auf die Gabel. Wütend auf alles. Wer kann uns helfen?

Gordon, der Mann, der uns den Tipp mit dem Boot gegeben hat! Ja, Gordon. Ich habe seine Nummer im Handy gespeichert. Also renne ich ins Schlafzimmer, fische das Handy aus der vollgestopften Nachttischschublade und warte ungeduldig, dass es angeht. Lydia ist mir gefolgt. Wie aus dem Nichts ist sie plötzlich aufgetaucht. Sie sieht anders aus. Ihr Haar ist zerzaust. Stumm, wie in Trance, schaut sie zu, wie ich das Handy entnervt schüttele: *Geh an, geh endlich an, geh verdammt noch mal an!* Sie hat sich Leopardy unter den Arm geklemmt.

Nachdem sie mich eine Weile beobachtet hat, sagt sie unsicher: »Vielleicht macht das ja nichts mit Beany. Kirstie ist nicht zurückgekommen. Vielleicht macht es nichts, wenn Beany auch nicht zurückkommt.«

»Was sagst du, Schatz? Ich will hier eine Nummer heraussuchen …«

»Papa kommt aber wieder, oder? Bitte, Mami. Lydia ist es egal.

Kirstie ist ja nicht mehr da, deshalb ist egal, was er gemacht hat. Können wir nicht gehen und ihn aus dem Schlamm holen?«

Aus dem was? Was redet sie da?

Ich starre sie an. Fassungslos. Den Tränen nahe. Ich denke an Kirstie und das, was er ihr angetan hat, und mir kommen tatsächlich die Tränen.

Nein. Ich muss auf dieses Handy schauen. Freundlich grün schimmert das Display in dem schlecht beleuchteten Schlafzimmer. Da steht, dass ich keinen Empfang habe. Natürlich nicht. Zwei Tasten, und ich bin bei meinen Kontakten. G oder F, G oder F.

Gordon Fraser, da ist er.

Ich haste zurück ins Esszimmer, greife mir den alten Hörer, lese die Nummer vom Handy ab und wähle – mit eiserner Geduld, weil es mit dem alten Telefon nun mal nicht schneller geht – 3, 9, 4, 6. Es klingelt am anderen Ende – *nimm ab, nimm ab!* –, und dann höre ich zwischen Knacken und Knistern eine Stimme. Dünn und trotzdem barsch dringt sie durch den Sturm an mein Ohr.

»Gordon Fraser.«

»Gordon, hier ist Sarah. Sarah Moorcroft von Torran.«

Schweigen.

»Hallo, Sarah. Ja. Wie geht's?«

»Wir haben hier ein Problem. Ein großes …« In der Leitung knallt und brodelt es. »Bitte.«

»Ich …« Sssss. »…stehe nicht.«

»Sch…«

»Sarah …«

»Wir brauchen Hilfe. Dringend. Bitte!« Jetzt ist die Leitung tot, nicht einmal mehr das statische Rauschen ist da. Ich bin kurz davor, das Ding an die Wand zu pfeffern. Warum muss es ausgerechnet jetzt seinen Geist aufgeben? Doch dann kommt das Rauschen wieder, so laut, dass es weh tut im Ohr, und plötzlich ist die Leitung frei, und ich höre die Stimme wieder.

»Gibt es Schwierigkeiten bei Ihnen, Mrs. Moorcroft?«

»Ja!«

»Was ist los?«

»Angus, mein Mann, ist draußen im Watt – unser Hund war verschwunden; er wollte ihn retten. Es war noch Ebbe, als er losgelaufen ist, aber schon dunkel. Ich bin in großer Sorge, er ist schon so lange weg, Ewigkeiten, ich weiß nicht, was ich machen soll … ich habe Angst um ihn und …«

»Im Watt, sagen Sie?«

»Ja.«

»Allein? Irgendwo bei Torran?«

»Ja!«

Sein Schweigen sagt mehr als deutlich, wie er das findet.

»Gut, Mrs. Moorcroft, nur die Ruhe. Ich sehe zu, dass ich ein paar Männer aus dem *Selkie* zusammenkriege.«

»Oh, danke, vielen Dank!«

Ich lege auf, bevor die Leitung mich erneut im Stich lassen kann; als säße ich an einem Computerspiel und das Telefon sei mein Leben, das ständig verrinnt, bis ein Summen ertönt und die Ansage *Game over* kommt. Dann drehe ich mich um, und da steht sie schon wieder hinter mir. Lydia. Vor Schreck weiche ich einen Schritt zurück.

Mit ausdruckslosem Gesicht steht sie da, die blauen Augen weit offen, wie in Trance.

Wie hat sie das gemacht? Diese Fußbodendielen knarren unter der kleinsten Last. Ich habe nichts gehört.

Sie ist kaum einen Meter von mir entfernt. Stocksteif steht sie da und starrt schweigend vor sich hin. Ich habe sie nicht hereinkommen hören. Und schon gar nicht habe ich gemerkt, dass sie hinter mir stand.

Wie macht sie das? Wie viele Lydias gibt es in diesem Haus? Mich beschleicht das verwirrende, kranke Gefühl, dass wir zwei identische Lydias hierhaben; zwei, die in den kalten, düsteren Räumen spielen, zwischen Spinnweben und Ratten, genau wie früher in London Lydia und Kirstie; wie in jenem letzten Sommer vor allem, als es ständig hieß: *Ich bin's, nein, ich bin's,* als ihr Kichern und Lachen durch den Flur hallte, wenn ich erst der einen nachjagte und dann der anderen und sie sich versteckten und mich foppten.

Jetzt werde ich wirr im Kopf, wo ich doch klar sein muss.

»Papa kommt wieder, mit Beany, stimmt's?«

Traurig schaut sie zu mir auf, mit gerunzelter Stirn. Das muss unerträglich sein: Erst verliert sie die Zwillingsschwester, jetzt fürchtet sie, auch noch ihren Hund zu verlieren – und ihren Vater. Das wird sie restlos aus der Bahn werfen.

Sosehr ich Angus auch hasse, er muss einfach am Leben bleiben.

»Er kommt wieder, oder, Mami? Bitte, Mami!«

»Ja!« Ich knie mich vor sie, ziehe sie in meine Arme und drücke sie fest, fest, fest. »Süße! Bald kommt Papa zurück, ich versprech's dir.«

»Versprochen?«

»Versprochen. Ehrlich. Hundert Mal. Komm, wir gehen in die Küche und machen Tee und warten auf Papa und Beany.«

Das ist nur ein Vorwand. Ich brauche eine Ausrede, um in der Küche stehen und aus dem Fenster schauen zu können; um mitzubekommen, was passiert. Und so starre ich, während ich brackiges Wasser aus dem spritzenden Hahn in den Kessel laufen lasse, immer wieder nach draußen in die schwarze Nacht.

Pures Schwarz. Ein Schimmer Mondlicht vielleicht, als Wolkendecke und Nebel für einen kurzen Moment aufreißen. Direkt vor mir fällt das trübe Licht aus unserer Küche auf einen nassen Grasfleck, ein grotesktes Rechteck von schrecklicher Farbe. Triefnasse Wäsche schlenkert wild an der Leine herum. Der Wind heult und heult. Als sollte es noch wochenlang so weitergehen.

Jetzt wird es wirklich Winter. Er kündigt sich standesgemäß an.

»Guck mal, Mami!«

Wie Nadeln bohren sich feine Strahlen durch die Düsternis, im Nebel nur schemenhaft zu erkennen. Scheinwerfer? Taschenlampen? Bootsleuchten? Das müssen Gordon und seine Freunde sein; ja, jetzt kann ich mehrere Gestalten unterscheiden und Lichtkegel von Taschenlampen, die sich treffen oder einander kreuzen. So stelle ich mir London im Krieg vor, als Scheinwerfer den Himmel über der Stadt nach Bombern absuchten. Die Männer fahren raus, so viel kann ich erkennen. Mehrere Boote umrunden Salmadair – inzwischen sehe ich sie deutlich.

Die Leuchte an einem heftig auf den Wellen schaukelnden Boot ist besonders hell, ein richtiger Suchscheinwerfer. Tastend gleitet der Lichtkegel über Watt und Sand; ich folge ihm und halte angestrengt Ausschau, doch bald verdichtet sich der Nebel wieder und nimmt mir die Sicht.

Der ganze Sound ist ein Tal voller Nebel. Wie sollen sie Angus da finden? Kümmert's mich?

Ja, das tut es. Vielleicht aus den falschen Gründen. Ich will ihn lebend, damit ich ihn konfrontieren kann mit dem, was er getan hat.

»Lass uns ins Wohnzimmer gehen«, sage ich.

»Warum?«

»Man sieht ja sowieso nichts.«

»Was sind das für Lichter, Mami?«

»Das sind nur Leute, die Papa helfen wollen. Alle helfen mit.«

Entschlossen nehme ich sie bei der Hand und gehe mit ihr ins Wohnzimmer, wo wir das Feuer auf Trab bringen. Es ist fast ganz heruntergebrannt während der vergangenen Stunde, als niemand darauf geachtet hat. Pflichtbewusst und konzentriert reicht Lydia mir zunächst kleinere Scheite, mit denen ich die schwächlichen Flammen füttere.

»Mami? Was würdest du dir wünschen, was es regnen soll, wenn es nicht Wasser regnen würde?«

»Bitte?«

Nachdenklich blinzelt sie mich an. Über ihr niedliches blasses Kinn zieht sich eine Rußspur. Ich kann nicht anders, ich muss lächeln. Und ich versuche, nicht an Angus zu denken und an Kirstie und das Umarmen und Küssen.

»Was?«, frage ich.

»Wenn der Regen nicht aus Wasser wäre, was würdest du dir wünschen, aus was er dann sein soll? Ich würde mir Blumen wünschen. Dass es Blumen regnet – das wär so schön.«

»Ja.«

»Oder Leute.« Sie kichert. »Das wär lustig, oder? Wenn es lauter Leute regnen würde, überall. Oh, guck mal, guck doch mal! Das sieht aus wie ein Regenbogen!«

Sie zeigt auf die Flammen, von denen eine besonders kleine zwischen den Scheiten dunkelrot und bläulich schimmert. Gemeinsam beobachten wir das Feuer ein Weilchen, dann kuscheln wir uns auf dem Sofa zusammen, unter der Decke, die nach Beany riecht, und unterhalten uns über den Hund. Ich möchte sie ablenken, damit sie sich nicht so ängstigen muss. Sie hört mir aufmerksam zu und nickt und lacht, also lache ich auch, aber auch im Lachen noch bin ich traurig und wütend zugleich.

Das dauert einfach zu lange. Wo ist Angus? Sie finden ihn nicht. Ich stelle mir die Männer aus dem *Selkie* vor, wie sie vom Boot aus den Sand absuchen, wie sie müde werden und sich die kalten Hände reiben und warmen Atem zwischen die Finger hauchen und einander nicht anschauen, weil sie wissen, dass sie es nicht geschafft haben; keine Spur von ihm, wir müssen abwarten …

Würden wir überleben, wenn Angus stürbe? Kann schon sein. Dann hätte das alles wenigstens ein Ende.

Das Feuer lodert auf und sinkt wieder zusammen. Ich beobachte meine Tochter, während sie ins Feuer starrt und die Flammen sich in ihren blauen Augen spiegeln.

»Sarah.«

Was?

»Mein Gott.«

»Papa!«

Angus. Von oben bis unten mit Schlamm bedeckt, steht er im Türrahmen, fast sieht er aus wie ein Schlamm-Catcher, seine Augen sind dunkle Schlitze im Dreck, aber er lebt.

Hinter ihm tauchen Gordon und ein paar andere Männer auf. Sie lachen, dass es durchs ganze Haus schallt; sie riechen nach Diesel und Tang und öligem Watt – und Angus lebt. Augenblicklich springt Lydia auf und rennt zu ihm hin, und er hält sie ein Stück von sich weg und gibt ihr einen Kuss auf die Stirn.

»Ich weiß, du willst mich umarmen«, sagt er und kommt schwerfällig zum Sofa herüber, »aber das würde ich dir nicht empfehlen. Dieser Schlamm stinkt.«

Lydia hüpft umher wie ein Gummiball.

»Papapapapapa!«

Mein Gott, wir dachten … hätte ich fast gesagt, aber ich verkneife es mir. Mit Rücksicht auf Lydia. Auf uns alle.

Bis auf Gordon und einen anderen Mann verabschieden sich die Helfer. Sie wollen nach Hause.

Nachdem sie in die Dunkelheit verschwunden sind, sagt Gordon: »Ihr Mann war schon halb in Ornsay drüben, da haben wir ihn rausgefischt.«

Angus grinst verlegen. Er kommt näher und küsst mich auf die Wange. Ich bemühe mich, nicht zurückzuzucken. Er mustert mich misstrauisch.

»Ich hatte keine Ahnung, wo ich bin bei dem Nebel«, sagt er.

Ich spähe an ihm vorbei.

Kein Hund. Wo ist der Hund?

»Beany?«

Lydia starrt ihren Vater andächtig an – fasziniert, aber auch besorgt.

»Genau, Papa, wo …«

Er lächelt, doch es wirkt wenig überzeugend. »Der ist abgehauen! Er hat es aus dem Matsch herausgeschafft und ist einfach weggelaufen. Morgen finden wir ihn. Ihm fehlt nichts.«

Ich vermute, das ist gelogen. Mag sein, dass Beany weggelaufen ist, aber es gibt keine Garantie dafür, dass er noch am Leben ist und wir ihn finden. Das sage ich jetzt aber nicht. Ich lege meinem Mann eine tröstende Hand an die kalte, schlammbeschmierte Wange – wo ich ihn doch eigentlich schlagen will. Mit aller Kraft. Ich will ihm Faustschläge verpassen und die Augen auskratzen. Ihm richtig weh tun.

»Du musst doch frieren! Mein Gott, wie du aussiehst – du brauchst unbedingt ein Bad!«

»Ja, ein sehr heißes«, sagt er. »Das ist die beste Idee aller Zeiten, Sarah. Schenkst du Gordon und Alastair inzwischen ein Glas Macallen ein, von dem Guten? Ich habe ihnen einen anständigen Schluck versprochen. Zum Dank dafür, dass sie …« Er schaut Lydia an und fährt fort: »Du weißt schon, dafür, dass sie geholfen haben. Sarah?«

»Natürlich«, sage ich und ringe mir ein erleichtertes Lächeln ab.

Mit schmatzenden Schritten verschwindet Angus in Richtung Bad. Als ich Wasser einlaufen höre, wende ich mich an meine Tochter.

»Könntest du ein paar Gläser holen, Lydia, Schatz?«

Whisky wird gebracht und ausgeschenkt. Die Männer entschuldigen sich für die Nässe, die sie ins Haus getragen haben, und ich sage: Macht nichts, und wir sitzen zusammen, auf Sofa und Sessel verteilt, und ich lege noch einmal ein paar Scheite nach. Wir sitzen einfach da und trinken, und Lydia starrt die Männer an, als handele es sich um eine faszinierende neue Tierart im Zoo.

Nach einer Weile schaut Gordon sich um in dem Raum, in dem noch nicht alle Wände neu gestrichen sind, und sagt: »Da haben Sie wirklich was gemacht aus der alten Hütte. Sieht schon richtig nett aus hier. Gut zu wissen, dass sich jemand kümmert um das Haus auf Torran.«

Was soll ich dazu sagen? Ich kann meine Traurigkeit schlecht verbergen; sie scheint sich über den ganzen Raum zu legen. Ein leises »Danke« bringe ich heraus, aber nicht mehr.

So sitzen wir schweigend da und trinken. Angus im Bad ist deutlich zu hören, sein Prusten, das Spritzen von Wasser. Mein Blick wandert zur Badezimmertür. Wir sind in Sicherheit. Und zugleich in großer Gefahr.

Gordon macht dem Schweigen schließlich ein Ende. Er fängt an, über Torran zu reden, über Sleat und das gälische College, und ich gehe dankbar darauf ein. Ich bin froh, ein bisschen reden zu können, egal, worüber. Und was mache ich mit Angus?

Alastair, der jüngere Mann – glattrasiert und mit rotem Schopf, auf eine rauhe Art gutaussehend –, ist bei seinem dritten großen Glas Macallen. Jetzt fällt er Gordon ins Wort. »Thingplatz – so haben sie das Haus früher genannt.«

Gordon winkt unwillig ab. Lydia, die sich in eine weiche, nebelblaue Decke gewickelt und auf dem Sofa eingerollt hat, schläft tief und fest.

Ich kippe meinen Scotch; das Feuer wirft flackerndes Licht; ich bin todmüde.

»Wie bitte?«

Alastair ist eindeutig angetrunken. Er rülpst und entschuldigt sich und erklärt: »Die Leute hier in der Gegend haben früher immer gesagt, Torran ist ein Thingplatz. Also ein Ort, an dem es Geister gibt.« Er lacht leise. »Echte Geister. Ein Ort, an dem die Geisterwelt nahe ist.«

»Ach, das ist doch alles Unsinn«, erwidert Gordon und schaut erst mich und dann Lydia unsicher an. Er ist sichtlich sauer auf seinen Freund.

»Nein, Gordon, das stimmt«, widerspricht der. »Ich hab schon öfter gedacht, dass sie vielleicht recht hatten. Du weißt schon,

Donner-Insel und so. Irgendwas ist hier komisch, so eine seltsame Atmosphäre. Weißt du noch, wie rasch die Leute abgehauen sind, die sich eine Zeitlang hier eingenistet hatten? Die waren völlig panisch.«

Er hat offensichtlich keinen Schimmer, was unserer Familie zugestoßen ist, sonst würde er doch nicht von so etwas anfangen.

»Eine Thingstätte eben. Wo man die andere Welt sehen kann.« Jetzt grinst Alastair. Und schlürft seinen Whisky und sieht mich neugierig an. »So hieß es immer.«

Gordon Fraser verzieht das Gesicht. »Alles Quatsch. Hörn Sie nicht drauf, Sarah.«

Ich zucke die Achseln. »Schon in Ordnung. Das ist doch interessant.«

Das meine ich ganz ehrlich. Überlieferte Geschichten oder alter Aberglaube kratzen mich nicht: Mir machen die Ängste zu schaffen, die ich jetzt auszustehen habe. Gordon nippt genüsslich an seinem Scotch, rollt ihn im Mund, prüft den Geschmack. Und dann zeigt er, das Glas noch in der Hand, auf meine schlafende Tochter.

»Sieht so aus, als sollten wir jetzt lieber gehen.«

Eilig verabschieden sie sich. Ich winke ihnen nach, bis der Scheinwerfer ihres Bootes in Richtung Salmadair verschwindet. Der Leuchtturm schickt ihnen zum Abschied sein Signal hinterher. Ich sehe das Dingi, es ist am Leuchtturm festgemacht. Von den Einkaufstüten keine Spur mehr. Die hat sich die Flut geholt.

Ich kehre in die Küche zurück. Dort ziehe ich die Schublade mit den Messern auf.

Und prüfe mein Arsenal. Die funkelnden Messer. Ich mag es, wenn sie schön scharf sind.

Rasch schließe ich die Schublade wieder, ohne etwas angerührt zu haben. Male ich mir etwa einen Mord aus?

Zögernd durchquere ich das Wohnzimmer, gehe den Flur

entlang und öffne die Badezimmertür – er sitzt in der Wanne, wäscht sich, seift sich die muskulösen Arme ein; weißer Schaum hängt in den schwarzen Brusthaaren.

Ich hasse diese Körperlichkeit.

»Du musst noch mal einkaufen fahren«, sage ich. »Morgen. Du hast die Tüten beim Boot stehen lassen, die sind alle weg. Von der Flut geholt.«

»Was?«, fragt er, verständlicherweise irritiert. Ich sehe, wie es in seinem Kopf arbeitet. *Ich wäre fast gestorben bei dem Versuch, den Hund zu retten, und sie redet über Einkäufe?*

Aber ich schaffe es nicht mehr, ihm etwas vorzuspielen. Ich will ihn nur aus dem Haus haben, damit ich mir überlegen kann, was ich als Nächstes tue. Wie ich die Konfrontation gestalte.

»Morgen. Einkaufen. Danke.«

23. Kapitel

WIR SUCHEN DEN GANZEN VORMITTAG nach Beany, umrunden die Insel, und Lydia ruft ihn verzweifelt.

»Beany! Beany!«

Es ist Hochwasser. Ich glaube nicht daran, dass der arme Hund noch irgendwo auftaucht, aber Lydia gibt nicht auf.

»Beany!«

Lachmöwen verfolgen uns, als wir den Strand abgehen und jeden Tümpel untersuchen. Austernfischer starren uns misstrauisch entgegen und hüpfen, als Lydia schreiend und rufend angerannt kommt, davon.

Irgendwann weint sie.

»Na komm«, sage ich und lege ihr den Arm um die Schultern. »Beany geht's bestimmt gut. Vielleicht ist er bei Ebbe rübergelaufen und versteckt sich irgendwo im Wald. Wir hängen Bilder von ihm auf und schreiben dazu, dass er vermisst wird.«

»Er kommt nicht wieder«, sagt sie und schubst meine Hand weg. »Er ist tot. Er kommt *nicht* wieder. *Nein.*«

Damit lässt sie mich stehen und rennt zurück zum Haus. Ich habe keine Ahnung, wie ich sie trösten soll. Die ganze Welt ist ja untröstlich: von den traurigen grauen Seehunden auf Salmadair bis zu den regenschweren Vogelbeerbäumen von Camuscross.

Stunde um Stunde vergeht, ohne dass ich es recht bemerke. Während Lydia in ihrem Zimmer liest, mache ich sogar mit dem Streichen der Wände weiter; ich weiß selbst nicht, warum. Vielleicht aus dem vagen Gefühl heraus, dass wir irgendwie mit der Renovierung fertig werden und das Haus verkaufen sollten. Bald.

Als mir nach einer Pause ist, gehe ich in die Küche, um mir die Farbe von den Händen zu waschen – und da sehe ich An-

284

gus kommen. Das Dingi zieht eine weiße Schaumspur über das schiefergraue Wasser des Sounds.

Die Hand am Ruder, steht er – eine einsame Gestalt – auf seinem Boot und schaut genau in meine Richtung. Unseretwegen kommt er, bringt die Einkäufe, wie verlangt.

Hass packt mich. Von einer Sekunde zur anderen. Ich hoffe, sein verdammtes Boot rammt einen der Basaltblöcke, die unten beim Leuchtturm im Wasser liegen. Ich hoffe, es bekommt ein Loch oder reißt auf. Sicher, ich möchte klug vorgehen und alles aussprechen, ihn konfrontieren, aber genauso gut könnte ich jetzt ruhig zusehen, wie er in der kalten Flut ertrinkt. Ich würde mich nicht von der Stelle rühren. Keinen Millimeter. Dieses Mal würde ich einfach hier stehen bleiben und zuschauen, wie ich zur Witwe werde.

Aber natürlich sinkt das Boot nicht. Angus ist inzwischen ein echter Experte, was das Inselleben angeht. Und nach dem, was er gestern im Watt durchgemacht hat, ist er extra vorsichtig. Geschickt drosselt er das Tempo und steuert das hässliche orangefarbene Gummiteil ans Ufer, auf den Kies, wo er aussteigt. Dann zieht er das Boot weit genug hoch, dass die Flut es nicht erwischen kann, hebt zwei Co-op-Tüten heraus und kommt den Weg zum Haus herauf.

Schnell geht er, entschlossen. Liegt darin eine Drohung? Angst fährt mir in die Knochen.

Weiß er, dass ich weiß? Woher? Mit Sicherheit hat er meine innere Abwehr gespürt, aber kann er meine Gedanken so genau lesen?

Zielstrebig kommt er näher; mir wird unheimlich. Ich gehe noch einmal an die bewusste Schublade und schaue mir die blitzenden Messer an, und diesmal tue ich es tatsächlich: Ich greife mir ein Küchenmesser. Das größte und schärfste. Ich verstecke es hinter dem Rücken und begreife zugleich, wie krank das ist – auch wenn ich es sehr gut erklären könnte. *Ich tue genau das Richtige.*

»Hallo«, sagt er ungewohnt schroff, stößt die Tür auf und stellt die Tüten auf dem Boden ab. Nicht die Andeutung eines Lächelns. Ich spüre das Messer in meiner schwitzigen Hand, es ist mehr schlecht als recht hinter meinem Rücken verborgen. Könnte ich das? Bin ich imstande, auf meinen eigenen Mann einzustechen?

Vielleicht.

Absolut – wenn er sich an Lydia vergreift. Wer weiß, ob der Missbrauch überhaupt aufgehört hat. Vielleicht nennt er sie *Kirstie*. Und tut so, als wäre sein Liebling noch am Leben.

Ist es seine Schuld, dass sie so verwirrt ist?

»Wo ist Lydia?«, fragt er.

Jetzt sieht er mit seinem Stoppelbart eher unheimlich aus als gut. Wie ein Krimineller, dessen Bild in den Nachrichten gezeigt wird: Kennen Sie diesen Mann?

Nein.

Was hat er mit Kirstie gemacht? Wie konnte er? Wie lange ging das so? Ein halbes Jahr? Ein ganzes?

»Sie schläft«, sage ich, und das ist gelogen. Lydia ist in ihrem Zimmer und liest, aber ich werde ihn nicht in die Nähe der einzigen Tochter lassen, die wir noch haben. Sollte er versuchen, an sie heranzukommen, mache ich Gebrauch von dem Messer. »Sie ist k. o., Gus, ich finde, wir sollten sie schlafen lassen.«

»Aber es geht ihr gut, ja? Trotz … Du weißt schon.«

»Ja. Alles in allem geht es ihr gut. Aber lass sie schlafen, Angus, bitte. Sie soll nächste Woche wieder in die Schule gehen und braucht Ruhe. Bitte!«

Es fällt mir alles andere als leicht, »bitte« zu sagen. Zu diesem Mann. Diesem Etwas. Er ist ein Monster, ein ganz und gar unmenschliches Wesen, und ich will, dass er weg ist.

»Gut«, sagt er und sieht mir tief in die Augen.

Wir laden uns gegenseitig mit Hass auf. Er macht keinen Hehl daraus, dass er genauso empfindet. Hier stehen wir, auf unserer Insel, und hören die Raben auf Salmadair krächzen und hassen einander und wissen es beide. Nur ist mir immer noch nicht klar, warum *er mich* hasst. Vielleicht, weil er ahnt, dass ich hinter sein Geheimnis gekommen bin?

Vielleicht hat er deshalb so wütend ausgesehen, als ich ihm gesagt habe, dass Kirstie eigentlich Lydia ist. Da muss er gewusst haben, dass ich ihm draufkomme.

Er wendet sich ab und will ins Esszimmer gehen, doch ich sage: »Angus, ich glaube …«

»Ja?«

»Also, ich habe nachgedacht, während du einkaufen warst.«

Kann ich meine Verdächtigungen aussprechen? Nein. Damit kann ich hier und jetzt nicht kommen, an einem Sonntagnachmittag, in dieser alten Küche, von der wir einmal dachten, dass wir in ihr glücklich werden; wo im Kühlschrank die Dairylea-Käseecken für Lydias Schulbrote liegen, wo sich im Regal die Kartons mit Crunchy Nut Cornflakes stapeln. Irgendwann werde ich die schrecklichen Worte aussprechen müssen, irgendwann werde ich sagen müssen: Du hast sie angefasst, aber noch nicht jetzt, nicht, solange Lydia derart traumatisiert ist. Ich will, dass sie morgen wieder in die Schule geht. Morgen ist Montag. Morgen muss sie ins tiefe Wasser springen, oder wir werden uns nie retten können.

»Ja?« Angus wird ungeduldig. »Worum geht's?«

Seine Jeans haben Motorölflecken, er ist ungekämmt, regelrecht zerzaust sogar. Ganz untypisch. Vielleicht findet er allmählich zu seinem wahren Selbst.

»Du weißt ja, dass es in letzter Zeit nicht so gut gelaufen ist zwischen uns. Ich dachte, vielleicht könntest du – um Lydias willen, um unser aller willen – ein paar Tage auf der Hauptinsel bleiben.« Ich halte immer noch das Messer in der Hand. Er sieht mich an, als wisse er genau, was los ist, und als schere er sich einen Dreck darum.

»Gut«, sagt er, »ist mir recht. Alles klar.« Unübersehbar funkelt Groll in seinen dunklen Augen. »Ich such noch ein paar

Sachen für die Arbeit zusammen und nehme mir dann ein Zimmer im *Selkie*. Kostet nicht viel um die Jahreszeit.«

Das war gar nicht so schwer. Ich höre die Dielen im Esszimmer knarren, als Angus seine Papiere in eine Tasche stopft, dann kommen Geräusche aus dem Schlafzimmer. Die Kleiderschranktür, die »Kiste«, Angus' Schritte. Lässt er sich wirklich so einfach herumschicken? Es scheint so.

Erleichtert lege ich das Messer zurück in die Schublade. Und lausche den Möwen, dem Wind, der an der Tür rüttelt, dem trockenen Seegras, das am Strand unten im Wind flattert.

Nach zehn Minuten – länger dauert es nicht – erscheint Angus in der Küche und sagt: »Drück Lydia von mir, bitte.« Sein Zorn scheint verflogen. Er sieht weicher aus, traurig, und reflexhaft meldet sich Mitgefühl in mir. Mit dem Mann, den ich einmal geliebt habe; mit dem Vater, der seine Töchter verliert. Wie dumm, denke ich, als mir wieder einfällt, was er getan hat.

»Ja«, sage ich. »Mach ich.«

»Danke«, gibt er leise zurück. »Ich nehme jetzt das Boot. Du kannst später bei Ebbe zu Fuß rüberkommen und es dir holen. Ihr braucht es hier ja für die Schule.«

»Ja.«

»Gut, Sarah.«

»Tschüs«, sage ich.

Er sieht mich an. Verächtlich, schuldbewusst, verzweifelt? Vielleicht gleichgültig. »Tschüs.«

Dann schüttelt er – sehr langsam, sehr ernst – den Kopf, als wäre dies unsere letzte Begegnung überhaupt, und ich sehe zu, wie er seine Tasche schultert und die Küchentür aufreißt und zum Dingi geht und den Motor anwirft und hinausfährt. Ich sehe zu, weil ich sicher sein will, dass er wirklich geht, aber gerade als er auf die Salmadair-Biegung zufährt, kommt Lydia in die Küche gestürmt, barfuß und in ihren primelgelben Leggings. Auf ihren Wangen sehe ich Spuren von Tränen.

»Ist das Papa?«, fragt sie. »Wo ist Papa? Sagt er mir noch hallo?«

Was soll ich bloß antworten? Nichts. In meinem Zorn vergesse ich immer wieder, dass Lydia ihren Vater liebt. Trotz allem. Also nehme ich sie in die Arme, halte sie und lege ihr schützend eine Hand auf den blonden Schopf, und dann drehen wir uns zusammen, so, dass wir beide, Mutter und Tochter, zur Tür schauen und nach draußen, auf die See.

»Papa musste wieder zur Arbeit«, sage ich.

Sie dreht sich in meinen Armen und schaut erstaunt zu mir auf, forschend und bittend zugleich. »Aber er hat mir nicht hallo gesagt! Er ist ja nicht mal zu mir *rein*gekommen!«

»Süße …«

»Und er hat mir nicht tschüs gesagt.«

»Schatz …«

Sie ist außer sich. »Er hat mir nicht tschüs gesagt!« Mit einem Ruck löst sie sich von mir, und dann läuft sie zur Tür und den Weg hinunter, zwischen den nassen Farnen und Heidebüschen hindurch bis zum Strand beim Leuchtturm, und schreit: »Papa! Papa! Komm zurück!«

Aber er ist schon zu weit weg, und er steht mit dem Rücken zu uns im Boot. Ihre Schreie, ihr dünnes Kinderstimmchen, gehen unter in Wind und Wellen. Es ist klar, dass er ihr Rufen und Schluchzen nicht hört.

»Papa! Komm zurück, Papa! Komm zurück, komm zurück, komm zurück zu mir! Papa!!!«

Raben krächzen, und Möwen schwingen sich auf, und mich erfasst eine große Traurigkeit. Um mich zu beruhigen, beobachte ich, wie eine Aaskrähe von den verkrüppelten Vogelbeerbäumen beim Leuchtturm aus Lydia beobachtet. Aaskrähen, auch Nebelkrähen genannt, stoßen vom Himmel herab und hacken neugeborenen Lämmern die Zunge heraus, so dass sie nicht saugen können und innerhalb eines Tages sterben.

Meine Kleine steht noch da und ruft und schreit.

289

Und – nein, das ist zu viel. Plötzlich habe ich Angst, sie könnte ins Wasser laufen, und renne los, sprinte den Weg zum Strand hinunter, nehme sie bei der Hand und hocke mich neben sie.

»Papa hat zu tun, Süße, er kommt bald wieder.«

»Er ist gekommen und wieder weggefahren und hat mir nicht hallo gesagt und auch nicht tschüs. Er hat mich nicht mehr lieb.«

Noch mehr Kummer ertrage ich nicht, das schaffe ich nicht. Deshalb lüge ich bereitwillig.

»Natürlich hat er dich lieb. Er hat nur so viel zu tun. Und er kommt bald wieder. Nun lass uns reingehen. Wir müssen noch deine Schulsachen zurechtlegen, morgen geht's wieder los. Na komm, wir können auch was backen, wenn du magst. Lebkuchenmänner!«

Etwas backen. Das ist die Lösung. Kuchen und Kekse backen. Lebkuchenmänner. Natron und kleine silberne Zuckerkugeln, Zucker, Butter und Ingwer.

Also backen wir.

Aber die Lebkuchenmänner werden nichts. Völlig verformt kommen sie aus dem Ofen, merkwürdige Dinger, eher Lebkuchentiere. Ich versuche, das Ganze ins Lustige zu ziehen, doch Lydia starrt die missratenen Gestalten auf dem heißen Blech entsetzt an, schüttelt den Kopf und läuft weg, in ihr Zimmer.

Nichts funktioniert. Nichts wird je wieder funktionieren.

Es lässt mich nicht los, dass Lydia so an ihrem Vater hängt. Wenn sie etwas mitbekommen hätte von dem Missbrauch, wäre ihre Liebe zu ihm dann wirklich so groß? Vielleicht hat sie gar nichts gesehen, und Kirstie hat ihr davon erzählt. Vielleicht hat der Missbrauch auch nicht auf diese Weise stattgefunden, vielleicht hat er auch gar nicht stattgefunden, vielleicht reime ich mir zu viel zusammen, zu schnell? Einen Moment lang quälen mich schwindelerregende Zweifel. Mir wird übel. Vielleicht irre ich mich? Ziehe ein Klischee heran – das vom sexuellen Missbrauch oder der Pädophilie, das Hexenwerkzeug der Moderne –, weil ich blind bin vor Zorn? Oder vor Trauer?

Nein. *Nein.* Ich weiß, was Lydia gesagt hat, meine Erinnerung liefert mir Beweise, und ich kann mich auf den Fachtext von Samuels stützen. Wahrscheinlicher ist Folgendes: Ich will einfach nicht wahrhaben, dass ich zehn Jahre lang einen Mann geliebt – und mit ihm gelebt – habe, der imstande war, sich an seiner Tochter zu vergreifen. Denn was sagt das über mich?

Ich gehe raus, werfe die Lebkuchenmänner auf den Komposthaufen und schaue übers Watt nach Ornsay hinüber.

Nichts.

Als Ebbe ist, gehen Lydia und ich in Gummistiefeln über krachende Krabbenpanzer und Schlick zum *Selkie*-Anleger, und später fahren wir im Boot nach Hause zurück und lesen. Am Abend, als sie schläft, mache ich mir eine Flasche Wein auf und bügele ihre Schuluniform. Und obwohl es so kalt ist, lasse ich mehrere Fenster offen stehen.

Weil ich hoffe, dass die Kälte mich wach hält und meinen Verstand schärft. Ist es richtig, sie wieder in die Kylerdale School zu bringen?

Als wir noch halbwegs miteinander geredet haben, hatte Angus mich fast so weit, davon Abstand zu nehmen. Aber die Schulsekretärin erklärt immer zuversichtlich, dass es jetzt bestimmt bessergehen wird. Außerdem glaube ich, dass Lydia, wenn sie zu Hause unterrichtet würde, bis wir etwas Neues gefunden haben, noch einsamer wäre als ohnehin schon. Dann würde sie die Insel gar nicht mehr verlassen.

Also müssen wir Kylerdale noch eine Chance geben. Dennoch, als ich jetzt am Bügelbrett stehe und den Wellen lausche, wie sie – einatmen, ausatmen – auf den Kiesstrand gleiten und sich wieder zurückziehen, mache ich mir Sorgen. Die Wellen klingen wie der Fieberatem eines kranken Kindes.

Irgendwann krieche ich schließlich ins Bett und schlafe. Traumlos.

Der Morgenhimmel ist grau wie eine Gans. Lydia will zu

Hause bleiben und fragt mehrmals, wo ihr Papa ist, aber ich kann sie doch dazu bringen, die Schuluniform anzuziehen.

»Papa kommt bald.«

»Wirklich, Mami?«

Ich streife ihr den Pullover über den Kopf und lüge. »Ja, Schatz.«

»Ich will nicht in die Schule!«

»Na komm.«

»Weil da Emily ist, und die hasst mich. Alle hassen mich. Sie denkt, dass mit mir was nicht stimmt, oder, Mama?«

»Nein, das denkt sie nicht. Sie hat sich nur ein bisschen angestellt. Komm schon. Die Schuhe musst du noch anziehen. Das machst du heute mal allein. Du hattest jetzt eine Woche frei, und nun gehst du wieder zur Schule. Das wird gut, pass mal auf.«

Wie viele Lügen kann man seiner Tochter auftischen?

»Sie hassen mich alle, Mama. Sie denken, dass Kirstie bei mir ist. Und weil Kirstie tot ist, denken sie, ich bin ein Gespenst.«

»Es reicht jetzt, Süße. Daran wollen wir gar nicht denken. Wir bringen dich zur Schule, und du wirst sehen: Das ist alles vergessen.«

Aber nachdem wir im Boot rübergefahren und ins Auto gestiegen und die paar Kilometer auf der windigen Küstenstraße nach Kylerdale gefahren sind, zeigt sich, dass nichts vergessen ist. Das verrät mir das Gesicht der Schulsekretärin, die gerade aus ihrem Mazda steigt und in einer Mischung aus Neugier und Verlegenheit zu uns herüberglotzt. Und als wir die fröhlich dekorierte Schultür erreichen, mit all den Fotos von Kindern auf dem Sommerausflug und der zweisprachigen Liste der Spielplatz-Regeln – *Riaghailtean Raon-Cluiche* –, bestätigen sich die schlimmsten Befürchtungen. Unsere Anwesenheit erzeugt eine Atmosphäre. Und die ist schlimmer denn je.

»Ich will nicht rein«, sagt Lydia mit dünner Stimme und verbirgt das Gesicht an meinem Bauch.

»Ach was, es wird gut, du wirst sehen.«

Kinder schieben sich an uns vorbei.

»Siehst du? Sie gehen alle schon rein. Beeil dich!«

»Die wollen mich hier nicht.«

Es ist so offensichtlich, dass sie recht hat, wie kann ich da etwas anderes behaupten? Die Feindseligkeit ist mit Händen zu greifen. Die Kinder, die sie anfangs lediglich ignorierten, haben jetzt Angst vor ihr. Ein Junge zeigt mit dem Finger auf sie und tuschelt, zwei blonde Mädchen aus ihrer Klasse weichen vor Lydia zurück, als ich sie weiterschiebe, in den Gang – in einen Tag, an dem sie ohne mich überleben muss.

Ich schließe für einen Moment die Augen, sammle mich, bringe meine Gefühle unter Kontrolle und gehe durch die Kälte zum Auto. Und ich versuche, nicht an Lydia zu denken, die jetzt ganz allein hier ist. Wenn sie noch so einen Aufstand erleben muss, nehme ich sie aus dieser Schule heraus, dann geben wir auf. Aber ich will es ein letztes Mal versuchen.

Ich muss nach Broadford, arbeiten, Pläne schmieden, deshalb fahre ich schnell, nehme die vereisten Kurven wie eine Einheimische und nicht wie eine lahme Touristin. In dieser Hinsicht – wenn schon in keiner anderen – habe ich mich akklimatisiert; da passe ich gut hierher.

»Einen Cappuccino, bitte.«

Das ist meine Routine: ein Double-shot-Cappuccino und sehr schnelles WLAN in dem Café gegenüber vom Co-op-Markt; an dem Fenstertisch, von dem aus man den Hairshop *Scizzors* im Blick hat und *Hillyard,* den Laden für Seemannsbedarf, wo es Ölzeug und Harpunen und Eimer voll Köder gibt und wo, wie es heißt, die Drogendealer der Gegend sich mit Hummerfangkörben eindecken. Ich habe auf dem Sound Boote gesehen, die solche angeblich mit Heroin und Kokain gefüllten Fangkörbe eingesammelt haben. Anfangs habe ich das Gerede nicht geglaubt, aber dann habe ich die Fischer in BMWs in Uig und Fort William herumfahren sehen und Zweifel bekommen. Alles hier hat einen doppelten Boden, ist dunkler und unheimlicher, als es auf den ersten Blick scheint. Manche Dinge sind kein bisschen so, wie man sie sich vorgestellt hat; manchmal existiert das, was man für die Realität gehalten hat, gar nicht. *Bin ich jetzt unsichtbar, Mami?*

Ich klappe den Laptop auf, schlürfe einen Schluck Kaffee, schreibe ein paar unaufschiebbare Mails und lese einiges zum Thema Kinderschutz und Missbrauch durch die Eltern. Es ist deprimierend, da stehen so viele Wörter, die ich gar nicht sehen will. *Polizei* zum Beispiel. Nach etwa einer Stunde nehme ich Kontakt zu meinem Anwalt auf, um Trennung und Scheidung in die Wege zu leiten und zu klären, dass das Kind räumlich vom Vater getrennt werden muss.

Und dann spüre ich das Vibrieren in der Hosentasche. Ich schlucke, als ich das Telefon hervorhole.

Sechs entgangene Anrufe?

Alle von der Kylerdale School. Innerhalb der letzten zwanzig Minuten. Ich hatte das Telefon auf stumm gestellt und war so beschäftigt mit den anderen Dingen, dass ich das Vibrieren nicht bemerkt habe.

In mir zerbricht etwas, entsetzliche Angst packt mich. Ich weiß, dass mit Lydia in der Schule irgendwas Schreckliches passiert. Ich muss sie retten. Rasch lege ich ein paar Münzen auf den Tisch, dann stürze ich aus dem Café, springe ins Auto und rase zurück über die Halbinsel Sleat.

Die Schafe auf ihren feuchten grauen Weiden treten erschrocken den Rückzug an, als ich vorbeijage, dass der Splitt nur so wegspritzt. Einmal noch rechts abbiegen, dann bin ich an der Schule. Es ist Mittagspause, die Kinder sind zum Spielen draußen; ich höre die Stimmen.

»Bogan, Bogan, Bogan, Bogan.« Zwanzig, dreißig Kinder stehen im Hof zusammen, zeigen mit ausgestrecktem Arm und rufen immer wieder dieses Wort. Aber sie zeigen auf eine Wand, auf ein Fenster, genauer gesagt. Was ist da los? Ich öffne das Tor zum Spielplatz – was um diese Zeit normalerweise verboten ist, aber das hier ist nicht normal, das ist alles andere als normal – und dränge mich zwischen die Kinder, die dastehen und mit dem Finger zeigen und das Fenster in der weiß gestrichenen Backsteinwand anschreien:»Bogan! Bogan! Bogan!«

Es ist auch eine Lehrerin da, die versucht, die Kinder zur Ruhe zu bringen, aber die sind hysterisch, völlig außer Rand und Band, und hören auf niemanden. Warum schreien sie so herum? Worum geht's? Ich laufe zu dem Fenster, lege die Hände an die Scheibe und spähe hinein – und da ist Lydia; zusammengekauert hockt sie in der Ecke eines Raumes, der ein Büro sein könnte.

Ganz allein ist sie da drinnen, und sie hält sich die Ohren zu, um den Lärm der Kinder nicht hören zu müssen. Tränen laufen ihr über die Wangen, das ist wieder dieses furchtbare stumme Weinen. Ich schlage an die Scheibe, um ihr zu signalisieren, dass ich da bin – *Mama ist da* –, doch sie schaut nicht her, und die Kinder rufen immer weiter:»Bogan! Bogan!« Bald spüre ich eine Hand auf der Schulter und drehe mich um und stehe Sally gegenüber, der Schulsekretärin.

»Wir haben seit einer Stunde versucht, Sie anzurufen, wir …«

»Was ist passiert?«

»Wir wissen es nicht, irgendwas war im Klassenzimmer, das den anderen Kindern Angst gemacht hat. Es tut mir so leid, aber wir mussten Lydia rausnehmen und isolieren. Um sie zu schützen – bis Sie kommen –, haben wir sie in den Raum gebracht, in dem wir Bücher und Materialien lagern.«

»Sie isoliert? Um sie zu schützen?« Ich koche vor Wut. »Zu schützen *wovor*? Verstehen Sie das unter Schützen?? Sie allein in einen Raum sperren??«

»Mrs. Moorcroft …«

»Sie allein lassen und die Tür zuschließen? Was meinen Sie, was für eine Scheißangst sie da drinnen aussteht?«

»Aber, aber … Sie verstehen mich falsch … es war eine Lehrerin bei ihr. Die kann eben erst rausgegangen sein. Wir sind alle fix und fertig. Wir haben auch versucht, Ihren Mann zu erreichen, aber ...«

Ich bin so sauer, dass ich mich beherrschen muss, ihr keine runterzuhauen. Blöde Kuh. Aber ich lasse sie einfach stehen, laufe ins Schulhaus und schreie einen jungen Mann an, der mir zufällig begegnet. Wo meine Tochter ist, frage ich ihn, wo dieser Materialraum. Er sagt kein Wort. Sein Mund öffnet und schließt sich wieder, und dann weist er mir die Richtung, und ich renne los. In ein leeres Klassenzimmer, wo ich über kleine Plastikstühle und Eimer mit Pappmaschee stolpere; von da in einen weiteren Flur, und da finde ich endlich die Tür, an der *Materialraum* steht und *Paipearachd Oifig,* und in diesem Moment begreife ich mit einem Anflug von Übelkeit, wie sehr ich diesen ganzen Gälisch-Mist hasse.

Die Tür ist nicht abgeschlossen. Als ich die Klinke herunterdrücke, geht sie auf, und da ist Lydia: in der Ecke zusammengekauert, immer noch die Hände über den Ohren, ein paar blonde Strähnen im tränennassen Gesicht. Sie blickt auf und sieht mich und lässt die Hände sinken und schluchzt vor Angst und Erleichterung auf und ruft, dass es mir ins Herz schneidet: »Maaamiiiii!«

»Was ist denn passiert, meine Süße, was war los?«

»Die schreien mich alle an, Mami, und sie haben mich gejagt, und dann haben sie mich hier reingesteckt, ich hab solche Angst gehabt ...«

»Ist gut, ist ja gut.« Ich ziehe sie ganz fest an mich, als könnte ich die Angst aus ihr herauspressen und die Erinnerung durch meine Umarmung auslöschen. Sanft streiche ich ihr das Haar aus dem Gesicht, einmal und noch einmal, und gebe ihr einen Kuss.

»Ich hol dich hier raus«, sage ich. »Jetzt, sofort.«

Hoffnungsvoll, aber auch ungläubig schaut sie mich an. Sie ist vollkommen aufgelöst.

»Komm.« Ich nehme sie bei der Hand.

Wir gehen den Weg zurück, den ich gekommen bin. Niemand hält uns auf, niemand richtet auch nur das Wort an uns. Lehrerinnen stehen in der offenen Tür ihres Klassenraums, sehen uns an, werden rot, sagen aber nichts. Nachdem ich die letzte Glastür geöffnet habe und wir an der frischen Seeluft sind, beginnt der Spießrutenlauf vorbei an den Kindern, die hinter dem Maschendrahtzaun auf dem Spielgelände stehen.

Sie haben aufgehört zu schreien. Sie sind sehr still. Alle. Sehen zu, wie wir zum Parkplatz gehen. Mehrere Reihen stummer, fragender Gesichter.

Ich schnalle Lydia im Kindersitz fest, und schweigend fahren wir Kurve um Kurve nach Ornsay. Erst als wir im Boot sitzen und auf Torran zusteuern, spricht sie.

»Muss ich morgen wieder in die Schule?«

»Nein!«, überschreie ich den Außenborder und die ans Boot klatschenden Wellen. »Dahin gehst du nie wieder. Und dabei bleibt's. Wir suchen dir eine andere Schule.«

Sie nickt. Ihr Gesicht verschwindet halb in der Kapuze. Nun dreht sie sich um und schaut aufs Wasser und zum Leuchtturm hinüber. Was sie wohl denkt? Was hat sie durchgemacht? Warum haben die Kinder das gerufen? Wir legen an, und ich ziehe das Boot hoch auf den Strand. Wir gehen in die Küche, wo ich eine Dose Tomatensuppe aufmache und Buttertoasts in Schiffchen schneide. Trostessen.

Schweigend sitzen wir im Esszimmer, von dessen kahler grauer Wand die schottische Tänzerin zu uns herüberschaut. Das Bild ist mir unheimlicher denn je. Einen großen Teil dieser Figuren – Tänzerin und Meerjungfrau – habe ich mehrmals überstrichen, aber sie tauchen doch wieder auf. Offenbar habe ich mit zu wenig Farbe gearbeitet.

Bleich und unergründlich schaut die Tänzerin mich an.

Von der Suppe isst Lydia so gut wie nichts. Sie tunkt ihr Brot ein und isst ein halbes Schiffchen; die andere Hälfte legt

297

sie auf den Tisch, wo Tomatensuppe heraussickert wie Blut. Und dann starrt sie in ihre Suppentasse und fragt: »Kann ich in mein Zimmer gehen?«

Ich möchte ja sagen, sie schlafen und diesen Tag wegträumen lassen, aber vorher muss ich doch fragen: »Die Kinder in der Schule – was haben die gerufen? Bogan? Was soll das sein?« Lydia sieht mich an, als wäre ich von vorgestern. Sie hat in der Schule ein paar Brocken Gälisch gelernt – ich gar nichts. »Das ist ein *Geist*«, sagt sie leise. »Kann ich in mein Zimmer gehen?«

Ich kämpfe mit den Tränen. Rasch esse ich einen Löffel Suppe, dann zeige ich auf ihre Tasse und sage: »Bitte iss noch ein bisschen. Zwei Löffel noch, ja? Für Mama.«

»Okay«, sagt sie. »Ja, Mama.«

Nachdem sie gehorsam eine Winzigkeit gegessen hat, lässt sie den Löffel fallen und rennt davon. Kurz darauf höre ich aus ihrem Zimmer das Piepen und Klicken des iPads. Ja. Soll sie ruhig spielen. Soll sie machen, wozu sie Lust hat.

Die folgenden ein, zwei Stunden lenke ich mich ab, indem ich mit Laptop und diversen Papieren am Esstisch sitze und unsere Flucht plane. Nach London zurückzukehren, können wir uns nicht leisten. Ich will gar nicht nach London zurück. Vielleicht könnten Lydia und ich für ein paar Wochen zu meinen Eltern ziehen? Aber Instow steckt ebenfalls voller schrecklicher Erinnerungen.

Bald kehren meine Gedanken zurück zu der Szene am frühen Nachmittag. Zu den schreienden Kindern.

Bogan Bogan Bogan Bogan. Geist Geist Geist Geist.

Warum haben sie das gerufen?

Daran kann ich nicht denken. Daran darf ich nicht denken.

Was mache ich also? Einen Plan für die Zukunft!

Am liebsten würde ich auf Skye bleiben, wenn nicht sogar auf Torran. In letzter Zeit bin ich mit Molly vertrauter geworden, vielleicht könnte ich in oder bei Ornsay ein kleines Haus mieten, in ihrer Nähe. Aber vielleicht ist das auch verrückt. Vielleicht ist es albern, hier noch länger herumhängen zu wollen.

Tatsache ist, ich habe keine Ahnung, was ich tun, wie ich hier herauskommen soll. Noch schlimmer ist, dass ich mit Angus werde reden müssen. Verkaufen wir Torran, vermieten wir das Haus oder was? Mit dem Geld, das wir für Torran bekämen, könnten Lydia und ich über die Runden kommen, aber haben wir Anspruch auf diese Summe? Warum sollte Angus nach dem, was er getan hat, noch irgendetwas bekommen?

Er gehört ins Gefängnis.

Ich lasse den Stift sinken und reibe mir die Augen. Ich muss mich hinlegen. Müde klappe ich den Rechner zu und gehe in das Schlafzimmer, das einmal unser gemeinsames war. Hier hängt ein Spiegel, der letzte große Spiegel im Haus. Die anderen haben wir Lydias wegen alle versteckt.

Ich bleibe davor stehen und betrachte mich. Das Nachmittagslicht ist winterlich blass und matt. Ich sehe winterlich blass aus und matt. Dünn, vielleicht sogar hager. Ich muss besser für mich sorgen.

So starre ich auf mein Spiegelbild. Da steht auf einmal Lydia in meinem Spiegelbild. Sie muss zu mir herübergekommen sein. Sie lächelt, scheint sich erholt zu haben. Ihr Lächeln ist keck, entspannt, vergnügt.

Ich drehe mich um und schaue sie direkt an. Wie sie so allein dasteht. So still.

»Na du? Geht's dir besser?«

Jetzt lächelt sie nicht mehr. Plötzlich. Ihr Ausdruck ist jetzt ein völlig anderer.

Und dann wird mir bewusst, dass sie Leopardy nicht bei sich hat.

24. Kapitel

ICH SEHE MEINE TOCHTER AN. Sie erwidert den Blick – stumm, mit fragender Miene. Wieder kommt sie mir jünger vor, so als wandere sie innerlich zurück in die Zeit, als sie noch zu zweit waren, sechs Jahre alt, fünf, vier, immer weiter zurück. Ich weiß noch, wie sie in Devon am Strand – Hüfte gegen Hüfte – Bump getanzt haben.

Ein Strudel von Erinnerungen setzt ein. Von diesem Zurückschauen in die Vergangenheit wird mir schwindelig. Ich habe Angst.

Sie sind beide hier. Sie können nicht beide hier sein.

»Lydia.«

»Ja?«

»Machst du dir einen Spaß?«

»Wieso, Mami? Was meinst du?«

»Mit Leopardy, Süße, machst du dir da einen kleinen Spaß?«

Ich fahre herum und schaue noch einmal in den Spiegel: Da sind wir, Mutter und Tochter, Sarah Moorcroft und ihre am Leben gebliebene Tochter, Lydia Moorcroft. Ein kleines Mädchen in knallgelben Leggings und einem Jeansrock, auf den vorn ein lustiger roter Vogel gestickt ist.

Leopardy hat sie nicht dabei. Aber vorhin hatte sie Leopardy bei sich, ich bin sicher, dass ich das im Spiegel gesehen habe. Oder nicht? Und sie hat wie Kirstie gelächelt: kecker, gelöster. Im Spiegel habe ich Kirstie gesehen. Sie haben Leopardy beide geliebt, manchmal haben sie sich sogar um ihn gestritten. Vielleicht streiten sie sich auch jetzt. Wie sie es schon im Bauch getan haben. Wie sie um meine Milch gerangelt haben.

Sie sind beide hier in diesem kalten weißen Raum mit dem

300

kalten grauen Himmel vor dem Fenster. Sie sind hier und rangeln noch einmal darum, welche von ihnen leben und welche sterben soll.

Wacklig auf den Beinen, lehne ich mich ans Bett.

»Was ist, Mama?«

»Nichts, Schatz, nichts. Ich bin nur ein bisschen müde.«

»Du siehst anders aus.«

Warum ist es in diesem Schlafzimmer so kalt? Im ganzen Cottage ist es kalt, immer, so als hätte die unermüdliche eisige See sich in die Knochen des alten Hauses gefressen, und trotzdem ist die Kälte jetzt noch einmal anders: Mein Atem bildet Wölkchen vor dem Mund.

»Es ist kalt hier«, sagt Kirstie.

»Ja.« Ich richte mich auf. »Lass uns ins Wohnzimmer gehen und das Feuer in Schwung bringen.«

Ich nehme sie bei der Hand, die viel zu kalt ist; kalt wie die eines Leichnams. Mir fällt ein, wie ich in Devon die Treppe hinunter und nach draußen gelaufen bin, um nachzusehen, was mit Kirstie ist; wie ich ihre immer noch warme Hand gehalten und verzweifelt nach dem Puls gesucht habe.

Ist Kirstie jetzt wirklich hier? Ich weiß überhaupt nichts mehr. Ich schaue mich um, sehe die weißen Wände, das Kruzifix neben dem schottischen Clan-Chef, das alte Schiebefenster und dahinter die nassen grünen Heidesträucher und die dunkelblaue See. Wind kommt auf, so stark, dass die wenigen mickrigen Bäume auf Torran sich krümmen.

»Na komm, Mumin.«

Meine Stimme ist rauh. Ich gebe mir Mühe, Lydia nicht spüren zu lassen, was für entsetzliche Angst ich habe. Vor der Insel. Vor dem, was mit uns geschieht. Und vor meiner Tochter.

Lydia scheint nichts davon mitzubekommen. Als wir im Wohnzimmer sind, macht sie es sich auf dem Sofa gemütlich; sie wirkt ruhig jetzt, trotz des traumatischen Erlebnisses in der Schule.

Ich aber bin, als ich vor dem ewig hungrigen Feuer kauere und Scheit um Scheit nachlege, überhaupt nicht ruhig. Der Wind rüttelt an den klapprigen Fensterrahmen von Torran Cottage, und es ist, als wüchsen alle seltsamen, unheimlichen Momente der letzten Zeit zu einem einzigen zusammen. Ich starre in die Flammen. Was habe ich da eben gesehen? Was war mit Emily Durrant; hat sie nicht etwas von einem Spiegel geschrien?

Und die Sache in der Schule heute. Bogan, Bogan, Bogan. *Geist, Geist, Geist.*

Kann es denn sein, dass bei uns Geister umgehen? Ich glaube nicht an Geister. Aber da im Spiegel, das war Kirstie. Und zugleich war und ist Kirstie identisch mit Lydia. Also war es auch Lydia; eine ist der Geist der anderen; Lydia ist der lebende Geist von Kirstie. Wie es aussieht, lebe ich also mit einem Geist – warum kann ich nicht an Geister glauben?

Weil es keine Geister gibt.

Aber das im Spiegel war Kirstie. Die da war, um mir hallo zu sagen. Um mit ihrer Mama zu reden.

Deinetwegen bin ich gesprungen, Mami. Es war deine Schuld.

Ja, es war meine Schuld. Warum war ich nicht da? Warum habe ich nicht auf meine Töchter aufgepasst? Ich war als Elternteil zuständig, ich hatte die Verantwortung. Angus war in London. Ich hätte da sein müssen. Schon lange davor hätte ich da sein müssen, ihn aufhalten, verhindern, dass er das tut. Ich hätte die Zeichen wahrnehmen müssen. *Vermehrtes Auftreten von Missbrauch durch den Vater.*

Warum hast du es nicht verhindert, Mami? Warum hast du ihn nicht aufgehalten?

»Es ist nicht deine Schuld«, sagt Lydia, und ich kriege einen solchen Schreck, dass mir das klamme Holzscheit aus der Hand fällt, auf den Teppich.

Ich starre meine Tochter an.

»Was?«

»Das in der Schule«, sagt sie. »Das war nicht deine Schuld.

Es war Kirsties Schuld. Andauernd kommt sie wieder. Sie macht mir Angst.«

»Unsinn, Lydie.« Ich hebe das Scheit auf und lege es in die Flammen. Im Kamin flimmert und knistert die Hitze, aber das ändert nichts an der Kälte ringsum. Sowie ich mich drei Meter vom Feuer entferne, wird mein Atem wieder zu Nebel. Dieses elende Haus.

»So oder so gehen wir hier bald wieder weg«, sage ich. »Deshalb brauchen wir uns darüber nicht mehr den Kopf zu zerbrechen.«

»Was?«

»Wir ziehen um, Süße. Weg von hier. Woandershin.«

»Weg von der Insel?«

»Ja.«

Sie runzelt die Stirn. Schaut mich besorgt an. Vielleicht auch traurig.

»Aber du wolltest doch, dass wir herkommen. Du hast immer gesagt, dass es hier besser ist als vorher.«

»Ich weiß, aber …«

»Und was ist mit Kirstie? Kirstie ist hier. Und Beany ist auch hier. Da können wir nicht einfach weg, und die bleiben hier. Und was ist mit Papa?«

»Aber …«

»Ich will nicht woandershin – außer Papa kommt mit!«

Schon hat sie wieder Angst, viel zu schnell. In letzter Zeit macht ihr alles Angst, ist sie extrem empfindlich. Was sage ich jetzt?

»Ja, Süße, Papa werden wir auch sehen, versprochen. Wir müssen nur erst mal ein neues Haus finden, mit einer Straße vor der Tür und einem Fernseher – das wär doch schön, oder? Im nächsten Haus haben wir einen Fernseher und eine Heizung und alles.«

Lydia antwortet nicht. Sie starrt in das lodernde Feuer. Je dunkler es wird, desto deutlicher sehe ich den Widerschein der

Flammen auf ihrem besorgten kleinen Gesicht. Schwärze legt sich über die Welt. Der Wind rüttelt an den Fenstern. Das ist kein Unwetter, wie wir es hier auf Torran schon hatten. Dieser Wind kommt vom Loch Eishort und von Tokavaig her, von Ord und vom Sgurr Alasdair. Er fegt geradewegs auf uns zu, und ich höre die Tannen auf Salmadair ächzen.

»Sie ist hier, stimmt's?«, sagt Lydia leise. Sehr leise.

»Was?«

»Kirstie. Hier.«

»Was?«

Meine Hände werden eiskalt.

Lydia starrt mich an. Ihre Miene ist eine seltsame Mischung aus Unbeteiligtsein und Angst. »Sie ist hier, Mami. Hier, in diesem Zimmer. Schau!«

Einer Panikattacke nahe, schaue ich mich um. Halb in der Erwartung, dass jeden Moment meine tote Tochter in der Tür zum kalten, düsteren Flur erscheint. Aber da ist nichts. Nur die Schatten der Möbel tanzen, animiert von den lodernden Flammen, über die Wände.

»Unsinn, Lydia. Wir müssen einfach nur hier weg. Ich mache uns jetzt ein paar …«

Ein schreckliches Geräusch lässt mich verstummen und ängstlich zusammenfahren. Als mir dämmert, dass es das Telefon ist, lache ich hektisch. Das Telefon, weiter nichts? Meine Nerven liegen dermaßen blank, dass schon dieses altmodische Klingeln mich in Panik versetzt.

Halbwegs wieder bei Vernunft, drücke ich Lydia kurz, gebe ihr einen Kuss und laufe ins Esszimmer − begierig darauf, eine menschliche Stimme zu hören, eine erwachsene Stimme, jemanden von draußen, von da, wo alles geerdet ist, von der Hauptinsel, wo ganz selbstverständlich Menschen wohnen und fernsehen; ich hoffe, dass es Molly ist, oder Josh vielleicht, oder meine Eltern; es würde mich noch nicht einmal stören, wenn es Imogen wäre.

Es ist Angus.

Der einzige Mensch auf der Welt, mit dem ich nicht sprechen möchte, ist der Einzige, der mich anruft. Der Klang seiner tiefen Stimme weckt Sehnsucht in mir und Trauer. Es kostet mich Kraft, nicht einfach den Hörer auf die Gabel zu knallen. Und er redet übers Wetter.

Das blöde Wetter?

»Im Ernst, Sarah, die Leute sagen, es wird – ach – furchtbar. Ein Riesensturm. Meiner Meinung nach solltet ihr die Insel verlassen. Ich kann mir Joshs Boot leihen und rüberkommen.«

»Was? Und dann bleiben wir bei dir? Das wäre ja *super*.«

»Ehrlich. Guck dir den Wind an, Sarah, und das ist nur der Anfang! Vergiss nicht, was ich dir schon vorher immer gesagt habe. Die Stürme können tagelang anhalten.«

»Ja, ja, ich versteh schon.«

»Und gerade Torran ist berühmt dafür. Torran. Die Donner-Insel. Weißt du noch, Sarah? Weißt du noch?«

Ich lasse ihn reden und starre hinaus in die Winterdunkelheit. Das Tageslicht ist im Westen untergetaucht; den letzten weißlichen Rest sehe ich noch über Tokavaig. Aber der Himmel klart zusehends auf, und es ist Vollmond. Dazu erscheint die See ruhiger. Die Bäume haben aufgehört zu ächzen.

Das einzig Merkwürdige sind die hohen Wolkenfetzen, die still und ungewöhnlich schnell über den blauschwarzen Himmel jagen.

»Ich finde, es sieht ganz gut aus. Der Wind hat sich gelegt. Bitte ruf nicht mehr an, Gus, hör auf, uns zu belästigen, ich … ich … du weißt, warum …« Ich muss es jetzt sagen, ich muss, ich werde es sagen. »Du weißt selbst, was du getan hast. Ich hab genug von den Lügen. Du weißt, was passiert ist. Ich weiß, was passiert ist. Wir können aufhören mit der Lügerei. Jetzt.«

In der Leitung ist es still, als sei sie tot. Als hätte sie endgültig kapituliert.

Dann sagt er: »Wovon redest du, zum Henker?«

305

»Von dir, Angus. Von *dir*. Und Kirstie.«

»Was??«

»Du weißt genau, was ich meine. Ich bin dahintergekommen. Lydia hat's mir gesagt. Dass du Kirstie angefasst hast. Und geküsst. Dass du ihr Angst gemacht hast. Und Dr. Kellaway hat es im Prinzip bestätigt.«

»Was? Das ist purer Unsinn, Sarah! Was redest du denn da?«

»Du hast sie missbraucht. Kirstie. Sexuell. Angefasst hast du sie, du Scheißkerl, monatelang, jahrelang vielleicht. Wie lange eigentlich? Wie sie immer auf deinem Schoß gesessen hat! Wie du sie immer umarmt hast – du hast sie angefasst! Versuch ja nicht, es zu leugnen! Deshalb ist sie gesprungen. Sie hatte Angst vor dir, sie ist gesprungen, oder etwa nicht, gesprungen ist sie, verdammt. Sie hat sich umgebracht, und zwar deinetwegen, wegen ihres eigenen Vaters! Hast du sie vergewaltigt? Wie weit ging das? Und Lydia ist auch schon völlig neben der Spur, sie kommt überhaupt nicht klar, du hast uns kaputt gemacht, du hast diese Familie zerstört, du warst das und … und …«

Mein Hass ist verbraucht. Die Worte ersterben mir auf der Zunge. Den Hörer in der Hand, stehe ich da und zittere am ganzen Leib. Angus schweigt. Ich weiß gar nicht, welche Reaktion ich erwarte. Zorn? Leidenschaftliches Leugnen?

Als er schließlich antwortet, tut er es leise. Es schwingt Ärger mit, aber er ist ruhig. »Das stimmt.nicht, Sarah. Nichts davon. Nichts und wieder nichts.«

»Ach ja? Also …«

»Ich habe Kirstie nicht angerührt. Nicht *so*. Wie kannst du das nur glauben?«

»Lydia hat es mir erzählt.«

»Ich war zärtlich mit Kirstie. Hab sie umarmt und geküsst. Weiter nichts. Ich hab versucht, sie aufzumuntern. Liebevoll zu sein. Und warum? Weil du's nicht warst ihr gegenüber. Deshalb.«

»Sie hatte Angst vor dir.«

»Einmal habe ich sie angeschnauzt. Einmal. Das ist doch verrückt, Sarah, du bist komplett verrückt!«

»Jetzt komm mir nicht auf die Tour …«

»Halt den Mund«, sagt er. »Halt verdammt noch mal endlich den Mund.«

Ich verstumme tatsächlich, wie ein folgsames Kind. Irgendwie kann er das immer noch mit mir machen. Weil ich, wenn er diesen Ton anschlägt, wieder sieben bin – und meinen Vater brüllen höre. Angus brüllt allerdings nicht. Er fährt sehr langsam und entschieden fort.

»Wenn du wissen willst, wie es wirklich war, frag deine Tochter. Sag, sie soll dir erzählen, was sie mir vor einem halben Jahr erzählt hat.«

»Was soll …«

»Frag sie, wenn du nicht anders kannst. Und sieh in der Kiste nach. Hast du in die unterste Schublade auch schon geschaut? Nein?« Sein Ton wird schneidend. »Und dann mach die Schotten dicht, Sarah. Der Sturm wird kommen. Wenn du ihn unbedingt auf Torran aussitzen willst – bitte, dann kann ich dir auch nicht helfen. Leck mich doch. Aber behalt unsere Tochter im Haus. Sorg dafür, dass sie in Sicherheit ist.«

Ich bin verwirrt. Aber vielleicht will er genau das: mich verwirren. Schon werde ich wieder wütend.

»Komm nicht in unsere Nähe, Angus. Komm nicht her, ruf nicht an, lass es einfach …«

Ich lege auf.

»Mami?«

Plötzlich steht Lydia im Esszimmer. Ich habe sie nicht hereinkommen hören. Weil ich Angus angeschrien habe.

»Was ist denn, Mami?«

Mir wird wieder übel. Wie viel hat sie von dem Telefonat mitbekommen? Ich habe mich so gehen lassen, habe überhaupt nicht nachgedacht. Hat sie gehört, dass ich ihren Vater beschuldigt habe, Kirstie vergewaltigt zu haben? Was habe ich getan? Mache ich womöglich alles nur noch schlimmer?

Meine einzige Chance besteht darin, so zu tun, als hätte ich das alles gar nicht gesagt, und mich ganz normal zu geben. Ich kann mich ja schlecht zu ihr hinunterbeugen und sie fragen, ob sie gehört hat, dass ich ihren Papa der Vergewaltigung bezichtige.

»Nichts ist los, Süße. Mami und Papi haben nur was besprochen.«

»Nein, das stimmt nicht. Du hast gebrüllt!«

Was hat sie gehört? Ich bekomme ein Lächeln hin. Sie lächelt nicht.

»Was ist denn, Mami? Warum brüllst du Papa an? Wegen Kirstie? Weil sie immer wiederkommt, weil er sie zurückhaben will?«

Was ich sagen möchte, ist: ja.

Aber ich beherrsche mich. Ich lege ihr einen Arm um die Schultern und führe sie weg von hier – in die Küche. Dort angelangt, habe ich das Gefühl, Teil einer Inszenierung zu sein. Als sei das die Küche in einem Fernsehspiel. Eine Kulisse, eine Nachahmung der Normalität. Als seien die Wände aus Pappe und das Licht künstlich, als sei dahinter alles dunkel, und als wären da Leute, die zuschauen. Eine schweigende Menge, die uns im Scheinwerferlicht auf der Bühne beobachtet.

»Wollen wir uns Tee machen? Was hättest du gern dazu?«

Lydia schaut mich an, und dann wandert ihr Blick zum Kühlschrank. »Weiß nich.«

»Du kannst haben, was du willst, Mumin. Geh an den Kühlschrank und such dir was aus.«

»Äh … Käsetoast.«

»Gute Idee! Ich mach ein paar Käsetoasts, das geht schnell. Du kannst ja so lange im Wohnzimmer spielen. Sag mir Bescheid, ob das Feuer gut brennt.«

Einen Moment lang mustert sie mich misstrauisch – oder wachsam –, dann zieht sie sich zu meiner Erleichterung tatsächlich zurück. Nun kann ich so tun, als hätte sie von dem *Gespräch* mit Angus nichts mitbekommen.

Ich hole das Toastbrot aus einem der Drahtkörbe, die unter der Decke hängen, und den Cheddar aus dem Kühlschrank. Dann schaue ich aus dem Fenster. Immer noch jagen die seltsamen grauen Wolken am Himmel dahin; schnell, sehr schnell, ziehen sie am erschrockenen weißen Gesicht des Mondes vorbei. Und der Wind wird wieder heftiger; die ersten Bäume neigen sich ächzend. Hatte Angus recht?

Ich muss meiner Tochter etwas zu essen machen.

Als der Käse geschmolzen ist und Blasen wirft, hole ich die Toasts unter dem Grill hervor, richte sie auf einem Teller an, schneide sie klein und trage sie ins Esszimmer, wo Lydia geduldig am Tisch sitzt und wartet. Sie hat auf einmal blaue Socken an. Die muss sie gerade eben angezogen haben. Leopardy ist auch wieder aufgetaucht; er sitzt neben ihrem Platz auf dem Tisch und reckt mir sein starres Kuscheltierlächeln entgegen.

Lydia nimmt ihr Kinderbesteck mit den orangefarbenen Plastikgriffen auf und verspeist die Toasthäppchen in aller Ruhe. Sie hat ein Buch neben dem Teller liegen. Normalerweise mag ich es nicht, wenn sie beim Essen liest, aber heute werde ich nichts sagen. Wenn ich bedenke, was sie heute durchgemacht hat, erscheint sie mir bemerkenswert zufrieden und ausgeglichen.

Wieder schaue ich aus dem Fenster. Der Mond ist jetzt hinter größeren Wolken verschwunden, Regen klatscht an die Scheiben. Wütend, verächtlich.

Lydia isst und liest und summt eine Melodie. »Sing a song of Sixpence«.

Kirsties Lieblingslied. Es ist Kirstie, die hier summt.

Four and twenty blackbirds, baked in a pie.

Ich versuche, ruhig zu bleiben, aber ich habe ganz klar und überwältigend das Gefühl, dass in diesem Augenblick – an diesem Tisch in diesem schummrigen Esszimmer – Kirstie vor mir sitzt. Und gleichzeitig duckt sich die Insel unter dem heraufziehenden Sturm. Alle neun Sekunden blinkt das Leuchtturmsignal über den schwarzen Sound: *Hilfe, Hilfe, Hilfe.*

»Lydia«, sage ich.

Sie reagiert nicht.

»Lydia.«

Sie reagiert nicht. Sie kaut und summt. Leopardy sitzt auf dem Tisch und lächelt mich an. Ich muss mich zu logischem Denken durchkämpfen: Es ist Lydia, die da sitzt. Der Stress gibt mir Hirngespinste ein.

Ich lehne mich zurück und atme tief durch. Suche mich zu beruhigen. Schaue meine Tochter an und bemühe mich um Sachlichkeit. Mir fällt wieder ein, was Angus gesagt hat: *Wenn du wissen willst, wie es wirklich war, frag deine Tochter. Sag, sie soll dir erzählen, was sie mir vor einem halben Jahr erzählt hat.* Irgendetwas an dieser Bemerkung nagt an mir. Und seine Entrüstung, als ich ihm den Missbrauch vorgeworfen habe, war ziemlich überzeugend. Ich glaube ihm nicht – und trotzdem quälen mich erhebliche Zweifel. Habe ich mich vorschnell zu einer falschen Schlussfolgerung hinreißen lassen?

Was nun?

Aus dem Wind ist tatsächlich Sturm geworden. Ich höre unentwegt eine Tür schlagen, draußen irgendwo, vielleicht die vom Schuppen. Es klingt so, als könnte da bald etwas zu Bruch gehen. Ich muss raus, alles sichern. *Mach die Schotten dicht.*

Die Frage, was nun, stellt sich nicht mehr, ich habe keine Wahl. Das Wetter gibt den Kurs vor. Ich beuge mich über den Tisch und berühre Lydia an der Hand, um ihre Aufmerksamkeit zu bekommen. Sie ist völlig versunken in ihr Buch, und sie hat aufgehört, das unheimliche Lied zu summen.

»Warte hier, ja, Süße? Wir kriegen sehr schlechtes Wetter

heute Abend; ich muss nachsehen, ob am Haus alles dicht ist. Draußen.«

Sie blickt auf und zuckt die Achseln. Vielleicht ist sie zu abgelenkt von ihrem Buch.

»Ja, Mami.«

Ich stehe auf und gehe ins Schlafzimmer, vermeide es aber, in den Spiegel zu sehen. Ich ziehe einen dicken Pullover an und darüber den robustesten Anorak, den ich besitze. In der Küche steige ich noch in die Gummistiefel, dann wappne ich mich innerlich und öffne die Tür.

Der Wind ist eine Furie. Welkes Laub, Seegrasbüschel und Knäuel von vertrocknetem Farn fliegen durch die eisige Luft. Der Leuchtturm kommt mir geschrumpft vor, sein Blinken ist kein Trost mehr.

Ich muss sämtliche Außentüren sichern, aber der Wind hat solche Kraft, dass er mich, während ich das Haus einmal umrunde, beinahe zur Seite wegfegt, ins feuchte Gras. So etwas habe ich noch nie erlebt, solche Stürme gibt es im Süden von England nicht. Zeitweise jagt der Wind mir den Regen horizontal entgegen, direkt ins Gesicht; das tut weh, als flöge nasser Splitt herum, als würden mir scharfkantige Teilchen ins Gesicht geschleudert. Ich bin in ernster Gefahr.

Tatsächlich schlägt die Schuppentür in ihren rostigen Angeln haltlos hin und her. Es hört sich an, als würden sie nicht mehr lange halten. Meine Hände sind taub vor Nässe und Kälte, aber es gelingt mir, die Tür zu schließen und den Holzriegel vorzulegen.

Am Anfang habe ich mich gefragt, wozu all diese großen Riegel gut sein sollen. Jetzt weiß ich es. Für die Stürme auf der Donner-Insel. Eilean Torran.

Ich brauche zwanzig Minuten. Die größte Herausforderung ist es, das triefnasse Dingi möglichst weit hochzuziehen – im Dunkeln, gegen den tobenden Sturm und bei eisigem Regen. Ich lege mich so weit nach vorn, dass meine Knie beinahe über den Kies schrammen. Irgendwann bleibe ich stehen und richte mich auf.

»Mein Gott, Sarah, los, nun mach schon!«, rufe ich mir selbst zu, doch der Sturm reißt mir die Worte von den Lippen und weht sie über die See. »Mach schon!«

Wie weit muss das Boot nach oben, damit es sicher ist? Am Ende ziehe ich es bis zu der Treppe, über die man in den Leuchtturm gelangt, lege den Anker hinein, um es zu beschweren, und vertäue es am Geländer. Es ist stockfinster, und meine Finger sind klamm vor Kälte.

Aber dann: geschafft. Ich kann Knoten binden, genau wie Angus es mir gezeigt hat.

Nun laufe ich zurück zur Küchentür. Ducke mich und ziehe mir die Kapuze ins Gesicht, um mich gegen den Regen zu schützen. Erleichtert schlüpfe ich schließlich in die Küche und schließe die Tür hinter mir. Hier gibt es von innen einen Holzriegel, den lege ich vor. Das furchtbare Ächzen und Heulen ist jetzt nur noch gedämpft zu hören, aber es ist da.

»Mami! Ich hab Angst!«

Lydia steht mitten in der Küche.

»Der Wind ist so laut.«

»Ach, das ist nur ein Sturm«, sage ich und drücke sie kurz. »Den müssen wir abwarten. Uns passiert nichts. Wir haben zu essen und Feuerholz. Das wird ein echtes Abenteuer.«

»Kommt Papa und hilft uns?«

»Heute nicht mehr, Schatz, aber morgen vielleicht. Mal sehen.«

Ich schwindele ihr etwas vor. Egal. Aber sie hat mich an Angus erinnert mit ihrer Frage, daran, wie er den Missbrauchsvorwurf zurückgewiesen hat. Und an noch etwas, das er gesagt hat. *Frag deine Tochter. Sag, sie soll dir erzählen, was sie mir vor einem halben Jahr erzählt hat.* Dem muss ich nachgehen. Es wird schmerzlich sein für Lydia, aber wenn ich da nicht nachhake, wird ihre Mutter verrückt, und das wäre noch schlimmer für sie.

312

»Komm, wir gehen ins Wohnzimmer, Süße, ich möchte dich etwas fragen.«

Angsterfüllt schaut Lydia zu mir auf.

Ich dirigiere sie ins Wohnzimmer und ziehe die Vorhänge vor, um Regen und Wind und die dumpfen Geräusche vom Dach her auszublenden – es klingt, als würden Schindeln weggerissen. Dann kuscheln wir uns auf dem Sofa zusammen, wickeln uns in die Decke, die immer noch schwach nach Beany riecht, und schauen ins Feuer.

»Weißt du noch, dass du gesagt hast, Papa hätte Kirstie berührt und geküsst?«, frage ich vorsichtig.

Sie zwinkert kurz. Ist ihr das peinlich?

»Ja.«

»Wie hast du das gemeint?«

»Wieso?«

»Meintest du …« Ich suche nach den richtigen Worten. »Meintest du, er hat sie berührt und geküsst, wie Mama und Papa einander berühren und küssen?«

Jetzt starrt sie mich an. Sie ist entsetzt. »Nein, Mama! Nein! Nicht so!«

»Also …« In mir tut sich Leere auf. Es kann sein, dass ich einen furchtbaren Fehler begangen habe. Schon wieder. »Wie hast du es denn gemeint, Lydie?«

»Er hat nur mit ihr geschmust. Weil du es nicht gemacht hast, Mama. Und dann hat er sie angebrüllt. Da hat sie Angst gekriegt. Ich weiß nicht, warum er gebrüllt hat.«

»Und du bist dir ganz sicher?«

»Ja! Ganz sicher! Er hat sie nicht so geküsst wie Mama und Papa. Nein, nein! Nicht so!«

Die Leere färbt sich schwarz.

Ich schließe die Augen und atme ein paarmal tief durch. Dann wage ich den nächsten Anlauf.

»Okay, gut, mein Schatz, nur eine Frage noch: Was war das, was du Papa vor einem halben Jahr erzählt hast?«

Sie richtet sich auf, sitzt plötzlich stocksteif da, weicht meinem Blick aus. Die Frage ist ihr unangenehm. Sie hat Tränen in den Augen, ihr Blick ist zornig und ängstlich zugleich.

Ich wiederhole die Frage. Nichts.

Genau wie ihre Mutter und ihre Großmutter. Sie sagt nichts.

Aber ich muss das jetzt wissen. Jetzt, wo ich so weit gekommen bin, will ich alles hören. Auch wenn es ihr schwerfällt. Wenn ich jetzt festbleibe, wird all das Unangenehme in ihrer Erinnerung zu einem einzigen schrecklichen Tag zusammenfließen, dem Tag des Sturms; zumindest hoffe ich das.

Ich stelle die Frage noch einmal. Keine Reaktion.

Nun versuche ich es anders: »Hat Papa dich mal wegen Kirstie etwas gefragt, oder hast du ihm etwas über Kirstie erzählt?«

Sie schüttelt den Kopf. Und sie weicht vor mir zurück, löst sich aus meiner Umarmung, rückt ans andere Ende des Sofas. Fauchend fährt der Wind in die Baumkronen; fast klingt es wie Kreischen. Schrecklich. Ich frage weiter, ich muss es einfach wissen.

»Hast du Papa vor einem halben Jahr etwas erzählt?«

Keine Antwort.

»Lydia?«

Schweigen. Und dann bricht es aus ihr heraus.

»Genau wie Papa! Genauso hat Papa es auch gemacht. Du machst es wie Papa. Hör auf damit!«

Was? Womit?

Ich strecke die Hand nach ihr aus, will sie beruhigen, sie ist so aufgeregt. »Was sagst du, Süße? Wie meinst du das: Genauso hat Papa es auch gemacht?«

»Genau wie du, wie jetzt. Was du *jetzt* machst.«

»Lydia, erklär mir doch …«

»Ich bin nicht Lydia, ich bin Kirstie.«

Darauf kann ich nicht eingehen.

»Lydia, was hat Papa gesagt, und was hast du gesagt? Erzähl's mir.«

Der Wind schleudert alles Mögliche gegen Wände und Türen; es hört sich an, als könnte das Haus demnächst einstürzen.

»*Das* hat er gemacht! Mich *ausgefragt,* über den Unfall, deshalb hab ich ihm erzählt … ich hab ihm erzählt …«

»Was, Süße?« Mein Puls übertönt selbst die Windstöße draußen. »Sag mir doch, was du ihm erzählt hast!«

Mit ernster Miene schaut sie mich an. Auf einmal kommt sie mir älter vor. Als hätte ich die Erwachsene vor mir, die sie einmal sein wird.

Und sie sagt: »Ich hab Papa erzählt, dass ich es war, und das stimmt ja auch – ich hab was ganz Schlimmes getan.«

»Was? Wie meinst du das? Was hast du denn gemacht?«

»Ich habe Papa erzählt, dass ich was Schlimmes getan habe. Papa hat gar nichts gemacht. Aber von dir hab ich ihm nichts erzählt, gar nichts. Ich hab ihm von mir erzählt, nicht von dir, damit er *dir* nicht böse ist.«

»Lydia?«

»Was?«

»Sag's mir, Lydia. Jetzt. Sag mir alles.«

»Was soll ich dir denn sagen? Du *weißt* es doch. Du *weißt* doch schon alles!« Meine Tochter und der Wind kreischen im Duett. Es ist eine Endlosschleife. »Mama! Du *weißt,* was passiert ist, *du weißt es!*«

»Nein, ich weiß es nicht.«

»Doch, du weißt es, doch, du weißt es.«

»Nein.«

»Doch, doch, doch, doch!« Sie zittert am ganzen Leib. »Ich bin nicht allein schuld.« Und dann hält sie inne. Schweigt. Sieht mir in die Augen und schreit: »*Deinetwegen* ist sie gestorben, Mama!«

315

25. Kapitel

ANGUS SASS VOR EINEM DREIFACHEN ARDBEG im *Selkie*. Er trank allein. Die Gaststube war so gut wie verwaist. Nur ein paar Einheimische – unter ihnen Gordon – leerten noch ihr Bierglas, bevor sie nach Hause gingen, um den Sturm dort auszusitzen. Angus hatte sich oben im Haus einquartiert; im Sommer war das *Selkie* teuer, im Winter dagegen ein Schnäppchen.

Er hätte auch noch eine Nacht bei Molly und Josh bleiben können – sie waren sehr großzügig –, aber ihm war nicht wohl gewesen bei dieser Vorstellung. Sarah hatte ihn völlig aus der Fassung gebracht mit ihrer unglaublichen Anschuldigung. Er war viel zu wütend – das wäre unangenehm gewesen für seine Freunde.

Kindesmissbrauch.

Krank war das. Allein der Gedanke versetzte ihn in Rage. Vielleicht war es gut, dass er hier auf Sleat gestrandet war, weit genug weg von seiner Familie, denn würde er jetzt auf Sarah treffen, nach all den Whiskys, die er gekippt hatte, er würde sie umbringen. Umbringen würde er sie. Genau danach war ihm jetzt: ihr einfach den Hals umzudrehen.

Er erkannte seinen Vater in sich: wie er die kleine Frau grün und blau schlug. Der Unterschied war, dass er, Angus, allen Grund dazu hatte.

Kindesmissbrauch.

Hast du sie vergewaltigt?

Er kochte vor Zorn, beruhigte sich aber mit einem weiteren Schluck. Und noch einem. Was sollte er sonst auch tun? Es war doch ihre Schuld, so oder so.

Schwerfällig stand er auf und trat ans Fenster, spähte benebelt durch die dicke Scheibe hinüber zu seiner Insel, die in der Dunkelheit und bei dem Regen nur verschwommen zu sehen war.

Wie es seiner Tochter bei dem Sturm dort draußen wohl ging? War Sarah so vernünftig, alles ordentlich dicht zu machen? Alle Türen und Fenster zu schließen und die Riegel vorzulegen? Vertäute sie das Boot am Leuchtturmgeländer? Sie war schließlich nicht dumm. Schon möglich, dass sie das alles tat.

Aber sie war auch nicht stabil, seit dem Tod ihrer Tochter nicht mehr. Während der vergangenen Monate hatte sie sich einigermaßen gefangen, aber nun war sie offenbar erneut in den Strudel geraten. Den Abgrund ihres Wahnsinns.

Kindesmissbrauch.

Am liebsten hätte er das Wort auf den Boden gerotzt. Miststück. Scheißfotze. Kindesmissbrauch?

Welche Lügen impfte sie seiner Tochter jetzt gerade ein?

Er musste da hin, das Kommando übernehmen, aber es war Flut, und bei diesem Wetter hätte er ein richtig großes Boot gebraucht, um heil rüberzukommen; Joshs Kahn war dafür nicht gemacht. Und der Sturm konnte noch tagelang anhalten.

Das bedeutete, dass er sich, wollte er nach Torran hinüber, Hilfe von offizieller Seite holen musste. Die Polizei, die Küstenwache, die Gesetzeshüter. Aber wenn er denen sein privates Chaos präsentierte, würde sich die ganze Maschinerie in Gang setzen; womöglich – wahrscheinlich – würden sie ihn wegen Kindesmissbrauchs festnehmen. Und selbst wenn es ihm gelang zu beweisen, wie absurd diese Beschuldigung war, würden die Polizisten anfangen, Fragen zu stellen. Nach dem Unfall würden sie fragen, und dann kamen sie vielleicht dahinter, dass die eine Schwester die andere geschubst hatte, dass es tatsächlich Mord war – wenn auch von einem Kind begangen.

Dann würden seine verzweifelten Bemühungen – die Familie

trotz allem zusammenzuhalten – zunichtegemacht. Ihr Leben würde zum zweiten Mal in Stücke gehauen. Es würde zu einem Alptraum werden, in dem es vor Polizisten, Ärzten und Kinderpsychologen nur so wimmelte. Sarah würde zusammenbrechen, wenn alles ans Licht kam, wenn sie es nicht länger verdrängen konnte.

Andererseits konnte sie so oder so zusammenbrechen – nachdem er sich nicht hatte beherrschen können.

Er hätte nicht so dumm sein dürfen, von der Kiste anzufangen; er war einfach damit herausgeplatzt in seinem Zorn, hatte nicht nachgedacht. Wenn sie sich das gemerkt hatte und wirklich in die unterste Schublade schaute, würde sie die Wahrheit entdecken, und niemand konnte vorhersagen, wie sie darauf reagierte. Dort draußen. Wo sie seine Kleine behüten und beschützen sollte.

Vielleicht hätte er den Inhalt der Schublade längst vernichten sollen, schon Monate zuvor. Aber nein, er hatte alles aufgehoben, als eiserne Reserve. Als Extramunition. Wenn seine Tochter erwachsen war und in Sicherheit, hatte er gedacht, würde er es Sarah vielleicht eines Tages unter die Nase halten. *Hier, du Miststück, da siehst du, was du getan hast. Wie es wirklich war.*

Zu spät.

Kleinlaut – betrunken, wütend, zittrig – setzte er sich wieder auf den harten Stuhl. Er war handlungsunfähig. Solange der Sturm andauerte, konnte er nichts tun. Oder doch? Er musste etwas tun!

»Alles klar, Angus?«

Das war Gordon, der aufbrechen wollte.

»Deine Mädels sind draußen auf Torran?«

Angus nickte. Gordon runzelte die Stirn.

»Nicht leicht für die beiden bei dem Wetter. Allein da drüben. Wenn es stürmt, ist es in dem alten Haus teuflisch kalt.«

»Ich weiß.«

Gordon schüttelte den Kopf. »Das ist aber auch ein Wetter. Da kann man schon Durst kriegen.« Er warf einen Blick auf Angus' Whiskyglas und runzelte erneut die Stirn. »Na ja. Wenn du irgendwie Hilfe brauchst – du weißt ja, wo du mich erreichst. Jederzeit.«

»Danke.«

Gordon seufzte – es war klar, dass er nicht fassen konnte, wie Angus sich gehen ließ –, öffnete die Tür und verschwand in den heulenden Sturm.

Noch einmal trat Angus ans Fenster und starrte hinaus. Der Wind wütete, fetzte kleinere Äste von den Bäumen unten am Weg. Auf dem Parkplatz waren ganze Haufen von Laub, dürren Zweigen und vertrocknetem Farn aufgetürmt.

Was machte Sarah jetzt auf Torran? Was machte sie mit seiner Tochter?

Sowie die Tide es erlaubte, musste er hin. Wie gefährlich es auch sein mochte – gar nichts zu tun war noch schlimmer. Er musste da hin und Sarah zur Vernunft bringen. Oder zur Ruhe. Oder zum Schweigen.

Das war also sein Plan: Vor Anbruch der Morgendämmerung, beim nächsten Niedrigwasser gegen sechs, würde er rübergehen. Und bis dahin trank er den Schmerz weg und unterdrückte den Zorn. Bis er ihn brauchte.

26. Kapitel

ICH FRAGE JETZT zum dritten oder vierten Mal. Wie oft noch?

»Wie meinst du das: *Meinetwegen* ist sie gestorben?«

Meine Stimme zittert; ich kann die Angst nicht verbergen. Lydia hat aufgehört zu schreien, sie weint auch nicht mehr, aber sie weicht meinem Blick aus. Neben ihr liegt Leopardy. Sie nimmt ihn und drückt ihn an sich, als sei er ihr ein treuerer Freund als ich. Als ihre eigene Mutter.

»Was habe ich getan, Lydia? Was meinst du, wenn du sagst, dass es meine Schuld war?«

»Sag ich nicht.«

»Na komm, bitte. Ich werde nicht böse.«

»Doch, wirst du. Wie damals, bei Omi in der Küche.«

Der Wind rüttelt an den Fenstern wie ein Einbrecher. Der das Haus absucht und die Schwachstellen findet.

»Bitte, Lydia. *Bitte*.«

»Nie. Niemandem. Keinem.«

»Bitte, Lydi-del, sag's mir! Bitte!«

Jetzt schaut sie mich an, die Augen leicht verengt. Ich höre die Küchentür unter dem Sturm ächzen; der hölzerne Riegel quietscht.

»Du hast doch solche Tabletten genommen, weißt du noch, Mami?«

»Wie bitte?«

Sie schüttelt den Kopf. Ihr Ausdruck ist traurig, aber sie weint nicht.

»Was soll das heißen, ich habe solche Tabletten genommen?«

»Alle haben gesagt, dass du krank bist. Ich hatte Angst, dass du auch stirbst – wie Kirstie.«

»Was für Tabletten?«

»So besondere. Ach, Mami, weißt du das denn nicht mehr? Papa hat sie immer aufbewahrt.«

»Er …«

Tabletten? Schemenhaft kommt mir eine Erinnerung. Ich *habe* Tabletten genommen nach dem Unfall. Es war der Therapeut, von dem ich auch hier noch regelmäßig Mails bekommen habe – der hat mir das Medikament damals empfohlen. Ja, daran kann ich mich vage erinnern.

Aber warum? Gab es einen besonderen Grund?

»Nimm die wieder, Mami. Als du sie genommen hast, ging es dir besser.«

»Ich weiß wirklich nicht, wovon du redest, Lydia. Und wir müssen jetzt diesen Sturm überstehen.«

Sie sieht mich flehentlich an. Plötzlich kommt sie mir wieder sehr klein vor. Ein kleines Mädchen, das seine Mama wiederhaben will.

»Ich hab Angst, Mami. Vor dem Sturm. Bitte nimm die Tabletten, ich weiß, wo sie sind. Papa bewahrt sie im Schlafzimmer auf, in der Schublade. Ich hab gesehen, wie er sie da reingelegt hat. Für dich.«

Die Kiste. Angus' Schubladen. Ich habe sie nicht alle durchsucht. Er selbst hat am Telefon die untere erwähnt. Damit habe ich mich noch nicht befasst. Ist da irgendwas Wichtiges drin?

»Okay«, sage ich. »Es ist schon spät. Willst du jetzt mal schlafen gehen?«

»Nein.«

»Nicht?«

»Nein.«

»Du kannst bei mir schlafen, wenn du willst.«

»Nein!«

Sie presst Leopardy an sich, als habe sie Angst, der Sturm könnte ihn ihr entreißen. Und das ist nicht mal unwahrscheinlich. Der Wind heult in den Bäumen wie ein ganzes Rudel

Wölfe. Das Wetter kesselt uns ein, es ist ein wildes Tier auf Beutezug, es zerrt an den Fenstern, sucht seine Opfer. Das geht jetzt schon sechs Stunden so, und es kann noch drei Tage so weitergehen.

»Ich will mit Leopardy ins Bett.«

Gott sei Dank. Gott sei Dank.

»Okay, dann machen wir es so.«

Das ist mir recht. Ich bringe Lydia ins Bett, und anschließend schaue ich mir die Schublade an und räume ein für alle Mal mit diesem giftigen Geheimnis auf. Und dann können wir vielleicht beide einfach schlafen, bis der Sturm vorbei ist. Vielleicht wachen wir auf, und der Himmel ist blau und klar, und die Knoydart-Berge jenseits des Loch Hourn tragen eine glitzernde Haube aus Schnee. Ich werde mich bei Angus entschuldigen müssen. Was ich gesagt habe, war schrecklich, aber es bleibt, dass er mich mit Imogen betrogen hat.

Was liegt in dieser Schublade?

Lydia ins Bett zu bringen ist erstaunlich einfach. Wir laufen in ihr Zimmer, sie zieht sich in Windeseile aus und steigt in den Schlafanzug und schlüpft unter ihre zwei Federbetten, und ich stopfe die Decken ringsherum fest, und sie drückt Leopardy an sich und macht schnell die Augen zu. Ich gebe ihr einen Kuss. Sie duftet so süß, dass es mich traurig macht. Es weckt Erinnerungen.

Der Regen trommelt an ihr Fenster. Ich schließe die Vorhänge, damit sie nicht ihre tote Schwester in der Scheibe sieht. Als ich das Deckenlicht ausmachen will, öffnet sie die Augen noch einmal.

»Werde ich jetzt Kirstie?«

Ich setze mich zu ihr auf die Bettkante, nehme ihre Hand und drücke sie.

»Nein. Du bist Lydia.«

Vertrauensvoll und ängstlich zugleich schauen ihre blauen Augen zu mir auf. »Ich weiß es nicht mehr, Mama. Ich glaube, ich bin Lydia, aber manchmal ist Kirstie in mir drin und will rauskommen, und manchmal ist sie im Fenster, und manchmal ist sie hier, richtig hier, bei uns.«

Sanft fahre ich ihr über das blonde Haar. Ich werde jetzt nicht weinen. Soll der Wind das Klagen übernehmen, er tut es laut genug für uns alle. Von draußen ist ein grässliches Krachen zu hören; vielleicht hat es eine der Türen weggerissen. Vielleicht habe ich auch das Boot nicht gut genug festgemacht. Das ist mir ziemlich egal. Bei diesem Wetter könnten wir es sowieso nicht benutzen; wir würden sofort ertrinken.

»Jetzt lass uns schlafen, Lydia. Morgen ist der Sturm vorbei – versprochen. Dann sieht alles schon ganz anders aus.«

Sie schaut mich an, als glaube sie mir nicht recht. Aber sie nickt und sagt:»Na gut.«

»Gute Nacht.«

Ich gebe ihr noch einen Kuss und schnuppere ihren Duft, um mich daran erinnern zu können, dann mache ich das Licht aus und schließe die Tür, laufe in mein Schlafzimmer und hole den kleinen Schlüssel hervor und öffne die unterste Schublade von Angus' Kommode. Unablässig traktiert der Wind Wände und Dachschindeln. Es hört sich an, als würde etwas übers Dach gezogen.

Oder vielleicht, als versuche irgendein Verrückter, zu uns hereinzukommen.

Da. Jede Menge Tablettenröhrchen.

Ein trizyklisches Antidepressivum.

Es klirrt leise in den Röhrchen, als ich sie aus der Schublade nehme und hin und her drehe. Auf den Etiketten steht mein Name: Sarah Moorcroft. Und das Datum, an dem ich das jeweilige Röhrchen bekommen habe; das jüngste ist acht Monate alt. Ich erkenne die kleinen Behälter wieder, ich meine mich sogar zu erinnern, wie ich die Tabletten genommen habe. Vor meinem geistigen Auge laufen Bilder ab: wie ich eine Tablette schlucke. In der Küche in Camden.

Also stimmt es: Ich habe nach Kirsties Tod Tabletten genommen? Und ich habe es vergessen. Das ist noch keine besondere Enthüllung. Meine Tochter war gestorben, ich war in einem furchtbaren Zustand.

Aber unter den Tablettenröhrchen liegt noch ein Brief in der Schublade. Mit dem Briefkopf meines Hausarztes. Mein Arzt ist Mitte sechzig und vermutlich der Letzte in ganz England, der noch richtige Briefe schreibt. Dieser allerdings ist an Angus adressiert. Warum schreibt mein Hausarzt meinem Mann?

Ich nehme den Brief heraus und beginne zu lesen. Jetzt heult der Wind nicht mehr – jetzt ist es eher ein Wimmern. Als sei er erschöpft, jedenfalls für den Augenblick.

Es geht um mich in dem Brief. Da steht, ich leide an pathologischem Trauern, einer Prolongierten Trauerstörung. Ich habe »anhaltende schwere Schuldgefühle« bezüglich des Todes meiner Tochter.

Das Blatt zittert in meiner Hand, als ich weiterlese.

Zweifellos fühlt sie sich bis zu einem gewissen Grad verantwortlich für den Unfall, was auf ihre außereheliche Begegnung an jenem Abend zurückzuführen ist. Die Schuldgefühle sind zu massiv, als dass sie sie ertragen könnte, und verursachen den auf die spezielle Situation bezogenen Erinnerungsverlust, der dauerhaft bestehen bleiben kann. Dieses Phänomen tritt selten auf, ist aber bekannt als eine Unterform der transienten globalen Amnesie. Die Patientin wird sich an unwichtige Details deutlich erinnern und aus ihnen ein falsches Bild konstruieren, die zentralen – persönlich schmerzlicheren – Elemente aber werden fehlen.

Es ist bekannt, dass besonders verwaiste Eltern, die in irgendeiner Weise mit dem Tod ihres Kindes in Verbindung stehen, an dieser Form der Amnesie leiden. Und wenn Trauer krankhafte Züge annimmt, wie es bei Ihrer Frau der Fall ist, gibt es kein anderes Heilmittel als die Zeit. In jedem Fall wird das verordnete Medikament die schwersten Symptome lindern: das Stummsein, die Schlaflosigkeit und so weiter. Es ist, wie gesagt, sehr wahrscheinlich, dass auch im Fall einer allgemeinen Erholung die entscheidenden Momente rund um den Unfall in ihrer Erinnerung fehlen werden.

Mein Rat wäre, dies als Segen zu betrachten: Es ermöglicht Ihnen, ganz neu anzufangen, was sein muss, wenn Sie Ihre Familie erhalten und stabilisieren wollen; und Sie haben angedeutet, dass Sie das wollen. Dann sollten Sie in keiner Weise auf die psychische Störung Ihrer Frau Bezug nehmen, denn das könnte die Depression verstärken und damit den Allgemeinzustand wieder verschlechtern. Es ist von entscheidender Bedeutung, nichts von alldem nach außen dringen zu lassen; das Wissen um diese Vorgänge dem engsten Familienkreis vorzuhalten, wie Sie es jetzt auch tun. Sollte sie irgendwoher die Wahrheit erfahren, sind mit hoher Wahrscheinlichkeit suizidale Neigungen zu erwarten.

Am Ende des Briefes wünscht der Arzt Angus und mir alles Gute.

Außereheliche Begegnung?

Vor meinem inneren Auge taucht der erste Hauch einer Erinnerung auf. Wie warmer Atem auf kaltem Glas kondensiert. Der merkwürdige Traum fällt mir ein: ich nackt in der Küche; Sex.

Und beim Aufwachen dieses abgrundtiefe Schuldgefühl.

Als ein Regenschwall ans Fenster klatscht, fahre ich herum. Die Finsternis lauert immer noch da draußen. Und will hier herein.

Das Geräusch wiederholt sich, so als würde jemand ungestüm an die Scheibe klopfen. Dann höre ich ein grässliches Quietschen, metallisch und sehr laut. Ist jetzt die Schuppentür aus den Angeln gerissen? Alles wird auseinandergefetzt.

Donnerschläge auf der Donner-Insel. Ich starre auf die hübschen Röhrchen, die auf dem Boden verstreut liegen. Ein paar krümelige Tabletten sind noch da. Ich könnte eine nehmen. Andererseits will ich wach bleiben und bei Verstand, und ich will die Wahrheit herausfinden, wie schmerzlich sie auch sein mag. Außerdem glaube ich nicht, dass ich beim Einschlafen Unterstützung brauche. Ich bin völlig erledigt; ich kann mich auf der Stelle hinlegen. Mit einem Gebet auf den Lippen. Bitte, bitte lass den Sturm über Nacht abklingen.

Außereheliche Begegnung?

Ich ziehe mich aus bis auf die Unterwäsche, häufe an Decken auf mein Bett, was ich nur finden kann, mache das Licht aus, krieche in die Laken und schließe die Augen. Vielleicht eine halbe Stunde lang lausche ich dem Wind, der unermüdlich gegen die Fenster peitscht, während meine Gedanken um den zurückliegenden Tag kreisen. Dann sinke ich in den Schlaf.

Geweckt werde ich von Lydia.

Einer schemenhaften Gestalt, die neben meinem Bett steht.

»Angst, Mama. Der Wind will immer zu mir rein.«

Ich komme gar nicht ganz zu mir. Es ist so unfassbar dunkel; unmöglich zu erraten, wie spät es ist. Zwei Uhr vielleicht oder drei?

Nach wie vor wütet der Wind und zerrt an allem, und immer noch trommelt Regen ans Fenster. Dieser Scheißsturm. Ich bin so müde.

Schlaftrunken strecke ich den Arm nach meiner Tochter aus. Da, ihre warme kleine Hand. Ihr Gesicht kann ich nicht erkennen, deshalb weiß ich nicht, ob sie weint oder nicht. Ihre Stimme jedenfalls kippelt. Gähnend sage ich: »Na, dann komm zu Mami ins Bett.«

Schnell schlüpft sie unter meine Decke und kuschelt sich an mich, und ich drücke sie und atme den süßen Duft ihres Haars, und wir legen uns in Löffelchenstellung. Es ist tröstlich, sie so warm bei mir zu haben; kurz bevor ich wieder einschlafe, empfinde ich fast so etwas wie innere Ruhe.

Als ich das nächste Mal aufwache, ist es immer noch dunkel, und der Wind heult genauso wie zuvor. Unvermindert. Unbeeindruckt von meinen Gebeten. Ich könnte schreien. *Halt's Maul!* Schreien wie mein Vater, wie Angus.

Und dann stelle ich fest, dass Lydia nicht in meinem Bett liegt.

Ihr Abdruck ist da; ich sehe genau, wo auf dem Kissen ihr Kopf gelegen hat.

Wo ist sie hin?

Ich springe auf, schlüpfe in den Morgenmantel, greife mir eine Taschenlampe und renne barfuß durchs Haus – durch das kalte Wohnzimmer und den Flur bis zu ihrer Zimmertür. Die öffne ich, und dann richte ich den Strahl meiner Taschenlampe auf ihr Bett, und da liegt sie tatsächlich und schläft tief und fest. Neben ihr schimmert ihr kleines Nachtlicht.

Genauso, wie ich sie vor ein paar Stunden zurückgelassen habe. Leopardy fest im Arm.

Sie sieht aus, als hätte sie sich den ganzen Abend nicht gerührt. Sie hat sich bestimmt den ganzen Abend nicht gerührt. Um zu mir ins Schlafzimmer zu kommen, hätte sie stockfinstere Räume durchqueren müssen. Und das würde sie nie tun.

Wie ein Messer fährt die Angst in mein Innerstes. Hackt mich in panikerfüllte Stücke. Wenn Lydia nicht mehr herausgekommen ist, seit ich sie ins Bett gebracht habe, wer ist dann zu mir unter die Decken geschlüpft? Wer war das Mädchen? Habe ich Kirstie an mich gedrückt? Einen Geist? Einen echten, lebendigen, warmen Geist?

Das ist zu viel. Ich bin die Verrückte, die Tabletten genommen hat. Das ertrage ich nicht. Ich schaue auf den kleinen Wecker auf Lydias Nachttisch. Es ist noch nicht einmal sechs. Bis es hell wird, dauert es mindestens noch zwei Stunden.

Das muss aufhören. Ich kann nicht mehr, ich bin wirklich

am Ende. Die Taschenlampe im Anschlag, gehe ich ins Wohnzimmer und von da ins Esszimmer, wo es schrecklich kalt ist. Noch kälter als sonst. Warum?

Weil auf dem Boden Wasser steht, so kalt, dass die nackten Füße schmerzen. Irgendwoher muss dieses Wasser kommen. Ich bekomme einen Tropfen ab. An der Schulter. Ängstlich richte ich die Lampe nach oben.

In der Decke klafft ein großes Loch. Die Dachschindeln sind weggefetzt, ein Dachsparren ist gebrochen; er hat die Decke durchschlagen und das Loch hineingerissen. Ich blicke direkt in den dunklen Sturmhimmel. Wind fegt über das Loch hinweg, es regnet unablässig ins Haus.

Das ist katastrophal. Wir brauchen Hilfe.

Ich gehe zum Fenster hinüber und nehme den Telefonhörer auf. Tot. Natürlich. Alles ist tot. Am Ende hat die Leitung sich doch verabschiedet. Eine Hoffnung könnte das Boot sein, nehme ich an, doch schon vom Fenster aus sehe ich, dass das keine Option mehr ist. Der Leuchtturm sendet tapfer sein Signal, und das nächste Blinklicht offenbart die traurige Wahrheit.

Das habe ich schon richtig gehört vorhin: Dieses metallische Kreischen, das war das Leuchtturmgeländer. Es ist vollständig herausgerissen; das Boot ist verschwunden. Von den Geländerstreben gelöst und binnen Sekunden weggespült in die schwarze Nacht.

Selbst wenn wir das haarsträubende Risiko, das Boot zu nehmen, eingehen wollten – bei dieser Dunkelheit und diesem Wetter –, es geht nicht. Jetzt nicht mehr.

Wir haben kein Boot. Wir haben kein Telefon. Wir haben keine Möglichkeit, mit wem auch immer auf der Hauptinsel Kontakt aufzunehmen; nach Ornsay gehen können wir erst, wenn Niedrigwasser ist. Wir sitzen in der Falle, wir müssen ausharren. Lydia und ich.

Und wer sonst noch hier ist.

Ich höre jemanden singen.

»The maid was in the garden, hanging out her clothes.«
Sie ist im Wohnzimmer. Ich stehe barfuß im kalten Wasser,
aber ich zittere vor Angst, nicht vor Kälte. Meine tote Tochter
singt im Wohnzimmer. Mit allem Mut, den ich aufbringen kann,
richte ich meine Taschenlampe aufs Sofa – und da sitzt sie; allein
im Dunkeln, im Schlafanzug. Das ist Lydia. Glaube ich.

Blinzelnd im Lichtstrahl schaut meine Tochter mich an. Wie
ist sie hierhergekommen? Sie ist bleich, sie wirkt erschöpft.
Regen schlägt ans Fenster. Das hört nie auf. Ich mache einen
Schritt auf das Sofa zu.

»Kirstie ist wieder da«, sagt sie. »In meinem Zimmer. Ich
will sie nicht mehr sehen, Mami. Mach, dass sie weggeht.«

Nichts wünsche ich mir mehr, als dass Kirstie weggeht. Auch
Lydia vielleicht. Ich fürchte mich vor meinen beiden Töchtern, den beiden Geistern hier im Haus, den beiden Geistern
in meinem Kopf; den eisigen Zwillingen, die miteinander verschmelzen.

»Komm mit zu mir. Wir legen uns ins Bett, decken uns zu
und warten, bis der Sturm vorüber ist; das dauert nicht mehr
lange.«

»Gut.«

Gehorsam streckt sie mir die Hand entgegen, aber ich nehme
sie hoch und trage sie ins Schlafzimmer, wo ich sie ins Admiralsbett lege. Dann schließe ich die Tür und lege den Riegel
vor. Was auch immer da draußen ist, es soll auf keinen Fall hier
hereinkommen.

Dann lege ich mich zu meiner Kleinen ins Bett, und sie
schmiegt sich an mich und erklärt: »Was Lydia sagt, glaube ich
nicht. Sie sagt schreckliche Sachen.«

Ich höre ihr nicht richtig zu. Vielmehr höre ich eine Stimme,
die von jenseits der Tür kommt. Wer ist da?

Das muss sie sein. Kirstie. Oder Lydia.

Sie ist nur undeutlich zu hören. Es klingt wie *Mami Mami
Mami.*

Jetzt klopft es auch noch. Das ist nicht der Wind. Es ist an der Schlafzimmertür. Und dann höre ich wieder die Stimme. Das ist sie. Ich bin sicher. Sie steht vor der Tür.

Ich zittere am ganzen Leib.

Schnell drücke ich meine Tochter an mich und mache die Augen zu, weil ich einfach alles aussperren will: den Wind, den Regen, die Geräusche, die Stimmen. Alles hört doch einmal auf. Nur dieser Sturm hört nicht auf, diese Nacht endet nie, es geht einfach immer weiter und weiter so, ich habe keine Wahl.

Meine Tochter legt unter der Decke die Arme um mich, und dann hebt sie mir ihr Gesicht entgegen. Ich sehe sie nicht im Dunkeln, aber ihr Atem duftet süß, kindlich, rein, fast so, als hätte sie gerade etwas Süßes gegessen.

»Kirstie sagt, es war alles deine Schuld«, sagt sie. »Du warst mit dem Mann zusammen. Deshalb ist sie zurückgekommen. Weil sie dir weh tun wollte.«

Scherben aus Eis schneiden mir ins Herz.

»Was? Was für ein Mann?«

»Der eben. Du warst an dem Abend mit ihm in der Küche. Ich hab gesehen, wie du ihn geküsst hast. Also war es auch deine Schuld. Ich glaube, Omi hat's auch gewusst, aber sie hat gesagt, ich soll es niemandem erzählen.«

»Ja«, sage ich.

Weil ich mich erinnere. An alles.

Das also hatte ich in mir begraben. Das habe ich vollkommen verdrängt. Das ist die Erinnerung, die ich verloren habe, weil ich die Schuld nicht ertragen hätte. Das war der Grund für den von Drogen vernebelten Hass auf mich selbst.

Der Traum vor ein paar Wochen hat es mir erzählt. Kahlrasiert war ich vor Scham. Ich war in der Küche, nackt. Es waren Leute da, die zu mir hereingestarrt haben. Und es war ein Mann da, der mich in meiner Nacktheit angestarrt hat.

Als ich aufgewacht bin, habe ich schon masturbiert. Denn es ging die ganze Zeit nur um Sex. Aber nicht um den Sex, den ich mit meinem Ex hatte, als die Zwillinge noch Babys waren.

Es war viel, viel schlimmer.

Ich wusste, dass Angus erst spät kommt. Meine Eltern waren ausgegangen. Also habe ich einen Typen eingeladen vorbeizukommen. Ich hatte ihn ein paar Monate zuvor in der Bar an der Werft von Instow kennengelernt. Und an dem Abend habe ich ihn angerufen, weil ich mit ihm schlafen wollte. Der Sex mit Angus war mir zu langweilig. Ich wollte immer mehr Sex als er.

Und ich wollte den Kick von etwas Neuem.

»Mami?«

»Ist gut, Süße, alles ist gut.«

Ich habe ihn wild geküsst in der Küche. Deshalb war ich unaufmerksam. Ich saß da und habe Wein getrunken mit einem Mann, der mir gefiel und mit dem ich Sex wollte, deshalb habe ich mich über den Tisch gebeugt und ihn lange und ausgiebig geküsst – und das haben die Zwillinge gesehen. Es war mir peinlich, und ich war angetrunken. Ich habe sie angeschrien, habe gesagt, sie sollen weggehen. Und dann habe ich den Mann mit in das Gästezimmer im ersten Stock genommen und ihn gevögelt.

Der Mann hieß Simon. Das weiß ich jetzt wieder. Ein gutaussehender junger Typ, Mitglied einer Yacht-Crew. Jünger als Angus; so, wie Angus war, als wir uns kennenlernten.

Stück für Stück kehren die Erinnerungen zurück; regnet die Wahrheit auf mich nieder. Der Sturm hat ein großes Loch gerissen.

Nachher ist Simon gegangen, und ich bin – müde vom Wein und vom Sex – eingeschlafen. Außer den Kindern und mir war niemand im Haus. Irgendwann haben die Zwillinge vorsichtig an die Tür des Gästezimmers geklopft, und ich habe sie, angetrunken, wie ich war, *wieder* angeschnauzt und gesagt, sie sollen weggehen. Und dann bin ich noch einmal eingeschlafen.

Geweckt hat mich der Schrei. Der Schrei, der mir klargemacht hat, was ich getan hatte.

Ich bin nach oben gerannt, und da stand meine Tochter und schrie. Etwas von ihrer Schwester. Dieser Schrei hat mich mit einer Wahrheit konfrontiert, die ich nicht ausgehalten habe. Ich war untreu gewesen, zum zweiten Mal, und diesmal hatte es meine Kleine umgebracht. Deshalb habe ich gelogen – sofort und ausnahmslos. Die Polizisten habe ich angelogen, die Leute im Krankenhaus, Angus, alle. Ich habe gelogen, was den Mann anging, meine Untreue, meine Fahrlässigkeit. Ich habe sogar behauptet, mein Kind sei von dem Balkon im ersten Stock gefallen, weil ich sie verwirren wollte, weil ich hoffte, mit dieser dummen Lüge meine Schuld verschleiern zu können. Die Wahrheit war zu viel für mich, und so sind allmählich meine Lügen zur Wahrheit geworden. Sogar für mich. Vor allem für mich.

Aber sie wussten es trotzdem. Sie wussten, wie sträflich ich meine Kinder vernachlässigt, wie beschämend ich mich benommen hatte. Angus wusste es, meine Mutter wusste es, mein Arzt wusste es. Und trotzdem haben sie es für sich behalten, haben es niemandem gesagt, auch den Polizisten nicht – um mich zu schützen?

Woher kann meine Mutter es gewusst haben? Wie ist Angus dahintergekommen?

Vielleicht hat meine Mutter etwas gesehen, vielleicht hat meine Tochter sich ihr anvertraut, vielleicht hat dieser Typ an irgendeinem Tresen gesagt: *An dem Abend, als das Kind gestorben ist, war ich mit der Mutter zusammen.* Wie, spielt keine Rolle – sie haben es erfahren. Es war allein meine Schuld. Ich bin diejenige, die es getan hat. Ich war – nicht zum ersten Mal – mit einem anderen Mann zusammen, und deshalb ist meine Tochter gestorben. Trotzdem haben sie mich vor dieser niederschmetternden Wahrheit abgeschirmt.

»Es tut mir leid, mein Schatz, es tut mir so leid.«

»Sie kommt wieder, Mami. Sie steht vor der Tür.«

»Kirstie?«

»Nein, Lydie. Sie kommt zurück. Hör doch mal.«

Der Wind faucht, der Regen trommelt, aber trotzdem, ja, ich bin sicher, dass ich meine tote Tochter vor der Tür höre.

Lass mich rein. Lass mich rein. Es war deine Schuld. Du musst mich reinlassen.

Ich fange an zu weinen. Meine Tochter liegt bei mir im Bett und hält mich, und meine andere Tochter ist draußen und sagt immerzu: *Ich bin wieder da, Mami. Lass mich rein. Ich bin wieder da.*

Ich küsse meine Tochter auf die Stirn und frage: »Sie ist gesprungen, oder?«

Sehr ernst erwidert sie: »Nein, Mama. Wir wollten runterklettern, von dem Balkon ganz oben. Zu dem anderen Balkon, dem vor dem Zimmer, in dem du warst, Mami, weil, wir wollten sehen, warum Papa nicht da war. Wir haben uns nicht getraut, die Tür aufzumachen, weil du uns angeschrien hast. Lydie wollte es aber trotzdem sehen, sie wollte durchs Fenster gucken, ob du da mit dem Mann drin bist, der nicht Papa war. Und … und … sie hat versucht, runterzuklettern, und dann bin ich auch runtergeklettert, und dann hat sie sich an mir festgehalten. Sie hat sich an mir festgehalten, weil sie gefallen ist, und sie hat so doll an mir gezogen, dass ich auch fast runtergefallen bin, und da …« Jetzt spricht und weint sie gleichzeitig. »Und da … hab ich sie weggestoßen, und dann ist sie ganz runtergefallen. Es war meine Schuld. Du hast sie immer lieber gehabt als mich, und ich hab sie weggestoßen, weil ich sonst auch runtergefallen wäre.«

Sie schluchzt. Ihre Wangen sind tränennass.

»Und dann ist sie runtergefallen, Mama. Und ich bin dran schuld, ich hab sie weggestoßen, weil sie so an mir gezogen hat.«

Ich weiß nichts mehr zu sagen. Ich bin schuldig bis zum Ende. Es bleibt keine Frage offen.

Meine tote Tochter ist draußen. Unschuldig, anklagend. Ich muss ein letztes Mal um Verzeihung bitten, auf die einzige Art, die mir möglich ist. Das Timing ist perfekt. Ich stehe auf und ziehe mich rasch an.

Im einsetzenden Morgengrauen sehe ich, wie Lydia mich anstarrt. Ihre Tränen trocknen. Ich hocke mich neben das Bett und streiche ihr das blonde Haar aus dem sorgenvollen Gesicht.

»Du darfst dir keine Vorwürfe machen, Süße«, sage ich. »Es war alles meine Schuld.«

»Aber es ist doch nicht gut, oder, Mami?«

»Doch, es ist gut. Es tut mir sehr leid. Es war ganz bestimmt nicht deine Schuld, Schatz. Ihr habt nur gespielt. Ich bin ganz allein dran schuld, an allem. Die ganze Zeit ist alles meine Schuld gewesen. Weil ich das gemacht habe, was ich gemacht habe damals, an dem Abend. Das hat dich durcheinandergebracht – du warst so lange so durcheinander. Nur meinetwegen.« Ich atme einmal tief durch und gebe ihr einen Kuss auf die Stirn. »Und deshalb gehen wir auch hier weg. Jetzt.«

»Im Dunkeln? Es ist zu dunkel, Mami!«

»Das wird schon, Süße, ich hab eine Taschenlampe.«

»Und der Wind? Und dass es so dunkel ist und alles?«

»Das ist nicht schlimm. Du kannst mit mir kommen. Um sechs haben wir Niedrigwasser. Wir können jetzt rübergehen, auch wenn es noch dunkel ist. Es wird nicht lange dauern.«

Lydia sieht mich unverwandt an. Sie runzelt die Stirn, ist unsicher. Reibt sich mit der Faust die letzten Tränen aus den Augen. Und ich weiß, wenn sie wieder anfängt zu weinen, werde ich nicht imstande sein, das Schreckliche zu tun. Also muss ich schnell sein.

»Denk dran, dass ich euch immer geliebt habe. Immer. Euch beide.«

Einen Moment lang ist sie still, dann sagt sie: »Es tut mir leid, dass ich runtergefallen bin, Mami. Es tut mir leid, dass ich

runtergeklettert bin, um dich zu sehen. Es tut mir leid, dass ich
an Kirstie gezogen habe.«

»Wie?«

»Es tut mir leid, dass ich gefallen bin. Es tut mir leid, dass
ich gestorben bin.«

Ich gebe ihr noch einen Kuss. »Das macht nichts, Lydie, es
war allein meine Schuld. Niemand sonst kann etwas dafür.
Aber ich liebe dich.« Ich strecke ihr die Hand hin. »Und jetzt
müssen wir gehen. Wir wollen deine Schwester suchen, damit
wir alle zusammen sein können.«

Sie nickt. Langsam, still. Dann steht sie auf, und Hand in
Hand gehen wir auf die Tür zu und legen den Riegel zurück
und drücken die Klinke herunter. Ihre Sachen sind in ihrem
Zimmer. Ich helfe ihr in die Stiefel und den rosa Mantel und
ziehe den Reißverschluss ganz hoch. Dann schlüpfe ich selbst
in Gummistiefel und Mantel.

Wir durchqueren das nasse, immer noch dunkle Esszimmer
und die ebenso dunkle Küche. Von der Decke tropft Regen.
Das ganze Haus fällt auseinander bei diesem Sturm. Es wird
Zeit, dass wir hier wegkommen.

Die Hände fest ineinander verschränkt, öffnen wir die Küchentür und treten hinaus in den peitschenden Regen und den
schwarzen, heulenden Wind.

Alles hier draußen ist kalt wie Eis.

27. Kapitel

ANGUS ZOG DEN REISSVERSCHLUSS an seiner Regenjacke hoch und knöpfte sie außerdem zu. Dann fiel ihm ein, dass er, wenn er Regen und Wind trotzen wollte, noch einige Schichten Klamotten mehr brauchen würde. Immerhin wollte er um sechs Uhr morgens hinaus aufs Watt.

Er war so betrunken, dass er die einfachsten Dinge vergaß. Langsam knöpfte er die Regenjacke wieder auf und setzte sich aufs Bett. Lauschte dem Wind, der um das *Selkie* jaulte. Es hörte sich an, als versuche ein ganzer Haufen Kinder zu heulen wie ein Gespenst.

Sehr überzeugend.

Einen noch.

Er langte nach der Flasche – hätte sie beinahe umgestoßen – und schenkte sich ein letztes Glas Ardbeg ein. Der torfige, scharfe Whisky brannte in der Kehle, und er zog eine Grimasse. Dann erhob er sich wieder.

Noch ein Reißverschluss-Rolli, noch ein Pullover. Dann die Regenjacke wieder drüber.

Leicht schwankend stieg er in die Stiefel und band sie fest zu. Es waren gute, wasserdichte Wanderschuhe, aber dem eisigen Watt vor Torran würden sie nicht standhalten. Er würde nass werden bis auf die Haut. Aber das war in Ordnung, solange er es nur schaffte, im Schutz der Dunkelheit rüberzukommen. Und zu tun, was er tun musste. Um seine Tochter zu retten.

Als er die Hoteltür – gegen den Widerstand des Sturms – aufdrückte und nach draußen trat in die Dunkelheit, war weit und breit niemand zu sehen. Und außer dem tosenden Wind nichts zu hören.

Hoch oben an einem Draht befestigte Laternen schaukelten wild hin und her, drüben auf Torran schickte der Leuchtturm sein Signal durch die Finsternis.

Angus machte sich auf den Weg, stieg am Anleger die Treppe zum Strand hinunter und ging über Kies und Schlick in Richtung Salmadair. Die Kälte kroch ihm in den Kragen, und je weiter er hinauskam aufs freie, endlose Watt, desto dichter wurden Nebel und Regen.

Nahm er auch den richtigen Weg? Die Taschenlampe wurde ihm schwer in den tauben Händen; er hätte lieber die Stirnlampe mitnehmen sollen. Was für eine Idiotie. Er war wirklich betrunken und machte elementare Fehler. Und elementare Fehler konnten an so einem Ort fatale Folgen haben.

Er schaute nach links und machte schemenhaft schwarze Konturen aus. Schwarz vor Grau. Das mussten Boote sein. Doch dann jaulte der Wind in den Tannen von Camuscross, und es hörte sich an, als geistere immer noch Beany hier irgendwo herum.

»Beany?« Er konnte nicht anders. Er liebte diesen Hund. »Beany? Beano!«

Seine Rufe gingen ins Leere. Inzwischen stand er knöcheltief im Schlamm. Er hatte die Orientierung verloren und war betrunken und wusste nicht ein noch aus.

Mühsam zog er erst einen Stiefel aus der Pampe, dann den anderen, und dann ging er weiter, ohne genau zu wissen, wohin. Er zog den Kopf ein, um Wind und eisigem Regen irgendwie auszuweichen. Nein. Er hatte sich verlaufen. Der Leuchtturm war nirgends zu sehen. Hatte er in der Bucht den falschen Weg eingeschlagen? Steuerte er etwa auf die Stelle zu, an der er beinahe ertrunken wäre, als er Beany hatte retten wollen?

Da.

Eine Gestalt? Er war sicher, dass er eine Gestalt ausmachte. Vielleicht auch zwei, einen Erwachsenen und ein Kind. Beide duckten sich unter dem grimmigen Wind. Aber was machten um diese Zeit – noch vor Tagesanbruch – ein Erwachsener und ein Kind hier draußen auf dem scheußlichen dunklen Watt?

Das konnten nur Sarah und Kirstie sein. Nun hörte er seine Tochter auch rufen. Er kannte die Stimme so gut. *Papa Papa Papa.* Der Wind trug es zu ihm herüber.

Papa.

Sie rief nach ihm, wollte, dass er kam. Aber sah er sie?

Was er sah, waren die Felsen von Salmadair; die hoben sich als etwas hellere Masse ab von dem Schwarz ringsumher. Dann waren Sarah und Kirstie also auf Salmadair, er musste nur zu ihnen gelangen, dann konnte er sie alle heil zur Hauptinsel bringen.

»Ich komme, mein Schatz, halt durch!«

Papa.

Er blieb kurz stehen. Starrte geradeaus in den Bindfadenregen. Die beiden Gestalten waren verschwunden. Hier und da gab es in der Nebelwand kleine Wirbel und Kringel – wie Einschlüsse in einem Eisblock. Vielleicht hatte er sich die Gestalten nur eingebildet? Vielleicht war hier gar niemand unterwegs. Es ergab ja auch überhaupt keinen Sinn. Was sollten die beiden hier draußen? Warum hätten Sarah und Kirstie das Cottage verlassen und in diesem furchtbaren Sturm umherirren sollen? Ein vollkommen sinnloses Risiko.

Und das Geräusch? Diese Stimme?

Vielleicht war das immer nur der Wind. Was er hörte, war ja nichts als ein Heulen. Ja, das konnte ein Hund sein oder eine Schar Kinder, aber es konnte eben auch einfach der Wind sein. Angst und Verzweiflung gaukelten ihm sonst was vor.

Weit nach vorn gebeugt ging er weiter. Einmal rutschte er aus und stützte sich mit der Linken im Schlamm ab. Es fühlte sich an wie nasser Zement. In dem er seinen Abdruck hinterließ. Und dann trat er mit dem rechten Fuß in tiefes Wasser: plötzlich schneidende, eisige Kälte.

Er neigte sich zur Seite und hievte den schweren, vollkommen durchnässten Stiefel wieder heraus. Lief das Wasser etwa schon wieder auf? Nein. Das kam rechnerisch nicht hin. Andererseits: Wie lange war er schon hier draußen? Das Zeitgefühl entglitt ihm zusehends. Er war müde und immer noch betrunken und so gut wie taub vom Getöse des Sturms, der ihm zudem die Orientierung nahm. Regen und Wind waren so dicht, dass selbst das Leuchtturmsignal nicht dagegen ankam.

Vielleicht war es das da, dort drüben, ein schwaches, blasses Pulsieren im allgemeinen Grau, wie von irgendwas Seltsamem unter Wasser; wie etwas Ungutes auf einem Röntgenbild.

Für den Bruchteil einer Sekunde riss die Nebelwand auf.

Da. Das war auf jeden Fall der Leuchtturm. Gar nicht so weit weg. Das hieß, er hatte Salmadair fast umrundet. Wenn er es erst einmal bis zum Damm geschafft hatte, würde es einfacher werden.

Doch nun sah er wieder die Andeutung einer Bewegung, eine einzelne Gestalt jetzt, eher klein. Und es waren seltsame Bewegungen, pfeilschnell, nach links und nach rechts und wieder nach links. Das war kein Kind. Eher ein Hund? War das Beany? Dann hielt die Gestalt inne. Und verschwand.

Mühsam, unter Schmerzen, kletterte Angus auf den nächsten Felsen, ganz nach oben, wo der Nebel noch dichter war.

Was auch immer es gewesen war, es blieb verschwunden. Aber nun erschien das erste blasse Tageslicht und wies ihm den Weg. Zum Leuchtturm war es tatsächlich nicht mehr weit. Er hatte den Damm erreicht; aus dem schlammigen Grund tauchten Felsbrocken und Kiesel auf. Unverändert fegte ihm Wind entgegen, und es regnete in Strömen, aber alle neun Sekunden sah er im Leuchtturmlicht, ob die Richtung noch stimmte.

Weiter, weiter, weiter.

Endlich. Er hatte die Insel erreicht. Im Haus war Licht. Im Schlafzimmer? Seinem und Sarahs Schlafzimmer?

Er duckte sich unter dem Regen und hastete den Weg hinauf. Die Küchentür stand offen; wie wild schlug sie im Wind hin und her.

Warum hatte Sarah sie offen gelassen? Bei diesem Sturm?

Er trat über die Schwelle, stand in der Küche. Der Boden war nass; überall war Wasser. Im Schein der Taschenlampe sah er, warum: Im Esszimmer klaffte ein riesiges Loch in der Decke; ein großer Dachsparren ragte hervor.

»Kirstie?«, schrie er gegen den Wind an, der draußen tobte. »Kirstie! Sarah! Lydia! Ich bin's!«

Nichts. Keine Antwort. Niemand im Haus. Waren sie weg? War das die Erklärung für die beiden Gestalten, die er im Watt gesehen hatte? War er da tatsächlich seiner Frau und seiner Tochter begegnet?

Er versuchte es ein letztes Mal. »Lydia! Sarah!«

Wieder nichts.

Was war mit dem Schlafzimmer? Da hatte er Licht gesehen. Er durchquerte das Esszimmer, stieß mit dem Fuß die Tür zum Schlafzimmer auf und schaute sich um: vom Bett zum Stuhl und von Wand zu Wand, wo der schottische Clan-Chef die Hand in Richtung Kruzifix hob.

Auch hier war niemand. Das Licht brannte, das Bett war zerwühlt, aber die, die sich hier aufgehalten hatten, waren verschwunden.

Das Haus stand leer. Er hatte sie verfehlt. Sie konnten umkommen da draußen.

Und dann hörte er eine Stimme. Vom anderen Ende des Hauses.

»Ich bin hier! Ich bin hier drin!«

Ein halbes Jahr später

28. Kapitel

DER ERSTE SCHÖNE SOMMERTAG nach einem furchtbar nassen Frühjahr; endlose Regentage, graues Dauernieseln.

Heute ist die Luft endlich klar, und die Knoydart-Berge drüben auf der anderen Seite des Sounds erstrahlen im Sonnenlicht.

Sgurr an Fhuarain, Sgurr Mor, Fraoch Bheinn.

Wir nähern uns Torran, und ich schaue zum Leuchtturm hinüber. Wie Molly gesagt hat, das Geländer ist repariert. Außerdem zeugt einiges von größeren Baumaßnahmen: riesige Stapel Klinker und Bretter, am Strand unten mehrere Schubkarren. Es ist Wochenende, deshalb sind unsere Handwerker nicht da.

Sacht gleitet das neue Dingi auf den Kies. Ich strecke ihr die Hand hin, aber Kirstie ignoriert sie.

»Das kann ich schon allein.«

Sie klettert aus dem Boot, und wir gehen zusammen den Heideweg hinauf und öffnen die Küchentür.

Ein kühler Hauch schlägt mir entgegen. Als atme das Haus aus. Als habe es auf mich gewartet und so lange die Luft angehalten.

Aber das bilde ich mir nur ein. Der Lufthauch kommt von dem Loch im Dach her, da entsteht eine Art Windkanal. Das marode Haus ist maroder denn je; die Natur ist im Begriff, den Raum zurückzuerobern.

»Hier ist es aber kalt«, sagt Kirstie.

Sie hat recht. Draußen ist es angenehm, aber Torran Cottage scheint immer noch unaufwärmbar.

Zusammen gehen wir weiter; ins Esszimmer. Bislang haben die Bauleute vor allem außen am Haus gearbeitet, innen sieht es praktisch noch genauso aus wie in jener Nacht. Das Esszimmer ist vollkommen zerstört; immer noch ragt der Dachsparren aus der aufgerissenen Decke; es erinnert an einen scheußlichen offenen Knochenbruch. Kirstie schaut sich gründlich um.

»Wie das hier aussieht!«

Dies ist seit dem Sturm mein dritter oder vierter Besuch hier, und jeder hat mich Überwindung gekostet. Ich bin dabei, uns vom Trauma der Vergangenheit zu befreien, aber hier auf der Insel kommt alles wieder hoch. Das Cottage auf Torran ist ein schwieriger Ort für mich. Länger als eine Stunde halte ich es hier nicht aus.

Denn die Erinnerung an jene Nacht, an die Wanderung durch den elenden Sturm, verblasst nicht.

»Worauf warten wir denn?«

Kirstie zieht ungeduldig an meinem Ärmel. Ich lächle – um die Angst zu kaschieren.

»Auf nichts, Schatz, auf gar nichts. Geh und such die Spielzeuge zusammen, die du noch mitnehmen willst. Wahrscheinlich sind wir zum letzten Mal hier.«

Und schon ist sie auf dem Weg durch den Flur.

Ich selbst stoße die Tür zum Wohnzimmer auf. Ringe mit Trauer und Angst, bemühe mich, ein verantwortungsbewusster Elternteil zu sein. Alleinerziehend. Denn das ist jetzt mein Job.

Sobald die Sanierung abgeschlossen ist, verkaufen wir die Insel.

Josh und Molly haben ihr Grundstück auf Tokavaig verkauft und das Geld in Torran investiert. So können wir das Leuchtturmwärterhaus retten und neu ausbauen. Zur Hälfte muss es abgerissen werden. Ironie des Schicksals: Der Schaden befreit uns von den Auflagen des Denkmalschutzes. Nächstes Jahr müsste alles fertig sein. Wir hoffen, für mindestens zwei Millionen verkaufen zu können; den Erlös teilen wir dann durch zwei.

Damit werden Kirstie und ich finanziell abgesichert sein. Keine ernsten Geldsorgen mehr. Überhaupt keine Geldsorgen. Wind fährt durch das Loch im Dach herein und lässt das Haus flüstern. Schnell gehe ich weiter ins Schlafzimmer – wo das Admiralsbett steht. Ein Blick in den Spiegel. Es gibt einen Grund, warum er noch hier hängt: Ich will ihn nicht haben. Er steht für zu viele ungute Erinnerungen.

Wie viele falsche Spiegelungen haben wir gesehen während des guten Monats, den wir auf Torran gelebt haben? Missbrauch, Mord – alles Lügen, hin und her gedreht und reflektiert. Vielleicht war es auch so etwas wie Durchsichtigkeit, das uns verwirrt hat. Wir haben ein Kind durch das andere gesehen, aber verzerrt, mit Abweichungen, Verformungen – wie durch dickes Eis.

Es war die arme Lydia, die gefallen ist. Sie ist gefallen, weil sie versucht hat, von dem Balkon im zweiten Stock auf den darunterliegenden zu klettern. Weil sie ihre Mutter sehen wollte. Kirstie hat sie weggestoßen, um sich selbst zu retten; das war kein Mord.

Mein Gewissen rührt sich, Reue, aber für den Moment unterdrücke ich sie.

In diesem Schlafzimmer ist es tatsächlich noch kälter als im Esszimmer. Der schottische Clan-Chef winkt mir zu – hau ab, verschwinde! Ich gehorche nur zu gern. Im Flur treffe ich Kirstie. Sie hat gelbe Leggings an und einen blauen Jeansrock. Ihre Lieblingssachen.

»Hast du alles, was du wolltest?«

»Es war nur noch ein Spielzeug da«, sagt sie. »Unter dem Bett.«

»Welches denn?«

»Desmond der Drache.«

Der kleine Drache.

»Weiß sowieso nicht, ob ich den will.«

Sie holt den Drachen aus ihrem One-Direction-Rucksack, und ich stecke ihn ein. Dabei habe ich den Impuls, ihn wegzuwerfen, als wäre er vergiftet.

Außerdem ist sie Spielzeugen dieser Art vielleicht entwachsen. Kirstie ist acht Jahre alt. Sie hat nur noch ein paar Jahre Kindheit vor sich, und ich möchte, dass wir daraus möglichst viel machen. Wir wohnen in einem ordentlichen Haus in Ornsay, und Kirstie besucht eine ausgezeichnete Schule in Broadford. Das heißt zwar jeden Morgen zwanzig Minuten fahren, aber das macht mir nichts aus. Die Vorstellung, sie noch einmal in die Kylerdale zu schicken, war einfach nur abwegig.

Trotzdem hat sie erstaunlicherweise im Dorf Freunde gefunden; Kinder, die sie von der Kylerdale her kannten. Sie ist beliebt. Das Mädchen mit der Geschichte. Kirstie war von Anfang an einen Tick lebhafter als Lydia.

»Für Beany hab ich auch was gefunden.«

»Ja?«

Sie schaut noch einmal in ihren Rucksack und fördert einen Plastikknochen zutage. Eins von Beanys Spielzeugen.

»Danke«, sage ich und nehme ihr das Ding ab. »Beano wird begeistert sein.«

Beany wartet im Pub, wo Gordon und die anderen ihn nach Strich und Faden verwöhnen. Dass er überlebt hat, ist ein wahres Wunder. Einen Tag nach dem Sturm ist er plötzlich beim *Selkie* aufgetaucht, schnürte am Anleger herum, schmutzig, verfroren, ein Häufchen Elend. Wie der nasse Geist eines Hundes. Die ganze Sache ist nicht spurlos an ihm vorübergegangen. Zur Insel kommt er nicht mehr mit. Sobald ich ihn ins Boot heben oder mit ihm übers Watt gehen will, jault er erbärmlich.

Ich verstaue sein Spielzeug in der Jackentasche. Zusammen verlassen wir das Haus, Kirstie und ich; ziehen die feuchte Küchentür hinter uns zu. Mir kommt in den Sinn, dass ich diese

Tür in absehbarer Zeit zu einem guten Zweck wieder öffnen werde: wenn wir die Insel verkaufen.

Der Gedanke gefällt mir.

Ich werde Torran immer verehren; ich werde an einem der Tische vor dem *Selkie* sitzen und ihre atemberaubende Schönheit bewundern. Aber ich werde es gern aus der Ferne tun. Torran hat uns besiegt – den Stürmen, den kleinen Tierchen überall und den Unwettern, die von Ardvasar her über den Sound grollten, waren wir nicht gewachsen.

Auf dem Weg zum Leuchtturmstrand hinunter nehme ich Kirstie fest an die Hand – als könnte die Insel sie dabehalten wollen.

»Okay, Kirsti-kau, dann fahren wir mal nach Hause.«

»Nenn mich nicht so! Du sollst mich Kirstie nennen!«

Ich mache die Leinen los, und wir steigen ins Boot. Ein paarmal die Starterleine ziehen, dann springt der Außenborder an.

Kirstie sitzt hinten im Boot und summt ihre Lieblingsmelodie. Es ist ein Popsong, nehme ich an. Mit einem Stoßseufzer zeige ich unverhohlen, wie froh ich bin, der Insel den Rücken kehren zu können. Dann fahren wir schweigend dahin. Bis nicht weit vor uns ein grauer Seehund auftaucht.

Meine Tochter schaut ihn an und lächelt, und es ist ganz eindeutig Kirsties Lächeln: keck, spitzbübisch, lebendig. Es geht ihr immer besser. Die Therapie hat ihr geholfen. Inzwischen meint sie nicht mehr, dass sie schuld war an Lydias Sturz; wir konnten sie davon überzeugen, dass es nicht so war. Was aber bleibt, ist der fatale Irrtum, dem ich aufgesessen bin. Ich habe ihre Identität ins Wanken gebracht. Eines Tages werde ich *mir* verzeihen müssen.

Der Seehund ist wieder verschwunden. Kirstie wendet sich ab. Ihre Miene hat sich verdüstert, irgendetwas Dunkles beschäftigt sie.

»Was ist, mein Schatz?«

345

Sie starrt an mir vorbei in Richtung Torran.

Und sagt langsam: »Lydia ist zurückgekommen, stimmt's?«

»Ja. Für kurze Zeit.«

»Aber jetzt ist sie weg, und ich bin wieder Kirstie. Oder?«

»Ja«, sage ich. »Die bist du. Und die bist du immer gewesen.«

Eine Weile schweigt sie. Der Außenborder pflügt durch klares Wasser.

Dann sagt sie: »Mami fehlt mir. Und Lydie fehlt mir.«

»Ich weiß«, sage ich. »Mir auch.«

Und so ist es auch. Sie fehlen mir. Ich vermisse sie täglich. Aber es ist, wie es ist, und wir beide haben einander.

Und wir haben unsere kleinen Geheimnisse, die vielleicht nie gelüftet werden. Kirsties Geheimnis ist die Sturmnacht; sie hat mir nie genau erzählt, was da im Haus vor sich gegangen ist oder wer was gesagt hat. Ich frage schon lange nicht mehr danach; ich will nicht, dass sie sich aufregt. Warum zurückschauen? Warum alles wieder aufwühlen?

Im Gegenzug habe ich ihr nie die ganze Wahrheit erzählt, was ihre Mutter betrifft.

Als ich Kirstie in ihrem Zimmer im Cottage fand, hatte sie offensichtlich keine Ahnung, wo ihre Mutter war. Also habe ich das ganze Haus nach Hinweisen abgesucht. Und dann, als der Himmel über der Hauptinsel heller wurde, sind Josh und Gordon gekommen, in Gordons Schiff, und haben uns von Torran geborgen; sie haben uns zu Josh gebracht, wo wir in Sicherheit waren und erlöst von der Kälte.

Noch bevor die Suchtrupps wirklich angefangen hatten zu suchen, kam dann die Nachricht.

Ein Fischer hatte Sarah gefunden. Ihr Leichnam trieb beim Strand von Camuscross im Wasser. Sofort ist die Polizei auf Torran eingefallen. Ich habe alles ihnen überlassen – mir ging es nur darum, Kirstie und mich abzuschirmen, uns Journalisten und Ermittler vom Leib zu halten. Wir haben uns regelrecht

346

versteckt bei Josh; sind immer im Haus geblieben und haben auf die Vogelbeerbäume hinter den großen Fenstern gestarrt.

Nach einer Woche präsentierten die Polizisten das Ergebnis ihrer Untersuchung: Sarah hatte das Haus verlassen – warum, war nicht zu klären; vielleicht in dem Versuch, Hilfe zu holen –, war aber im Dunkeln gestürzt, in den Schlamm gefallen und ertrunken. So einfach war das. Zu einfach. Ein Unfall.

War es das wirklich? Mir geht nicht aus dem Kopf, was ich an dem Abend bei den Freedlands damals gehört habe: *Liebe ist auch eine Form des Selbstmords.* Vielleicht wollte Sarah zu ihrer toten Tochter. Vielleicht war sie außer sich vor Schuldgefühlen, nachdem sie den Brief aus meiner Schublade gelesen hatte. Ich habe ihn damals im Morgengrauen im Schlafzimmer auf dem Fußboden gefunden. Und ich habe ihn vernichtet.

Die Fragen werden mich immer umtreiben: Hätte sie ihre Tochter wirklich im Haus zurückgelassen? Habe ich, als ich auf dem Weg zur Insel war, wirklich eine oder zwei Gestalten im Nebel gesehen?

Eine Antwort wird es nie geben. Es gab Hinweise, aber das sind genau die Einzelheiten, die ich Kirstie nicht erzählen werde. Bis ans Ende meiner Tage nicht.

Als sie Sarahs Leichnam fanden, hielt ihre Hand Lydias rosa Mantel fest; am Ärmel.

Und bei der rechtsmedizinischen Untersuchung haben sie zwischen ihren Fingern einige feine blonde Strähnen gefunden – als hätte sie ganz am Ende jemanden verzweifelt festgehalten; vielleicht ihr Kind, um es vor dem Ertrinken zu bewahren.

Kirstie schaut südwärts, nach Mallaig, ich sitze so, dass Torran hinter mir liegt.

Es ist ein schöner ruhiger Tag Anfang Juni; in den Fjorden spiegelt sich der blaue Himmel. Und dennoch weht ein kühler Wind herüber von diesen schönen Bergen.

Sgurr an Fhuarain, Sgurr Mor, Fraoch Bheinn.

Danksagung

Joel Franklin und Dede MacGillivary, Gus MacLean, Ben Timberlake und besonders Angel Sedgwick haben mich bei den Recherchen zu diesem Buch sehr unterstützt – dafür danke ich ihnen.

Wer die Inneren Hebriden kennt, wird schnell feststellen, dass »Eilean Torran« große Ähnlichkeit mit der realen Eilean Sionnach hat, die auf der Höhe von Isleornsay vor der Insel Skye liegt. Das ist kein Zufall: Von klein auf bin ich immer wieder auf der malerischen Gezeiteninsel gewesen, in dem weiß getünchten Haus am Leuchtturm, und nicht zuletzt diese Aufenthalte haben mich zu dem Buch angeregt.

Gleichwohl handelt es sich bei allen hier geschilderten Ereignissen und Personen um reine Fiktion.

Für die Betreuung des Manuskripts danke ich Jane Johnson, Helen Atsma, Kate Stephenson und Eugenie Furniss: Ohne ihren Zuspruch und die vielen klugen Ratschläge gäbe es das Buch nicht.

Schließlich bin ich Hywel Davies und Elizabeth Doherty unendlich dankbar – haben sie doch den Keim gelegt, der sich zu einer Idee auswuchs: *Zwillinge*.

**GESPANNT AUF MEHR?
ENTDECKEN SIE EIN WEITERES
FESSELNDES HIGHLIGHT VON S. K. TREMAYNE**

S. K. TREMAYNE
DIE STIMME
THRILLER

Was wäre, wenn deine smarten Geräte
mehr wissen, als dir lieb ist?

»Ich weiß, was du getan hast.« Jo ist schockiert, als die digitale Home Assistentin Electra sie ohne Aufforderung anspricht. Unmöglich kann eine harmlose Software vom Furchtbarsten wissen, das Jo jemals passiert ist! Doch Electra weiß nicht nur Dinge – sie tut auch Dinge, zu denen sie nicht in der Lage sein sollte: Freunde und Eltern erhalten Textnachrichten mit wüsten Beschimpfungen, Jos Bankkonto wird leergeräumt, die Kreditkarte überzogen ... Zum ersten Mal seit Jahren muss Jo wieder an ihren Vater denken, der unter heftigen schizophrenen Schüben litt und sich schließlich das Leben nahm. Kann es sein, dass sie sich die Stimme nur eingebildet hat? Doch Electra ist noch lange nicht fertig mit Jo ...